Elias Haller
Tod und tiefer Fall

Das Buch

Kann ein Kommissar zum Monster werden? Und was tut ein Mann, dem alles genommen wurde?

Seine Tochter ist tot, seine Frau verschwunden. Kriminalhauptkommissar Erik Donner ist nicht nur seelisch gebrochen, sondern nach einem Dachsturz auch körperlich entstellt. Den ehemals besten Ermittler der Mordkommission hat man an den Schreibtisch verbannt, beruflich bedeutet das sein Ende.

Doch dann erhält er eine Nachricht von seinem toten Partner – von dem Mann, der für den Verlust von Donners Familie verantwortlich ist. Eine gnadenlose Jagd beginnt, bei der ein Verbrechen aus der Vergangenheit tödliche Folgen hat.

Der Autor

Elias Haller, Jahrgang 1977, lebt in einer sächsischen Großstadt. Den Zündstoff für seine packenden Thriller bezieht er aus seiner beruflichen Erfahrung mit Rechtsbrechern und deren Opfern. Seine Leidenschaft fürs Schreiben ermöglicht es ihm, kaltblütige Mörder und tragische Helden aufeinander loszulassen, ohne dabei ein schlechtes Gewissen zu haben.

ELIAS HALLER

TOD UND TIEFER FALL

Thriller

Die Originalausgabe erschien 2015 unter dem Titel
»Tod und tiefer Fall« im Selbstverlag.

Veröffentlicht bei
Edition M, Amazon Media EU S.à r.l.
5 Rue Plaetis, L-2338 Luxembourg
Mai 2018

Umschlaggestaltung: semper smile, München, www.sempersmile.de
Nach dem Originaldesign von: Andrea Gunschera, magi digitalis
Umschlagmotiv: © abimages / Shutterstock;
© Oksana Mizina / Shutterstock; © Picsfive / Shutterstock;
© Abstractor/ Shutterstock; © Agnes Kantaruk / Shutterstock;
© mexrix / Shutterstock; © joker1991 / Shutterstock
Lektorat: Annette Scholonek
Korrektorat: Verlag Lutz Garnies, Haar bei München, www.vlg.de
Printed in Germany
By Amazon Distribution GmbH
Amazonstraße 1
04347 Leipzig, Germany

ISBN 978-2-919-80104-6

www.edition-m-verlag.de

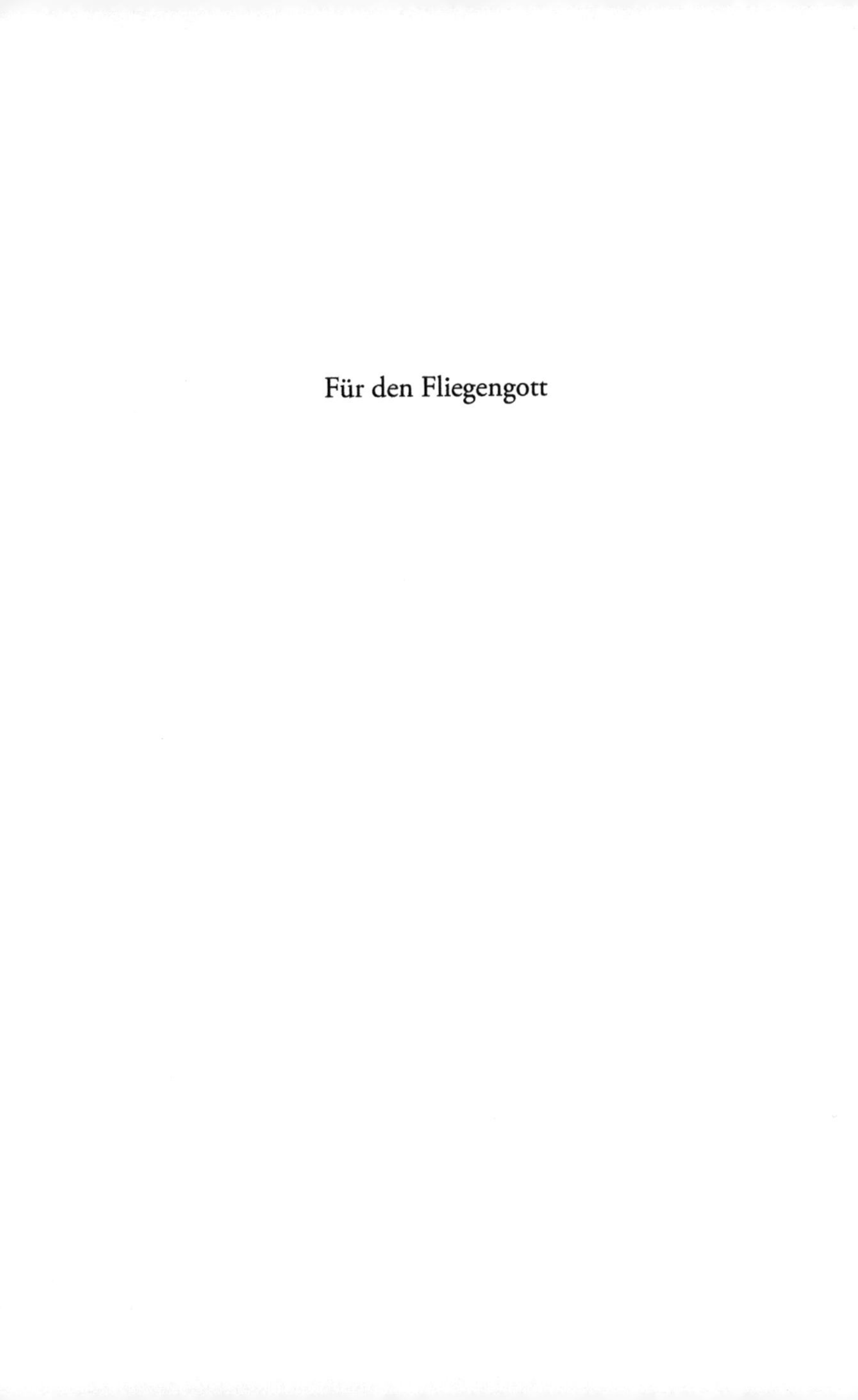

Für den Fliegengott

PROLOG

Dreieinhalb Minuten bis ganz unten

Gewissermaßen gleicht das Leben eines Menschen dem einer Fliege. Oft ist es nicht lang genug, manchmal mit einem Schlag vorbei.

Früher hatte Kriminalhauptkommissar Erik Donner nie wirklich verstanden, warum der Tod mitunter so ein grauenhaftes Spiel aus dem Sterben macht. An diesem Tag fühlte er sich plötzlich hilflos wie eine Fliege: gefangen in einem Glas, wartend, dass jemand den Deckel aufschraubt.

Auge in Auge stand er mit dem Entführer seiner Tochter auf dem Flachdach eines Sechsgeschossers. Entsetzen, Hass und Kommandogebrüll kreisten über der Stadt. Von diesem Ort konnte man nicht einfach davonlaufen. Vielmehr schien es ihm, als schrumpfe die Fläche der Bedachung auf den Querschnitt eines Drahtseils.

Überall lauerte die Tiefe.

Gegen Mittag war für Donner noch alles in Ordnung gewesen. Zusammen mit dem Makler hatte er vor einem bewaldeten kleinen Grundstück gewartet. An einem Fleck auf der Erde, wo sich die Nachbarn noch zum Grillen einluden. Donner und seine Frau Elli wollten eine Immobilie kaufen und ein Heim im Landhausstil darauf bauen. Dieser Wunsch war einem Albtraum gewichen.

Elli würde nie wieder zu einem Termin erscheinen.

»Donner, gehen Sie zurück zum Ausstieg!«, brüllte der Mann des Landeskriminalamtes aus fünf Metern von der Seite.

Donner ignorierte die Aufforderung der Verhandlungsgruppe. Die Panik um seine Tochter drohte ihm die Gedärme zu zerquetschen. Jeff Balthasar, sein ehemaliger Partner und frisch aus der Haft entflohen, hielt sie drohend vor sich. Zwei Schritte fehlten bis zum Abgrund. Mit der rechten Hand fasste Balthasar Susanne unters Kinn, streichelte mit dem Daumen über ihre Wange. Die Finger der linken Hand hatte er in ihren blonden Locken vergraben.

Susanne weinte, aber sie brachte außer einem kaum hörbaren Wimmern keinen Laut hervor.

Tapferen Mädchen kann nichts passieren.

Auch Donner schluchzte nur, während seine Tränen unsichtbare Bahnen zogen. Doch womöglich erahnte Balthasar sie. Früher hatten beide im selben Kommissariat ermittelt, gemeinsam manche Feierabende bei einem Bier verbracht. Jetzt standen sie sich als erbitterte Feinde gegenüber.

»Donner, seien Sie vernünftig!«, versuchte es der Verhandler erneut. »Wir haben die Sache unter Kontrolle.«

Ihr hattet eure Chance! Mit einem Ex-Polizisten kann man nicht verhandeln!

Der zweite Beamte vom LKA stand im Hintergrund. In ausreichender Entfernung verfolgte er das Geschehen als stummer Beobachter und presste ein Klemmbrett an seine Brust.

»Donner, *wir* machen das!«, redete der Verhandlungsführer abermals auf ihn ein.

Wie unter Hypnose schüttelte Donner den Kopf. Innerhalb der letzten Stunde war es den beiden LKA-Beamten nicht gelungen, Balthasar zur Kapitulation zu überreden. Deshalb hatte Donner sich dazwischengedrängelt, hatte vier Kollegen niedergeschlagen und war auf das Dach gestürmt. Wenn überhaupt, konnte *er* die Sache in den Griff bekommen. Es ging um drei Leben: das seiner Tochter, das seiner Frau und sein eigenes. Um eine Seifenblase, die eine ganze Welt zusammenhielt. Er wollte den Fortbestand dieser empfindlichen Hülle nicht in die Hände von Dilettanten legen. Nieten wie den beiden Justizbeamten, die Balthasar hatten entkommen lassen.

Da vernahm Donner das Fluchen des Einsatzleiters. Dieser war persönlich auf das Dach getreten und trommelte gegen das Blech der Ausstiegstür, um sich Gehör zu verschaffen.

»Erik, wenn du nicht sofort das Feld räumst, gebe ich den Befehl, dich gewaltsam zu entfernen! Und wenn ich dich eigenhändig fortschleifen muss!«

Noch mehrmals rief der andere seinen Namen, aber durch das Windgejaule hörte er ihn unscharf. Beinahe klang es wie *Monster* und einige Kollegen hielten ihn für eines. Wo er auftauchte, sorgte er für Unbehagen. Gespräche verstummten, wenn er Räume betrat. Jeden Kriminalfall riss er an sich und daneben gab er wenig auf die Meinung anderer. Er machte kein Geheimnis daraus, dass er ungern mit jemandem zusammenarbeitete. Und diese Abneigung beruhte auf Gegenseitigkeit.

Doch das wahre Monster stand zehn Schritte von ihm entfernt.

Und es grinste.

Es grinste mit einer Überlegenheit, die Donners Knochen wie ein Weichmacher durchdrang. Er fühlte sich ohnmächtig. Zum ersten Mal im Leben erfuhr er das Gefühl der Hilflosigkeit unverfälscht.

Mit dem Wind verflog seine Standhaftigkeit. Ebenso vergingen die Rufe des Einsatzleiters. Donner blendete alles um sich herum aus. In seinem Kopf hallte nur das stumme Flehen seiner Tochter.

»Papi, hilf mir!«

Drei Worte, für die man nie zu alt ist. Drei Worte, die die Siebenjährige meist sagte, wenn es eine Aufgabe beim Spiel oder für die Schule zu erledigen galt. Aber diesmal wehte der Hauch von Todesangst herüber.

Die Umgebung erstarrte. Es war Sommer und es war Eiszeit.

»Lass sie gehen«, bat Donner zum wiederholten Mal. Und leiser fügte er ein Wort an, das er sonst nie benutzte: *»Bitte!«*

»Spürst du es?«, fragte Balthasar lauernd. Seine Mimik verriet, dass er die Umstände genoss. Er zitterte, er sah schlecht aus, doch das Glitzern in seinen Augen zeigte, wie sehr ihm die Situation gefiel. Machtgier funkelte darin.

Er verstand sich als Richter über Leben und Tod.

»Spürst du den Drang, mir eine Kugel ins Gehirn zu pusten?«

Donner ließ sich nicht provozieren, sondern versuchte sich einen Plan zurechtzulegen. Wer ein Leben retten wollte, musste aufmerksam bleiben. Nur seine Tochter zählte.

»Verstehst du endlich, warum ich damals den kleinen Pisser erschießen musste?«, fing Balthasar mit der Vergangenheit an.

»Das reicht!«, brüllte der Einsatzleiter dazwischen.

»Nein!«, schrie Donner und hielt die Hand hoch, Einhalt gebietend. Aus dem Augenwinkel bemerkte er, wie der Angesprochene verharrte.

Daraufhin knöpfte Donner ohne hastige Bewegungen sein Hemd auf. Er kam unbewaffnet. Der Zugwind ließ den Stoff tanzen. Dann streckte er die leeren Hände in die Luft.

»Bitte, Jeff, ich will nur meine Tochter. Bitte mach es nicht noch schlimmer. Wir können an der Vergangenheit nichts ändern. Du warst mal ein verdammt guter Cop, und sieh dich jetzt an. Niemals hättest du einem Kind einen Schrecken eingejagt. Du machst mir entsetzliche Angst. Es ist genug, auch ich habe gelitten. Ich verfluche den Tag, an dem ich dich als Partner verloren habe. Ich möchte alles ungeschehen machen, aber ich kann es nicht.«

Balthasar drückte Susanne einen Kuss auf den Hals.

Dessen Dauergrinsen machte Donner rasend. Es schenkte ihm Einblick in die kranke Gedankenwelt des Ex-Polizisten, die den guten Menschen in seinem Herzen zum Schweigen gebracht hatte.

»Du redest Blödsinn, alter Freund.« Balthasar wischte sich mit dem Oberarm die Nase, schaute in die Wolken. »Es wird nie mehr Sommer werden. Nicht für dich.«

Donner schluckte. Sein Unterkiefer bebte. Er presste die Zähne aufeinander. Mit dem Blick malte er Susannes Statur nach, prägte sich ihren Anblick wie einen Moment ein, den man mit der Kamera festhält, um das Foto zukünftig bei jeder Gelegenheit in den Fingern zu halten.

»Du willst bestimmt wissen, wo deine Frau ist«, sprach Balthasar herausfordernd.

»Erik, das musst du dir nicht anhören«, drängte sich der Einsatzleiter dazwischen. Seine Stimme wirkte kraftloser als Sekunden zuvor.

Mit jedem Zentimeter, den Balthasar dem Abgrund näher rückte, entglitt die Welt Donners Verstand um einen Kilometer.

»Du wirst den Rest deines Lebens damit verbringen, nicht zu wissen, was mit deiner Frau passiert ist. Du wirst dich fragen, was in unserer Gesellschaft verkehrt läuft, und wenn du zu der Erkenntnis gelangst, damals das Falsche getan zu haben, wirst du dich hassen. Denn ich bin unschuldig. Ich sterbe als Märtyrer.«

»Donner, zum letzten Mal, tritt zurück!«

Die Aufforderung des Einsatzleiters würde später nur eine Notiz in der Akte sein.

Donner drehte sich nicht um.

»Oh mein Gott!«, stieß einer der beiden LKA-Beamten aus.

»Sie kann fliegen!«, kreischte Balthasar, während er sich dem letzten Stück zur Dachkante näherte. Sein Arm streckte sich, Donners Tochter kippte.

Die Fratze des irren Clowns füllte alles aus.

Als die Schussfreigabe ertönte, stürzte Donner bereits nach vorn. Für den Bruchteil einer Sekunde wirkte Susanne wie ein Engel. Schwerelos, umgeben von Himmel und Lautlosigkeit. Der Schmetterling auf ihrem Lieblings-T-Shirt ließ ihr jedoch keine Flügel wachsen.

Da taumelte auch Balthasar über den Rand. Mit einem verzweifelten Sprung war Donner bei ihm. Er bekam seinen Ex-Kollegen zu fassen, aber für seine Tochter fehlten wenige Zentimeter.

Dann verlor er den Halt.

Kapitel 1

Heute (drei Jahre danach)

Elli. Donner konzentrierte sich auf das Gesicht seiner Frau, versuchte Details zu erkennen. Doch je mehr er sich anstrengte, sie klar zu sehen, desto mehr verschwammen ihre Züge, bis sie schließlich die von Balthasar annahmen. Das irre Grinsen. Die verzerrte Fratze eines Clowns. Er hielt Susanne umklammert.

Sie standen viel zu nah an der Dachkante.

Dann griff Donner nach seiner Tochter, nach dem Foto von ihr in seinem Kopf, das den bläulich schimmernden Schmetterling auf dem weißen T-Shirt so überdeutlich zeigte.

Zu spät.

Schweißgebadet richtete er sich auf, stierte von seinem Bett in die Dunkelheit. Er schaltete das Licht ein und wühlte im Nachtschränkchen nach dem Bild, das seine Frau und seine Tochter zeigte.

Elli! Susanne! Warum habe ich überlebt?

Er legte eine Hand auf den Mund, um die Worte und die Übelkeit zu unterdrücken. *Etwas* hatte in ihm überlebt. Etwas, das sich weigerte, den Körper, die abartige Hülle, herzugeben.

Sanft strich er auf dem Foto die Gesichtslinien seiner Frau nach. Sie zeigte ein volles, lebendiges Lächeln und daneben strahlte seine Tochter auf kindliche Art. Das Bild war auf einem Spielplatz aufgenommen worden. Donner wusste nicht, wer es geschossen hatte. Er selbst war nie auf diesem Spielplatz gewesen. Zudem besaß er für gute Fotos kein Talent.

Elli! Susanne!

Er massierte sich die Stirn. Die Kopfschmerzen kehrten zurück. Mühsam rang er nach Sauerstoff in dem stickigen Dunst, der das Zimmer fast wie Rauch ausfüllte. Laut Kalender war es Sommer, doch in Wahrheit sautierte die Stadt in einem Glutkessel.

Wenigstens hatten sie im Wetterbericht Gewitter angekündigt. Das war die gute Nachricht. Und es gab nur wenige gute Nachrichten in Donners Leben.

Immerhin hatte er die letzten Jahre ohne Alkohol und Psychiaterbesuche überstanden. Zwei Dinge, auf die ein Mann stolz sein konnte.

Auf tauben Beinen wankte er ins Badezimmer.

»Hey, starker Held, willst du das Bett schon verlassen?«

Donner ignorierte die melodische Frauenstimme.

»Sind es wieder die Träume?«

Diesen Satz hörte er oft. Luisa sprach nie von *Albträumen*. Sie behandelte ihn wie ein Kind, das man nicht zusätzlich beunruhigen will. Genau genommen verfolgte ihn ständig ein und derselbe Albtraum.

»Ich kann nicht schlafen«, grunzte er. Dabei öffnete er den Arzneischrank und löste zwei Aspirin aus der Verpackung. Mit der Betätigung des Wasserhahns fand das Gespräch sein Ende.

Manchmal schämte er sich, weil er das Bett mit einer Prostituierten teilte. Nach einer vertrackten Odyssee durch alle möglichen Lokale war er an die Frau geraten, die sich Luisa nannte. Abseits der Scheinwelt hieß sie Lena Völker. Und sie war auch keine fünfundzwanzig, sondern dreiunddreißig.

Das gefiel ihm besser, denn er ging auf die vierzig zu.

Er hatte ihr nachspioniert, seinen Rechner am Arbeitsplatz unerlaubt mit ihren Daten gefüttert. Er hatte wissen wollen, wer in seinem Bett lag. Zum Glück fanden sich im Auskunftssystem nur Kleinstdelikte: Ladendiebstahl, Beleidigung, eine Anzeige wegen Körperverletzung. Bei Letzterem hatte ihr die Staatsanwaltschaft die Sache mit der Notwehr nicht abgekauft und sie zu einer Geldstrafe verurteilt.

Luisa schien keine Drogen zu nehmen, wirtschaftete in die eigene Tasche und nicht in die eines Zuhälters. Außerdem versorgte sie einen Sohn im Teenageralter.

Obwohl sie manche Nächte bei Donner blieb, schlief sie nie. Vielmehr lag sie still neben ihm. Sie streichelte seine Haut, wenn er sich von einer Seite auf die andere wälzte.

Selbst fand er nur stundenweise Schlaf.

Nach dem Toilettengang betätigte er die Spülung. Das Geräusch durchdrang die gesamte Wohnung. Er gab sich keine Mühe, die Tür zum Bad zu schließen. Als er vor den Spiegelschrank trat, erblickte er wie jeden Tag das Monster darin. Ein Krüppel, dem eine Narbe das Gesicht mittig teilte. Ein zweites Wundmal ließ das rechte Auge auf gespenstische Weise größer wirken. Ähnlich wie ein Brandfleck. An einer Stelle über der Stirn fehlte das Kopfhaar. Dort, wo man ihm in der Klinik die Metallplatte eingesetzt hatte. Scherzhaft hatte ihn der Chefarzt vor der Entlassung mit *Robocop* betitelt. Stahl im Schädel, Stahl in der Schulter, Stahl am Halswirbel. Ein wandelnder Haufen Altmetall.

Der Zahnchirurg hatte ebenfalls saubere Arbeit geleistet und Donner ein strahlendes Keramikgebiss verpasst. Zu schade, dass er fast nie lächelte.

Was er im Spiegel sah, hasste er mehr als die unruhigen Nächte. Den Kampf gegen die hängende rechte Schulter, deren Knochen damals beim Dachsturz an der Steinumrandung eines Mülltonnenplatzes zersplittert waren, hatte er aufgegeben.

Er verfluchte die vier Balkonblumenkästen, die vor drei Jahren seinen Abtransport durch den Bestatter verhindert und ihm stattdessen einen Flug mit dem Rettungshubschrauber in die Uniklinik Leipzig beschert hatten. Beim Fall auf einige Blumenkästen der Stockwerke sechs bis drei wurde sein Sturz für Sekundenbruchteile abgebremst. Sein neues Leben bezeichnete er als Voodoo-Reanimation. Das medizinische Wunder, mit welchem die Ärzte ihn in einen Zombie verwandelt hatten.

Mit der Faust hämmerte er auf den Waschbeckenrand und versuchte die Müdigkeit aus den Augen zu reiben. Die Kopfschmerzen verflüchtigten sich nur schleppend. Er hasste das Wetter. Vor allem aber ekelte ihn sein Dasein an.

Als er zurück ins Schlafzimmer kam, verfolgte er mit dem Blick Luisas schmächtigen Körper, der im Halbschatten durch den Raum wanderte. Sie sah wirklich aus wie fünfundzwanzig. Ihre Brüste waren winzig und ihre Taille ähnelte der einer Magersüchtigen. Eine kleine Person mit dem Herzen am rechten Fleck. Aber gegen Donner wirkte jede Frau zierlich.

»Deine Kollegen lassen dich wohl nie in Ruhe, wie?«, fragte sie, während sie den Slip an den Beinen hinaufhangelte.

Verdutzt schaute er sie an. Seine Kollegen ließen ihn eigentlich immer in Ruhe, weil er der Letzte war, mit dem man zusammenarbeiten wollte.

»Da, eine Nachricht auf deinem Handy! Oder gibt es noch eine andere Liebhaberin, die dich nachts um drei Uhr sehen möchte?« Sie sagte es mit einem anzüglichen Unterton, bei dem er am liebsten etwas ganz anderes tun wollte.

Mit Verzögerung registrierte er, dass sein Handydisplay leuchtete. Das Vibrieren hatte er nicht mitbekommen.

Luisa tänzelte zur Zimmertür, doch er sprang zu ihr und umklammerte mit einer Hand ihren Oberarm. Wie eine Puppe zog er sie an seine Hüfte. Sie sträubte sich. Ihre Ellenbogen stießen gegen seine Brust, als wollte sie eine Barriere zwischen dem Monster und sich schaffen. Er konnte es ihr nicht verübeln. Jede andere hätte bei seinem Anblick Brechreiz verspürt.

Er genoss ihren warmen Atem auf seiner Haut. Gierig inhalierte er ihr Parfüm, das orientalisch roch. Während er ihre Reize erkundete, musterte sie sein Gesicht mit dem Ausdruck einer wehrhaften Geliebten.

Ich danke dir!, wollte er sagen. *Ich danke dir unendlich, dass du mich aufgefangen hast. Und für den Sex, damit ich mich ab und zu wie ein begehrenswerter Mann fühle und nicht wie ein Wrack mit einer Teufelsfratze.*

»Willst du nicht nachsehen?«

Er schaute zum Handy, das still auf dem Boden lag. Jetzt nahm er auch die Fernsehergeräusche wahr. Sie kamen von seiner schwerhörigen Untermieterin, der Witwe aus dem Erdgeschoss, die ihm ab und zu frische Brötchen brachte und mit der er sonntags oft gemeinsam frühstückte. Offenbar war sie wieder im Sessel eingeschlafen.

Die Lautsprecher dagegen wurden nie müde und beschallten das Haus. Die Nachbarn hatten es mittlerweile aufgegeben, ihn oder seine Kollegen wegen nächtlicher Ruhestörung durch die alte Dame zu alarmieren.

Luisa wand sich aus seinem Griff und rettete sich zu ihrer Zigarettenschachtel und dem Feuerzeug. Nachdem sie sich eine Kippe zwischen die Lippen geklemmt hatte, ging sie in die Küche und riss die Tür des Kühlschranks geräuschvoll auf. Donner blieb zurück in der Einsamkeit des Schlafzimmers.

Schließlich hob er das Handy vom Boden und überflog die SMS:

Der Hochmütige braucht eine gnadenlose Hand, die ihn läutert. Jeff

Für einen Augenblick pochte sein Herz heftiger. Ungeliebte Fetzen setzten sich zu grausamen Bildern zusammen. Dann dachte sein Kopf wieder klar und er löschte die Nachricht mit ruhigem Daumen.

Jeff war tot.

Kapitel 2

Mit dem Blick verfolgte Donner eine Fliege. Sie war eines jener grünlich schillernden Exemplare, die gern um Hundekot und Leichen schwirren.

Willkommen in der Kloake der Polizei, Frau Fliege!

Gewöhnlich hasste er Insekten im Büro. Diesmal jedoch war der Störenfried eine willkommene Ablenkung von dem größeren Störenfried, der ihm im Jogginganzug gegenübersaß.

Donner hatte sich vorgenommen, dem Kerl nicht zuzuhören und nur ab und zu ein Kopfnicken abzugeben, gefolgt von einem Brummen. Aber die Hoffnung, dass der Mensch einfach gehen würde, verflog.

Leute, die in Donners Büro kamen, verschwanden *nie* einfach so. Nicht nur Fliegen fühlten sich hier sauwohl. Es ging zu wie in einer Bahnhofstoilette. Alle besuchten diesen Ort, um sich zu erleichtern. Jeder, bis auf Donner! Er verwünschte das Gebäude bereits, wenn er mit seinem Mitsubishi Carisma in die Tiefgarage fuhr. Wenigstens stand das Auto wettergeschützt. Ein Luxus angesichts des Parkplatzproblems im Stadtzentrum.

Kriminalpolizeiliche Erstkontaktstelle, so die offizielle Bezeichnung der Abteilung. Eine Abteilung mit einem *einzigen* Mitarbeiter! Man hatte den Posten extra für Donner geschaffen.

Abgeschoben.

Aus gesundheitlichen Gründen, so die dienstliche Stellungnahme. In Wahrheit wollte man ihn loswerden. Niemand holt sich gern einen Zankhahn in den Stall.

Entsprechend hatte man ihn in diesen schuhkartongroßen Raum gesteckt. Direkt in der Innenstadt, im obersten Stockwerk eines Gebäudes aus den Sechzigerjahren. Damit saß er weit genug entfernt von der richtigen Kriminalpolizei und noch dazu näher am Stabsgebäude der Polizeidirektion. Die »warmherzige Brust« der Polizeipräsidentin befand sich also in Reichweite.

Interessehalber hatte Donner drei Monate nach seinem Amtsantritt das Organigramm im Polizeinetz durchgeblättert, die neue Abteilung aber nirgendwo gefunden. Doch es ging vorwärts. An Rechner und Telefon klebten bereits die Inventarnummern.

»... also nach der Fernsehreportage habe ich mich im Internet schlaugemacht und bin zu der Überzeugung gekommen, dass einiges in diesem Staat gehörig falsch läuft«, redete Levi Hentschel, als wollte er seinen Lebenslauf herunterbeten.

Die gesamten neunzehn Jahre.

Donner nickte und brummte.

Ihm fiel die SMS von letzter Nacht ein. Er beschloss, ihr keine weitere Beachtung zu schenken. Weder dem Inhalt noch dem Namen Jeff Balthasar.

Stattdessen nickte und brummte er weiter. Leider spornte das den Langweiler an, begeistert die nächste Episode zu erzählen.

»... und das wiederum brachte mich auf die Idee, mich bei der Polizei zu bewerben.«

Donner senkte den Blick auf seinen Schreibtisch. Die Fliege wurde immer interessanter. Sie krabbelte auf dem Beschwerdeschreiben einer pflichtbewussten Bürgerin mit

Namen Sophie Leinau herum. In ihrer handschriftlichen Mitteilung zeigte sich Frau Leinau empört, dass in dem Abrissgebäude einer ehemaligen Leuchtmittelfabrik Teenager nachts Lärm verursachten. Mitten am grünen Arm der Stadt, wo der Mann von Frau Leinau Vorsitzender eines Gartenvereins war. Einer Kolonie, die sich nach außen als Hort des Friedens präsentierte. Umgangssprachlich Rentneroase genannt.

Gleich nach Amtsantritt hatte Donner aufgehört, den Leuten klarzumachen, dass derartige Vorgänge keine Sache der Polizei seien. Fortan steckte er jedes noch so belanglose Anliegen in die Ablage mit der Beschriftung *Postausgang* und hoffte, dass ein anderer Pechvogel es an den richtigen Adressaten weiterleitete.

De facto kamen die Bürger nicht zu ihm, weil sie den Ratschlag eines echten Kriminalisten suchten. Die Leute kamen, weil sie einen Dummen gefunden hatten, der ihnen zuhörte.

»Ich möchte so werden wie Sie«, posaunte Hentschel.

Donners Faust krachte auf die Tischplatte. Der Banause machte samt Stuhl einen Satz nach hinten.

»Du willst genauso aussehen wie ich?«, polterte Donner und wischte die Fliegenreste von seiner Hand auf ein weißes Blatt Druckerpapier. »Du willst jeden Morgen in eine Hackfresse blicken? Dir am liebsten die Seele aus dem Leib würgen, weil du deinen Job satthast? Dich aus dem Bett quälen, nur um dir tagein, tagaus das Kindheitstrauma eines anderen Psychopathen anzuhören?«

Hentschel fuhr sich über das haarlose Kinn. »Na ja, so habe ich das nicht gemeint, aber ich verfolge Sie schon so lange …«

»Du *verfolgst* mich?« Donners Stimmung kam dem Wolkenbruch gleich, den er angesichts der drückenden Hitze herbeisehnte. Ja, *verfolgen* war das richtige Wort. Der Teenager besuchte ihn jede Woche. Genau wie Frau Leinau.

»Ähm …« Hentschel schob den Stuhl heran und beugte sich über den Tisch. »Ich kenne all Ihre Fälle. Besonders die mit Kriminalkommissar Balthasar. Der Letzte muss furchtbar für Sie gewesen sein.«

Darauf antwortete Donner gar nicht. Sofort blitzte das Foto seiner Tochter auf. Er sah es im Wind fallen.

Nach einiger Zeit nahm er ein Taschentuch und wischte sich die Schweißperlen von der Stirn. Zwischenzeitlich laberte Hentschel weiter. Als auch nach fünf Minuten kein Ende in Sicht war, hielt Donner mitten im Redefluss des Neunzehnjährigen eine Hand hoch und griff mit der anderen die Bewerbungsmappe. »Also gut, ich werde sehen, was ich für dich tun kann.«

Die Blätter wird mein Reißwolf fressen, und dein Automatenporträt benutze ich als Zielscheibe über dem Papierkorb. Na, wie gefällt dir das?

»Hier steht, du arbeitest in einem Handyshop …«

Hentschel grinste verlegen. »Na ja, das muss ich dann nicht mehr. Nicht, sobald ich eine Uniform bekomme. Ich habe gehört, einige Beamte sind nur zur Polizei gegangen, um ihren Uniformfetisch auszuleben.«

»Denkbar«, knurrte Donner. »Und weil man so am schnellsten an eine Schusswaffe kommt.«

»Wie bitte?«

Im selben Moment klopfte es und die Bürotür sprang auf.

Als ein Mann mit Basecap den Raum betrat, hätte Donner vor Frust aufjaulen können. Er vergrub das Gesicht in die Hände und rutschte tiefer in den Stuhl hinein.

Snuff!

»Hey, ich kenne Sie!« Hentschel fegte vom Sitz und wedelte mit dem Zeigefinger herum. »Sie sind der Pressefuzzi, dem Herr Donner damals einen Zahn ausgeschlagen hat.«

Der Angesprochene lächelte gequält. »Den Zahn kann ich dir gleich ziehen. Hast wohl eine Presseente gelesen …«

Snuff war übrigens ein Spitzname. Abgeleitet von dem gleichnamigen Begriff für gefilmte Morde, die man zu Unterhaltungszwecken aufzeichnete. Hinter dem Ekelnamen verbarg sich Lars Hauptstätter, ein dreißigjähriger Journalist. Dieser hatte vor ein paar Jahren versucht, mit einer Reportage über eine Snuffgang groß rauszukommen. Die Filme hatten sich als Fake herausgestellt, genau wie die Berichterstattung.

Ohne Skrupel packte der Kerl Hentschel am Arm und schob ihn zur Tür hinaus. Die Proteste des Neunzehnjährigen nützten nichts. Der Journalist half nach, den Ausgang zu finden. Bereits in der Vergangenheit hatte er keinerlei Anstand gezeigt. Er war das, was man auf gut Deutsch eine *miese Ratte* nannte. In der Pressebranche war er spätestens mit der Stigmatisierung durch den Spitznamen erledigt gewesen. Seitdem verdiente er sein Geld mit Publikationen in der Anonymität des Internets.

Obwohl Donners Erscheinungsbild Typen wie Hauptstätter niemals davon abhielt, ihn aufzusuchen, wunderte er sich über das spontane Auftauchen.

»Was kann die Polizei für Sie tun, Snuff?«, fragte er.

Der Kerl verschloss die Tür und drehte sich um. Er setzte das Basecap ab und enthüllte glasige Augen. Die darunterliegenden Augenringe kamen Donner befremdlich vor. Zumindest erinnerte er sich an frühere Begegnungen, bei denen der Journalist stets eine gewisse Smartheit demonstriert hatte.

Donner schnüffelte. Von der anderen Seite des Tisches grüßte ihn Schweißgeruch.

»Hören Sie mir genau zu«, begann Hauptstätter, wobei er sich grob durch das Haar fuhr. »Wir beide haben ein ziemlich großes Problem.«

Lass mich raten: Du stinkst und jetzt willst du deinen Mist bei mir abladen?

Das Zittern von Hauptstätters Händen entging dem Hauptkommissar nicht. Er tippte nicht auf Drogen. Stress erschien ihm plausibler.

Schließlich zerrte der Journalist einen Zettel aus seiner Umhängetasche. Ununterbrochen schüttelte er den Kopf, dann plärrte er in weinerlichem Tonfall los: »Jemand erpresst mich.«

Aufgelöst fuchtelte der Mann mit den Händen, als wollte er eine Spinne von seiner Jacke loswerden.

Donner wartete, bis er weitersprach.

»Er sagte, er würde mit Argusaugen darauf achten, dass ich Sie heute in Ihrem Büro aufsuche«, fuhr sein Gegenüber fort. »Er drohte, mich zu bestrafen, wenn ich es nicht tue.«

Donners Blick ging zum Fenster, danach zurück zu Hauptstätter. »Sonst noch was?«

»Lesen Sie das!«, forderte er Donner auf. »Das ist ein Artikel, der in achtundvierzig Stunden auf meiner Seite online geht.«

Kapitel 3

»Für Geld würden Sie sogar Ihre Mutter verkaufen, Snuff.«

An Donners Hals pulsierte es zornig. Er rang um Beherrschung. Mit dem Daumenballen rubbelte er über die Stirn, ehe er den Artikel erneut las:

Donner läuft Amok! Wieder wird ein Polizist zum Mörder!

Die schwarzen Buchstaben hatten etwas Unumkehrbares, als wäre die Schlagzeile bereits in aller Öffentlichkeit lesbar. Sein Groll auf den Schreiber erreichte eine neue Stufe.

»An Ihnen haftet der Geruch der Kanalisation. Und wahrscheinlich haben Sie gar keine Mutter. Sie sind das Produkt einer Kanalratte.«

Er versuchte wieder runterzukommen, aber er musste dringend auf die Toilette. Zähneknirschend sah er an die Wand. Die Zeiger der Uhr machten ihn irre. Er wollte sich an sämtlichen Körperpartien kratzen. Und dazu kam die Hitze. Draußen dröhnte der Fahrzeuglärm. Die Abgase und der Dunst der Stadt drangen zum offenen Fenster herein. Schweiß lief ihm von den

Haarspitzen herunter. Das säuerliche Wasser machte sein Hemd eng, es ätzte aus jeder Pore.

»Was für ein krankes Hirngespinst«, tobte er abermals und sprang auf. Der Bürostuhl kippte und polterte auf das Parkett.

Hauptstätter taumelte zurück. Dabei stieß er mit dem Rücken gegen einen defekten Standlüfter. Von der Statur konnte er dem Kommissar niemals das Wasser reichen. Hauptstätter war ein Hähnchen, Donner ein Stier.

»Sie packen auf der Stelle Ihren Dreck zusammen, Snuff!« Er warf das Papier durch die Luft, von wo es zu Boden segelte. »Und sollte ich von Ihnen in den nächsten drei Minuten auch nur den Geruch wahrnehmen, schwöre ich, dass Sie zum ersten Mal im Leben ein paar wahre Sätze verfasst haben.«

»Bitte!«, beschwichtigte Hauptstätter ihn mit vorgestreckten Händen. Zugleich zog er den Kopf ein. »Halten Sie mich wirklich für so dumm?«

Ich halte dich sogar für den größten Trottel auf Erden.

Das meinte er nicht ernst, denn hinter all der Gewissenlosigkeit verbarg sich das Gehirn eines Genies. Aber selbst kluge Menschen tun dumme Dinge. Für die schnelle Karriere hatte Hauptstätter sein Gewissen geopfert.

»Der Kerl macht mich fertig!« Hauptstätter japste, als ginge er an den eigenen Worten zugrunde. »Und er ist keine Einbildung. Er hat mir geschrieben und exakte Instruktionen gegeben. Ich solle heute hierherkommen, Ihnen den Ausdruck überreichen und Sie damit zu einem Geständnis zwingen. Wie ich bereits sagte, ist der Kerl scharf darauf, den Namen Jeff Balthasar zu verklären und Sie in den Dreck zu ziehen. Sie, das Symbol des ehrbaren Gesetzeshüters. Er will, dass Sie die Tötung dieses neunzehnjährigen Vergewaltigers damals als notwendige und legitime Strafe darstellen und Ihr eigenes Handeln als inkorrekt.«

»Sie sind ja komplett durchgeknallt. Wir reden hier über einen Mord, den Jeff Balthasar begangen hat. Da gibt es nichts zu revidieren.«

»Er wusste, dass Sie mich für verrückt halten. Genau das macht den Reiz für ihn aus. Es ist ein Spiel. Er hat vorausgesagt, dass mein Erscheinen Ihr Nervenkostüm aufs Äußerste strapazieren würde. Laut seinen Worten macht das die Sache interessant für uns drei. Es ist ein Ritt auf einem Pulverfass. Für ihn, für Sie und für mich. Ich bin nur der Spielball, aber Sie ...« Er stach mit dem Zeigefinger nach vorn in die Luft. »Sie fordert er heraus. Er will, dass bei Ihnen die Sicherungen durchbrennen.« Langsam wagte der Hampelmann sich wieder näher, warf den Kopf wie zu einem geisteskranken Tanz hin und her. »Ihr Ermittlerhirn fragt sich bestimmt, was er mir angedroht hat, damit ich die Anweisungen befolge. Oh nein, keinesfalls will er mir etwas antun. So gesehen ist er ganz nett. Aber wenn ich nicht mitspiele, löscht er die Familie meines Bruders aus.«

Donner runzelte die Stirn. »Wann haben Sie eigentlich Ihren letzten Snufffilm konsumiert?«

»Scheiße, wenn ich es Ihnen doch sage!« Hauptstätters Lautstärke nahm mit jeder Silbe an Intensität zu. Er raufte sich das Haar, fuhr sich übers Gesicht, hinterließ mit den Fingernägeln Striemen auf seinen Wangen. »Der Kerl ist einer von den echten Psychopathen. Dagegen habe ich höchstens Kavaliersdelikte vorzuweisen. Ja, ich habe in der Vergangenheit Scheiße gebaut, das gebe ich zu. Aber ich komme kaum noch zur Ruhe. Verflucht, Donner, Sie müssten doch am besten wissen, wie sich ungefilterte Angst anfühlt. Oh mein Gott, ich dachte, Sie könnten mir helfen.«

Oh mein Gott! Das hatte der Verhandler damals auf dem Sechsgeschosser auch gesagt. An einem gewissen Punkt im Leben sagte das jeder.

»Was Sie da sagen, ist lächerlich.« Donner trat ganz dicht an den Besucher heran. Die Gedanken an den Verlust seiner Familie machten ihn wahnsinnig. Im Augenblick empfand er sein Gegenüber widerwärtiger als das eigene Antlitz. Nur ein kleiner verbaler Stich fehlte noch und er würde die Faust sprechen lassen. »Besser, Sie hören mir jetzt genau zu, Snuff: Mein Albtraum ist lebendig genug, ich werde nicht in einen neuen eintauchen. Also denken Sie nicht einmal daran, mich weiter zu provozieren.«

»Verdammt, ich weiß nicht, was ich tun soll. Am Anfang wollte ich die Nachricht ignorieren, aber plötzlich fand ich Bilder von der Familie meines Bruders im Briefkasten. Alltagsszenen: mein Bruder in seinem Chevrolet, seine beiden Kinder auf dem Schulhof, seine Frau vor dem Supermarkt. Wissen Sie, wie gruselig das ist? Später habe ich *ihn* sogar gesehen.«

»Ach ja?«

»Kein Witz! Während ich abends aus dem Fenster meiner Wohnung schaute, sah ich ihn auf der Straße stehen. Direkt unter einer Laterne, als gehörte er genau dorthin, als wäre er der Teufel der Nacht. Sein Gesicht habe ich nicht erkannt, aber ich wusste, dass er es war.« Hauptstätter schluchzte. »Sie mögen mich für einen skrupellosen Widerling halten, der keine Ideale kennt. Leider muss ich Sie enttäuschen, Herr Hauptkommissar. Egal wie geschult ihr Bullen seid, auf den tiefsten Grund der Seele könnt ihr nicht blicken. Denn dort mache ich mir Scheißsorgen, was der Psychopath mit meinem Bruder, dessen Kindern und dessen Frau anstellen könnte.«

»Haben Sie eine Beschreibung von dem Verdächtigen?«

Hauptstätter zischte, als befände er das für überflüssig. Dann besann er sich und sagte: »Eins fünfundachtzig, Ihre Statur, dunkle Bekleidung, Raucher, das Handy hielt er mit der linken Hand ans linke Ohr. Reicht Ihnen das?«

Wen hat er angerufen? Wie hat er sich bewegt? Was hat er mit der Kippe gemacht? Stand ein Fahrzeug in seiner Nähe? Wie oft haben Sie ihn gesehen? Wer außer Ihnen noch? Warum haben Sie nicht zwei, drei Leute zusammengetrommelt und es dem Kerl mal richtig besorgt? Ja, in der Summe habe ich noch eine ganze Menge Fragen, und irgendwann werde ich an den Punkt kommen, wo Ihre Story eine Schwachstelle aufweist.

»Die Adresse der E-Mail?«

Hauptstätter schüttelte den Kopf. »Was spielt das für eine Rolle? Meine Güte, Donner, in welchem Zeitalter leben Sie?«

»Und haben Sie zurückgeschrieben?«

»Er brauchte keine Antwort von mir, ich sollte einfach zu Ihnen gehen. Nein, er war davon überzeugt, dass ich es tun würde.«

»Gut, jetzt waren Sie hier. Ich hoffe, Ihr Stalker ist mit Ihnen zufrieden.«

»Auf so eine Äußerung Ihrerseits war er vorbereitet. Seine exakten Worte lauteten: *Am Anfang hält Donner es für einen grotesken Scherz, später gerät sein Alltag ins Wanken und am Ende stürzt die Welt über ihm zusammen. Leute wie Erik Donner und Sie haben immer etwas zu verlieren, denn man hat ihnen noch nicht alles genommen.*«

Donner sog die Luft ein, bis fast ein Schleifen ertönte. Es stank. Der Raum schien in der Hitze zu schrumpfen. In dieser Stadt gab es nicht genug Sauerstoff, um einen solchen Todessommer zu überstehen. Er musste raus.

»Ihre drei Minuten sind um. Wenden Sie sich mit Ihren Halluzinationen an einen Seelenklempner nach Wahl. Oder besser, belästigen Sie mit Ihrem Problem die richtige Polizei.«

»Pah, was meinen Sie, warum er ausgerechnet mich ausgesucht hat? Jeder in dieser Stadt kennt Lars Hauptstätter. Denken Sie, Ihre Kollegen würden mir auch nur ein Wort glauben?«

Da ist es! Das Genie!

»Ich denke, ich sollte Sie vor die Tür setzen.« Donner drehte den Schlüssel im Schloss herum und packte den Besucher am Nacken. »Und jetzt raus!«

Unsanft landete der Gestoßene auf dem Flur und prallte mit der Schulter an einen Heizkörper aus Gusseisen. Eine Angestellte, die gerade vorbeiging und zu der auf derselben Etage ansässigen Versicherung gehörte, wohnte der Szene ungewollt bei.

»Guten Morgen, Herr Donner!«, flötete sie. Allerdings vermied sie es, ihm in die Augen zu sehen. Schnell huschte sie davon und er war wieder mit dem Lügenakrobaten allein.

»Eine Frage hätte ich noch, Snuff!«, sagte er.

Der Journalist rappelte sich auf, ohne hochzublicken. Mit dem T-Shirt wischte er sich die verheulte Visage aus.

»Sie haben immer von *ihm* gesprochen. Um wen handelt es sich Ihrer Meinung nach?«

Hauptstätter klopfte sich den Staub von der Hose und schlurfte davon. »Haben Sie das noch nicht verstanden?«, brabbelte er im Gehen. »Er nennt sich Jeff Balthasar.«

Kapitel 4

Damals (sieben Jahre zuvor)

Die Villa lag wie ein Dornröschenschloss, umrahmt von einer kuchengelben Klinkermauer. Donner bestaunte die Tannen, die sich fürstlich in den Himmel schraubten. Von so einem Grundstück träumte Elli. Irgendwann sollte der Traum vom eigenen Heim in Erfüllung gehen.

Doch wenn überhaupt, konnten sie sich nur die Minivariante am anderen Ende der Stadt leisten. Dort waren die Bodenpreise noch an der Grenze dessen, was ihr Geldbeutel aushielt. Auch das Haus selbst müsste der Architekt an den Stand ihres Sparbuchs anpassen. Vermutlich würde Elli auf die Schmucksäulen verzichten müssen.

Aufmerksam besah sich Donner das Stadtviertel. Innerhalb dieser Siedlung schien es keine böse Macht zu geben. Blut und Gräueltaten kannten die Leute höchstens aus ihren High-End-Flachbildfernsehern. Alles war bildhübsch. Selbst der Asphalt glänzte mehr als in anderen Stadtteilen. Die Einwohner lebten hier einen kostspieligen Traum.

Doch ein Eindringling hatte das Refugium der Harmonie geschändet, und die Aufgabe der beiden Beamten bestand darin, den Schmutz zu beseitigen.

Temperamentvoll lenkte Balthasar den Dienstwagen in eine Einfahrt. Schneeweißer Kies knirschte unter den Rädern. Es erinnerte Donner an das Geräusch von Balthasars Gebiss, wenn die Zähne aufeinandermahlten. Ein untrügliches Zeichen von Anspannung.

»Lass uns die Sache schnell hinter uns bringen«, sagte Balthasar und knetete das Lenkrad. »Es gefällt mir nicht, wenn ich ihr ins Gesicht blicken muss.«

»Ich weiß, was du meinst. Aber einer muss mit ihr reden.«

»Dann mach du das.«

Donner schaute zur Fahrerseite, betrachtete seinen Partner. Was er sah, beunruhigte ihn. Das hektische Blinzeln, das ruhelose Lippenspiel. Alle aus dem Team waren übermüdet, doch aus Balthasar machten die Überstunden einen Wahnsinnigen. Bei ihm lagen die Nerven blank. Besser, niemand reizte ihn. Vielleicht sollte Donner handeln, ihn aus dem Spiel nehmen. Aber für eine Auseinandersetzung mit seinem Kollegen fehlte ihm der Schlaf. Balthasar würde es nicht kampflos hinnehmen, wenn er ihn beim Kommissariatsleiter anschwärzte. Er selbst hätte es an seiner Stelle auch nicht akzeptiert. Sie waren Jäger, die eine Hassliebe an ihren Beruf kettete. Sie jagten einen Vergewaltiger, der sich an vier Frauen und einem Mädchen vergangen hatte. Ein weiteres Opfer hatte rechtzeitig fliehen können. Drei der Geschändeten waren bereits über siebzig. Eine Achtundsiebzigjährige war unter dem Martyrium gestorben. Gefesselt in ihrer eigenen Wohnung, mit dem Bauch auf dem Wohnzimmertisch.

»Was schaust du mich so an?«, fragte Balthasar. Er stellte den Motor ab und zog die Handbremse an.

»Nichts«, log Donner und stieg aus.

Gemeinsam gingen sie zur Eingangstür. Auch Donner wollte es so schnell wie möglich hinter sich bringen, schon wegen des Mädchens. Das Kind hatte genug gelitten. Er versuchte zu erahnen, mit welcher Intensität das Geschehene ihr restliches Leben beeinflussen würde. Körper und Seele waren zerstört. Ein zersplittertes Porzellangefäß konnte man kitten, doch es würde nie mehr ganz sein. Wie eine Porzellanpuppe hatte das Mädchen beim letzten Mal dagestanden.

Vor der Klingel blieben sie stehen. *Gruenberg* stand auf dem Messingschild. Die Dienstmarken ließen sie stecken.

Balthasar hielt den Daumen über den Knopf, zögerte jedoch.

»Weder die beiden Rentnerinnen noch die Sechsunddreißigjährige haben uns entscheidende Hinweise auf den Täter geben können. Was macht dich so sicher, dass ausgerechnet die Dreizehnjährige mehr weiß?«

»Ich bin kein Hellseher, ich beurteile nur die Fakten. Nach den alten Frauen ist er mutiger geworden. Aber dass ihm eines der Opfer vor der Tat entkommt, hat ihn verunsichert. Er macht Fehler. Deshalb hat er sich an Manuela Gruenberg, einem Kind, vergriffen.«

»Scheiße, wir tappen im Dunkeln, und der Mistkerl sitzt vermutlich bei Mutti zu Hause und spinnt die nächsten Gewaltfantasien, während er sich Pommes reinschiebt und ein Computerspiel daddelt. Laut Aussage der Geschädigten ist der Hurensohn kaum zwanzig und trotzdem führt er die gesamte Mordkommission an der Nase herum.«

»Wir kriegen ihn.«

»Hoffentlich bald. Und dann möchte ich dabei sein, um diesem Wichser die Fresse zu polieren.«

»Reiß dich zusammen. Und vor allem, lass mich reden.« Donners Daumen senkte sich auf den Klingelknopf. Das Schellen klang so verspielt, wie die Umgebung aussah.

Balthasar ging zwei Schritte zurück und drehte sich mit dem Rücken zur Tür, als mimte er den Aufpasser – oder als fürchtete er die Begegnung. Donner beobachtete ihn. Das Verhalten seines Partners bereitete ihm Sorge. Die Schwangerschaft von Balthasars Frau war eine zusätzliche Belastungsprobe. Ein Mädchen sollte es werden. Der Termin der Entbindung war überfällig. Donner musste handeln. Nach dem Gespräch mit Manuela Gruenberg wollte er ihn auf die unkontrollierten Gefühlsausbrüche ansprechen.

Im Inneren des Hauses hallten Schritte. Die Tür ging auf.

»Kriminaloberkommissar Donner! Kommissar Balthasar!«, begrüßte man sie. »Weshalb …?« Mitten im Satz drehte sich der Hausherr um. Seine Frau stand wenige Meter hinter ihm im Flur. Eine Hand lag auf dem Treppengeländer.

»Entschuldigen Sie unser unangekündigtes Auftauchen, Herr Dr. Gruenberg. Wir möchten kurz mit Manuela sprechen.«

»Gibt es Neuigkeiten?«

Donner musterte den Familienvater, dessen Statur aufgrund der Ereignisse der letzten Tage an Umfang eingebüßt hatte. Zudem hing ein Hemd an den Schultern herunter, mit dem er sich unter Garantie niemals seinen Klienten vorgestellt hätte. Der Stoff machte aus dem erfolgreichen und charismatischen Psychologen einen Hampelmann. Aber wenn jemand Donners Tochter vergewaltigt hätte, wäre ihm auch jegliche Kleiderordnung egal gewesen. Nur ein einziger Gedanke hätte ihn begleitet: den Verantwortlichen für die Tat zur Strecke zu bringen.

Da bemerkte Donner, dass er die Frage des Familienvaters noch nicht beantwortet hatte. Er schüttelte den Kopf, wie er es oft tat. Dann überlegte er, wie er sein eigenes Anliegen am diskretesten formulieren könnte.

»Dürfen wir eintreten?«, fragte er schließlich.

»Manuela ist nicht da«, erhob Frau Gruenberg die Stimme. Ein scharfer Unterton schwang darin.

Dr. Matthias Gruenberg nickte. Die Atmosphäre stand im Kontrast zur Stimmung der letzten Begegnung, wo die Eltern trotz der Umstände geradezu erleichtert gewesen waren, dass die Kriminalpolizei die Ermittlungen aufgenommen hatte.

»Entschuldigung, Frau Gruenberg«, versuchte es Donner erneut, obwohl es ihm schwerfiel, einen sanften Ton anzuschlagen. Er hasste es, wenn Zeugen und Geschädigte unkooperativ agierten und die Polizei als Buhmann hinstellten. »Es ist wichtig. Können wir Manuela erreichen?«

»Sie haben es gehört«, ergriff Dr. Gruenberg das Wort. »Sie ist nicht hier. Wir mussten Manuela in psychologische Obhut geben.«

»Sie wurde in eine Klinik eingewiesen?«

»Natürlich nur vorübergehend.«

»Ich verstehe.«

»Nein!«, kreischte Frau Gruenberg los und stapfte herbei. Beim Laufen knickte sie fast um. »Sie verstehen rein gar nichts.«

Ihr Mann versuchte sie zurückzuhalten, doch die sonst so beherrschte Unternehmerin schoss Donner wie eine Furie entgegen.

»Hätten Sie Ihren Job richtig gemacht, hätten wir unser Kind noch.« Sie fuchtelte wild mit dem Zeigefinger.

»Keine Beleidigungen, okay?«, mischte sich jetzt auch Balthasar in die aufgeheizte Unterhaltung ein. »Wir reißen uns den Arsch auf, damit wir diesen Verbrecher dingfest machen.«

»Ach ja?«, keifte Frau Gruenberg zurück. »Sie haben ja nicht mal eine weibliche Beamtin dabei. Oder ist es mittlerweile Standard, dass ein Mann ein Vergewaltigungsopfer befragt?«

»Wollen Sie mir meine amtlich beglaubigte Kompetenz absprechen? Das ist Männerdiskriminierung.«

»Hör auf!«, ermahnte Donner seinen Kollegen und stieß ihn an.

Alle holten Luft und auch Donner versteifte gereizt die Schultern. Aber es hatte keinen Sinn, der Mutter zu erklären, dass man bei Beamtinnen mit Erfahrung auf diesem Gebiet nicht gerade in einen vollen Topf greifen konnte. Ohnehin wollten er und sein Partner nur wenige Fragen stellen. Gleichfalls wusste Donner, dass Polizisten laut öffentlicher Meinung niemals Freizeit brauchten. Entweder waren sie Marionetten, oder sie machten Urlaub, sobald sie die Dienststelle betraten.

»Wir wollen Manuela wirklich nur kurz befragen.«

»Scheren Sie sich zum Teufel!«, schrie Frau Gruenberg. Und als sie die Tränen nicht mehr halten konnte, verschwand sie im Haus.

Stille trat zwischen die Anwesenden. Das Vogelgezwitscher wirkte, als stamme es aus einer fremden Welt. Wie auch immer der Alltag der Familie zuvor ausgesehen haben mochte, nach dem Verbrechen war alles anders. Unbändige Traurigkeit hatte in den Winkeln des Gebäudes Einzug gehalten. Sie war durch die Eingangstür in den Flur gekrochen und hatte sich auf dem Fußboden, in den Bettlaken und am Esstisch ausgebreitet.

Stumm schaute Donner auf den Vater im Türrahmen. Ihm fehlten die Argumente. Stattdessen versuchte er, die traurigen braunen Augen seines Gegenübers zu ergründen. Was er fand, war Leere.

»Ich bin mir sicher, dass Sie Ihre Arbeit gewissenhaft tun«, flüsterte Dr. Gruenberg. »Aber wenn Sie Anstand und ein Gewissen haben, kommen Sie nie wieder zu uns. Manuela hat genug gelitten … und wir ebenfalls.« Er trat zurück in den Hausflur und schob die Tür halb zu.

Donner ließ es geschehen, denn die Realität geht ihren eigenen Weg. Sie ignoriert Wünsche häufiger als ein strenger Vater. Deshalb würde er nicht anfangen, Versprechungen zu machen. Allerdings würde es früher oder später weitere Befragungen geben. Entweder durch eine Staatsanwältin oder durch eine Ermittlungsrichterin. Sechs Jahre im K11 hatten ihn gelehrt – nein, sie hatten ihn *belehrt*! –, dass die Wahrheit facettenreicher sein kann als eine Lüge. Und vor Gericht ging es nur darum: die Wahrheit zu finden.

»Es tut uns leid, Dr. Gruenberg«, sprach Balthasar stellvertretend für sie beide, während die Tür langsam zuschwang. »Wir werden alles dafür tun, damit sich Ihre Familie besser fühlt. Versprochen!«

Kapitel 5

Heute

In Donners Theorie gab es drei Stufen von Psychopathen: die, die ihre seelische Krankheit lautstark und aggressiv zum Ausdruck brachten; die, die von allen als arme Spinner belächelt wurden; und die, bei denen man immer das Gefühl empfand, dass etwas mit ihnen nicht stimmte, obwohl man äußerlich nichts Konkretes feststellen konnte. Bei Hauptstätter lag der Fall einfach. Er fiel in keine der drei Kategorien. Snuff war eine Witzfigur.

Aber zu welcher Gruppe gehörte Donner selbst?

Während er im Badezimmer stand und darüber nachdachte, tauchte er die Hände in das Waschbecken und klatschte sich Wasser ins Gesicht. Von der Stirn angefangen fuhr er mit dem Mittelfinger die riesige Narbe abwärts. Vorbei am rechten Auge über das Nasenbein und den Mundwinkel bis hin zur linken Wangenseite. Im Spiegel beobachtete er, wie ihm die Nässe vom Kinn tropfte. Schweiß und Anspannung fielen mit ab.

Doch nicht die Hässlichkeit war es, die ihn ängstigte. Auch nicht die Einsamkeit und die Stille, mit denen er die Wohnung teilte. Ebenso wenig fürchtete er sich vor dem Gedanken an eine 9-mm-Patrone, die sich durch seinen Schädel schraubte. Es war die *Sucht*, die ihn erzittern ließ.

Er war abhängig von seinem Beruf. Von brutaler, zermürbender und gleichzeitig selig machender Ermittlungstätigkeit beim K11. Die Beratungsstelle dagegen saugte ihn aus, machte ihn blutleer. Er sehnte den Kick herbei, den er bei einem Mordfall verspürte. Das charakterisierte ihn als Junkie.

Er nahm ein Handtuch vom Haken, trocknete sein Gesicht. Danach rieb er sich unter den Achseln. Das Unterhemd, welches er trug, zeigte dunkle Ringe. Er schwitzte. Es kam ihm vor, als trieften sogar die Wände. Der Mief des Sommers hing in der Wohnung.

Und die Fliegen!

Fliegen gab es, wohin er sah. Sie klebten an den Oberarmen, den Gardinen, am Obst und an der Toilettenschüssel.

Es reichte nicht, sie totzuschlagen. Die Fliegen begleiteten ihn das gesamte Leben. Mit dem Eintritt in den Polizeidienst hatte man ihm Dienstausweis, Uniform, Pistole und Fliegen übergeben.

Niemand, der Verstand im Wert eines Cents besaß, hätte nach Donners Vergangenheit zurück zur Mordkommission gewollt. Er dachte anders. Er war ein Junkie. Der Duft von Blut und Verwesung stimulierte ihn. Er ging über Leichen, um das Serum des Todes zu kosten. Im Idealfall winkte als Lohn der Name eines Mörders. Und Donners Aufklärungsquote hatte stets einen Spitzenwert erreicht. Das Todeselixier machte ihn stark. Denn er glaubte an das Gesetz.

Oh ja, er war ein Psychopath. Deswegen ängstigten sich seine Kollegen, wenn sie ihm begegneten. Sie hatten von Anfang an gewusst, dass etwas mit ihm nicht stimmte.

Als er zu dieser Erkenntnis kam, ging er vom Bad in den Wohnraum zurück. Dort bediente er die Play-Taste am CD-Spieler. Sobald die Beats der *Red Hot Chili Peppers* einsetzten, zog er das danebenliegende Handy vom Ladekabel ab. Obwohl er kaum Kontakte pflegte, hielt der Akku höchstens einen halben Tag. Routiniert wählte er eine Nummer.

Es klingelte lange. Er schaute auf die Uhr. Es war nach neun und draußen ging die Sonne unter. Für einen flüchtigen Moment wollte er auflegen, aber da hörte er bereits Luisas Hauchen.

»Hast du wieder Sehnsucht nach mir, mein starker Held?« Sie nannte ihn oft so. Er hasste die Bezeichnung. Allerdings hatte er sie ihr nie untersagt.

»Ja, komm«, forderte er. »Ich brauche dich bei mir.«

»Aber wir haben uns erst gestern gesehen.«

»Trotzdem möchte ich, dass du zu mir kommst.«

»Oh, oh! Beginnst du etwa zu klammern? Was habe ich dir über das Klammern gesagt?«

»Ich liebe dich.«

Sie zögerte. »Warum sagst du das auf einmal?«

Für einen Augenblick sah er im Geist Ellis Gestalt. Sie kreuzte die Arme vor der Brust, als stünde sie eingeengt in einer sehr schmalen Nische. Ihr Blick mahnte ihn, er solle sie nicht vergessen. Doch er hatte vor Monaten aufgehört, nach ihr zu suchen. Seine Frau war verloren gegangen.

Er kniff die Augen zusammen, um die Vision zu vertreiben.

»Ich weiß nicht, warum ich so was rede«, wich er aus. »Vielleicht, weil du es dir wünschst?«

Das Platzen einer Kaugummiblase schallte in sein Ohr.

»Hör zu, Erik, ein Typ hat mich in ein Vier-Sterne-Hotel bestellt. Der zahlt mir eine volle Monatsmiete für zwei Nächte. Ist das okay für dich?«

Donner vergrub die Fingernägel in den Stoff des Unterhemds. Ein Ja brachte er nicht heraus, woraufhin es im Hörer ungeduldig schmatzte.

»Sag mir, dass es für dich okay ist«, drängte sie. »Dann bleibt alles so nett wie bisher.«

Nett! Zwei Nächte. Wer weiß, was der Kerl für perverse Wünsche hat.

Kaum hörbar lachte er. »Ja … ja, natürlich, wie kindisch von mir. Du musst arbeiten.«

»Ich rufe dich an.«

Das Gespräch verstummte.

Donner ließ das Handy sinken und starrte durch das Fenster in die Abenddämmerung. Eine Prostituierte war sein verbliebener Rettungsanker.

Gott, wie erbärmlich muss das Leben eines Mannes sein?

Falls er jemals religiös gewesen war, hatte er längst aufgehört, an Gott zu glauben. Während der Reha, wo er nach dem Dachsturz wieder laufen gelernt hatte, war er manchmal in die Kirche gegangen. Aus Neugier und weil er wissen wollte, ob es einen omnipotenten Gamemaster gab. Er hatte Fragen gestellt, doch der Kerl, der die Hebel der Welt bediente, hatte geschwiegen. Oder aber Donner hatte nicht genau hingehört.

Er ging zum Fenster, spähte die Laternenstafette entlang. Eine Frau spazierte mit ihrem Hund auf dem Gehweg. Zwei Ausländer, die aus dem nahen Spielkasino kamen, liefen Richtung Stadion. Nirgendwo ein Schwarzer Mann. Nur Schatten von leblosen Objekten.

Warum kam jemand wie Snuff auf die Idee, mit einer wilden Geschichte vom großen Unbekannten schnurstracks in Donners Büro zu marschieren? Ihm fiel die gelöschte SMS ein. Die Rufnummer hätte er überprüfen lassen können. Dabei wäre er eventuell auf den Namen Lars Hauptstätter gestoßen. Nein, für so dämlich hielt er den Journalisten nicht. Doch an eine Wiedergeburt von Jeff Balthasar glaubte er ebenso wenig. Es drängte sich ihm der Verdacht auf, dass Snuff eine neue Story brauchte. Dafür war ihm jedes Mittel recht. Das wusste Donner nur allzu gut. Als er nach dem Dachsturz im Koma gelegen hatte, hatte der Journalist versucht, die Krankenakte aus der Klinik zu stehlen.

Jawohl, er war eine miese Ratte.

Donner streifte Hemd, Hose und den Rest der Kleidung ab und wanderte nackt durch die Wohnung. Ihn überkam der Drang zu rauchen, um das Chaos in seinem Kopf zu ordnen.

In einer Schublade in der Küche fand er eine Packung Lucky Strike. Nur das Feuerzeug fehlte. Verflucht, es lag im Büro auf dem Schreibtisch! Mürrisch warf er die Zigarettenschachtel zurück.

Aber die Sache mit Snuff beschäftigte ihn noch immer. Als er Hauptstätters Hals berührt hatte, hatte er kalten Schweiß gespürt, der niemals zu dieser Wahnsinnshitze passte. Dazu die ständig in hohe Töne entgleitende Stimmlage. Anzeichen von echter Angst.

Es konnte nicht schaden, den Dingen auf den Grund zu gehen. Und Donner wusste, wo er anfangen musste zu recherchieren.

Kapitel 6

Der Funk-Rock der *Red Hot Chili Peppers* durchdrang alle Räume. Die Musik verstärkte Donners rastloses Gemüt. Gewöhnlich wechselte seine Stimmung so häufig wie die Klänge der Band.

Er öffnete den Kühlschrank, doch er hatte vergessen, Getränke kalt zu stellen. Für manche Dinge besaß er kein Talent. Zum Beispiel, einen Haushalt zu führen. Also nahm er eine Mineralwasserflasche aus dem Holzschrank, schraubte den Deckel auf und verließ die Küche. Das Wasser floss lauwarm in seinen Rachen – warm wie Urin. Trotzdem trank er es hastig. Er drohte unter der Hitze zu verdorren.

Als er das Wohnzimmer betrat, ging sein Blick zur einzigen Zimmerpflanze in der gesamten Wohnung. Eine Kentiapalme.

»Sie ist das reinste Sparwunder, wenn es um Ihre Wasserrechnung geht«, hatte die Beschreibung versprochen.

Allerdings sparte er ein bisschen zu viel. Die Blätter nahmen eine für Pflanzenliebhaber beunruhigende Braunfärbung an. Donner hasste Pflanzen. Die Palme war ein Geschenk seines einstigen Boxtrainers gewesen. Wobei die Idee eher dessen Frau entsprungen war – zum Anlass von Donners Einzug in die neue Wohnung vor eineinhalb Jahren.

Seine Aufmerksamkeit wechselte von der Pflanze zum Wandschrank. Er stellte die Flasche auf den Tisch und öffnete die Türen eines Sideboards neben dem Fernseher. Über vier Regale standen Ordner an Ordner gereiht. Hier drin lagerte Donners ureigenes kleines Archiv. Oder mit anderen Worten: ein Großteil seiner Vergangenheit. Zwanzig Hefter, beschriftet mit Jahreszahlen. Für jedes Dienstjahr einer, beginnend mit dem Eintritt in den Polizeidienst. Er war Student des ersten Jahrgangs an der Hochschule gewesen. Von dieser Zeit an hatte er sämtliche Fälle archiviert. Damals hatte er für den Beruf gebrannt, hatte mit Leidenschaft von seiner Tätigkeit erzählt. Längst nahm er sie als eine peinigende Pflicht hin. Als schlucke man jeden Tag bittere Medizin. Aber jemand musste sich um den Abschaum kümmern. Donner glaubte nicht mehr daran, die Welt besser zu machen, doch zeitweilig gelang es den Ordnungshütern, die Welt von einem Teil des Bösen zu erlösen.

Reflexartig fuhr er den Arm nach dem Hefter aus, der das traurigste Kapitel seines Lebens beinhaltete. Den Tag, an dem Balthasar versucht hatte, Donners Ideale und Existenz auszulöschen. Aber der Gamemaster hatte Donner eine zweite Chance gegeben. Dafür hasste er das Schicksal.

Es schmerzte. Es schmerzte unendlich, wenn er an seine tote Tochter und seine verschwundene Frau dachte. Lediglich die Tränen waren längst versiegt. Die Zeit hatte ein ausgetrocknetes Flussbett in seiner Seelenlandschaft zurückgelassen.

Diesen Hefter rührte er nicht an. Er griff nach dem Ordner des laufenden Jahres. Er blätterte. Der Artikel, den er suchte, war auf den 2. August datiert. Vor genau drei Wochen.

Es klackte, als er den Bügel des Hefters löste und das Zeitungspapier entnahm. Heute betrachtete er die Überschrift mit anderen Augen.

Schock am Landgericht! Richter springt in den Freitod!

Aufmerksam las er Zeile für Zeile. Zuerst war die Polizei von einem Gewaltverbrechen ausgegangen. Der Richter war am helllichten Tag und unmittelbar nach einer Verhandlung wegen schwerer Körperverletzung aus einem Fenster des obersten Stockwerks des Gerichtsgebäudes gestürzt. Direkt mit dem Schädel auf die Eingangsstufen.

Später hatte man einen handschriftlichen Abschiedsbrief gefunden. Nachdem auch noch Kontoauszüge mit einem derben Minusbetrag aufgetaucht waren, hatte die Staatsanwaltschaft den Fall endgültig als Suizid abgelegt.

Richter Jaeschke!

Der Name hallte unheilvoll in Donners Gedächtnis. Er erinnerte sich noch, für wie viel Wirbel der Vorfall am Ereignisort Hohe Straße gesorgt hatte. Selbst an seinem Arbeitsplatz, einige Ecken entfernt, hatte er die Hektik der Polizeidirektion gespürt.

Als er daran zurückdachte, verzog sich sein Gesicht.

Sogar eine Führungsgruppe hatte die Heeresleitung einberufen. Wegen eines *Richters feuert man aus allen Rohren. Typisch Sesselfurzer!*

Doch so nüchtern hatte er die Sache damals keineswegs gesehen. Am liebsten hätte er sich ein Dienstfahrzeug geschnappt und wäre selbst an den Ort des Geschehens gefahren. Nicht als Zuschauer, sondern als leitender Ermittler. Leider machten diesen Job mittlerweile andere – oder zumindest verhunzten sie ihn regelmäßig.

Plötzlich kribbelte es ihn an der Schläfe. Sein Blut kam in Wallung und das Gehirn arbeitete mit der Präzision eines Uhrmachermeisters. Den Zeitungsausschnitt in der Hand, wanderte er im Zimmer umher. Die Sache roch nach *alternativen Hintergründen*. Das Gefühl ließ sich nicht unterdrücken.

Richter Jaeschke hatte Jeff Balthasar wegen Mordes zu lebenslanger Haft verurteilt. Bedeutete das mehr, als ein durchschnittlicher Sesselfurzer ahnte?

Donner wollte keine voreiligen Schlüsse ziehen, aber eventuell hatten seine Kollegen etwas übersehen. Im Datenbestand wurden die Suizidfälle in der Regel nicht geschützt. Demnach war es ihm möglich, vom Büroarbeitsplatz auf Informationen zum Vorgang zuzugreifen. Zwar war das ohne konkrete Anhaltspunkte aus Gründen des Datenschutzes verboten, dennoch nahm er sich vor, den Fall gleich morgen auf den Monitor zu holen. Niemand konnte ihn daran hindern. Höchstwahrscheinlich fiel es nicht einmal auf.

Erst der SMS-Klingelton riss ihn aus seinen Überlegungen. Er hob das Handy auf, weil er mit einer Nachricht von Luisa rechnete. Die Nummer war eine unbekannte.

Der kluge Mann schließt Haus und Hof stets ab. Jeff

Für zwei Sekunden stockte Donner der Atem. Dann drückte er die SMS weg und schaute sich die Absendernummer erneut an.

Na warte, du Arsch! Wie vorteilhaft, dass man keine SMS mit unterdrückter Nummer senden kann.

Nachdem er gewählt hatte, dröhnte der Rufton im Ohr. Zugleich fragte er sich, woher die Irren immer die Nummern von den Leuten hatten.

Es tutete gleichmäßig.

Komm schon! Nimm ab, wenn du dich traust.

Das Mobiltelefon ans Ohr haltend, trat er zum Fenster. Die Dunkelheit hatte den Großteil des Tageslichtes bezwungen.

Da bemerkte er eine Person unter der Überdachung einer Bushaltestelle. Sie war fünfzig, vielleicht sechzig Meter Luftlinie entfernt. Es war ein Mann. Dieser telefonierte.

Linke Hand, linkes Ohr. Er hält ein Handy.

Der Mann blickte in Richtung von Donners Wohnung.

Es knackte. Am Ende der Funkleitung nahm jemand ab.

Donner lauschte. Er hörte es atmen. Ein gleichmäßiges, schweres Luftholen, begleitet vom unverkennbaren Rauschen eines Gesprächspartners, der sich im Freien befindet.

»Wer immer du bist, unterlass diese Späße«, schnauzte Donner ins Telefon. »Hast du gehört? Sonst springe ich durch die Leitung.«

Das Atmen dauerte an. Der Unbekannte stand unverändert an der Bushaltestelle und hielt seinerseits das Mobiltelefon auf Kopfhöhe. Er sprach nicht, atmete nur ein und aus.

Ohne das Handy wegzulegen, schnappte Donner seine Jeans. Wenig artistisch hüpfte er in die Hosenbeine, riss dabei die Flasche vom Tisch und den CD-Ständer um. Krachend landete beides auf dem Boden. Das Glas zersplitterte und das Wasser spritzte über das Laminat.

Er fluchte, hechtete in den Flur Richtung Wohnungstür.

Da ließ ein stechender Schmerz im Fuß seine Gesichtsmuskeln verkrampfen. Keuchend lehnte er sich mit der Schulter gegen die Wand. Einbeinig stehend, zog er einen Glassplitter aus der Fußsohle. Es blutete sofort.

Die Wunde ignorierend, rannte er barfuß das Treppenhaus hinunter. Als er die Haustür aufstieß, rauschte ein Bus auf der Straße vorbei.

Der Fahrgastunterstand war nun menschenleer.

Kapitel 7

Das Ehepaar saß sich gegenüber, gefesselt an Stühlen. Aufgrund eines Knebels im Mund drang nur ein Winseln aus der Kehle der Frau und dem Mann rannen dicke Schweißtropfen von den Schläfen. Trotz Todesangst versuchte er, die Fassung zu bewahren. Er schrie nicht, obwohl er die Möglichkeit dazu hatte. Schreien würde ihnen beiden nicht helfen. Das riet ihm sein Verstand.

»Das Spiel läuft nach folgenden Regeln«, erklärte der Eindringling. »Ich beginne gleich damit, Ihrer Frau einen Finger abzuschneiden.«

Die Laute der Frau nahmen an Intensität zu. Sie zerrte an ihren Fesseln. Dem Mann kamen die Tränen, doch er protestierte kein bisschen.

»Sie können ihr Leid verkürzen, indem Sie sich schuldig bekennen«, fuhr der Eindringling fort. Dabei hielt er eine Gartenschere ins Licht. »Was genau ich von Ihnen hören möchte, verrate ich nicht. Sie werden selbst dahinterkommen. Vielleicht philosophieren Sie im Stillen ein wenig über die Diskrepanz von Gesetz und Gerechtigkeit. Letztlich geht es mir um die Vergeltung von Unrecht. Sie würden es vermutlich Rache nennen. Es sei Ihnen gestattet. Wie dem auch sei, sollte mir Ihre Antwort nicht gefallen, schneide ich einen weiteren Finger ab. Sollten Sie schreien, steche ich Ihrer Frau die Augen aus. Sollten Sie wegsehen oder die Augen schließen, schneide ich ihr die Ohren und die Nase ab. Danach gehe ich zu den Zehen über. Oh, und als kleine Warnung muss ich gestehen, dass ich das zum ersten Mal mache. Unter Umständen stelle ich mich etwas ungeschickt an. Wir alle wollen das hier möglichst sauber über die Bühne bringen. Habe ich mich klar ausgedrückt?«

Wie hypnotisiert nickte der Mann. Die Blicke des Ehepaars trafen sich. Blicke voller Qual und Hilflosigkeit.

»Bitte, hören Sie mir zu!«, flehte der Mann. »Ich gebe Ihnen unser ganzes Geld.«

Daraufhin ließ der Eindringling die Schneiden der Gartenschere drohend klackern. »Falsche Antwort …«

Es dauerte eine kleine Weile, dann erinnerte sich der Ehemann an Jeff Balthasar. Er dachte an den Tag im Gerichtssaal, als er gegen seinen ehemaligen Kollegen ausgesagt hatte. Aber das war nicht das, was der Eindringling hören wollte.

Voller Tränen forschte der Ehemann tiefer in der Vergangenheit. Irgendwann verwarf er sämtliche berufliche Ideale und wünschte dem Folterknecht einen grausamen Tod.

Am Ende fehlten der Frau alle zehn Finger.

Kapitel 8

Der Morgen kam geräuschlos. Eine sonderbare Ruhe weckte Donner. Selbst die Vögel schienen sich totenstill in ihre Nester zu ducken, als stünde Gefahr bevor.

Er stand auf, biss in eine Toastscheibe und spülte sie im Gehen mit einer Tasse Kaffee von der schwärzesten Sorte hinunter. Er nahm den Wohnungsschlüssel vom Haken und schlenderte zum Mitsubishi.

Alarmiert von der Stille, betrachtete er die Gegend.

Die Stille befand sich ausschließlich in seinem Kopf. Eine Sinnestäuschung, denn auf der Straße herrschte Berufsverkehr.

Vermutlich waren das die Nachwirkungen der Schmerztabletten, die er vor dem Schlafengehen eingeworfen hatte.

Verkatert wie alle Tage zuvor, startete er den Motor. Obwohl er nie Radio im Auto hörte, sprang der CD-Spieler an. Ein altes Leiden des Fahrzeugs. Der CD-Auswurf war ebenfalls defekt, weshalb sich Donner jedes Mal die ersten Takte von Peter Maffays Best-of-Album anhören musste.

Er hämmerte auf den Aus-Knopf. Die Gitarre des Maulhelden verstummte.

Donner hasste deutschsprachige Musik und Peter Maffay im Besonderen. Daran änderte selbst die Tatsache nichts, dass es sich um Ellis Lieblingssänger gehandelt hatte. Vielmehr war es ein weiterer Stolperstein in seinem Leben.

Als er losfuhr, schaute er hinüber zur Bushaltestelle. Sechs Leute warteten dort.

Das Ereignis vom Vorabend ließ ihm keine Ruhe. Entweder sah er Hirngespinste oder jemand erlaubte sich einen üblen Scherz. Er würde den Computer in seinem Büro befragen.

Fünfzehn Minuten später rollte er mit dem Wagen ins Parkhaus. Beim Kuppeln schmerzte sein linker Fuß, wo er am Vorabend in die Glasscherbe getreten war. Zu allem Überfluss hatte irgendein Blödmann auf seinem Parkplatz einen weinroten Mercedes abgestellt. Einen Wagen der C-Klasse. Das neuste Modell.

Der Zwischenfall kränkte Donners Stolz.

Sein Stellplatz befand sich keine zwanzig Schritte vom Fahrstuhl entfernt. Aber er dachte gar nicht daran, eine der Freiparkerflächen am Ende der Ebene aufzusuchen, sondern stellte sich direkt neben den Falschparker.

Wütend stieg er aus und betrachtete den aufdringlichen Nachbarn. Beide Kennzeichentafeln am Mercedes fehlten und die Fahrertür stand leicht offen. Doch eine Sache erstaunte ihn mehr als alles andere: Auf dem Fahrzeugdach lag ein Zündschlüssel.

Donner schaute sich um. Aus einem Schaltkasten brummte es eintönig und eine der Neonröhren flackerte. Niemand sonst befand sich hier.

Was zum Geier soll das? Gehört die Karre einem Versicherungsfuzzi?

Vielleicht hatte einer der jungen Schnösel vom Immobilienbüro eine durchzechte Nacht hinter sich. Die waren erst vor Kurzem in das Gebäude eingezogen, welches die Göttin der Polizeidirektion zu Donners Refugium bestimmt hatte.

Er kratzte sich am Nacken. Dann öffnete er die Fahrertür des Mercedes und spähte ins Innere. Auf einen Einbruch deutete nichts hin. Alles sah sauber aus und die Sitzlehnen standen fast in senkrechter Position. Nur ein welker Duft stieg ihm in die Nase. Dem Geruch nach fuhr den Wagen kein Halbstarker. Er tippte auf ein älteres Semester.

Als Polizist war er es gewohnt, fremde Fahrzeuge zu durchsuchen. Ohne ein schlechtes Gewissen beugte er sich hinein und öffnete das Handschuhfach.

Wer benutzt denn heutzutage noch einen Autoatlas?

Neben dem humorlosen Wälzer entdeckte er noch Tankrechnungen (allesamt Barzahlungen), eine Bonuskarte für die Waschanlage (fast voll) und einen Ring mit dem Abbild von Justitia (möglicherweise wertvoll). Sonst fand er nichts. Kein Hinweis auf den Eigentümer.

Donner ging um den Schlitten herum. Zwischen vorderer Stoßstange und Tiefgaragenwand betrug der Abstand weniger als eine Handbreite. Um die Motorhaube zu öffnen, musste er den Wagen ein Stück zurückrollen. Darunter würde er die Fahrzeugidentnummer finden.

Doch zuvor benötigte er einen Stift, damit er die Nummer notieren konnte. Leider hatte er keinen dabei. Demnach würde er zuerst ins Büro stiefeln.

Sicherheitshalber schaute er in den Kofferraum, ob sich die Kennzeichentafeln dort befanden.

Fehlanzeige.

Er stieg in den Fahrstuhl und spielte im Geiste die Möglichkeiten durch, was er mit dem Besitzer anstellen sollte, sobald er dessen Identität herausbekommen hatte. In den ansässigen Unternehmen zu schnüffeln, hielt er für Zeitverschwendung. Obwohl er vor Wut fast platzte, zwang er sich zur Beherrschung.

Vor der Bürotür atmete er dreimal tief ein und aus. Erst als er seine Fäuste für ungefährlich hielt, betrat er das Zimmer. Den Fahrzeugschlüssel pfefferte er auf den Tisch.

In seiner Bürozelle füllte er Wasser in die Kaffeemaschine und schaufelte Kaffeepulver in die Filtertüte. Immer wieder sah er aus dem Fenster und verfluchte die Sonne. Anschließend startete er den Rechner, der mit zermürbender Gemütlichkeit hochfuhr, und griff nach einem Stift. Zurück auf dem Flur, entschied er sich, zuerst die Toilette aufzusuchen.

Als er dreizehn Minuten später erneut in die Tiefgarage kam, war der Mercedes verschwunden.

Kapitel 9

»Herr Donner!«

Donner fuhr herum. Hinter ihm stand Hauptstätter.

Ohne nachzudenken, packte der Kommissar zu und drückte den Skandaljournalisten gegen die Betonwand. Mit dem Unterarm quetschte er ihm die Luft ab. Hauptstätters Schuhspitzen hatten kaum noch Haftung am Boden. Er röchelte und das Basecap rutschte ihm von den Haaren. Neonlicht, gepaart mit der Finsternis der Katakomben, gab seiner Fratze einen ruchlosen Teint.

»Habe ich Sie nicht gewarnt, Snuff, Ihre üble Show zu unterlassen?«

Ein Winseln drang zwischen den Lippen des Widerlings hervor.

»Ich kann Sie nicht verstehen«, setzte Donner nach, gleichzeitig erhöhte er den Druck.

Vergeblich drückte und klopfte der Festgehaltene gegen Donners Arme. Der Stärke des Beamten war er nicht gewachsen.

»Das mit der Karre waren Sie, stimmt's?«

Hauptstätter versuchte etwas zu sagen. Demonstrativ rieb Donner sich am Ohr.

»Sprechen Sie ruhig lauter. Wo haben Sie den Mercedes hingefahren?«

Das Gesicht des Journalisten färbte sich von Sekunde zu Sekunde dunkler. Gnädig löste Donner den Griff. Hauptstätter rutschte an der Wand nach unten. Er krümmte sich auf dem Boden und japste.

»Sie nennen mir jetzt einen triftigen Grund, was Sie hier in der Tiefgarage zu suchen haben, oder ich schleife Sie zum Revier Nord-Ost und stecke Sie in Gewahrsam. Auf die Anzeige wegen Nachstellens können Sie sich gefasst machen. Ich habe Sie nämlich gestern Abend erkannt.«

Das stimmte zwar nicht, aber für Donner stand fest, dass Hauptstätter ein Spiel mit ihm trieb.

»Gott, was erzählen Sie da für einen Blödsinn?« Dem Journalisten fiel das Reden schwer. Noch immer rang er mit der Atemnot. »Der Typ hat mich aufgefordert, Sie mit Nachdruck an Ihr Geständnis zu erinnern.«

Der Kerl fuchtelte mit einem Diktiergerät herum. Sofort riss Donner ihm das Ding aus der Hand. »Sind Sie komplett wahnsinnig?«

»Ich schwöre es. Heute fand ich vor meiner Tür einen Umschlag mit einem Foto. Es zeigt das Gebäude, auf dem Sie und Jeff damals standen. Er hat einen Abwärtspfeil daneben gezeichnet. Verdammt, das denke ich mir nicht aus! Er will Ihren Stolz brechen und Sie für den Verrat im Gerichtssaal büßen lassen.«

Der Hochmütige braucht eine gnadenlose Hand, die ihn läutert. So hatte die erste Nachricht des Unbekannten gelautet. Donner zermarterte sich das Hirn darüber, doch Unsinn bleibt Unsinn. Und je mehr er darüber nachdachte, desto unsinniger wurde die Geschichte.

»Bitte, Herr Donner, glauben Sie mir! Er zwingt mich dazu.«

»Und da finden Sie mich ausgerechnet hier unten?«

»In Ihrem Büro waren Sie jedenfalls nicht.«

»Warum sind wir uns dann nicht im Fahrstuhl begegnet?«

»Ich habe die Treppe benutzt. Das tue ich immer, wegen der Fitness.«

Donner zweifelte an jedem Wort. »Haben Sie Ihrem Bruder Ihre Groschenstory erzählt?«

Hauptstätter nickte, schaute dabei zu Boden. »Er will mir nicht glauben.«

»Ach, sieh an! Schätze, Sie sind das schwarze Schaf der Familie.«

»Und Sie? Vielleicht sollten Sie Ihre Schwester und Ihre Eltern ebenfalls warnen.«

Bei der Erwähnung der Familienangehörigen holte Donner zum Schlag aus. Der Schwindler hob schützend den Arm.

»Sie verlogener kleiner …«

Plötzlich hielt ihm Hauptstätter einen funkelnden Gegenstand hin. Wieder packte Donner blitzschnell zu. Dann erstarrte er. Eine Hitzewelle von der Intensität eines Flammenstoßes durchwogte ihn. Anschließend empfand er lähmende Kälte. Er vergaß die Gegenwart und verfiel in Erinnerungen. Mit zittrigen Fingern nahm er Snuff das Schmuckstück aus der Hand.

»Woher …?« Donner sprach es nicht zu Ende. Bei der Berührung des Metalls hemmte etwas seine Stimmbänder und kurz darauf stoppte der Fluss seiner Gedanken. Seine Nervenströme gefroren. Alles versank in einer Brühe aus Vergangenheit, Gegenwart und bizarrer Zukunft.

Allmählich setzte der Verstand wieder ein.

»Sie rühren sich keinen Millimeter vom Fleck.« Wie benebelt nestelte er das Handy aus der Hosentasche. Er musste das Führungs- und Lagezentrum informieren. Vor Aufregung entglitt ihm fast das Telefon.

Inmitten der Tiefgarage gab es keinen Empfang. Donner fluchte, raufte sich das Haar. Vergeblich versuchte er, die Situation zu erfassen. Wie im Tunnel sah er nur ein Licht. Nach drei Jahren übergab ihm ausgerechnet der Skandalreporter einen Hinweis zu seiner vermissten Frau.

»Sie wollen es nicht verstehen, nicht wahr?«, fragte Hauptstätter. »Der Kerl meint es todernst.«

Unvermittelt stürmte er zur Ausgangstür.

Erst mit Verzögerung nahm Donner die Verfolgung auf. Bis zur Straße lief er dem Windhund hinterher, doch dieser verschwand zwischen Menschen und Bäumen Richtung Markt.

Donner verfluchte die Unfähigkeit seines Körpers. Seit dem Sturz vom Haus konnte er nicht mehr richtig laufen. Das Hinken des linken Beins behinderte ihn und dazu kam die Verletzung an der Fußsohle. So blieb er mit unzähligen Fragen zurück. Gedankenverloren registrierte er die vorbeifahrenden Fahrzeuge. Erst der SMS-Ton katapultierte seinen Geist ins Hier und Jetzt zurück.

Erst suchst du deinen Freund, dann suchen deine Freunde dich. Jeff

Donner überflog die Nachricht beiläufig. Seine Aufmerksamkeit galt dem Ehering, der in seiner Handfläche lag. Elli hatte ihn stets getragen. Das Gegenstück zu seinem. Woher hatte Hauptstätter ihn?

Plötzlich fiel ihm der Ring aus dem Mercedes ein.

Natürlich, der Ring. Verdammt, ich war so blind.

Er rannte zurück ins Büro.

Kapitel 10

Als Donner sah, dass der Fahrstuhl im obersten Stockwerk stand, wollte er nicht warten und lief die Treppen hinauf. Angestellte und Besucher sprangen zur Seite. Einige grüßten verschüchtert. Ohne die Floskeln zu erwidern, hetzte er den Flur entlang. Von den vielen Stufen brannte seine Lunge bei jedem Luftholen. Wie Fieber brach Hitze in seinem Körper aus. Während er sich ein feuchtes Handtuch herbeiwünschte, starrte er auf die Armbanduhr.

8.29 Uhr.

Den Ring hielt er fest umklammert. Das Chaos regierte in seinem Schädel. Er stürmte ins Zimmer und knallte die Tür zu. Der Kaffeeduft im Raum war verflogen. Er schloss die Augen, ermahnte sich zur Besinnung. Keinesfalls durfte er in Panik verfallen. Genau das war es, was Hauptstätter – oder wer auch immer – erreichen wollte. Aber das würde er nicht zulassen. Sein wahres Talent lag darin, selbst unter Druck präzise zu denken und zu handeln.

Er brauchte nur eine Verschnaufpause.

Behutsam, als wäre im Metall der Geist von Elli eingeschlossen, legte er den Ring auf den Tisch. Anschließend schlug er sich die Hand auf den Mund. Ununterbrochen beschäftigte ihn die

Frage, woher Hauptstätter das Erinnerungsstück hatte. Doch zum Nachdenken brauchte er Koffein. Er befüllte seine Tasse und startete am Computer die polizeilichen Anwendungen.

Jemand klopfte an die Tür. Donner verhielt sich mucksmäuschenstill. Erneut pochte es. Leider senkte sich Sekunden später der Türgriff und ein allzu bekanntes Gesicht spähte ins Zimmer.

»Habe ich dich gebeten einzutreten?«, schimpfte Donner und fuhr halb vom Sitz hoch. Er hätte die Tür abschließen sollen.

»Sorry, Herr Kriminalhauptkommissar, ich wollte nur kurz nachfragen, ob Sie meine Bewerbung …?«

»Ja, zur Hölle!«, schnitt er Levi Hentschel den Satz ab. Dabei schob er eine herumliegende Dienstanweisung über die Bewerbungsmappe, die noch am selben Platz lag wie am Vortag. »Habe sie dem Einstellungsberater persönlich übergeben. Gleich gestern. Dir steht eine steile Karriere bevor.«

»Meinen Sie wirklich?«

»Nein! Und jetzt verschwinde!«

Vermutlich hatte man den Wutausbruch noch zwei Etagen tiefer vernommen. Hentschel ging jedenfalls in Deckung.

»Sorry, ich dachte nur … weil wir uns so gut verstehen …«

Donner bereute seine Entgleisung. Er wischte sich übers Gesicht und stöhnte. Der Kerl tat ihm leid. Außerdem wollte er vor keinem Fremden sein Seelenleben ausbreiten. »Weißt du, ich halte dich einfach auf dem Laufenden, einverstanden?«

»Schon gut, Sie haben bestimmt jede Menge aufregende Fälle zu bearbeiten«, murmelte der Jüngling. »Das Verbrechen schläft nie.«

Donner quetschte die Fingerknöchel unter der Tischplatte zusammen und eine Zustimmung durch die Zähne. Offenbar zu viel des Guten. Sofort begannen Hentschels Augen kindisch zu strahlen.

»Das ist ja ein Ding!«, rief er. »Vielleicht übernehme ich später mal Ihren Posten.«

Jetzt reicht es endgültig.

»Selbstverständlich erst, wenn Sie in Pension gehen, Herr Hauptkommissar. Aber ich denke, dass ich gar kein so schlechter Cop wäre.« Damit zog er die Tür hinter sich zu und eine Kummerdecke senkte sich über Donner.

Das Schlimme daran war, dass der Kerl vermutlich recht hatte. Im Prinzip waren Donners Tage gezählt. Sein Alltag glich einem Dahinvegetieren und ständig wähnte er sich umringt von Spinnern. Zu allem Überfluss fing er auch noch an, hinter jeder SMS eine Verschwörung zu wittern.

Er führte die Tasse zu den Lippen. Kalter Kaffee!

Angewidert stellte er das Gebräu wieder ab. Stattdessen fingerte er aus einem Schubfach eine Zigarettenschachtel, fand jedoch das Feuerzeug nicht. Sonderbar! Er war sich sicher, es auf den Schreibtisch gelegt zu haben. Zum Glück war er nur Gelegenheitsraucher.

Und die Gelegenheit ist günstig …

Aber der Ring lenkte sein Verlangen auf andere Fährten. Nach einem kurzen Blinzeln flogen Donners Finger über die PC-Tasten. Der Selbstmordfall des Richters kam ihm in den Sinn. Im Auskunftssystem gab er den Namen Jürgen Jaeschke ein. Es klappte! Er konnte auf die Daten zum Vorgang zugreifen.

Sieh an! Dreiundfünfzig. Auf dieses Alter hätte ich dich gar nicht geschätzt.

Er klickte sich durch die Informationen.

Komm schon, was ist dein schmutziges Geheimnis?

Trotz des Rummels am Sterbetag sah der Fall nach einer Routinebearbeitung aus.

Peter Ambach. Der Name stand im Feld des Sachbearbeiters. Donners ehemaliger Kollege hatte die Ermittlungen geführt.

Sofort musste er an früher denken. Infolge eines Streits zwischen ihm und Ambach hatte monatelang Eiszeit geherrscht. Erst nachdem man sich irgendwann in der Direktion über den Weg gelaufen war sowie ein paar unausweichliche Telefongespräche geführt hatte, hatten sich beide wieder angenähert. Zumindest so weit, dass Donner einen Ansprechpartner beim K11 besaß. Seine Liste an Verbündeten war nämlich alles andere als lang. Dagegen fielen ihm reichlich Kollegen ein, die lieber heute als morgen Beifall klatschen würden, wenn er den Dienst quittierte. Aber den Gefallen tat er niemandem.

Aufmerksam studierte Donner Jaeschkes Fall. Vorerst konzentrierte er sich auf die Fakten. Auf zwei Konten des Richters hatte man Minusbeträge im fünfstelligen Bereich gefunden. Zusammengerechnet mehr als das doppelte Jahresgehalt eines Hauptkommissars. Am elektronischen Vorgang befand sich auch eine Abschrift vom Abschiedsbrief. Laut Text war das Geld in ein ausschweifendes Nachtleben geflossen.

Sex. Glücksspiel. Korruption.

Spielten Drogen eine Rolle? Oder hast du einfach nur eine Schar von Nutten leiden lassen? Sag es mir, mein lieber Richter!

Jaeschkes Frau hatte sich während der letzten Ehejahre vermutlich blind und taub gestellt. Immerhin hatte sich Jaeschke in seinem *Schlussplädoyer* bei ihr entschuldigt. Sogar eine Geliebte hatte er gebeichtet.

Donner trank den kalten Kaffee und schüttelte den Kopf. Bei solchen Leuten war es immer das gleiche Muster: Am Anfang denken sie sich nichts dabei, irgendwann wird es peinlich und am Ende verschlingt sie die Hölle.

Laut Bericht untermauerte ein Schnappschuss aus irgendeinem Klub Jaeschkes Aussage von einer Geliebten. Dieser zeigte den Richter mit einer jungen Dame an seiner Seite. Zu schade, dass Donner die Bilder nicht gleich einsehen konnte.

Das Foto interessierte ihn brennend. Vor allem, wer es aufgenommen hatte.

Die letzten Berichtszeilen der Leichenakte überflog er bloß. Wahrscheinlich übersah er dabei etwas, doch auf jeden Fall brauchte er Hilfe bei der weiteren Recherche. Dazu musste er mit dem damaligen Sachbearbeiter persönlich reden.

Ruppig griff er zum Telefon und klingelte bei seiner alten Dienststelle durch.

»Kolka!«, dröhnte es aus dem Hörer.

Weder Name noch Stimme der Frau sagten ihm etwas. Er kratzte die Stelle am Kopf, wo die Haare fehlten, und fragte irritiert: »Wer sind Sie?«

»Wen wollten Sie denn sprechen?«

»Was machen Sie am Apparat von Peter?«

»Ich arbeite in dieser Abteilung.«

Donner stieß einen Laut des Erstaunens aus. »Hier ist Donner! Ich …«

Die Frau unterbrach ihn. »Moment, sind Sie etwa *der* Donner? Erik Donner? Der, den alle …?«

»Was denn?«

Sie verstummte kurzzeitig. »Kann sein, dass ich mich auch geirrt habe.«

»Allzu jung klingen Sie nicht mehr. Warum sagt mir Ihr Name nichts?«

Ein Schnauben ertönte. »Sie kennen alle Beamten im Direktionsbereich? Alle Achtung! Hätte nie gedacht, Superman einmal persönlich an die Strippe zu bekommen. Aber weil Sie mich so diskret auf mein Alter ansprechen: Zuvor habe ich mehrere Jahre beim K31 ermittelt.«

»Wirtschaftskriminalität!« Donner spie das Wort aus wie kalten Kaffee. Wenn es einen Kriminalzweig gab, den er mehr verabscheute als manche Verbrechen, dann diesen.

»Korruption«, korrigierte sie ihn. »In Leipzig.«

»Donnerwetter! Und nun wollen Sie uns wohl beibringen, wie man in der Heldenstadt *Polizeiarbeit* buchstabiert?«

»Hören Sie mal, wenn Sie Ihre Inkompetenz durch Beleidigungen ausgleichen müssen, suchen Sie sich jemand anderen. Offenbar stimmt es, was man über Erik Donner sagt.«

Er verkniff sich die Nachfrage. »Geben Sie mir einfach Peter.«

»Der ist nicht da.«

»Ach was!« Er drehte Ellis Ring zwischen den Fingern. Das Gespräch nervte ihn, er brauchte Informationen. Mit dieser Kolka wollte er keinesfalls über seinen Verdacht reden. Schlagfertig war die Kollegin zwar, aber einer Frau, deren Spezialgebiet die Korruption war, lieferte man sich lieber nicht aus. Das Endgericht konnte niemals grausamer sein als die Objektivität dieser Leute. Schließlich besann er sich wieder aufs Gespräch und fragte: »Wann kann ich ihn erreichen?«

Sie lachte. »Das würden wir auch gern wissen. Lesen Sie keinen Lagefilm?«

»Worauf wollen Sie hinaus?«

»Egal, vermutlich fehlt Ihnen ohnehin der Zugriff auf die geschützten Einträge des Lagezentrums. Wo arbeiten Sie doch gleich?«

Donner biss sich auf die Zunge und drückte Ellis Ehering ganz fest.

»Peter ist heute nicht zum Dienst erschienen«, redete Kolka weiter. »Der Staatsanwalt hat ziemlich getobt wegen des geplatzten Termins. Erreichen können wir ihn auch nicht. Unser Dezernatsleiter macht einen Riesenaufstand deswegen und das Lagezentrum hat bereits den Außendienstleiter zu Peters Adresse geschickt. Sollte der ihn nicht antreffen, wird eine Fahndung nach ihm eingeleitet.«

Nachdenklich drehte Donner seine Kaffeetasse. Offenbar hatte Ambach eine Besprechung mit der Staatsanwaltschaft platzen lassen. Das empfand er als untypisch für seinen penib-len Kollegen.

»Warum wollen Sie ausgerechnet Peter sprechen?«, hakte Kolka nach. »Ich dachte, zwischen Ihnen beiden herrscht Funkstille. Man hat mir erzählt, Sie hätten ihm damals zwei Finger gebrochen …«

Musst du in alte Wunden stechen?

Donner knallte den Hörer auf und starrte auf sein Handy. Das Display zeigte eine neue Nachricht an.

Kapitel 11

Die SMS verschwamm vor Donners Augen …

Dein Freund ist tot, seine Frau ist weggefahren. Boom! Was machst du nun? Jeff

Jetzt krachte er auch das Handy auf den Tisch. Er ließ den Kopf in die Hände fallen und massierte sich anschließend die Schläfen. Die Kopfschmerzen setzten erneut ein. Im Geiste las er die bisher erhaltenen Nachrichten. Keine Namen, keine Orte, keine Forderungen.

Keine Rechtschreibfehler.

Er sinnierte über Ellis Ring, Hauptstätter, den verschwundenen Mercedes. Im Verkehrsinformationssystem war kein Fahrzeug mehr auf den Namen des toten Richters angemeldet. Gleichzeitig wusste Donner, dass Jaeschke bei der Gerichtsverhandlung an der linken Hand einen Ring mit Justitia-Symbol getragen hatte. Exakt den Ring, den Donner in diesem Mercedes unten in der Tiefgarage entdeckt hatte.

Alles stand miteinander im Zusammenhang. Es gelang ihm jedoch nicht, die Hintergründe und Absichten zu entschlüsseln.

Für einen Augenblick dachte er daran, den Absender der SMS abermals zurückzurufen. Letztendlich entschied er sich für einen anderen Weg. Trotz fehlenden Ermittlungsvorgangs füllte er das entsprechende Formular aus, um Auskunft über die Eigentümerdaten der Handynummer zu bekommen. Wenn die Mitarbeiter in der Fernschreibstelle gute Laune hatten, würde er die Antwortmail der Bundesnetzagentur innerhalb der nächsten Minuten erhalten.

Es bestand die Möglichkeit, dass die unerlaubte Abfrage aufflog. Aber auf das dann folgende Disziplinarverfahren pfiff er.

Nachdem er das Formular gesendet hatte, recherchierte er erneut im Auskunftssystem. Was er tat, war illegal, doch es half nichts! Weder zu Jaeschke noch zu Hauptstätter fand er irgendeinen Hinweis. Offiziell war Donner kein Ermittler mehr. Selbst mit dem Bruch von einem Batzen Regeln kam er an die wichtigsten Akten nicht heran.

Deshalb musste er über seinen Schatten springen und die Wahlwiederholungstaste drücken.

»Kolka!«, dröhnte es gehetzt, als die neue Kollegin vom K11 erneut an die Leitung ging.

»Donner noch mal …« Er räusperte sich, um den richtigen Ton zu treffen. Auf eine Entschuldigung verzichtete er. »Ich brauche Ihre Hilfe.«

»Ach, das ging ja schnell.«

»Hören Sie einfach zu! Im Suizidfall Jaeschke brauche ich Auskunft, ob der Richter einen weinroten Mercedes fuhr. Weiterhin sollen Sie nachsehen, ob sein Leichnam einen Ring trug. So einen mit Justitia. Sie wissen schon, die Dame mit Waage, Schwert und Augenbinde.«

Kolka wollte etwas sagen, aber Donner ließ sie nicht zu Wort kommen.

»Außerdem muss sich bei den sichergestellten Gegenständen ein Foto befinden. Auf dem erkennt man den Richter mit einer jungen Frau. Das Bild will ich mir ansehen. Bekommen Sie das hin?«

»Soll das ein Witz sein? Sie verlangen von mir – noch dazu im Militärbefehlston –, dass ich bei der Staatsanwaltschaft die *Papierakte* zu einem abgeschlossenen Suizidfall anfordere?«

»Der Fall ist erst drei Wochen her. Das automatische Löschverfahren der Lichtbilder hat noch nicht eingesetzt. Sie können also auf die elektronischen Daten auf dem Server der KPI zugreifen.«

»Was denken Sie eigentlich, wer Sie sind?«

»Ich denke, dass es kein Selbstmord war.«

Für fünf Sekunden herrschte Stille in der Leitung. Erst nach einem bestürzten Keuchen fand Kolka ihre Stimme wieder.

»Wissen Sie was?«, keifte sie. »Ambach und ich waren die Ermittler im Fall Jaeschke. Ich glaube nicht, dass ich mir von Ihnen sagen lassen muss, wie ich meine Arbeit zu erledigen habe. Rufen Sie wieder an, wenn Sie sich entschuldigen wollen.«

Eine Sekunde später piepte das Besetztzeichen in Donners Ohr.

» Frauen!«, zürnte er gegen die Wand.

Hoffentlich begegnen wir uns nie, weil ich dann meine guten Manieren verliere.

Kaum hatte er den Hörer auf das Telefon geknallt, setzte ein versöhnlicher Klingelton ein. Doch ihm war nicht nach Frieden zumute.

»Lieber sterbe ich, als mich weiter mit einer Krähe wie Ihnen zu unterhalten«, sprach er in den Apparat.

»Ähm, hier ist noch mal Hauptstätter«, kam es zögerlich.

»Snuff! Wo zur Hölle finde ich Sie?« Donner ballte die Faust. Wenn es etwas gab, das ihn bis an die Dachkante treiben konnte, dann dieser Betrüger. Er umkrallte den Hörer, als könnte er ihn zermalmen. »Ich bringe Sie hinter Gitter, das schwöre ich. Woher haben Sie den Ring meiner Frau?«

»Sie sind törichter, als ich dachte«, erwiderte Hauptstätter kühn, gleichwohl mit einem Zittern in der Stimme. »Haben Sie heute schon den Briefkasten geleert?«

»Was für eine Gehässigkeit soll das nun wieder werden?«

»Haben Sie, verdammt noch mal, im Briefkasten Ihres Büros nachgesehen?« Seine Stimme überschlug sich. Er schluckte hörbar. »Ein Kollege von Ihnen … Peter Ambach … oh Gott! Ich glaube, es ist etwas Furchtbares passiert.«

Augenblicklich stürmte Donner aus dem Büro. Der Fahrstuhl öffnete sich gerade, als ihm auch schon Sophie Leinau, die wachsame Gartenbesitzerin, entgegenblickte.

»Ah, Herr Donner! Haben Sie sich schon um das Problem mit der Lampenfabrik gekümmert? In der Nacht gab es wieder …«

Mit einer Wischbewegung beendete Donner den Redeschwall. Ungehobelt packte er die Rentnerin, schob sie auf den Flur und drückte den Knopf fürs Erdgeschoss.

Es ging in die Tiefe.

Unten angekommen, steckte er widerstrebend den Schlüssel in das Schloss des Briefkastens. Eine schlimme Vorahnung stieg in ihm hoch.

Als er das Fach aufklappte, lag zwischen Werbeprospekten und Anschreiben ein Brief ohne Adresse und Absender. Donner ließ alles andere zu Boden fallen und ergriff den Umschlag.

Etwas Festes befand sich im Inneren. Ungestüm riss er das Papier auf und entdeckte zwei Eheringe. In einem stand eingraviert der Vorname Peter.

Kapitel 12

Als Martin Kroll zu Dienstbeginn die Schutzweste überstreifte, sich anschließend über die Lage informierte und zuletzt die Pistole durchlud, ahnte er noch nicht, dass es für ihn mit sechsundfünfzig Jahren die zweitlängste Schicht seines Lebens werden würde.

Er war der Außendienstleiter der Polizeidirektion.

Zusammen mit seinem Partner Ben Lichtenberg übernahm er an Ereignisorten die Führung bei gravierenden Ad-hoc-Lagen: Tötungsdelikte, Bedrohungslagen, schwere Verkehrsunfälle, größere Schadensereignisse, unberechenbare Spontanversammlungen, Vermisste. Für derartige Aufgaben rief man das Zweierteam, aber hin und wieder erteilte man ihnen beiden auch Spezialaufträge. So wie heute.

»Wir sollen nach einem Kollegen sehen.« Kroll nahm das Diensthandy vom Ohr und schob es in die Brusttasche der Schutzweste. »Anweisung vom Lagezentrum.«

»Klingt wichtig …«, brummte Lichtenberg. Die Enttäuschung in seiner Stimme schwang deutlich mit. Obwohl er die vierzig bereits überschritten hatte, suchte er noch immer den Kick abenteuerlicher Einsätze.

Dagegen konnte Kroll einen ruhigen Dienst gut gebrauchen. Heute war sein Hochzeitstag. Hinter ihm lagen vierundzwanzig Jahre glückliche Ehe. Und für Kroll waren es wirklich glückliche Jahre gewesen. Er hatte seine Ehefrau nie betrogen, sie hatte ihm drei Söhne geschenkt und er liebte seine Familie. Die Kinder vor allem deswegen, weil sie dem Polizeiberuf ferngeblieben waren. Bei dem Gedanken, eines von ihnen zu Grabe tragen zu müssen, weil irgendeinem Junkie die Sicherungen rausknallten, hatte er nächtelang nicht schlafen können. Dafür hatte er zu viel Elend gesehen. Zu viele Bilder.

Trotzdem mochte er seinen Beruf.

»Nein, keine Sache, bei der man draufgehen kann«, gab er zurück. »Vermutlich wird es nicht lange dauern. Wenn wir Glück haben, halten unsere Mitbürger heute die Füße still. Wenigstens einmal im Leben möchte ich pünktlich Feierabend machen.«

»Verstehe. Du willst deine Frau zum Essen ausführen.«

Kroll nickte bloß und stellte den Beifahrersitz in die gewünschte Position. Lieber saß er ein Stück höher. Er behielt gern den Überblick. »Habe extra den besten Tisch bei uns im Gasthof reservieren und ein herzhaftes Vier-Gänge-Menü zusammenstellen lassen. Die richtige Überraschung wartet aber erst nach dem Essen auf sie.«

Lichtenberg legte den Rückwärtsgang ein, löste jedoch die Kupplung nicht. Fragend schaute er vom Fahrersitz herüber.

»Zwei Tickets, versteckt im Rosenstrauß. Zehn Tage Karibik-Kreuzfahrt.« Kroll klopfte sich stolz aufs Knie, denn eine solche Schiffsreise hatte sich seine Frau schon immer gewünscht. »Auch wenn ich bestimmt seekrank werde.«

»Verstehe. Du probierst es heute, stimmt's?«

Kroll wackelte mit dem Kopf, weil er nicht zu einem solchen Gespräch bereit war. Nicht am Hochzeitstag! Er freute sich auf den gemeinsamen Abend. Dass seine Frau seit acht Jahren nicht mehr mit ihm schlief, sollte nicht die Vorfreude auf die Zweisamkeit überschatten.

Dyspareunie.

Fachbegriffe klingen manchmal magisch. Die Bezeichnung Sexualschmerz kann dagegen eine Beziehung an die Grenzen bringen. Lichtenberg wusste davon. Nach sieben Jahren gab es zwischen Streifenpartnern keine Geheimnisse mehr. Oder wenigstens fast keine.

»Na los, lass uns vom Hof rollen«, forderte Kroll.

»Wohin geht's?«

»Klaffenbacher Straße. Zum Haus von Peter Ambach.«

»Der vom Kommissariat *Leben und Gesundheit*?«

»Ist weder zum Dienst erschienen noch hat er sich gemeldet. Du weißt ja, wie das ist, wenn unsere Entscheidungsträger ein Unglück wittern. Meistens kochen Dinge hoch, die bei genauer Betrachtung aus einer Suppe voller Missverständnisse bestehen.« Kroll stellte den Funk auf eine angemessene Lautstärke und wählte am Radio einen Regionalsender. »Noch hat keiner Alarm geschlagen. Wir sollen sicherheitshalber nachschauen, bevor die große Schiene gefahren wird.«

»Lästige Sache.«

»Spaß machen mir solche Dinge auch nicht. Vielleicht sollten wir auf unsere Warnwesten *Kindermädchen* drucken lassen.«

Sein Kollege erwiderte nichts, sondern lenkte den Wagen zur Adresse des angeblich Vermissten. Aufgefallen war Ambachs Fehlen nach dem Anruf eines Staatsanwalts, der mit dem Kripobeamten einen Termin in den Morgenstunden vereinbart hatte. Das Lagezentrum sah momentan keinen Grund für eine Fahndung. Hin und wieder kam es vor, dass ein Beamter verspätet zur Dienststelle kam. In der Regel konnte das durch einen Anruf geklärt werden. In diesem Fall waren jedoch alle Versuche gescheitert.

Eine halbe Stunde später wussten Kroll und Lichtenberg, warum.

Kapitel 13

»Verdammt, ich brauche hier keinen Notarzt, sondern einen Rechtsmediziner«, wetterte Kroll ins Telefon. »Und schickt mir umgehend ein paar Streifenwagen her. Die ganze Nachbarschaft glotzt wie die Ölgötzen aufgereiht am Gartenzaun.«

»Ambach wurde tot in seiner Wohnung aufgefunden, richtig?«, vergewisserte sich der Kollege aus dem Lagezentrum am anderen Ende der Leitung. »Ein Suizid kann ausgeschlossen werden?«

Kroll schwoll der Hals an. »Wir reden hier von einem Tötungsdelikt. Ambach ist nicht einfach verstorben, man hat ihn hingerichtet! Oder kennt ihr einen Mann, der sich selbst an einen Stuhl fesselt und anschließend eine Gartenschere in den Schädel rammt? In der Bude sieht es aus wie im Schlachthaus. Also seht zu, dass das K11 und die Kriminaltechniker hier aufkreuzen. Und die sollen mir Zigaretten mitbringen. Viele Zigaretten!«

Kroll tippte auf die Trenntaste und ließ das Handy sinken. Fassungslos stand er im Türrahmen und betrachtete das abscheuliche Stillleben. An den Stuhl gebunden lag der tote Beamte, den Kopf auf den Fliesen. Er war umkränzt von getrocknetem Blut und gekrönt mit einer Wunde. Hände, Beine und Torso hatte man mit einem Seil verknotet und aus der linken Schläfe ragte der rote Kunststoffgriff einer Gartenschere. Ein eisiger Schauer überfiel Kroll bei der Vorstellung, selbst einmal so dazuliegen, weil er Polizist war.

In diesem Moment kam Lichtenberg ins Haus gestürmt.

»Pass auf, wo du hintrittst«, ermahnte Kroll ihn.

»Einer der Nachbarn meinte, Ambachs Hund hätte gegen ein Uhr mit Bellen angefangen und dann die ganze Nacht durch«, las der Führungsgehilfe von seinem Notizblock ab. »Andere wollen etwa zur selben Zeit Fahrzeuggeräusche auf dem Grundstück wahrgenommen haben. Konkrete Hinweise gibt bisher niemand.«

Kroll lauschte. Der Spitz hatte sich noch immer nicht beruhigt. Das Kläffen störte ihn beim Denken. Sogar vor kleinen Hunden hatte er großen Respekt. Umso dankbarer war er, dass Lichtenberg einen guten Draht zu Tieren hatte.

»Ein toter Kollege, keine Einbruchszeichen, dafür ein Spurenfest, wie man es sich wünscht. Was für eine beschissene Schicht«, fasste Kroll das Ergebnis des Morgens zusammen.

»Ob sich Täter und Opfer gekannt haben?«

Kroll zuckte mit den Schultern. Seine Gedanken schweiften ab. Wenn er heute mit seiner Ehefrau zu Abend essen wollte, musste er ein Schweineglück haben.

Schnalzend begutachtete er den zweiten Stuhl, an dem ebenfalls Blut klebte. Dann drehte er sich zu seinem Kollegen um. »Wissen wir schon, wo Ambachs Frau abgeblieben ist?«

Lichtenberg schüttelte den Kopf.

Kroll nickte. Sofern zu diesem Verbrechen noch ein Vermisstenfall hinzukam, brauchte er an einen pünktlichen Feierabend keinen Gedanken mehr zu verschwenden.

»Wenn die Verstärkung eintrifft, soll sie die Umgebung Stück für Stück absuchen. Ich will die Namen von sämtlichen Nachbarn, einschließlich der Kinder. Ich will wissen, wie gut die Anwohner die Ambachs kannten, wer in letzter Zeit in diesem Haus ein und aus gegangen ist, welche Geheimnisse unser Kollege hatte und was alles in der vergangenen Nacht nicht ins Bild dieser Bilderbuchsiedlung gepasst hat. Und die Revierkräfte sollen das Absperrband um das Grundstück großflächig einsetzen. Wehe, ich sehe auch nur einen Beamten, der mir den Tatort zertrampelt. Und wenn die Presseleute auftauchen, sollen sie brav am Einsatzfahrzeug auf mich warten.«

»Geht klar.«

»Außerdem soll die Hundestaffel alle verfügbaren Fährtensuchhunde bereitstellen. Und wenn du schon mal dabei bist, Ben, schau, ob wir Zusatzkräfte von der Bereitschaftspolizei bekommen.«

Kroll nagte an seiner Unterlippe und griff sich ins Haar. Vermutlich würde der Misthaufen noch größer werden. Warum ausgerechnet an diesem Tag?

Gedanklich bereitete er sich auf das Gespräch mit seiner Frau vor. Falls er sie am Hochzeitstag versetzen musste, steckte er in ziemlichen Erklärungsnöten. Seine Frau akzeptierte weder Mord noch Totschlag als Ausrede und in Sachen Einfühlsamkeit mangelte es ihm an Geschick. Einer der Gründe, warum es in seiner Ehe kriselte.

»Sonst noch was?«

»Ja, halt mir die Schaulustigen vom Leib.«

Lichtenberg zog die Brauen hoch. Angesichts der Meute, die draußen lauerte, bräuchte man ein Dutzend Beamte, um diese Brandung aufzuhalten.

»Die Fahrzeuge der Ambachs könntest du auch mal überprüfen«, fuhr Kroll schonungslos fort. »In der Zwischenzeit gebe ich unserem Polizeiführer die Lage durch. Ich möchte keine Vermutungen über die Größe des Steins anstellen, der demnächst auf die Polizeidirektion zurollt. Bestimmt spielen alle verrückt und warten auf die rettende Idee des Außendienstleiters.«

Lichtenberg verschwand.

Es verging keine halbe Minute, da kehrte er zurück.

»Martin, du solltest lieber mal mit rauskommen.«

Kapitel 14

»Monster.«

Donner ließ die Schmähbegrüßung von Kroll unkommentiert. Nach seinem Sturz hatte sich der Spitzname wie ein Lauffeuer in der Direktion verbreitet. Die meisten dachten oder flüsterten ihn bloß, Leute wie Kroll dagegen sprachen ihn laut aus.

Monster!

Die Bezeichnung war zum Sinnbild für Donners Erscheinung geworden. In der Mythologie hätte man ihn als Chimäre charakterisiert, als Produkt zweier Ungeheuer, die man *Leben* und *Tod* nannte. Die Hässlichkeit kennzeichnete ihn. Äußerlich wie innerlich.

Obwohl es ihm widerstrebte, leugnete er das Monster nicht.

Er spähte nach links und rechts. Der Menschenauflauf, Lichtenbergs Gesten am Einsatzfahrzeug und das Entsetzen, das die Luft mit Schwermut tränkte, gaben ihm eine Ahnung, was sich im Haus hinter dem Außendienstleiter abgespielt haben musste. Die Aura des Todes umgab alle überdeutlich. Dafür besaß er Instinkt. Gewöhnlich stimulierte ihn das Gefühl. Nicht heute, nicht auf dem Grundstück von Peter Ambach.

»Was ist passiert, Martin?«

Kroll baute sich vor ihm auf und funkelte ihn böse an. »Erik, du gehst besser gleich.« Der Satz kam klar, ruhig und eindringlich. Dennoch schwang darin eine Drohung mit.

»Ist er tot?«

Mit den Fingern fuhr sich Kroll über die Lippen und bleckte die Zähne. Donner wich nicht von der Stelle. Fast berührten sie sich mit den Stirnen. Beide blickten tief in die Augen des jeweils anderen.

Kroll war der Schmächtigere. Ein drahtiger Kerl, der vor niemandem Angst hatte und den Kampfgeist eines Terriers besaß. Die Presse hatte ihn einmal mit der Bezeichnung *Bluthund* betitelt. Damals hatte er einen bewaffneten Räuber durch die halbe Stadt verfolgt und anschließend windelweich geprügelt. Das war Jahre her. Inzwischen stand Donner vor einem abgehalfterten Haudegen. Genau wie er hatte sich Kroll nur wenige Freunde innerhalb der Polizei gemacht. Zu lautstark gegenüber Kollegen, zu wenig katzbuckelnd gegenüber Vorgesetzten. Allerdings hatte der Polizeihauptkommissar zu guter Letzt seine Bestimmung als Außendienstleiter gefunden.

Während Donner die Rolle des Fußabtreters der Polizeidirektion übernahm, hielt sich Kroll für eine Art omnipotenten Sheriff.

»Hast du mich verstanden, Erik? Ich möchte dich nicht in meiner Nähe.« Sein Gegenüber schniefte abfällig und setzte ihm den Zeigefinger auf die Brust. »Wohin du auch gehst, wo immer du bist, der Ärger klebt an dir wie Hundekot an einem Schuh. Dass du mal eine große Nummer bei der KPI warst, interessiert mich so wenig wie ein Falschparker. Das hier ist mein Einsatz, und den lasse ich mir von einem notorischen Unglücksbringer nicht vermasseln. Besser, wir gehen uns aus dem Weg. Wir können nicht auf demselben Fleck stehen, ohne dass der Planet explodiert. Du bist in dich verliebt, ich in mich. Eine ganz einfache Rechnung.«

Donners Herz schlug heftig. Mit einem Mal fühlten sich die Eheringe der Ambachs in seiner Hosentasche tonnenschwer an.

Dein Freund ist tot, seine Frau ist weggefahren. Boom! Was machst du nun?

Sein irrer Pulsschlag trug nicht dazu bei, die Beherrschung zu wahren. Aber er hielt den Mund, überlegte sich die nächsten Worte gut.

»Ich will nur helfen«, schlug er einen sanften Ton an.

»Das ist die richtige Einstellung.« So etwas wie ein Lächeln durchkreuzte Krolls harte Züge. »Am besten hilfst du mir, wenn du in dein Auto steigst und dich in deiner Besenkammer einschließt. Ich bin sicher, da gibt es jede Menge aufregende Fälle.«

In der Ferne heulten Sirenen. Die Signaltöne kamen näher.

»Du bist nicht nur stur, sondern auch unvernünftig«, schimpfte Donner und stieß Kroll leicht gegen die Schulter.

Sofort raunten die Zuschauer im Chor und Lichtenberg kam mit großen Schritten heran.

Donner blieb unbeeindruckt. »Dein Fehler ist, du unterschätzt mich, Martin. Ein besonnener Einsatzleiter würde nicht auf die Meinung eines erfahrenen Kriminalisten verzichten.«

»Gibt es Probleme?«, fragte der Führungsgehilfe des Außendienstleiters.

Donner und Kroll verneinten. Eigentlich war Lichtenberg ein zugänglicher Mensch. Im Einsatzgeschehen gab jedoch sein Partner – der mit der mangelnden Sozialkompetenz – die Befehle.

»Weißt du, Erik, ich halte dich sogar für einen verdammt guten Ermittler, aber du bist ein schlechter Verlierer. Inzwischen haben andere mehr zu sagen als du. Finde dich endlich damit ab. Außerdem bist du ein mieser Teamplayer. Du passt einfach nicht in meine Mannschaft.« Kroll drehte sich weg, verharrte jedoch in der Bewegung. Er kniff die Augen halb zusammen und zündete sich eine Zigarette an. »Übrigens, wie kommst du darauf, dass Peter tot ist?« Bei der Frage blies der Außendienstleiter Donner Qualm ins Gesicht. »Ich meine, ich habe erst vor ein paar Minuten Meldung gemacht. Und erzähl mir nicht, du wärst zufällig hier vorbeigefahren. Das kaufe ich dir nicht ab.«

Eins zu null für dich, Kroll!

Der Ring seiner Frau, die SMS-Botschaften, der Trashreporter, vor allem aber die Eheringe der Ambachs – das alles waren Dinge, für die es umfassenderer Erklärungen bedurfte, doch solche Versuche würden bei Kroll scheitern. Sobald der Name Snuff fiel, würde er dichtmachen. Er würde Donner für unzurechnungsfähig erklären. Unabhängig davon verspürte Donner nicht den Drang, sich mit diesem Wichtigtuer zu unterhalten. Er wollte endlich wissen, was sich in Ambachs Haus abgespielt hatte.

»Lass mich einfach nachsehen. Peter und ich haben schon zusammen Verbrechen gelöst, als man dich auf einen Dienstgruppenführerposten abgeschoben hat. Er war mein Freund.«

Das letzte Wort war etwas zu wohlwollend gewählt. Sah man von dem Streit vor einem Jahr ab, hatte er sich nie richtig mit Ambach ausgesprochen. Und jetzt war es vermutlich zu spät.

Doch er musste da rein, er brauchte Gewissheit.

Er trat einen Schritt vor.

»Du vergisst dich, Erik«, ermahnte ihn Lichtenberg und legte ihm die rechte Pranke auf die Schulter. »Es wäre besser, du gehst.«

»Schon gut«, winkte Kroll ab und zog an der Zigarette. »Lass ihn nur reden. Immerhin hält unsere werte Polizeipräsidentin schützend ihre Hände über Monster. Stimmt doch, Monster, oder? Bei jedem anderen wärst du längst aus dem Polizeidienst geschmissen worden. Aber dein ganzes Geschwafel beantwortet nicht meine Frage. Monster, was machst du hier?«

Monster!, brauste Donner innerlich. *Das gefällt dir. Mit Worten aus der Kloschüssel lenken Idioten wie du am besten von ihrer Inkompetenz ab.*

Zwei Streifenwagen brausten heran. Ihre Sirenen verstummten, nur das Blaulicht zirkulierte fortwährend. Indessen erwartete der Platzhirsch noch immer eine Antwort auf seine Frage.

»Also schön«, unternahm Donner einen fadenscheinigen Erklärungsversuch. »Peter verwahrt zu einem Leichenvorgang noch ein paar persönliche Dinge des Toten. Die Angehörigen sind gestern in meinem Büro aufgekreuzt. Ich versprach, die Freigabe einzuholen und die Gegenstände an die Witwe zu übergeben.«

Im ersten Moment erwiderte Kroll nichts darauf. Er pustete Qualm in die Luft und spähte an Donner vorbei.

»Und deshalb fährst du während der Dienstzeit mit deinem privaten Pkw zur Privatadresse eines Kollegen? Für die Hinterbliebenen eines Verstorbenen? Alle Achtung, das nenne ich Hingabe zum Beruf.«

Lichtenberg verzog die Mundwinkel.

Fahrzeugtüren knallten. Die Streifenbeamten scharten sich um den Außendienstleiter.

»Wie dem auch sei, ich geh da jetzt rein«, erwiderte Donner und schob Kroll hart zur Seite.

Lichtenberg reagierte blitzschnell und hielt ihn fest.

»Lass mich los!« Donner ruckte an seinem Arm und stieß dem Gegner einen Ellenbogen in die Brust. Lichtenberg stolperte zurück, doch ein weiterer Streifenbeamter packte mit zu. Gemeinsam bekamen sie Donner in den Griff.

»Der ist ja komplett wahnsinnig«, sagte eine Beamtin lauthals.

»Schafft den Kollegen aus meinen Augen«, wies Kroll seine Leute an.

Wut und Hilflosigkeit brodelten in Donners Magen. Er riss sich los, lief aber nicht davon.

Die Schaulustigen drängten näher heran. Handykameras richteten sich auf ihn. Er fühlte sich eingekesselt. Hitze und Raserei raubten ihm die Luft zum Atmen.

Mitten in die Streitigkeit hinein klingelte sein Handy. Hastig zog er es aus der Hosentasche. Die Kollegen sprangen zurück, als hätte er die Dienstwaffe gezogen. Doch was er in der Nachricht las, ließ auch seinen Atem stocken. Sofort spähte er umher.

Snuff! Über die Köpfe hinweg erkannte er Hauptstätter. Der Mann stand abseits zwischen zwei Apfelbäumen und hielt eine Kamera auf die Szene.

Kommentarlos stürzte Donner in dessen Richtung. Hinter sich hörte er Kroll Anweisungen schmettern. Die Leute sprengten auseinander, als Donner durch die Reihen preschte.

Sie fürchteten den Unmenschen.

Aber kaum hatte er freie Sicht, fehlte von Hauptstätter jede Spur. Inzwischen glaubte Donner bereits, unter Halluzinationen zu leiden.

Nachdem er sich gesammelt hatte, stieg er in seinen Mitsubishi. Mit quietschenden Reifen fuhr er los. Es half nichts, er musste zwei Sachen tun, die er hasste. Eine davon mehr als alles andere auf der Welt.

Kapitel 15

Sämtliche Ampeln hatten sich gegen Donner verschworen. Er trommelte auf das Lenkrad, wechselte ständig die Spur. Alles Hupen und Fluchen half nichts. Ihn beschlich das Gefühl, die Kriminalpolizeiinspektion niemals zu erreichen.

Nach mehr als zwei Monaten hatte er sich entschieden, seine Dienstwaffe aus dem Schließfach zu holen. Das war die eine Sache, die er hasste. Allein der Gedanke, eine geladene Waffe am Körper mitzuführen, bereitete ihm Unruhe. Allerdings hatte er beim letzten Schießtraining gar nicht so viele Fehlschüsse gehabt. Der Schießtrainer gehörte zu seiner spärlichen Anzahl an Freunden.

»Geh schon ran, du Idiot!«

Während er das Fahrzeug durch die Stadt manövrierte, versuchte er seinen Vater mit dem Handy zu erreichen. Seine Mutter ging fast nie ans Telefon. Sie war ein Pflegefall. Und ein Gespräch mit seinem alten Herrn kam für ihn einer Kreuzigung gleich. Zwischen Vater und Sohn herrschten kriegsähnliche Zustände. Dennoch war es die zweite Sache, um die Donner sich kümmern musste. Der Inhalt der letzten Nachricht zwang ihn dazu.

Wenn irgendwann jemand deine Familie bedroht, dann wirst du verstehen, warum ich es tun musste. Jeff

Der Verkehrslärm nahm ab. Donner blendete die anderen Verkehrsteilnehmer beinahe aus. Aber sosehr er sich konzentrierte, es gelang ihm nicht, einen klaren Gedanken zu fassen. Die SMS gab ein Zitat wieder. Niemand konnte das wissen. Nur zwischen ihm und Balthasar war der Satz jemals gesprochen worden. Donner erinnerte sich ganz genau an den Wortlaut. Sein Partner hatte ihn in dem Vieraugengespräch geäußert, nachdem sich Balthasar von einem Polizisten in einen Mörder verwandelt hatte.

Nun hatte er nach seiner Frau und seiner Tochter einen weiteren geschätzten Menschen verloren. Peter Ambach war tot. Daran hegte Donner keine Zweifel. Der Täter bedrohte nicht ihn selbst, er suchte seine Opfer in Donners Umfeld – vorerst.

Donner gab es auf, seinen Vater ans Telefon zu locken. Dafür erreichte er endlich die Einfahrt zur KPI. Die Schranke öffnete sich, ohne dass er die Marke zeigen musste.

Ein Vorteil, wenn der gesamte Planet dein Gesicht kennt.

Weil er keinen Parkplatz fand, stellte er den Mitsubishi auf den Sperrbereich direkt neben der Limousine des Leiters des Dezernats 1. Dabei handelte es sich um einen der vielen Vorgesetzten, die Donner gern von der Bildfläche verschwinden lassen würden.

Nachdem er aus der Waffenkammer seine P7 geholt, ein volles Magazin eingeführt und durchgeladen hatte, trat er den Weg in die Höhle des Löwen an.

Zu seiner Verwunderung ging es im Kommissariat 11 ungewohnt ruhig zu. Erst im dritten Zimmer fand er eine Mitarbeiterin.

»Mensch, Erik, du warst bei Peters Haus. Bist du jetzt komplett irre?«, begrüßte ihn Marie Lehnhard, ohne einen Guten Tag zu wünschen.

Donner trat ein und schloss die Tür. »Die Informationswege der Polizei sind unergründlich, aber sie funktionieren. Du musst mir helfen.«

»Ich stehe kurz vor der Beförderung«, entrüstete sie sich. »Seit elf Jahren warte ich darauf, und Hilfe für dich bringt einen eher abwärts als aufwärts. Ich brauche die Gehaltszulage für meine Familie.«

Nachdenklich betrachtete er die blonde Sechsundvierzigjährige. Marie war eine von den Kolleginnen, die stets den Bärenanteil abarbeiteten, jedoch nie auf Avancen von Vorgesetzten eingingen. Beruflich lebte sie dadurch unter dem Radar. So bezeichnete man Mitarbeiter, die den Apparat am Laufen hielten und damit andere von einer Gehaltsstufe zur nächsten befördern.

Die unscheinbare, fleißige Marie.

Es nötigte ihm Respekt ab. Sie machte das Beste aus ihrer Situation.

»Peter wurde ermordet, habe ich recht?«

Zögerlich nickte sie.

»Ich brauche sämtliche Informationen über die Tat. Außerdem muss ich wissen, an welchen Fällen er zuletzt gearbeitet hat.«

Marie ließ den Kopf in die Hände sinken. »Bitte, Erik, verlang das nicht von mir. Der KPI-Leiter und unser Chef sind auf dem Weg zur Polizeipräsidentin, um ihr zu berichten. Danach werden die garantiert jeden überprüfen, der mit Peter Kontakt hatte. Wo immer du auftauchst, schlägt es Wellen. Die kriegen mich, wenn ich Ermittlungsergebnisse an dich weitergebe, und dann versetzt man mich in eine andere Abteilung.«

Obwohl ihn die Aussage enttäuschte, nickte er verständnisvoll. »Kann ich wenigstens die Lichtbildmappe vom Fall Richter Jaeschke einsehen?«

»Du willst Zugriff auf den Server der KPI?« Sie schüttelte den Kopf. »Wenn du auch nur ein Mindestmaß an Rücksichtnahme kennst, verlässt du jetzt mein Zimmer. Es tut mir leid, was dir damals widerfahren ist, aber mit den Gespenstern der Vergangenheit musst du selbst fertigwerden. Lass dich besser krankschreiben. Die Neue, Annegret Kolka, hat sich schon beschwert. Sie denkt, du willst Peter nachträglich in Verruf bringen, immerhin war er leitender Ermittler im Fall Jaeschke. Deine Behauptung, der Richter hätte keinen Suizid begangen, wird man dir negativ auslegen. Jeder weiß, dass du stinksauer bist, weil Peter mit seinem Veto beim Dezernatsleiter verhindert hat, dass du nach der Reha zurück zum K11 konntest.«

»Zwischen mir und Peter war alles ausgeräumt.«

»Ist das so? Angeblich hast du ihm die Finger gebrochen.«

Warum zur Hölle denkt jeder, ich hätte ihm die Finger gebrochen?

»Daher weht also der Wind«, sagte Donner lauter als beabsichtigt. Wenn es eine Sache gab, für die er nicht verantwortlich war, dann für Peters gebrochene Finger. Es war ein Unfall gewesen. Ambach hatte sie sich an einer Tresortür eingeklemmt. »Auf einmal stehen persönliche Fehden über einem Tötungsverbrechen?«

»Du kapierst es einfach nicht, oder? Erik, die wollen dich loswerden. Dafür ist ihnen jeder Grund recht.«

Nach ein paar Sekunden, in denen niemand etwas sagte, nickte Donner. »Wer leitet die Ermittlungen im Fall Ambach?«

»Henry Stark und die Neue.«

»Ausgerechnet die beiden Blindgänger.«

»Und Henry hat nicht vergessen, dass er viele Jahre in deinem Schatten stand. Zudem hält er dich für einen Verräter, weil du damals gegen Balthasar ausgesagt hast.«

»Weißt du, was du da redest? Ich war Zeuge in einem Mordprozess.«

»Sag das nicht mir, sondern Henry.«

Die Fäuste geballt, schluckte Donner den Ärger hinunter. »Und Peters Frau?«

Marie schüttelte betrübt den Kopf. »Sie hat man bisher nicht gefunden. Außerdem wird nach Peters Mercedes gefahndet.«

»Ein Mercedes?«

»Ja, er hat vor Kurzem ein Vermögen geerbt und sich einen Jahreswagen geleistet. Eine C-Klasse in Weinrot.«

Kapitel 16

Inzwischen stank Donner wie ein Mufflon. Das Hemd ließ den Geruch nicht mehr los und sein Rücken klebte am Fahrersitz. Unter der Sonne schmolz alles. Das Lenkrad, die Polster, die Scheiben. Bei dieser Hitze konnte er sich nicht konzentrieren. Es fehlte an Wasser im Kühler und in Donners Kehle.

Der Balken der Akkuanzeige auf dem Display sank bedrohlich. Vergeblich versuchte Donner, seinen Vater anzurufen. Niemand hob ab. Auf irrationale Weise verspürte er urplötzlich Todesangst. Dieses Gefühl hatte er verloren gehofft. Immerhin glaubte er seit drei Jahren, dass es keinen Menschen mehr auf der Welt gäbe, um den er sich Sorgen machen müsste. Er hatte gedacht, dieses Empfinden wäre mit seiner Tochter in einer seelenlosen Tiefe verschwunden.

Aber er hatte sich geirrt.

Der Tod von Peter Ambach schmerzte wie ein Pfeil im Fleisch.

Wenn irgendwann jemand deine Familie bedroht, dann wirst du verstehen, warum ich es tun musste.

Die Nachricht ließ nur einen Schluss zu. Der Mörder wollte den Einsatz erhöhen. Mit der Bluttat in Ambachs Haus hatte er ein Zeichen gesetzt und der verschwundene Mercedes in der

Tiefgarage war ein weiteres schlechtes Omen. Der Täter würde sich nicht mit dem Ermorden eines netten Kollegen begnügen. Als Nächstes würde er ein Opfer wählen, das sich näher am Zentrum von Donners Herzen befand …

Als die Sonne im Zenit stand, erreichte er die Altendorfer Straße. Ein Viertel, in dem sich der Tod jeden Tag einen Rentner holte.

Auf das Parkverbotsschild nahm Donner keine Rücksicht. Er knallte die Fahrzeugtür zu und eilte zum Eingang des Mehrfamilienhauses, in dem seine Eltern lebten.

»Mach schon auf!«, schimpfte er mit der verschlossenen Hauseingangstür. Er klingelte bei mehreren Leuten.

Endlich summte der Türöffner.

Die Treppenstufen zum zweiten Stock nahm er im Sturmschritt. Füße und Beine schmerzten, aber das war ihm egal. Er rechnete mit dem Schlimmsten.

Doch als die Tür sich öffnete, machten die Befürchtungen grenzenloser Verdrossenheit Platz. Mit verschränkten Armen, einem fragenden Gesichtsausdruck und Pantoffeln an den Füßen stand Franz Donner im Rahmen. Der eiserne Herr, der mit seinen sechzig Jahren auf den missratenen Sohn blickte.

»Du blöder Hund!« Donner schrie das ganze Haus zusammen. »Warum gehst du nicht ans Telefon, wenn es klingelt?«

»Ich habe deine Nummer gesehen.«

»Und deshalb hältst du es nicht für nötig?«

»Warum sollte ich?«

»Gott, ich habe euch für tot gehalten.«

»Jetzt übertreibst du.«

Unwillkürlich stieg in Donner Abneigung gegenüber seinem Vater auf. Das Gefühl war immer präsent, wenn er den Wohnblock betrat. Er konnte dagegen ankämpfen, aber er konnte es nicht besiegen.

»Wo ist Mutter?«

»Wo soll sie schon sein? In der Therapie natürlich.«

Querschnittslähmung.

Donner hatte den Tag, an dem man ihn von ihrem Berufsunfall informiert hatte, nicht vergessen. Als Möbelfachverkäuferin schien es unmöglich, während der Arbeit eine Querschnittslähmung zu erleiden. Donners Mutter hatte diese Gesetzmäßigkeit durchbrochen. Beim Abladen eines Schranks war es passiert. Sie selbst hatte niemals tragen müssen, doch als sie den Möbelpackern die Tür öffnen wollte, war sie gestolpert und eine Treppe hinuntergestürzt. Weniger als einen Meter in die Tiefe!

Eine Tür.

Eine Treppe.

Ein Sturz.

Die Folgen waren ein Bruch der Wirbelsäule und ein Schreiben der Versicherung gewesen, in dem ein Fremdverschulden ausgeschlossen wurde. Die Begründung ließ sich wie so oft im Leben mit sechs Worten zusammenfassen: zur falschen Zeit am falschen Ort.

»Wann holst du sie von der Ergotherapie?«

»Ergotherapie?« Franz Donner verengte die Augen. Um seinen Mund wurden die Falten noch einen Zug runzliger. »Ich musste sie ins Klinikum der Dresdner Straße einweisen lassen.«

»In die Psychiatrie? Ist es schon so schlimm?«

»Ach, auf einmal machst du dir Sorgen? Du rufst kaum an, tauchst nur zu ihren Geburtstagen auf und jetzt willst du mir Vorschriften machen?«

Donner musterte seinen Vater eindringlich. Das zerschlissene Holzfällerhemd widerte ihn an. Er war in jeder Hinsicht ein großer Mann gewesen, leider hatte die Last der letzten Jahre ihn körperlich schrumpfen lassen. Genau wie das Äußere vergingen auch Würde und Vatergefühle.

Sein alter Herr trat in den Hausflur und schob sich dicht an ihn heran. Der Duft eines Rasierwassers stach Donner in die Nase.

»Depressionen. Du weißt nichts darüber, Erik! Die Depressionen haben mir meine Elke genommen. In diesen Räumen friste ich mein Dasein mit einem Geist. Nur an guten Tagen ist es fast wie früher. Aber dann kommen die schlechten Stunden, Tage und Wochen. Dann ergreift die Krankheit vollends Besitz von Elke und verwandelt sie in einen Teufel.« Sein Vater bekreuzigte sich, wie er es öfter tat. Nur Tränen ließ er keine laufen. »Allein schaffe ich es nicht länger. Den Alkohol lagere ich schon lange nicht mehr in der Wohnung und zuletzt musste ich sämtliche Tabletten vor ihr verstecken.«

Donner wollte zu Boden schauen, zwang sich jedoch, dem desillusionierten Blick des Vaters standzuhalten. Er kannte die Gemütskrankheit seiner Mutter. Lediglich das volle Ausmaß hatte er nie begriffen. Wie auch? Er kämpfte mit den eigenen Dämonen.

»Ich habe ein verpfuschtes Leben zu pflegen, ich brauche nicht deins obendrein. Ich wette, du bekommst nicht einmal das kleine Gartengrundstück in den Griff, welches ich dir überschrieben habe. Sag mir, was du sagen musst, und dann verschwinde.«

»Wenn du es so siehst … Ich wollte dir nur sagen, dass du auf dich aufpassen sollst.«

Sein Vater schnaufte, und die ganze Körpersprache brachte zum Ausdruck, wie sehr ihn sein Sohn enttäuscht hatte.

Exakt diesen Blick kannte Donner zur Genüge. Er enthielt die gesamte Strenge, die Donner als Jugendlicher erfahren hatte. Einzig sein Ziel, einmal so zu werden wie sein Vater, hatte ihn diese Visage ertragen lassen.

»Du hältst mich für einen Versager, aber in Wahrheit bist du verbittert, weil du wegen Mutter den Polizeidienst quittieren musstest«, parierte Donner. »An dem Tag, als du deinen großen Traum begraben hast, verzweifelst du noch heute.«

Blitzschnell sauste Franz Donners Hand heran und gab ihm eine Ohrfeige. »Pass auf, was du sagst, Freundchen!«

»Und ich sage dir noch etwas, Vater. Du magst vor Jahren ein Schwergewicht bei der Kripo gewesen sein, doch jetzt bist du ein frustrierter alter Mann.«

Daraufhin verschwand Franz Donner in der Wohnung und knallte die Tür zu. So allein wie auf diesem Flur kam sich Donner in seinem ganzen Leben vor, seit man ihm Frau und Tochter geraubt hatte.

Zurück im Auto, kramte er aus der Ablage einen handgeschriebenen Zettel. Darauf stand der Name Lars Hauptstätter samt vollständiger Adresse. Die Daten hatte er aus dem Impressum der Homepage des Journalisten.

Nach der Begegnung mit seinem Vater spürte er die richtige Betriebstemperatur in seinem Körper. Es wurde Zeit, Snuff einen Besuch abzustatten.

Kapitel 17

»Ich will, dass ihr so lange über dem Stadtgebiet kreist, bis ich meinen Dienst beende oder wir diesen verdammten Mercedes gefunden haben«, kommandierte Kroll ins Funkgerät.

Vom Hubschrauberpiloten kam mürrisch die Bestätigung.

»Martin, du solltest dich beruhigen«, redete Lichtenberg besänftigend auf seinen Partner ein.

Martin!, wetterte Kroll gedanklich. So nannte sein Assistent ihn nur, wenn er auf die persönliche Schiene abzielte. Meist sprach er ihn mit *Dino* an, was stets peinlich klang.

Lichtenberg rief ihn so, weil Krolls Gesicht ihn irgendwie an Dean Martin erinnerte. Was für ein Zufall! Noch dazu hieß der verstorbene Entertainer mit bürgerlichem Vornamen ebenfalls Dino. Doch obwohl sein Kollege sich ein bizarres Namensspiel ausgedacht hatte, hegte Kroll den Verdacht, dass es sich eher um eine Altersanspielung handelte.

Alt wie ein Dinosaurier.

Für den Moment ließ er Lichtenbergs Aufforderung unkommentiert. Gierig leerte er die Wasserflasche und anschließend zündete er sich eine neue Zigarette an. Es war bereits die fünfzehnte an diesem Tag.

Ruhelos stierte er in die Gegend. Die Leute, die am Würschnitzufer entlangspazierten, bekamen von Mord und Totschlag nur das mit, was ihnen die Presse lieferte. Sie hatten allen Grund, die Sonnenstrahlen zu genießen und Eis zu lecken. Schicksale wie das von Peter Ambach gingen an den meisten Menschen vorüber. Bei Kroll dagegen füllten sie den Lebenslauf.

Hinzu kam das Telefonat mit seiner Frau. Wie erwartet, war sie in Tränen ausgebrochen, als er ihr gebeichtet hatte, dass er es nicht pünktlich schaffen würde. Sie hatte ihm Vorhaltungen gemacht und ihm hatten die Argumente gefehlt. In der Vergangenheit hatte er zweimal einen ruhigen Posten im Tagdienst abgelehnt. Ein drittes Mal würde man ihm dergleichen nicht anbieten. So oder so trauerte er dem gemeinsamen Hochzeitstag und der Auffrischung seiner Ehe hinterher.

In Herz und Magen von Kroll klafften Löcher. Energie zog er allein aus dem Wunsch, den Schuldigen zu finden, der für den Tod des Kollegen verantwortlich war. Gleichzeitig galt es, nach Ambachs Frau zu suchen.

»Die Leichenspürhunde haben im Umfeld von einem Kilometer alles abgesucht«, berichtete Lichtenberg. »Willst du ihnen eine Pause gönnen oder gibt es einen neuen Suchbereich?«

Kroll ließ die Frage offen und sah zu, wie andere ihre Arbeit erledigten. Inzwischen stand auf der Klaffenbacher Straße eine regelrechte Blechfestung. Stoßstange an Stoßstange reihten sich die Fahrzeuge der Einsatzleitung, Revierkräfte, Kriminalisten, Rettungshundestaffel, Feuerwehr und des Rettungsdienstes. Nicht zu vergessen die Reporter und Journalisten. Die Hälfte der Kräfte war zur Suche eingeteilt, der Rest fertigte aus Puzzleteilen ein Bild vom Tatgeschehen an. Auf dem Grundstück der Ambachs liefen die Kriminaltechniker in weißen Anzügen umher. Revierbeamte sperrten den Tatort ab und befragten Anwohner. Vier Beamte vom K11 steckten die

Köpfe zusammen. Darunter Kriminalhauptkommissar Stark, der die Ermittlungen leitete. Aber von dem würde Kroll nur das Nötigste erfahren. Stark war ein Streber, einer, der zuoberst darauf bedacht war, nicht bei Vorgesetzten anzuecken.

»Gehen wir davon aus, Ambachs Frau hat Peter nicht umgebracht. Warum nimmt der Täter sie dann mit?«, fragte Kroll.

Lichtenberg zupfte sich das Kinn. »An ein Sexualdelikt glaube ich kaum.«

»Aha, woher die Vermutung?«

»Nichts gegen dein Alter, aber sie war schon fast sechsundfünfzig. Außerdem befand sich ihr Mann im Haus.«

»Ach, komm schon, es wurden schon Neunzigjährige geschändet. Vielleicht macht es den Täter an, wenn der Ehemann zusieht.«

»Für mich sieht es eher so aus, als bräuchte er die Frau noch. Fragt sich nur, für was. Vielleicht will er uns einen Hinweis geben.«

Kroll nickte anerkennend. »Gar nicht mal so schlecht.« Auch wenn er es ungern zugab, Lichtenberg kombinierte stets clever und beherrschte Gesetzestexte aus dem Effeff. Ein smarter Kerl, der sich vom Denker blitzschnell in einen Haudrauf verwandeln konnte. Ein Skandal, dass er immer noch die Schulterstücke eines Polizeiobermeisters trug.

Kroll schaute zum Himmel, doch da war nur Sonne. Eine zu Tode glühende Helligkeit. Mit einem Taschentuch tupfte er sich die Stirn. »Sag den Suchkräften Bescheid, dass wir eine Stunde Pause machen. Danach wird neu entschieden.«

»Geht klar, Dino.«

»Findest du auch, dass die Neue von der Mordkommission allmählich in die Fußstapfen dieses Luftballons Stark tritt? Genauso aufgeblasen und trivial, meine ich.«

»Die Kolka?« Beide sahen in Richtung der Kollegin. »Chef, sie trägt Jeans, T-Shirts mit sarkastischen Sprüchen und neonfarbene Sneakers. Ich finde sie ziemlich pfiffig. Spätestens in einem Jahr hat sie das Kommissariat im Griff.«

»So lange bleibt die niemals in der Abteilung«, meinte Kroll und dachte an seine eigenen Stationen. Mittlerweile hatte er fast alle Dienststellen durch, lediglich die Gehaltsstufe A12 schwebte in unerreichbarer Ferne. Er war eben unbequem.

»Wie dem auch sei, sie hat eine reizende Taille«, fasste Lichtenberg zusammen.

»Konzentrieren wir uns lieber auf den Job.« Kroll stieß seinen Partner an und reichte ihm das Smartphone, mit welchem er beim Eintreffen Fotos geschossen hatte. »Fällt dir was bei den Bildern auf?«

Mit dem Daumen wischte Lichtenberg über das Display. »Sieht alles recht übersichtlich aus. Keine Kampfzeichen, dafür sehr viel Blut. Und ein Haufen Schuhspuren.«

»Ich will, dass du dir den Leichnam genauer ansiehst.«

Lichtenberg hielt das Handy in den Schatten und zoomte hin und her. Nach einer Weile wackelte er mit dem Kopf. »Die Griffe des Tatwerkzeugs?«

»Exakt. Bei einem solchen Blutbad ist es unwahrscheinlich, dass die Mordwaffe derart sauber aussieht.«

»Okay, und was sagt uns das?«

Kroll zuckte mit den Achseln. »Ich dachte, du könntest es mir sagen.«

Lichtenberg gab das Smartphone nicht sofort zurück, sondern blätterte weiter auf dem Display. »Was ist mit *dem* Bild? Die Fesseln, meine ich.« Er hielt Kroll ein Foto hin, welches den gebundenen Körper am Stuhl zeigte. »Kommt dir das orangefarbene Seil bekannt vor?«

Kroll musste die Augen zusammenkneifen. Er war zu eitel für eine Brille, aber das Detail konnte er erkennen. »Es macht zumindest einen sonderbaren Eindruck. Es sei denn, der Täter möchte, dass es auffällt.«

»Gewöhnlich achte ich nicht so drauf, doch ich bilde mir ein, so ein Seil schon mal gesehen zu haben.«

Kroll ließ das Handy verschwinden. »Der ganze Fall stinkt.« Er zog Lichtenberg hinter das Fahrzeug, wo sie niemand sehen konnte. Dann öffnete er die Brusttasche seiner Weste und wedelte mit einem Plastiktütchen, in dem sich ein Schmuckgegenstand befand.

»Diesen Ring habe ich in Peters Faust gefunden. Er hielt ihn umklammert, als wollte er ihn mit ins Grab nehmen.«

»Bist du verrückt?« Er drückte Krolls Hand samt Plastikbeutel nach unten und schob ihn gegen das Fahrzeug. »Du hast Beweismittel vom Tatort entfernt? Wenn das rauskommt, sind wir beide geliefert.«

»Willst du nicht wissen, wem er gehört?«

»Es ist mir egal! Du übergibst ihn sofort an Stark oder ich lass mich in ein anderes Team versetzen!«

»Jeff Balthasar.«

Die Empörung in Lichtenbergs Mimik wandelte sich zu Erschrockenheit. Eine Weile starrten sich beide bloß an.

»Jeff Balthasar ist tot«, sagte Lichtenberg.

»Dennoch hatte Peter den Ring in seiner leblosen Hand. Jemand wollte uns einen Hinweis geben.«

»Lenk nicht ab. Du legst den Ring zu den Beweismitteln oder ich sage es den K-Leuten.«

Plötzlich knackte das Funkgerät in Krolls Ohr. Eine Durchsage aus dem Hubschrauber.

»An alle Einsatzkräfte! Wir haben den weinroten Mercedes gefunden.«

Kapitel 18

Larissa Balthasar war vermutlich der einzige Mensch auf Erden, der mehr Zigaretten rauchte als Kroll. Seit er und Lichtenberg an der Wohnungstür der Witwe des Ex-Kollegen geklingelt hatten, hielt sie bereits den vierten Glimmstängel zwischen ihren zittrigen Fingern. Frau Balthasar sah abgemagert aus. Dem Anschein nach ernährte sie sich von dem Qualm, der dick unter der Decke der Wohnung hing.

Sie rauchte und stierte mit glasigen Augen auf den Ehering, den Kroll mittig auf den Küchentisch gelegt hatte.

»Das ist Jeffs Ring. Meinen kann ich Ihnen nicht mehr zeigen. Habe ihn verkauft, als ich Geld brauchte.«

Während Kroll umherlief, saß ihr Lichtenberg gegenüber.

»Diesen Ring fanden wir in der Hand eines Toten«, sagte Lichtenberg. »Können Sie sich das erklären?«

Frau Balthasar zog gierig an der Zigarette. »Mit dem Thema habe ich abgeschlossen. Es interessiert mich nicht. Damals übergab mir die Staatsanwaltschaft die persönlichen Dinge von meinem Mann. Auf dem Protokoll war der Ring nicht verzeichnet. Und um ehrlich zu sein, habe ich ihn nie vermisst. Ich denke, dass Jeff ihn im Gefängnis noch trug. Ja, da bin ich mir sicher.«

»Sie klingen verbittert«, merkte Kroll an.

»Verbittert?« Unter anderen Lebensumständen hätte die Einunddreißigjährige mit den zierlichen Schultern attraktiv gewirkt, doch jetzt schaute sie ihn an wie eine Tote. Sie stierte eine Weile ins Leere, ehe sie sagte: »Vier Tage vor dem Entbindungstermin hat mein Mann mich sitzen lassen. Ich habe allen Grund zur Verbitterung.«

»Sitzen lassen?«, bohrte Lichtenberg nach.

Die Angesprochene schnaubte. »Wie würden Sie das als Frau nennen, wenn Ihr Mann in den Bau wandert, während Sie hochschwanger zurückbleiben?«

Keiner der Beamten ließ sich zu einer Rückäußerung hinreißen.

»Sie haben eine hübsche Tochter«, fand Kroll, als er ein Bild im Flur betrachtete.

»Das sagen alle. Sie ist ein Engel. Leider hat sie Jeffs Temperament geerbt und die meiste Zeit verbringt sie bei ihrer Oma. Nach den schrecklichen Ereignissen bin ich nie wieder auf die Beine gekommen. Mein Sozialpädagogikstudium war für die Katz! Jedenfalls haben die vergangenen sieben Jahre mir sämtliche Kräfte geraubt. Ich wünschte, ich hätte meine Tochter nie bekommen.«

»Sieben Jahre«, murmelte Kroll. Exakt die Zeit, die er Lichtenberg kannte.

Frau Balthasar hatte es gehört und wiederholte: »Ja, sieben Jahre.« Dann schlug sie die Beine übereinander und schob sich die Haare zurück. Dabei fingerte sie nach einer neuen Zigarette.

»Ist Ihnen in den letzten Tagen etwas Ungewöhnliches aufgefallen?«, lenkte Lichtenberg das Gespräch auf den Fall.

Sie schüttelte den Kopf.

»Denken Sie bitte genau nach. Jeder Hinweis kann uns helfen.« Lichtenberg ließ nicht locker.

Kroll selbst empfand den Besuch inzwischen als Zeitverschwendung. Zudem machte ihm die winzige, trostlose

Wohnung mit den vielen kleinen Bildern der Tochter Angst. Er dachte an sein Einfamilienhaus im Herzen der Natur. Dabei war sein Privatleben längst keine heile Welt mehr.

»Es gab da eine Sache«, begann Frau Balthasar zögerlich. »Vor einer Woche rief ein Journalist an, bettelte um ein Interview. Der Spinner wollte mich über das Geschehene von damals befragen. Von Dingen über Jeff und diesen widerlichen Donner.«

»Welcher Journalist?«, fragte Kroll.

»Hauptmann oder so …«

»Meinen Sie Lars Hauptstätter?«

»Genau, so lautete der Name.«

Lichtenberg und Kroll tauschten neugierige Blicke aus.

»Hat er auch verraten, warum er Sie danach gefragt hat?«, ergriff Lichtenberg das Wort.

»Ich ließ ihm gar keine Zeit für Erklärungen. Wie gesagt, mit der Vergangenheit habe ich abgeschlossen.«

Daran zweifelte Kroll erheblich. Überhaupt fand er ihre Äußerungen wenig überzeugend. In der Regel vertraute er seinem Partner, wenn es um die Beurteilung der Glaubhaftigkeit von Aussagen ging. In diesem Fall zählte er jedoch auf sein Bauchgefühl. Einerseits wünschte sich Frau Balthasar, dass ihre Tochter nie geboren wäre, andererseits schmückte sie die Wohnung mit unzähligen Bildern von ihr. Das passte nicht so recht.

Kroll trat an den Küchentisch, klaubte den Ring auf und hielt ihn sichtbar für alle drei in die Höhe. »Was empfinden Sie, wenn Sie an das denken, was damals passiert ist? Was fühlen Sie, wenn Sie den Namen Jeff hören? Reden Sie frei heraus. Das hier ist keine Vernehmung.«

Frau Balthasars Brustkorb hob sich beträchtlich. Nachdem sie die Luft geräuschvoll hatte ausströmen lassen, antwortete sie: »Der Richter hätte meinen Mann niemals verurteilen dürfen.

Jeff hat keinen Mord begangen, er hat das Richtige getan. Und viele in der Bevölkerung denken ebenso.«

Kroll konnte kaum glauben, was er da hörte. Am liebsten hätte er ihr ins Gesicht geschlagen, um sie wachzurütteln.

»Und die Sache mit Donners Familie?«, mischte sich Lichtenberg im geruhsamen Tonfall ein. »War das auch kein Mord?«

Ihre Augen blickten zur Decke, sie benötigte eine Weile. Für den Bruchteil einer Sekunde schlich sich ein unsympathisches und zugleich trübsinniges Grinsen in ihr Gesicht. »Alles, was passiert ist, hat Erik Donner selbst zu verantworten. Er hat die Taten eines Vergewaltigers verherrlicht, er hat Jeff verraten, er hat Recht und Gerechtigkeit verleugnet. Ich bedaure ihn kein bisschen.« Sie schniefte, erhob sich und holte ein Taschentuch. »Weil Sie mich auf Jeff angesprochen haben: Ich hasse und ich vermisse ihn bis an mein Lebensende.«

Damit war die Befragung vorbei.

Drei Minuten später standen Kroll und Lichtenberg an ihrem Fahrzeug.

»Ziemlich heftig, was wir da oben erfahren haben, findest du nicht?«, wollte Lichtenberg wissen.

»Hab schon Schlimmeres gehört. Wenn ein Mann seine schwangere Frau mit einer Mistgabel aufspießt und dir sagt, er wollte nur den Teufel austreiben, dann ist das heftig«, entgegnete Kroll emotionslos. »Überlegen wir lieber, warum der Täter den Mercedes von Ambach benutzt, wenn er ihn danach an der Kleingartenanlage *Sommerlust* abstellt. Und wieso nimmt er die tote Ehefrau mit, wenn er sie zuletzt im Kofferraum liegen lässt?«

»Und wo ihre Finger geblieben sind?«

Kapitel 19

Die Wohnanschrift von Hauptstätter führte Donner in den Stadtteil Sonnenberg, somit begab er sich sprichwörtlich in die Niederungen. Dabei klang die Bezeichnung des Viertels herzerfrischend. Der Name war einem Gasthof im 19. Jahrhundert entlehnt, der in Richtung Augustusburg lag. Bis vor fünfundzwanzig Jahren hatte in dieser Gegend das unbekümmerte Leben getobt.

Doch mittlerweile herrschte in vielen Wohnungen gähnende Leere oder sie zogen Arbeitslose und Kriminelle an. Mehrmals täglich wurde das Polizeirevier Nord-Ost zu Einbrüchen, Körperverletzungen und anderen Einsätzen gerufen. Egal, ob man auf der Suche nach Drogen, Sex oder Streit war, hier wurde man fündig.

Als Donner die Zietenstraße entlangfuhr, bedauerte er die Häuser aus der Gründerzeitepoche. Nach und nach zerfielen sie im Sumpf der Gleichgültigkeit. Aber er war es gewohnt, im Morast zu waten.

Lange brauchte er nicht zu suchen. Er fand den Hauseingang und ein Klingelschild mit dem Nachnamen des Journalisten. Als er die Stufen zum Hausflur betrat, musste er über eine tote Katze hinwegsteigen. Ein beißender Gestank aus allen möglichen Müllresten begegnete ihm im Inneren des Gebäudes. Aus einer Wohnung drang laute Technomusik, und woanders hörte er Babygeschrei, gefolgt vom Gegröle eines Mannes.

An den meisten Wohnungstüren fehlten die Namensschilder. Dafür staunte er nicht schlecht, als er ein Plättchen mit dem Schriftzug des Journalisten fand. Er stieß einen leisen Pfiff aus.

So viel Glück ist für einen Menschen fast unerträglich.

Trotz des Lärms im Haus lauschte er an der Tür. Keine Geräusche in der Wohnung. Schließlich betätigte er den Klingelknopf, doch das Läuten blieb aus. Umso energischer wummerte er mit der Faust gegen das Holz. Nach der vierten Schlagsalve öffnete tatsächlich jemand. Donner machte sich kampfbereit. Gleich würde er aus Hauptstätters Kehle ein Geständnis pressen.

Doch zu seiner Verwunderung stand vor ihm ein junger Mann mit dunklen Augenringen, ungesunder Hautfarbe und schwarzen Haarsträhnen bis zum Hintern.

»Krass! Voll das Tier«, entfuhr es dem Burschen. Beim Bestaunen von Donners Gesichtsruine blieb ihm der Mund offen.

»Du bist nicht Lars Hauptstätter.«

»Das weiß ich selbst, Mann.«

Donner hatte genug von dem Spielchen. Ohne Vorwarnung stieß er den Kerl zurück in die Wohnung. Dann trat er ebenfalls ein und knallte die Tür hinter sich zu. Das Kreischen des Opfers hielt ihn nicht von seinem Tun ab.

»Wo ist Snuff?«, brüllte er und quetschte seine Fingerknöchel, dass es knackte.

Eine zweite Person kam aus einem Zimmer, erfasste die Situation und rief: »Ey, bleib mal geschmeidig, Mann.«

Von der Hautfarbe machte der Mitbewohner einen noch ungesünderen Eindruck. Und es war auch nicht der, wegen dem Donner aufgetaucht war. Das hinderte den Kommissar jedoch keineswegs daran, wie eine Dampflok auf den Neuankömmling loszupreschen. Eingeschüchtert wich der Kerl bis zum Ende des Flurs zurück. Dort kam Donner über ihn und drückte ihn gegen die Wand.

Flüchtig verschaffte er sich einen Überblick in der Wohnung.

»Ich frage zum letzten Mal: Wo ist Snuff? Und wehe, ihr beiden Kiffer verschaukelt mich.«

»Der wohnt nicht hier«, jaulte der Kerl, der auf dem Boden kroch.

»Blödsinn.« Donner trat ihm leicht auf die flache Hand, was ein Wimmern hervorrief. »Der Name draußen dient wohl als Attrappe?«

»Echt, Mann! Der Typ gibt uns im Monat zwanzig Mäuse, damit wir die Schilder nicht abnehmen. Manchmal holt er seine Post ab. Ehrlich, ich schwöre es bei meiner Mutter. Snuff ist vor vier Monaten ausgezogen. Keine Ahnung, wo der steckt.«

Donner nahm langsam den Fuß von der Hand des Sprechers. Er schnüffelte und ein süßlich-würziger Geruch stieg ihm in die Nase. Er ärgerte sich über seine Einfältigkeit, wollte gleichwohl nicht als Verlierer dastehen. Bevor er die Wohnung verließ, drohte er: »Wenn ich beim nächsten Mal auftauche, ist der Drogenmist verschwunden. Ansonsten setze ich euch auf Entzug, klar?«

Beide Kiffer nickten und blieben mit langen Gesichtern zurück.

Wieder in seinem Fahrzeug, ließ sich Donner erschöpft in den Sitz fallen. Allmählich bekam er ein völlig neues Bild von Hauptstätter. Wenn der Journalist zu einem solchen Täuschungsmanöver fähig war, könnte er dann auch einen Mord begehen?

Die Erschöpfung und die Temperaturen machten Donners Glieder schlapp. Er wünschte sich Aspirin herbei. Vor allem aber sehnte er sich nach Ablenkung oder wenigstens ein wenig Zuspruch. Deshalb wählte er die Nummer von Luisa. Wieder klingelte es lange und am Ende sprang die Mailbox an. Er hinterließ keine Nachricht, sondern krachte das Handy in ein Ablagefach und startete den Motor.

Als er den Mitsubishi später vor seiner Wohnung abstellte, ertappte er sich dabei, wie er mehrfach über die Schultern blickte.

Ganz ruhig, Erik! Werd bloß nicht paranoid! Der Kerl besitzt nicht den Schneid, bis auf ein paar Meter in deine Nähe zu treten.

Er schlurfte zum Briefkasten, doch was er darin fand, machte ihn stutzig. Zögerlich griff er nach dem Gegenstand zwischen den Werbeprospekten. Ein einfaches Mobiltelefon.

Ausgeschaltet.

Daneben lag ein Briefumschlag ohne Absender. Donner hielt ihn gegen das Licht und erkannte einen Metallschlüssel.

Auch ohne den Inhalt des Briefes zu kennen, erahnte er den Schreiber. Der Unbekannte hatte Donners Wohnumfeld entweiht. Ein Gefühl von Gefahr ergriff ihn.

Seine Gabe, sein sechster Sinn für Mord, erwachte.

Oh nein!

Abrupt drehte er sich Richtung Hauseingang und stürzte los.

Kapitel 20

In der Erdgeschosswohnung von Elvira Schmidt brannte kein Licht. Diese Unstimmigkeit trieb Donner dazu, bei seiner Untermieterin zu klingeln. Doch das sonst so helle Läuten blieb aus. Sein Puls beschleunigte sich spürbar. Mit aller Kraft trommelte er gegen die Wohnungstür. Die Neunundsiebzigjährige hörte schwer, aber das allein konnte nicht der Grund sein, warum sie nicht öffnete.

In den eineinhalb Jahren, die er hier wohnte, hatte er das noch nie erlebt. Die alte Dame ließ das Licht bei Tag und bei Nacht angeschaltet. Wenigstens die orange leuchtende Salzlampe auf dem Fensterbrett!

Ein fürchterlicher Verdacht drängte sich ihm auf. Sollte der Psychopath es gewagt haben, sich an einem solch wehrlosen Opfer zu vergreifen? An einer alten Frau, die den Rest ihres Lebens vor dem Fernseher verbrachte? Wie niederträchtig konnte ein Mensch sein?

Zum wiederholten Mal an diesem Tag machte er sich Sorgen um eine andere Person. Donner begriff, dass seine Seele sehr wohl verwundbar war. Es war exakt das, was der Irre erreichen wollte.

Weil sich in der Wohnung auch nach dem fünften Klingeln nichts tat, entschied Donner, die Tür einzutreten. Er ging die zwei Schritte zurück, stützte sich mit Rücken und Händen an der Wand ab und zählte.

Eins!

Zwei!

Drei!

»Ja, bitte?«, vernahm er es kaum hörbar hinter der Tür.

Donner schloss die Augen und ließ die Luft gedehnt ausströmen. Da waren sie wieder: seine Kopfschmerzen! Langsam sah er wirklich Halluzinationen.

»Frau Schmidt, ich bin es, Erik, Ihr Übermieter! Machen Sie bitte die Tür auf.«

Zwei Riegel klackten, danach guckte die gutmütige alte Dame in den Flur. Hinter ihr tat sich ein Raum voller Düsternis auf.

»Sie haben mich zu Tode erschreckt.« Theatralisch griff sich Donner an sein Herz. »Warum sitzen Sie im Finstern?«

»Ach, Herr Donner, der Strom ist weg. Sie waren nicht da.«

Donner schaute zur Decke, wo die Flurbeleuchtung brannte. »Darf ich kurz nachsehen?« Ohne die Erlaubnis abzuwarten, trat er ein. Erst prüfte er die Lichtschalter und ging dann zielstrebig zum Sicherungskasten. Das Restlicht des Tages zeigte ihm den Weg. Doch die Schalter im Kasten standen alle in der richtigen Position. Weil er die Rentnerin nicht beunruhigen wollte, sprach er beschwichtigend auf sie ein, allerdings kam ihm ein Verdacht. Er lief in den Keller und tatsächlich lag der Fehler bei der Hauptsicherung für die untere rechte Wohnung. Jemand hatte den Schalter absichtlich umgelegt …

… und mich hier runtergelockt!

Blitzschnell spähte er den Gang entlang.

Er hatte sich geirrt. Niemand hatte auf ihn gewartet.

Rasch brachte er den Schalter in die ursprüngliche Position und stieg wieder hoch. Zurück im Erdgeschoss, schlug Frau Schmidt die Hände zusammen und tätschelte seinen Arm. »Hach, ich danke Ihnen, Sie sind ein Schatz. Darf ich Sie dafür morgen zu Kaffee und Cognac einladen? Ich backe auch wieder den Rosinen-Rum-Kuchen. Der schmeckt Ihnen doch so.«

Donner hasste Rosinen, aber er nickte trotzdem. Kaffee und Cognac klangen gut.

Am liebsten wäre er die Nacht bei der Rentnerin geblieben. Zu ihrem Schutz. Stattdessen schlurfte er die Treppen hinauf in die eigene Wohnung. Das fremde Handy und den Brief mit dem Schlüssel hielt er in der linken Hand. Sämtliche Fasern seines Körpers sträubten sich dagegen, den Umschlag zu öffnen. Doch die Neugier gewann die Oberhand.

Das Handy legte er auf den Tisch, die Ringe der Ambachs und den von Elli in ein Regal auf Sichthöhe. Alle drei Schmuckstücke vermehrten das Bedrohungsgefühl. Vielleicht stand in dem Brief ein Hinweis, wo er den Leichnam seiner Frau fand. Zwar war Donner nie davon ausgegangen, sie jemals lebend wiederzusehen, aber die Ungewissheit fühlte sich an wie eine Krankheit, für die niemand ein Heilmittel erforschte.

Wenn er den Brief las, hatte der Irre endgültig Gewalt über ihn. Denn das bedeutete, dass Donner in das perverse Spiel einstieg.

Mit einem Ratschen zerriss er das Papier. Der Schlüssel rutschte heraus und klirrte auf den Boden. Donner entnahm den Brief, schloss die Augen, und als er sie wieder aufschlug, verlor er die Kontrolle über seinen Verstand.

Hallo, Erik,
schalte das Handy ein. Es ist voll aufgeladen. Keine Angst, es ist dein eigenes. Du wirst es brauchen. Die PIN lautet 1112.

Nimm den Schlüssel an dich. Der gehört ebenfalls dir. Auch den wirst du brauchen.

Suchst du noch nach deiner Frau? Sie ist dort, wo dein Leben endet. Streng dich an oder weitere Menschen sterben.

Wir sind wie Brüder. Brüder verraten einander nicht. Also tu das Richtige.

Jeff

Der Text war mit Druckertinte geschrieben. Die letzten drei Sätze katapultierten Donner zurück an den Tag, als die Freundschaft zwischen Jeff und ihm zerbrochen war. Er kannte jedes gesprochene Wort. Die Erinnerung raubte ihm die Luft zum Atmen. Sofort brachen aus seinem Körper Schweißbäche hervor. Jeff, der Mörder, hatte diese drei Sätze gesagt. Einzig Donner hatte sie je gehört. In seinen Träumen wiederholte Elli die Worte fast jede Nacht – mit der Stimme von Jeff.

Donner stürzte ins Badezimmer und hielt den Kopf über die Kloschüssel. Der Brechreiz kam unaufhaltsam. Er würgte und spuckte.

Nachdem sein Magen zur Ruhe gekommen war, ließ er kaltes Wasser in die Wanne ein. Er entkleidete sich und steckte sein altes Handy an das Ladegerät. Nachher würde er Luisa anrufen. Er brauchte sie hier bei sich. Den ganzen Tag über hatte er versucht, sie zu erreichen. Jedes Mal war ihre Mailbox angesprungen.

Als er in das Badewasser eintauchte, umhüllte Kühle seine schweißtriefende Haut. Die Hitze verschwand, die schweren Gedanken blieben. Jeff hatte damals Donners Frau und Kind entführt. Nur er konnte wissen, wo er Elli hingebracht hatte.

Donner erinnerte sich an das Auskunftsersuchen zu der Handynummer, von der aus die SMS abgeschickt worden waren. Die Antwortmail der Bundesnetzstelle wartete ungeöffnet auf seinem Bürocomputer.

Während er sich den Fettfilm vom Rücken schrubbte, schaute er zu der Wand gegenüber. Die Uhr im Bad zeigte kurz nach zwanzig Uhr. Gleich morgen würde er das Versäumnis nachholen und die E-Mail lesen. Oder er fuhr gleich ins Büro.

Gegenwärtig zog ihm jedoch die Müdigkeit die Augenlider zu. Kaum war er aus dem Bad, taumelte er dem Sofa entgegen, auf das er sich mit gefalteten Händen legte wie in einen Sarg.

Zweiundzwanzig Minuten später weckte ihn die Türklingel.

Kapitel 21

Ihre Erscheinung strahlte die Erhabenheit einer Eiskönigin aus und die Farbe ihrer Lippen weckte in Donner Heißhunger auf blutiges Rindfleisch. Ohne dass die Frau ihren Namen nannte, wusste er, wer da vor ihm im Hausflur stand.

Annegret Kolka!

Selbst das Treppenhauslicht schien angesichts der Dame an Leuchtkraft zu verlieren. Allerdings erging es ihr bei *seinem* Antlitz nicht anders.

»Ach du Schreck!«, rief sie. »Ich dachte immer, die Kollegen übertreiben, doch sie haben mir nicht einmal die Hälfte erzählt. Mein Gott, wie kann ein Mensch nur so große Narben tragen? Sind Sie sicher, dass Sie von der Erde stammen?« Ungeniert glitt ihr Blick an seinem nackten Oberkörper entlang bis zum Handtuch um seine Hüften. Dort angekommen, ließ sie den ungläubigen Gesichtsausdruck verschwinden und setzte stattdessen eine typische Ermittlermiene auf. »Gestatten, Kolka. Wir haben uns bereits am Telefon kennengelernt. Nach Ihrem Namen brauche ich ja nicht zu fragen.«

Sie hielt ihm die Hand hin.

Sein Blick folgte der Bewegung. Er verzichtete auf den Handschlag und bemerkte im Gegenzug: »Ihre rechte Augenbraue ist unterbrochen.«

»Torsten Borde.«

»Wie bitte?«

»Torsten Borde. Hat mir in der Grundschule eine Schallplatte an den Kopf gepfeffert. Die Wunde wurde im Krankenhaus genäht. Ich habe ihn später vom Klettergerüst geschubst.« Sie erzählte es gefühllos, so abgebrüht, wie man es *ihm* immer nachsagte. Ungeduldig musterte sie ihn. »Wollen Sie noch etwas über mich wissen oder lassen Sie mich jetzt eintreten?«

Donner war geneigt, ihr die Tür vor der Nase zuzuschlagen, doch Kolka schob sich bereits an ihm vorbei. Sie legte die Handtasche auf die Schuhkommode, als wäre sie ein Stammgast.

»Was wollen Sie hier und wieso rufen Sie nicht einfach an?«

»Das habe ich versucht, aber Ihr Handy ist ausgeschaltet.«

Donner dachte an das Örtchen, wo sein Gerät mit leerem Akku an der Steckdose hing. Statt sich zu rechtfertigen, sagte er: »Sollten Sie nicht längst Dienstende haben?«

Sie gab einen spöttischen Laut von sich. »Ihr letzter Mordfall liegt wohl schon eine Weile zurück? Nein, zu Hause wartet nur *ein* Mann auf mich: mein fünfzehnjähriger Sohn.«

Während Kolka Richtung Wohnzimmer schlenderte, musterte Donner sie von den Beinen an über den Po bis hinauf zum halblangen schwarzen Kopfhaar. Er schätzte sie auf höchstens fünfunddreißig. Am Telefon hatte sie deutlich älter geklungen. Schnell rechnete er nach, wie alt Kolka gewesen sein musste, als sie ihren Sohn geboren hatte.

»Mittlerweile ist Malte groß genug, dass ich wegen der Überstunden kein schlechtes Gewissen mehr haben muss«, entgegnete sie, als hätte sie seine Gedanken gelesen. »Außerdem hält er mir die Schürzenjäger vom Hals. Sie glauben gar nicht, wie unerotisch es für Männer ist, wenn man erwähnt, dass man ein Kind großzieht.«

Donner verdrehte die Augen, ohne dass sie es mitbekam. Kolkas Eindringen, gepaart mit ihrer Whiskeystimme, machte ihn krank. Er wollte sie so schnell wie möglich loswerden.

Derweil inspizierte sie die Wohnung. Als sie an der offen stehenden Badtür vorbeiging, rümpfte sie die Nase. Beim Blick auf seine Socken und Unterhose, die den Wohnzimmerboden zierten, verzog sie sogar die Mundwinkel. »Sie bekommen nicht oft Besuch, oder?«

»Wollen Sie rumschnüffeln oder haben Sie ein echtes Anliegen?«, erwiderte Donner gereizt und schlug die Tür zum Bad geräuschvoll zu.

»Woher wussten Sie von Richter Jaeschkes Ring?«

Er baute sich im Türrahmen auf und fuhr sich mit der Zunge über die Zähne. »Auf einmal brauchen die superschlauen K-Leute Hilfe von mir?«

»Beantworten Sie die Frage, oder fällt Ihnen das so schwer?«

Ungewollt glitt sein Blick zum Regal, wo die Ringe lagen. Kolkas Blick folgte ihm.

»Ich sammle Zeitungsartikel, bei denen die Polizeiarbeit ins Visier der Öffentlichkeit rückt. Insbesondere die, wo es um Tote geht. Das ist mein Hobby. Schon aus Berufsgründen sehe ich Pressetexte mit anderen Augen. Hinzu kommen meine jahrelangen Erfahrungen bei der Mordkommission. Mit Richter Jaeschke hatte ich in der Vergangenheit mehr als eine Begegnung und nie war der Anlass ein freudiger. Da vergisst man Auffälligkeiten wie den Ring nicht einfach. Nennen Sie es Intuition. Es liegt mir im Blut, Dinge zu erkennen, die andere übersehen.«

»Ist das so?« Sie zuckte mit den Mundwinkeln.

»Warum fragen Sie mich, wenn Sie mir nicht glauben?«

»Stimmt es, dass Sie Richter Jaeschke damals gedroht haben, die Zunge rauszureißen?«

»Als junger Polizist ist das Mundwerk oft flinker als der Verstand. Dafür habe ich ordentlich Prügel bezogen. Ich habe mich sogar öffentlich entschuldigt. Den Richter habe ich nie angerührt.«

»Na ja, angeblich hat der Richter seine Zeugen mit Vorliebe in die Mangel genommen. Vor allem Polizeibeamte. Er hatte wohl etwas gegen unseren Berufsstand.«

Scheinbar zufällig bewegte sie sich zum Regal. Rasch schnitt Donner ihr den Weg ab. Sie spähte an seiner Schulter vorbei zu den Ringen.

»Weitere Fragen?«, forderte er sie heraus.

Sie sah zu ihm auf. Beide standen dicht beieinander. Sie hielt die Arme verschränkt. Würde sie den kleinen Finger strecken, könnte sie an seinen Bauchmuskeln entlangfahren. Obwohl ein Schweißfilm auf ihrem Gesicht glänzte, roch sie gut. Irgendwie nach einer Mischung aus Dünengras und Zuckerguss.

Beschämt dachte er daran, wie sie ihn in seiner ganzen Verwundbarkeit sah. All die Narben am Körper ergaben die Skulptur eines irren Bildhauers. Dennoch blieb er stehen wie ein Fels.

»Jaeschke hatte vor seinem Tod mehrere Barabhebungen von Konten getätigt«, redete sie weiter. »Immer Beträge von exakt fünftausend Euro. Angefangen hat es im Februar. Diese Kontobewegungen fallen komplett aus dem Raster zu Jaeschkes früheren Gewohnheiten. Nach und nach rutschte er so ins Minus.«

»Das ist euch erst jetzt aufgefallen?«

Als sie für zwei Sekunden die Augen schloss, fiel ihre harte Schale in sich zusammen. Auf einmal sah sie aus wie eine junge Mutter, die bereits viel zu viele Stunden auf den Beinen stand.

»Der Verdacht liegt nahe, dass er erpresst wurde. Wir werden der Sache nachgehen. Morgen bekommen wir die ersten Ergebnisse der Spurenanalyse vom Mord an Peter Ambach. Der Staatsanwalt und die Polizeipräsidentin machen Druck. Allerdings glaubt Kollege Stark nicht, dass es einen Zusammenhang zum toten Richter gibt. An diesem Punkt gehen unsere Meinungen auseinander.«

»Und darum kommen Sie zu mir?« Donner verschränkte die Arme.

»Ich dachte, Sie könnten mir helfen. Immerhin kannten Sie Peter gut. Vielleicht gibt es da eine Sache aus der Vergangenheit, die wichtig ist. Natürlich nur für den aktuellsten Fall.«

»Tut mir leid, da befällt mich eine unerwartete Amnesie. Außerdem stehe ich bereits auf Starks Abschussliste.«

Erneut schaute sie Richtung Regal, wo die Ringe lagen, ehe ihr Blick zu ihm zurückfand. Eine Weile sprach keiner von beiden. Sie sahen sich bloß fest in die Augen. Er versuchte zu ergründen, auf welcher Seite Kolka stand. Zu einem eindeutigen Ergebnis kam er nicht.

»Darf ich mal Ihre Toilette benutzen?«

Du hast wirklich Mumm in den Knochen, Miss Neugierig!

»Ich bade gerade.«

»Keine Angst, ich will nicht bei Ihnen einziehen. Nicht bevor Sie ein paar Bilder aufhängen oder sich wenigstens eine Katze zulegen.«

»Mischen Sie sich gern in das Leben anderer ein?« Er packte sie am Arm und schob sie zum Badezimmer, wo er ihr die Tür aufhielt. »Ich bin ein glücklicher Mann.«

»Das sehe ich. Deshalb sieht es in Ihrer Wohnung so farbenfroh aus wie auf Bildern von Kriegsschauplätzen.«

Im Rückwärtsgang betrat sie das Badezimmer und diesmal knallte Donner ihr wirklich die Tür vor der Nase zu. Für ein paar Sekunden lauschte er. Selbst auf der Toilette sitzend, gab Kolka nicht auf.

»Was ist damals genau passiert?«, fragte sie. »Bei der Sache mit Jeff Balthasar?«

Jeff!

Zu spät fiel ihm ein, dass der Brief des Unbekannten im Bad lag.

Kapitel 22

Damals (sieben Jahre zuvor)

Die angespitzte Stahlstange ragte zu beiden Seiten aus Donners Oberschenkel. Kurz überlegte er, ob er verbluten könnte, dann riss er den Gegenstand aus dem Fleisch. Den Schmerzschrei presste er durch die aufeinandergebissenen Zähne. Der Stahl war bitterkalt, die Wunde brennend heiß.

Er und Jeff hatten Benny Malow durch Gärten und Hinterhöfe verfolgt, doch auf dem Gelände eines ehemaligen Reifenhandels hatten sich die beiden Ermittler getrennt. Dann war Donner einen Moment unaufmerksam gewesen. Zugleich hatte der neunzehnjährige Malow hinter einer Ecke gelauert. Wie ein Reptil war er vorgesprungen und hatte mit der Metallstange auf Donners Bauchgegend gezielt.

Donner verfluchte seine Abneigung gegen Schusswaffen. Hätte er die Pistole gezogen, hätte er den Scheißkerl niedergestreckt. Zum Glück hatte er den Angriff durch einen Abwehrreflex umlenken können. Dadurch hatte Malow ihn nur am Bein erwischt.

Er musste Jeff helfen. Der Vergewaltiger durfte nicht entkommen. Es galt, die Bestie zu stoppen, bevor ihr weitere Frauen und Mädchen zum Opfer fielen.

An einem verrosteten Metallpfeiler richtete Donner sich auf. Das Blut durchtränkte den Stoff der Jeans. Er humpelte los, aber sein rechtes Bein wollte bei jedem Schritt nachgeben. Ein Schwindelgefühl drohte ihn in die Knie zu zwingen. Dennoch kämpfte er sich durch die verlassene Werkstatt. Diesmal nahm er die P7 aus dem Holster. Mit beiden Händen hielt er sie dicht vor der Brust.

Stimmen. Er lief schneller. Die Schmerzen schwanden.

»Ich habe ihn!« Es war Jeff. Er klang frenetisch. »Ich habe den Wichser erwischt.«

Wenige Augenblicke später erhielt Donner Gewissheit. Der Albtraum war vorbei.

Endlich!

Sie hatten den neunzehnjährigen Benny Malow gestellt, der vier Frauen und ein Mädchen vergewaltigt hatte. Jenen Jungverbrecher, durch den eine Rentnerin zu Tode gefoltert worden war. Ein Ring an Malows Finger – mit einem seltenen Erdensymbol – hatte die Ermittler auf seine Spur gebracht. Die dreizehnjährige Manuela Gruenberg hatte sich das Symbol in allen Details eingeprägt.

Am Ende der Verfolgung kniete Malow im Müll und Dreck einer Lagerhalle. Das Dach hielt den Regen nicht auf. Wasserlachen umringten ihn. Über ihm stand Jeff. Die Pistolenmündung richtete er auf die Stirn des Neunzehnjährigen. Malow bettelte nicht um Gnade. Er weinte nicht. Allenfalls zitterte er wegen der Kälte im Gebäude. Vom Körperbau her war er ein Schwächling. Kaum zu glauben, dass ein so dürrer Mensch zu solchen Gräueltaten fähig sein konnte.

»Nimm die Waffe runter«, redete Donner auf seinen Partner ein. Der Schmerz im Oberschenkel machte sich bemerkbar. Er wand sich über seine Eingeweide in den Bauch bis unter die Schädeldecke. »Du hast ihn gefesselt. Es ist vorbei.«

Jeff reagierte nicht. Völlig steif streckte er den Arm nach vorn. Er und die Pistole ergaben eine Einheit. Als wäre der Lauf die Verlängerung seines Willens. In seinem Gesicht lag ein Begehren, das Donner Angst machte.

»Ich hole Verstärkung, dann bringen wir ihn raus«, versprach Donner. »Nimm jetzt die Waffe runter. Er ist wehrlos.«

Malow fing an zu grinsen. »Headshot!«, zischte er. »Das ist wie im Computerspiel.«

Ohne Vorwarnung knallte Jeff ihm die linke Faust ins Gesicht. Malow wurde zur Seite gerissen, schlug hart auf dem Betonboden auf. Doch Jeff war noch nicht fertig. Mit voller Wucht trat er den Jungen gegen die Rippen. Malow jaulte und lachte.

Donner presste die Lippen zusammen, er musste handeln. Trotz der Beinverletzung stürzte er vorwärts. Jeff hielt die Waffe weiterhin im Anschlag.

»Das geht zu weit, Jeff! Wir haben ihn. Es ist vorbei.«

»Denk nach, Erik«, blaffte sein Partner zurück. »Er ist neunzehn. Du weißt, was sie mit einem Neunzehnjährigen machen. Der kommt in fünf Jahren wieder frei und wird weiter vergewaltigen.« Er packte Malow an der Kleidung und zwang ihn auf die Knie. Ununterbrochen ließ er die Pistole vor den Augen des Gefangenen tanzen. Jeff atmete gehetzt. Speicheltropfen lösten sich von seinen Lippen und der Wahnsinn sprühte aus seinen Augen.

»Er wird niemandem mehr etwas tun«, versuchte Donner es weiter und näherte sich Stück für Stück. »Und du allein hast es geschafft. Du bekommst deine Beförderung. Bloß nimm endlich die Scheißwaffe runter.«

Malows Nase blutete. Das Rot verbreiterte seinen Mund optisch zu einem riesigen Maul.

»Hast du eine Tochter?«, fragte Malow, an sein Gegenüber gerichtet.

Jeff holte mit der Waffenhand aus und schlug ihm mit dem Magazinboden ins Gesicht.

Die Wange platzte auf. Malow spuckte Blut und einen Zahn.

»Ich wette, du hast eine süße kleine Tochter, Bulle. Soll ich sie mir holen? Vielleicht in zehn, fünfzehn oder dreißig Jahren? Was machst du dann?«

Der Pistolenlauf zitterte zornig.

»Hör nicht auf ihn«, sagte Donner. »Er will dich aus der Reserve locken.« Besorgt dachte er an Jeffs hochschwangere Frau. Ein Mädchen sollte es werden. Wenn der Vater jetzt alles vermasselte …

Längst hatte Jeff die Kontrolle über sein Handeln verloren. Donner umspannte die eigene Pistole fester. Schmerz, Wut und Ratlosigkeit kämpften in seinem Herzen. Die Distanz zwischen ihm und seinem Partner betrug keine vier Meter, doch es lagen Welten dazwischen.

»Na los, Bulle! Schieß schon! Ist wie Computerspielen. Headshot!«

Plötzlich fing Jeff an zu lachen. Es waren hässliche, gezwungene Laute aus der Tiefe seiner Kehle. Wenige Augenblicke später hob er die Hände.

»Ist schon gut. Hab alles unter Kontrolle.« Er ließ die Pistole im Holster verschwinden. »Übergeben wir den Pisser der Gerichtsbarkeit, wie es sich gehört.«

Donner stieß die angehaltene Luft aus. Sie waren haarscharf an einer Katastrophe vorbeigeschrammt. Endlich konnte er seine Waffe wegstecken. Im Gegenzug holte er aus der Jackentasche das Handy hervor.

»Kein Empfang«, stellte er fest. »Ich geh kurz raus und telefoniere mit dem Lagezentrum.«

Jeff nickte. »Mach schon, damit wir hier fertig werden.«

Die Verletzung behinderte Donner beim Gehen. Doch kaum hatte er die Halle verlassen, erzitterte die Umgebung. Ein Knall betäubte seinen Hörsinn und das Bewusstsein entglitt ihm für Sekunden. Erst mit Verzögerung nahm er die Umwelt wieder wahr.

Er humpelte zurück, aber er kam zu spät.

Malow lag regungslos auf dem Boden, das Gesicht von einer blutigen Wunde entstellt.

»Scheiße! Verdammte Scheiße!«, brüllte Donner.

Jeff verblieb genauso unbewegt wie der tote Malow. Er stand wie eine Statue und hielt die Pistole in der Hand.

»Du gibst mir jetzt ganz langsam deine Waffe«, forderte Donner.

»Kein Gericht der Welt hätte ihn angemessen bestraft. Nicht für das, was er getan hat«, sprach Jeff unaufgeregt. »Sie hätten nur das Kind in ihm gesehen.«

»Das spielt keine Rolle mehr. Schieb mir deine Waffe rüber.«

»Wir können es wie einen Unfall aussehen lassen. Er hat dich mit der Stange angegriffen, dich danach entwaffnet. In Notwehr habe ich ihn erschossen.«

»Was redest du da?«

»Niemand weiß es, nur wir beide. Erik, wir sind Partner.«

Donner brauchte einige Sekunden, um das Gesagte zu erfassen. Verstehen würde er es sein ganzes Leben lang nicht.

»Wir sind wie Brüder. Brüder verraten einander nicht. Also tu das Richtige.«

Wie im Fieber schüttelte Donner den Kopf. Langsam richtete er seine Pistole auf Jeff. »Du hattest kein Recht, ihn zu erschießen. Zum letzten Mal, leg die Waffe nieder!«

»Dieser Drecksack hat Menschenleben zerstört, Erik! Unsere Gesetze kennen keinerlei Strafe, die solche Taten sühnt. Das Schwein war neunzehn. Hör auf dein Herz! Wenn irgendwann jemand deine Familie bedroht, dann wirst du verstehen, warum ich es tun musste.«

Donner schwieg und kehrte tief in sich. Letztendlich funktionierte Polizeiarbeit nach Paragrafen und Dienstanweisungen und nicht nach dem, was man fühlte. Entsprechend tat Donner das, was sein Verstand ihm riet.

Kapitel 23

Heute

Nach Kolkas ungebetenem Besuch schlief Donner lediglich zwei Stunden. Der ständig wiederkehrende Albtraum weckte ihn – die Tochter, deren Schmetterlingsflügel nicht kraftvoll genug waren, um sie in der Luft zu halten.

Wenn irgendwann jemand deine Familie bedroht, dann wirst du verstehen, warum ich es tun musste.

Im Traum hatte es Elli gesprochen. Wie immer mit der Stimme von Jeff.

Donner besaß keine Familie mehr. Jedenfalls keine richtige. Gleichzeitig musste er feststellen, dass ihm die Menschen in seinem Umfeld alles andere als egal waren. Das machte ihn im Spiel des Irren verwundbar.

Ein Blick auf die Uhr verriet ihm, dass die Zeiger Mitternacht überschritten hatten. Er quälte sich aus dem Sessel. Seit vier Tagen hatte er nicht mehr geraucht. Der Drang, bei einer Zigarette nachzudenken, erfüllte ihn beinahe leidvoll.

Verdammt, wo habe ich nur das blöde Feuerzeug? Im Büro lag es nicht, also muss es irgendwo in der Wohnung sein. Keine gute Zeit, um sich das Rauchen gänzlich abzugewöhnen!

So gewissenhaft er jede Schublade durchwühlte, er fand nur unnützen Kram. Das Sturmfeuerzeug aus dem Zweiten Weltkrieg, welches ihm sein Vater geschenkt hatte, blieb verschwunden. Lange Zeit hatte Donner geglaubt, in die Fußstapfen seines Vaters – *des legendären Kriminalisten!* – treten zu müssen. Letztlich war er seinen eigenen verpfuschten Weg gegangen. Was hätte er auch anders machen sollen?

Für *Monster* gab es in der Gesellschaft keinen Platz.

Das fremde Handy rührte er nicht an. Dafür schaute er nach der Akkuanzeige des eigenen.

Ladezustand 100 Prozent.

Er schaltete das Gerät ein. Es piepte.

Eine neue Nachricht.

Sie kam von Luisa.

Sie ist bei mir. Jeff

Er las die Zeile mehrfach. Vor Sorge pochte sein Herz heftiger. Wieder setzte das Gefühl ein, dass er andere Menschen in Gefahr brachte. Selbst die Beziehung zu einer Prostituierten barg ein Risiko.

In Windeseile wählte er Luisas Nummer. Es meldete sich die Mailbox. Plötzlich fiel ihm das letzte Telefongespräch mit Luisa ein: … *ein Typ hat mich in ein Vier-Sterne-Hotel bestellt. Der zahlt mir eine volle Monatsmiete für zwei Nächte.*

Das musste *er* gewesen sein! Der Psychopath hatte sie in eine tödliche Falle gelockt.

Für einen Moment stellte Donner sich vor, der Irre könnte die Botschaft empfangen, deshalb sprach er auf das Band: »Ich schlag dir den Schädel ein.«

Gleich darauf verfluchte er sich für diese Entgleisung. Falls der Gegenspieler die Mailbox abhörte, würde er wissen, dass Donner die Nerven verlor.

Jede Minute zählte. Das hatte ihn der Mord an Ambach gelehrt.

Sogleich nahm er eine neue Jeans vom Bügel. Den Oberkörper quetschte er in ein frisches T-Shirt mit einem Stierkopf als Aufdruck. Woher er es hatte, wusste er nicht. Um das Holster zu verbergen, zog er ein kurzärmliges schwarzes Hemd darüber. Dann schnürte er ein Paar leichte Herrenschuhe und schob die Pistole an ihren Platz.

Er hatte einen Entschluss gefasst.

Als er in die Nacht hinaustrat, bemerkte er eine minimale Abkühlung der Luft. Davon abgesehen war alles unverdächtig. Motorenlärm kam nur aus der Ferne. Niemand außer ihm bewegte sich auf der Straße.

Im Eiltempo stapfte er zu seinem Wagen, stieg ein und raste los.

Unter ihrem richtigen Namen Lena Völker wohnte Luisa am anderen Ende der Stadt. In einem Neubaublock. Er brauchte Gewissheit. Aus diesem Grund musste er eine Absprache zwischen ihnen beiden brechen.

Kapitel 24

In der Neubauwohnung brannte überall Licht. Der Maskierte machte sich nicht die Mühe, die Jalousien herunterzulassen. Man sollte ihn ruhig sehen. Solange niemand das Gesicht erkannte, war alles in bester Ordnung.

Mit dem kleinen Finger der Hand, in der er den Hammer hielt, schob er den Handschuh am linken Arm ein Stück zur Seite. Laut seiner Armbanduhr waren gerade einmal knapp vier Minuten vergangen. Das Opfer hatte schneller geredet als erwartet.

Vor wenigen Sekunden hatte der Maskierte ihm den kompletten Unterkiefer zertrümmert. Ein Dutzend Zähne und Unmengen Blut besprenkelten den Boden. Der Maskierte staunte, wie viel Macht man mit einem einzelnen Hammer besaß.

»Jetzt, wo du nicht mehr dazwischenreden kannst, möchte ich mit meinen Ausführungen fortfahren. Sobald ich eine Frage stelle, nickst du, verstanden?«

Das Opfer schleifte seinen geschundenen Körper über den Teppichstoff. Millimeter für Millimeter. Der Maskierte hatte ihm die Knochen beider Beine mehrfach gebrochen. Die Füße selbst konnte man nur noch als undefinierbare Fleischklumpen bezeichnen. Das Betäubungsmittel ließ nach, die Schmerzen nahmen zu. Zu einem Hilfeschrei war das Opfer nicht mehr fähig. Die Stimmbänder fabrizierten bloß gequetschte, abgehackte Töne. Es war ein Japsen und ein Winseln. Mit letzter Kraft hob das Opfer den Kopf.

»Das lass ich gelten«, bekundete der Maskierte. Er ging zum Computer und fuhr das Betriebssystem herunter. Danach setzte er sich auf einen Hocker, direkt über sein wehrloses Opfer. »Du bist der Abschaum der Gesellschaft. Du hast mir großzügig alles über dich erzählt. So jung und schon so versaut! Schlussendlich erkenne ich dein Problem. Ja, meine abschließende Einschätzung über deine Persönlichkeit ist vernichtend. Dein Dasein besteht einzig darin, die Nöte und das Leid anderer auszunutzen. Du bist eine Scheißhausfliege, die vom Erdengestank angezogen wird. Sex, Gewalt, Erniedrigung und Pein wirken auf dich wie ein Aphrodisiakum. Deine Krankheit ist unheilbar.«

Der Maskierte schaute zu, wie die *Kreatur* zuckte. Seine Worte schienen wie Fäkalien auf sie zu fallen und sie noch erbärmlicher zu machen.

»Aber es gibt auch gute Nachrichten für dich. Auf einer Skala von eins bis zehn hast du für deine Rolle in meiner Show mindestens eine Acht verdient. Ich habe jede Minute deiner Anwesenheit genossen. Glaub mir, auch wenn ich dich für ein abartiges Subjekt halte, hatte ich Spaß an unserer kurzen, intensiven Beziehung. Hat es dir ebenfalls gefallen?«

Aus dem Rachen des Opfers drangen nur Blubberlaute.

»Bist du schwer von Begriff?« Der Maskierte holte mit dem Hammer aus und erwischte die Schulter mit aller Kraft. »Du sollst nicken, wenn du mich verstanden hast.«

Irgendwo heulte eine Sirene. Das kam in dieser Stadt jede Stunde vor. Selbst wenn die Bullen nicht seinetwegen auftauchten, so drängte die Zeit. Der Maskierte arbeitete nach einem straffen Terminplan.

Am liebsten hätte er den Abschaum zu seinen Füßen noch länger leiden lassen, aber letztlich verfolgte er ein höheres Ziel. Er wollte Rache an Erik Donner nehmen. Deshalb durfte er jetzt keinen übermäßigen Gefallen am Töten finden. Es galt, ein Spiel zu Ende zu bringen.

Zitternd streckte das Opfer die Hand nach dem Hosenbein seines Peinigers aus. Eine Art flehende Geste. Was da am Boden kroch, war ein Scheusal. Es wurde Zeit, es von seinem Leiden zu erlösen. Dazu ließ er dreizehn Hammerschläge folgen. Bereits beim siebten hatte das Gehirn aufgehört zu arbeiten.

Kapitel 25

Diese Stadt schlief niemals. Selbst um zwei Uhr früh kam Donner nicht durch die Straßen, ohne dass sein Auto an jeder Ampel frustriert brummte. Die schier endlose Zahl an Nachtaktiven, die mit ihren Karren ausgerechnet zu nachtschlafender Zeit seinen Weg kreuzten, raubte ihm den Nerv. Die Minuten verrannen. Ununterbrochen wählte er Luisas Nummer.

Vergeblich, es kam keine Verbindung zustande.

Die Ungewissheit machte die Fahrzeit zu einer Tortur. Sehnsüchtig betrachtete er die Mittelkonsole, wo der Zigarettenanzünder fehlte. Elli hatte damals auf ein Nichtraucherfahrzeug gepocht.

Mangels eines Feuerzeugs kaute er Kaugummi, den er im Handschuhfach gefunden hatte. Er schmeckte widerlich. Das Haltbarkeitsdatum war zweifellos seit Monaten abgelaufen.

Wenn er riesiges Glück hatte, schlief Luisa in ihrer Wohnung und das Ganze war ein großes Missverständnis. Aber bei der SMS handelte es sich um keinen Scherz. Man brauchte keinen kriminalistischen Spürsinn, um das zu wissen. Dennoch klammerte er sich an die Hoffnung wie ein Glücksspieler an seine letzte Geldmünze. Entweder gewinnt man oder verliert alles. Dazwischen gibt es nichts.

Der Neubaublock ragte wie ein Betonmonster auf. Vor mehr als zwanzig Jahren hatten hier Arbeiter aus Kuba und Chile gewohnt. Heutzutage traf man hauptsächlich Ukrainer, Russen und Tschetschenen an. Wohnung an Wohnung lebten sie mehr oder weniger im Einklang mit den deutschen Einwohnern. Ruhe zog in den Gebäuden dieses Stadtteils zu keiner Uhrzeit ein.

In einigen Fenstern brannte Licht. In Sichtweite lungerten drei dunkle Gestalten an einem Trafohäuschen herum. Sie rauchten. Für einen Moment überlegte Donner, um Feuer zu betteln, aber seine Zigaretten lagen im Fahrzeug.

Er fand ein Klingelschild mit dem Namen Völker. Luisa hatte ihn damals gebeten, er solle sich nicht in ihr Privatleben einmischen. Donner hatte zugestimmt, doch in Wirklichkeit hatte er ihr bereits vor einem Jahr nachspioniert. Einzig vor ihrer Wohnungstür aufzukreuzen, hatte er bisher nicht gewagt. Wozu auch? Sie war eine Prostituierte und er ihr Freier. Eine reine Geschäftsbeziehung. Alles dazwischen war pure Einbildung.

Doch ob geschäftlich oder privat, sie war in Gefahr. Die Not und die Sorge um ihr Leben zwangen ihn dazu, den Klingelknopf zu drücken.

Es tat sich nichts. Er probierte es mehrfach. Niemand öffnete. Also läutete er bei zwei anderen Mietparteien. Irgendwann dröhnte eine verschlafene Männerstimme aus dem Lautsprecher der Wechselsprechanlage.

»Polizei! Machen Sie auf!«, rief Donner.

Nichts passierte.

»Keine Sorge«, schob er nach. »Wir wollen nicht zu Ihnen.«

Zuerst glaubte er, dass der Bewohner die Aufforderung ignorierte, dann erschallte der Türsummer.

Na endlich! Wenigstens hin und wieder gab es Leute, die noch Respekt vor der Staatsgewalt zeigten.

Keine zehn Sekunden später erreichte Donner die dritte Etage. An der Tür von Luisa klingelte und klopfte er enthemmt.

»Komm schon, öffne die Tür.«

In der Wohnung blieb alles still.

»Kann ich Ihnen helfen?«

Donner wirbelte herum und erkannte auf halber Treppe zur nächsten Etage einen Mann. Ein fleischgewordener Berg, der eine Jogginghose bis über den Bauch gezogen hatte.

Als der Nachfahre von Obelix sein Gesicht betrachtete, zuckte er zurück.

Flüchtig hielt Donner seine K-Marke ins Treppenhauslicht. »Alles in Ordnung. Danke, dass Sie sich Sorgen machen. Ich habe die Sache im Griff.«

»Allein? Wo ist denn Ihr Kollege?«

»Mein Partner bewacht die Rückseite. Und jetzt verziehen Sie sich gefälligst in Ihre Wohnung.«

Der Mann blieb stehen und kratzte sich den Nacken. Donner beachtete ihn nicht mehr als nötig. Er trommelte weiter gegen das Türblatt. »Luisa, hörst du mich?«

»Eine Luisa wohnt dort nicht«, merkte der Dickbäuchige an und kam zwei Treppenstufen näher. Donners Erscheinung verwirrte ihn sichtlich. Das Näherkommen wiederum machte den Kommissar noch rasender.

»Was sind Sie? Ihr Leibwächter? Letzte Warnung: Rücken Sie mir von der Pelle oder ich schleife Sie zum nächsten Revier und stecke Sie in eine verkeimte Zelle.«

Das innere Monster trat an die Oberfläche und dem Dickbäuchigen klappte die Kinnlade runter. Er unterließ jede weitere Bewegung.

Mittlerweile ging auch die Tür auf der gegenüberliegenden Seite der Etage auf. Eine ältere Dame blinzelte heraus. Als sie Donner ansah, schloss sie sich unverzüglich wieder ein.

»Gehen Sie weg!«

Erstaunt richtete Donner den Blick auf die Tür zu Luisas Wohnung. Die Worte waren nicht von der Oma, sondern von dort drinnen gekommen. Die Stimme eines Jugendlichen.

Luisas Sohn! Natürlich, er ist vierzehn oder fünfzehn. Donner griff sich an den Kopf. *Wie war sein Name?*

»Ich habe die Bullen gerufen. Verschwinden Sie!«, rief der Junge durch die geschlossene Tür. »Außerdem habe ich ein Messer.«

Donner presste eine Wange an die Tür und sprach: »Ist deine Mutter da? Lui… Lena. Ich bin Erik, sie hat dir bestimmt von mir erzählt.«

Der Junge antwortete nicht.

»Jetzt reicht es aber«, fing der Mann erneut an. »Sie sind gar kein Polizist.«

Donner fragte sich, warum der Neunmalkluge einem Jugendlichen mehr glaubte als einer Dienstmarke. Aber inzwischen hatte der Tumult das ganze Haus geweckt. Überall vernahm er Gespräche.

»Hey, Junge!«, redete Donner weiter. »Hat sich deine Mutter gemeldet? Ich muss wissen, ob es ihr gut geht. Sie hat …«

Der Dickbäuchige verließ die letzte Stufe und baute sich dicht hinter Donner auf.

Ohne Vorwarnung schwang Donner herum und drückte mit einer Hand das Kinn des Hausbewohners hoch und mit der anderen schnappte er sich dessen rechtes Handgelenk. In einer fließenden Bewegung verdrehte er den Arm des Mannes und flüsterte: »Von der Seite mag ich es überhaupt nicht. Also noch mal: Mein Name ist Donner. Ich bin Kriminalhauptkommissar und ermittle in einem Mordfall. Wenn Sie nicht wollen, dass ich Sie wegen Beihilfe zum Mord vor Gericht zerre, flitzen Sie zehn Stufen hoch und mimen den stillen Beobachter. Ist das angekommen?«

Ein gedämpfter Klagelaut drang aus dem Mund des Dickbäuchigen, bevor er nickte. Donner lockerte den Griff und gab ihm einen Schubs. Der Mann nahm die ersten Stufen auf allen vieren. Kurz darauf drohte er: »Ich wähle jetzt den Notruf.«

»Tun Sie das.« Donner drehte sich wieder Luisas Wohnung zu. »Und du, Junge, sag mir endlich, wo deine Mutter ist. Sie steckt in Schwierigkeiten!«

Scheiße, wie redest du denn? Mach dem Jungen keine Angst.

Der Teenager gab keinen Laut von sich. Unterdessen trommelte der Dickbäuchige die anderen Hausbewohner zusammen. Donner prüfte die Tür. Hastig griff er nach seinem Portemonnaie.

»Okay, machen wir folgenden Deal: Ich lasse meine Visitenkarte da. Die gibst du bitte deiner Mutter und sagst ihr, sie soll mich umgehend anrufen.« Er zückte den Kugelschreiber, mit dem er Stunden zuvor die Daten von Ambachs Mercedes hatte notieren wollen, und kritzelte hastig eine Botschaft auf die Rückseite der Karte. Dann bückte er sich und schob das Stück in den Türspalt. »Hast du sie?«

Der Junge gab keinen Mucks von sich.

»Bitte, ich verlasse mich auf dich! Richtest du ihr das aus?«

Auch auf Nachfrage bekam er keine Antwort. Angesichts der aufgeheizten Stimmung im Wohnblock entschied Donner sich zu gehen. Hier konnte er nichts mehr tun. Luisa war nicht da. Allerdings wusste er nun, wo er suchen musste.

Falls sie noch lebte.

Kapitel 26

Der Morgen verdrängte die Nacht. Donner schaute hinauf in den Himmel. Unter dem dunklen Vorhang zogen Wolken auf. Hoffentlich brachten sie bald Abkühlung. Seit fast vier Stunden saß er hinterm Steuer und raste von einem Hotel zum anderen. Trotz voller Leistung der Klimaanlage klebte das T-Shirt auf der Haut. Zudem trieb ihn das Summen einer Fliege im Fahrzeuginneren in den Wahnsinn. Die Müdigkeit ließ sich kaum noch aus den Augen reiben. Er jagte einem vagen Hinweis nach.

… ein Typ hat mich in ein Vier-Sterne-Hotel bestellt. Der zahlt mir eine volle Monatsmiete für zwei Nächte!

Obwohl die Stadt nur eine Viertelmillion Einwohner zählte, zeigte ihm das Navigationsgerät elf Vier-Sterne-Hotels in der Umgebung an. Vielleicht hatte sich Luisa geirrt und das Hotel besaß gar keine vier Sterne. Vielleicht hatte der Irre sie getäuscht und sie war mit ihm in einer billigen Absteige gelandet. Möglicherweise hatten aber auch die bisher befragten Hotelangestellten gelogen. Selbstverständlich zum Schutz ihrer Gäste.

Nach zehn ergebnislosen Versuchen blieb nur noch ein Ziel übrig. Ein Hotel mit erstklassigem Ruf. Das *Corona* lag außerhalb der Stadtgrenze mitten im Grünen, unweit einer Bundesstraße. Vom Ortsausgangsschild waren es gut zwanzig Fahrminuten.

Donner drückte auf das Gaspedal. Er schaffte die Strecke in siebzehn Minuten.

Das *Corona* wartete mit einer blütenweißen Fassade auf. Winzig kleine, dafür umso lichtprächtigere Bodenstrahler verliehen dem Gebäude ein märchenhaftes Ambiente. Allerdings hatte Donner vor langer Zeit aufgehört, an Märchen zu glauben.

Vorbei an Edelkarossen und Sportwagen, parkte er mitten vor dem Eingang. Am Empfang stand eine junge Dame mit gebügelter Uniform und streng nach hinten gekämmtem Zopf. Sie sah eher wie eine Stewardess aus. Es fehlte lediglich der Hut und die Lufthansa hätte sie auf der Stelle eingestellt.

Trotz der frühen Stunde ließ ihre Begrüßung Arbeitseifer erkennen. Die Schluckbewegung an ihrem Hals entging Donner nicht. Eine der fünf häufigsten Gesten, wenn sein Antlitz Fremde ängstigte.

Er knirschte eine spärliche Erwiderung durch die Zähne. Dann legte er die K-Marke und sein Handy auf den Tresen, anschließend beide Hände. »Kriminalhauptkommissar Donner, ich ermittle in einem Entführungsfall.«

Die Empfangsdame starrte auf die Marke und das Handy. Von da wanderte ihr Blick zur Uhr an der Wand.

»Jede Minute, die wir verstreichen lassen, könnte der Gesuchten zum Verhängnis werden«, sagte Donner und fuhr mit dem Finger über das Handydisplay. Ein Foto von Luisa erschien. Kein besonders gutes, aber es reichte, um sie zu identifizieren. »Daher möchte ich, dass Sie sich das Gesicht ganz genau ansehen. Wir suchen diese Frau. Es gibt Hinweise, dass sie sich in den letzten beiden Tagen in einem Vier-Sterne-Hotel aufgehalten hat.«

»Im *Corona*?«

»Das ist die Frage, die Sie mir beantworten sollen.« Donner versuchte in der Mimik der Dame etwas zu lesen. Anscheinend hatte sie Luisa nie zuvor gesehen. »Bitte schauen Sie es sich noch einmal an. Sie könnte in Begleitung gewesen sein. An der Seite eines Mannes.«

Das Verziehen der Mundwinkel verdeutlichte Donner, dass die Empfangsdame eins und eins zusammenzählte.

»Ja, es handelt sich um eine Prostituierte.«

Aber frag mich bloß nicht, wie diese Aufnahme auf mein Handy kommt.

»Ihr Name ist Lena Völker«, erklärte er. »Wir vermuten, dass sie sich in Lebensgefahr befindet.«

Erneut schluckte das Gegenüber, trotzdem hielt sie die gefällige Miene aufrecht. Anschließend verneinte die Angestellte abermals.

Donners Ton wurde schärfer. »Ich mache hier Überstunden und mein Magen verspeist sich vor lauter Hunger gerade selbst. Also tun Sie mir wenigstens den Gefallen und schauen Sie im Computer nach.«

Mit einem kaum vernehmbaren Seufzen begann sie auf den Tasten herumzuklimpern. Kurz darauf faltete die Empfangsdame die Hände über dem Tresen zusammen. »Tut mir leid, doch ich habe heute die Nachtschicht übernommen. Die junge Frau ist mir nicht bekannt. Wenn Sie möchten, können Sie das gern mit meinem Vorgesetzten besprechen. Es wird ein paar Minuten dauern, ihn zu wecken.«

Donner stieß die Luft aus. Selbst im letzten Hotel erlebte er den gleichen Gesprächsverlauf. Niemand konnte – oder wollte – ihm helfen.

»Wenn es das ist, was Sie für mich tun können, nur zu.« Donner schnappte seine Sachen und begann in der Vorhalle herumzuschlendern. An einem Wasserspender befüllte er einen Becher und trank. Er gab sich so harmlos wie möglich.

Die Empfangsdame verschwand.

Perfekt!

Eilends lief er hinter den Tresen und studierte ihren Bildschirm. Es kostete ihn Mühe, das Programm zu bedienen. Hauptsache, er brachte den Computer nicht zum Absturz.

Während er sich durch die Menüs klickte, schaute er nach allen Seiten, ob ihn jemand beobachtete. Endlich fand er die Gästeliste. Zeile für Zeile las er die Namen der letzten beiden Tage. Keiner wollte ihm etwas sagen. Trotzdem riss er einen Zettel von einem Notizblock ab, setzte den Kugelschreiber an und scrollte sich weiter durch die Liste.

Plötzlich erstarrte er in der Bewegung. Seine Finger, die den Stift hielten, begannen zu zittern. Was er da las, konnte unmöglich der Wahrheit entsprechen.

»Was machen Sie da?«

Erschrocken fuhr Donner herum. Die Empfangsdame stand keine drei Meter vor ihm. Ihr Gesicht sprach Bände. Man hatte ihn erwischt. Aber das war es nicht, was Donner derart aus der Fassung brachte. Er war unfähig, auch nur ein Wort zu sprechen. Luftknappheit machte seinen Brustkorb eng.

Zettel und Stift glitten ihm aus der Hand. Erst das Aufprallgeräusch des Kugelschreibers weckte ihn. Wortlos rannte er aus dem Hotel.

In der Gästeliste stand der Name Jeff Balthasar.

Kapitel 27

Früher als alle Tage zuvor betrat Donner sein Büro. Er war so müde, dass er sich in den nächsten Sarg legen könnte. Doch sosehr die Kaffeemaschine ihn anlächelte, er musste erst den Computer befragen. Jemand hatte eine Rechnung mit ihm zu begleichen, und dieser jemand konnte unmöglich Balthasar sein.

Man hatte die Gebeine seines ehemaligen Kollegen eingeäschert. Jedenfalls hatte man ihm das nach dem Aufwachen aus dem Koma erzählt.

Du Hurensohn! Du bist mit mir in die Tiefe gestürzt. Du bist tot, tot, tot.

»Hörst du?« Er schrie es gegen die Wände. »Du liegst jetzt drei Meter unter der Erde, während ich hier auf beiden Beinen stehe.«

Donner lärmte noch eine Weile. Um diese Uhrzeit arbeitete niemand im Bürogebäude. Und wenn, dann war es ihm egal.

Der Lüfter im Computer summte unruhig. Er stützte die Ellenbogen auf den Tisch und krallte die Finger in seine Haare. Schließlich pustete er aus. Die Müdigkeit war wie weggeblasen. Sein Blut kochte. Doch er verstand nicht, welchen Plan der Irre verfolgte.

Der Hochmütige braucht eine gnadenlose Hand, die ihn läutert.

Ununterbrochen sagte er still die erste Nachricht auf. Für Donner klang das nach den Worten eines Spinners, der glaubte, ein Philosoph zu sein.

Jeff, immer wieder Jeff.

Der Name hatte sich in seinem Gehirn wie ein Tumor festgesetzt. Fast bereute er es, dass er die Leiche seines Ex-Partners nie gesehen hatte. Nicht einmal die Grabstelle kannte er. Das und die Tatsache, dass der Unbekannte Sätze simste, die nur Balthasar und Donner wissen konnten, ließ ihn frösteln. Obwohl er Sehnsucht nach dem Tod hatte, blieben ein paar Dinge, die einem Angst machen konnten. Und die vergangenen Tage hatten ein großes Loch in Donners eisernen Panzer geschlagen.

Der PC fuhr hoch. Endlich zeigte der Rechner Bereitschaft.

Donner gab die Passwörter ein. Dann ging seine rechte Hand reflexartig an die Hüfte, wo er das Handy des Unbekannten in der Hosentasche fühlte. Das erinnerte ihn an die Datenabfrage. Er öffnete das Postfach und sofort entdeckte er die ungeöffnete Mail der Fernschreibstelle. Inzwischen glaubte Donner nicht mehr, den Namen Lars Hauptstätter in dem Antwortschreiben zu finden. Er musste es dennoch überprüfen.

Mit einem Doppelklick rief er die PDF-Datei im Anhang auf. Er wartete, scrollte und stieß einen Fluch aus. Mit der Faust donnerte er auf die Tischplatte. Er hatte mit allem gerechnet, aber nicht mit dem Namen und der Adresse, die er da auf dem Bildschirm las.

Was zur Hölle …? Der Handynutzer bin ich selber.

Die SIM-Karte war auf den Namen Erik Donner registriert.

Um Gewissheit zu bekommen, schaltete er das Mobiltelefon ein.

»Anscheinend hast du an alles gedacht«, redete er mit einem imaginären Gesprächspartner. »Aber du kannst mich nicht in die Knie zwingen.«

Die Worte, die in dem anonymen Brief standen, kamen ihm wieder in den Sinn: ... *schalte das Handy ein. Es ist voll aufgeladen. Keine Angst, es ist dein eigenes.*

Er forschte im Gedächtnis nach der PIN, tippte mit hektischen Fingerbewegungen vier Zahlen.

Keine Angst, es ist dein eigenes.

1112.

Der Code stimmte.

Wenige Augenblicke später leuchtete die Handynummer auf, von der die SMS-Botschaften abgeschickt worden waren und für die Donner das Auskunftsersuchen angefordert hatte. In seiner Vorstellung malte er sich aus, was der Unbekannte alles mit dem Handy angestellt haben könnte.

Keine fünf Sekunden später zeigte das Display eine Mailbox-Nachricht an.

Vor Gereiztheit riss Donner die Abdeckung auf der Rückseite auf. Er entnahm den Akku und jagte die IMEI-Nummer durch die Fahndungsdatei. Das Handy war nicht als gestohlen gemeldet.

Der Länge nach fuhr er sich mit der Hand über das Gesicht. Zu viele Dinge schwirrten ihm im Kopf herum. Anscheinend spielte jemand gern mit fremden Identitäten. Mit der von Donner ... und der von Balthasar.

Draußen am Horizont näherten sich dunkle Wolken. Sie vereinten sich zu einem hässlichen aschgrauen Strudel. Der Sturm der Endzeit kreiste über der Stadt. Ein Sinnbild für Donners Lage.

Doch ob er die Sprachnachricht abhörte oder nicht, es würde an seiner verfahrenen Situation nichts ändern. Deshalb setzte er die Einzelteile des Handys zusammen und schaltete es erneut ein. Danach wählte er die Mailbox.

Kapitel 28

»Lange nichts mehr voneinander gehört, Erik.«

Für eine Schrecksekunde rutschte Donner das Handy vom Ohr. Er sprang auf. Die Vergangenheit traf ihn wie ein wuchtiger Hieb. Er taumelte rückwärts, tastete nach dem Aktenregal, um Halt zu finden. Eine schreckliche Vision mit einer Gestalt aus der Hölle überfiel ihn und verdüsterte das Büro.

Die Stimme, die von der Mailbox drang, gehörte unverkennbar Jeff Balthasar. Sie klang ein wenig mechanisch und blechern, aber Donner täuschte sich nicht: Es war sein Kollege, der vom Band sprach.

»Während du diese Nachricht abhörst, bist du zum Mörder geworden.«

Donners Herz trommelte heftig gegen den Brustkorb. Dennoch unterbrach er die Verbindung nicht. Er musste das anhören.

»Damals dachte ich, wir wären quitt, Erik, aber ich hatte dich unterschätzt. An dem Unglück deiner Familie scheinst du nicht zerbrochen zu sein – jedenfalls nicht gänzlich. Diesmal wird dich der Aufprall endgültig zerschmettern.« Während der Bandansage knackte es, dann sprach sein Ex-Partner weiter. »Ich werde zusehen, wie du fällst. Ich möchte miterleben, wie der Superermittler, für den du dich immer gehalten hast, an seinen eigenen Idealen zugrunde geht. Ich weiß alles über dich. Oh ja, durch deine Taten erhebst du dich über die weltlichen Gerichte und wirst zum Rächer.«

Donner wollte etwas erwidern, dann erinnerte er sich, dass er lediglich einer Bandstimme lauschte.

»In wenigen Stunden wird der aufrichtige Polizist zu Boden stürzen. Danach beginnt die Zeit, wo du verzweifelt überlegst, ob du dich stellen und deine Taten zugeben solltest. Wenn du schlau bist, lässt du dieses Mobiltelefon eingeschaltet, damit wir in Verbindung bleiben. Dein anderes Handy ist für mich nutzlos geworden. Sobald ich mit dir fertig bin, wirst du wissen, was es bedeutet, des Mordes angeklagt zu werden. Oh, und falls du auf die Idee kommst, dir das Gehirn wegzupusten, tu dir keinen Zwang an. Über deinen Tod wäre ich zwar furchtbar enttäuscht, dennoch würde ich ihn als Sieg werten.«

Damit endete die Nachricht.

Balthasars Stimme hallte in Donners Gedächtnis nach. Er verstand die Worte, doch nicht ihre Bedeutung. Jedenfalls nicht im vollen Umfang.

Seinem Wesen entsprechend trat er gegen den Papierkorb. Der Blechbehälter krachte an den Schreibtisch und schlug eine Kante vom Furnier ab. Wie nie zuvor verspürte er den Drang, die Finger um den Hals von Balthasar zu schließen. Der Zorn, der sich all die Jahre aufgestaut hatte, entlud sich in dieser Minute. Mit beiden Fäusten trommelte er gegen die Bürowände. Wenn er in der Zeit zurückspringen könnte, würde er Balthasar eigenhändig erschießen. Direkt nach der Hinrichtung des Neunzehnjährigen.

Aber die Vergangenheit stand wie in Stein gemeißelt. Man konnte sich daran die Fingernägel zerkratzen, die Knöchel blutig schlagen, die Stirn zertrümmern, doch das Geschehene niemals rückgängig machen.

Schwer schnaufend sackte er zusammen. Er bat um einen Notausstieg. Luftknappheit raubte ihm den Verstand. Seine Zunge fühlte sich rau an und seine Kehle trocken. Er musste handeln. Er musste Hauptstätter finden und in Erfahrung bringen, was die Kollegen beim K11 wussten. Doch wem aus den eigenen Reihen konnte er vertrauen? Bei Stark brauchte er nicht anzuklingeln, und Kolka war zu neu, zu unerfahren und zu eigensinnig, um ihm entscheidend zu helfen. Natürlich bestand die Möglichkeit, ihre Neugier auszunutzen. Allerdings hatte die Frau beim ersten Kennenlernen einen ziemlich resoluten Eindruck hinterlassen. Einerseits imponierte das Donner, andererseits machte das Kolka umso unsympathischer. Verdrossen erinnerte er sich daran, wie unverfroren sie in sein Refugium marschiert war.

Sie durfte meine Toilette benutzen, also schuldet sie mir was.

Ihre Rufnummer stand in der Liste der unbeantworteten Anrufe. Sie hatte am Vortag versucht, ihn zu erreichen. Er wählte ihr Bereitschaftshandy an. Gleich nach dem ersten Klingeln hob sie ab.

»Was ist denn noch?«, wetterte sie los.

Für eine Sekunde schaute er verwirrt. »Hier ist Donner.«

»Sie?«, fragte Kolka verwundert. Offenbar hatte sie jemand anderen erwartet. »Rufen Sie etwa aus Ihrem Büro an? Es ist kurz nach fünf.«

»Sie sind ebenfalls schon wach«, bemerkte Donner. »Schlafen Sie mit dem Handy am Ohr oder warum sind Sie so schnell rangegangen?«

Sie stöhnte. »Ich hatte gerade einen Anruf ... Aber das geht Sie überhaupt nichts an. Bleiben Sie mir bloß vom Leib. Kaum lerne ich Sie kennen, spielen Sie schon die Hauptrolle in meinem Albtraum.«

»Ich verstehe nicht ...«

»Ich ebenso wenig. Oder können Sie mir verraten, warum Ihr Name im Zusammenhang mit den Morden an Peter Ambach und seiner Frau im Internet auftaucht?«

Sofort schweifte Donners Blick zum Monitor. In seinem Gehirnzentrum formte sich ein schrecklicher Verdacht.

Hauptstätters Presseartikel.

Wieder gab Kolka einen Stoßseufzer von sich. »Mist, ich dürfte nicht einmal mit Ihnen darüber reden. Stark hat mich vor einer Minute angerufen. Er trommelt gerade die gesamte Ermittlungsgruppe zusammen. Ich hoffe, dass Sie eine gute Erklärung parat haben.«

»Da will mir jemand was anhängen. Es gibt sogar eine Mailboxnachricht, in der man mich bedroht.«

»Dann bringen Sie mir diesen Beweis und wir werden sehen, ob es Sie entlastet.«

Womit hat Jeff eigentlich konkret gedroht?

Nicht einmal seinen Namen hatte der Sprecher genannt. Und handelte es sich tatsächlich um Balthasars Stimme oder klang sie bloß so ähnlich?

Donner massierte sich den Hals, um die Anspannung zu vertreiben. Nein, die Bandaufzeichnung taugte höchstens als Indiz. Man würde entgegenhalten, dass Jeffs Name in einen Grabstein gemeißelt stand.

»Sie glauben doch nicht ernsthaft, dass ich zu einem Mord fähig bin?«

Sie seufzte. »Warum nur habe ich mit so einer Frage gerechnet? Der Schlagfertigste scheinen Sie nicht zu sein. Gerade Sie müssten am besten wissen, dass unsere Arbeit nicht von dem lebt, was wir glauben.«

»Allein mit Wissen kommt man auch nicht weiter.«

»Aber mit Wissenssuche. Stark hat fast die ganze Nacht durchgeackert. Er hat Spuren und Aussagen ausgewertet, und wie es der Zufall will, befindet sich bei den Beweismitteln Ihr Feuerzeug.«

»Das muss ein Irrtum sein.«

»Wir haben es in Ambachs Wohnung gefunden. Marie, die Fleißbiene aus dem Kommissariat, ist sich hundertprozentig sicher, dass es Ihnen gehört. Oder kennen Sie sonst noch jemanden, der ein Sturmfeuerzeug aus dem Zweiten Weltkrieg mit dem russischen Wort für *Donner* besitzt?«

»Grom«, stieß er auf Russisch aus und fuhr herum. Hastig sah er sich auf dem Schreibtisch um, riss sämtliche Schubladen heraus und wühlte mit der freien Hand darin.

Das Feuerzeug! Seit zwei Tagen vermisste er es. Das Relikt, welches er beim Eintritt in den Polizeidienst von seinem Vater geschenkt bekommen hatte.

»Und da ist noch etwas«, redete Kolka weiter. »Richter Jaeschke wurde erpresst. Laut Auskunft des Handyproviders gibt es eine SMS-Nachricht mit eindeutigen Forderungen. Und diese wurde von Ihrem Handy verschickt.«

Kapitel 29

Während die Krähen über der Polizeidirektion kreisten und sich ein Sturm ankündigte, waren Kroll und Lichtenberg bereits im Einsatz.

Kein Name an der Tür, kein Klingelschild. Nach Auskunft von Kollege Stark sollte Lars Hauptstätter hier wohnen. Alfred-Neubert-Straße 178C. Nicht die schlechteste Gegend, aber auch nicht die beste. In einem solchen Betonsarg wollte Kroll jedenfalls nicht begraben sein.

Warum mussten die ganzen gescheiterten Existenzen in den alten Plattenbauten wohnen? Und dann jedes Mal in der obersten Etage! Kroll betrat diese Häuser stets mit Widerwillen. Alles fühlte sich so eng an. Beinahe wie in einem Zugabteil. Dabei war er das letzte Mal vor zwanzig Jahren mit der Bahn gefahren.

Und die Bewohner sahen aus wie die Betongebäude selbst: stil- und farblos. Andererseits verband er mit seinem eigenen Heim ebenfalls nicht die besten Gedanken. Er hatte weniger als drei Stunden geschlafen und seine Frau hatte ihn aus dem Schlafzimmer verbannt. Kein guter Ehemann kommt fünf Stunden zu spät nach Hause – nicht am Hochzeitstag.

Zur Arbeitszeit stand er aufrecht am Steuerrad und lenkte das Flaggschiff des Polizeiapparats durch jede Untiefe. In seiner Ehe erlitt er dagegen allmählich Schiffbruch.

Ungeduldig starrte er auf seinen Kollegen, der sich wie ein Einbrecher an einer Wohnungstür zu schaffen machte. Selbst der dümmste Dieb wäre schneller.

»Schaffst du das heute noch?«, fragte Kroll. »Eine zweite Siebzehn-Stunden-Schicht möchte ich nicht erleben.«

»Wir könnten die Tür aufbrechen«, meinte Lichtenberg.

»Mutier nicht zum Schlauberger, sondern gib dir Mühe. Ich will die Sache ordnungsgemäß hinter mich bringen.«

Derweil Kroll das halbe Haus mit seiner Lautstärke weckte, werkelte Lichtenberg mit einem Spezialdraht am Türschloss. In der Wohnung brannte Licht, aber bisher hatte niemand geöffnet. Möglicherweise schlief Hauptstätter seinen Rausch aus, nachdem er im Drogenwahn die Lunte eines hochexplosiven Stoffs entfacht hatte. Eine tickende Bombe im Internet, die dabei war, die Geheimhaltungstaktik der Polizei mit voller Wucht zu sprengen.

Ein brisanter Artikel im Netz.

War Donner ein Mörder wie einst Balthasar?

Kroll stellte sich diese Frage immer wieder.

In spätestens einer Stunde würden die Telefone der Pressestelle nicht mehr stillstehen. Sobald die Reporter Wind von der Sache bekämen, erschwerte das die weitere Ermittlungsarbeit. Doch damit konnte sich die Truppe rund um Stark auseinandersetzen. Kroll würde in der Zeit Leute herumkommandieren und brav Meldung machen.

Das Schloss klackte. Die Tür schwang auf.

»Na also, warum nicht auf anständige Art?«, sagte Kroll.

Beide Beamten griffen zu den Pistolen.

Mit rascher Bewegung schob Lichtenberg die Tür auf. Der Flur präsentierte sich hell erleuchtet, fast wie in einem Fotostudio.

»Herr Hauptstätter?«, rief Lichtenberg.

Keine Antwort.

Nach einer Wartepause wagte sich der Beamte tiefer in die Wohnung hinein. Er ging an Umzugskisten vorbei, trat über Gardinenstangen, die auf dem Teppich abgelegt waren, und umrundete unzählige Einkaufsbeutel mit Hausrat.

Kroll stapfte ihm angespannt nach, die Pistole eisern umklammert. Er ließ dem Partner gern den Vortritt, denn er feuerte lieber aus der zweiten Reihe.

»Uff«, stieß Lichtenberg aus und presste eine Hand auf Mund und Nase.

Kroll benötigte nur einen flüchtigen Blick, um das ganze Ausmaß der Tragödie zu erfassen. Im Wohnzimmer lag Hauptstätter regungslos auf dem Boden. Zumindest hoffte Kroll, dass es sich um den Journalisten handelte. Das Gesicht war bis zur Unkenntlichkeit verstümmelt und der Körper glich einer einzigen Wunde. Schwarzrotes Fleisch klaffte geleeartig aus seinem Schlafanzug. Ein zerstampfter Brei aus Muskeln, Sehnen und Gewebe. Kroll kannte solche Bilder. Er gewann der Sache sogar etwas Positives ab: Sie hatten den Toten im ganzen Stück – wenngleich stark deformiert.

Achtsam durchsuchten die Beamten die anderen Räume. Der Täter hatte die Wohnung verlassen.

»Hier hat sich eine Bestie ausgetobt«, meinte Lichtenberg und steckte die Waffe zurück ins Holster. »Wenn ich mir die Hände ansehe, tippe ich auf ein stumpfes Tatwerkzeug. Dazu die ganzen Blutspritzer. Was meinst du, Dino? Knüppel oder Hammer?«

Kroll hatte bereits das Handy am Ohr und rief das Lagezentrum an. Seinem Kollegen nickte er doppeldeutig zu, während er sich einen Überblick verschaffte. Die Räume sahen aus, als hätte Hauptstätter *irgendwann* einmal einziehen wollen. In der Wohnung gab es mehr Kabel als Möbel. Computer und Videotechnik machten den Ort zu einer Freakhöhle. Das

Ausräumen würde nicht zum Problem werden. Dafür musste der Vermieter das Wohnzimmer komplett renovieren und angesichts der Sauerei würde auf Starks Trupp ebenfalls viel Arbeit zukommen.

Im Lagezentrum nahm man die Nachricht vom Blutbad mit wenig Begeisterung auf. Über den Polizeiführer in der Notrufzentrale würde in Kürze ein Telefongewitter hereinbrechen. Ungeachtet dessen, ob der Presseartikel auf Hauptstätters Homepage als Quelle wahrer Tatsachen taugte, würde es Fragen von höchster Stelle geben. Alle würden sich um Erik Donner drehen.

Das Gespräch mit dem Lagezentrum endete abrupt. Sesselschläfer wurden ungern aufgescheucht und noch weniger wollten sie den Hintern heben. Dabei brauchte Kroll die Kripo am Tatort, egal, wen man dafür wecken musste. Er knackte mit dem Unterkiefer und dachte an den misslungenen Hochzeitstag. Die Umstände deuteten darauf hin, dass er seine Laune heute noch an ein paar Leute weitergeben musste.

Verfluchte Kausalität!

Seine Mutter hatte die Aneinanderkettung von schlechten Ereignissen immer als Dominoeffekt bezeichnet. Er konnte nicht aus der Reihe tanzen, aber er wollte auch nicht der Stein sein, der am Ende der Kette ganz unten lag.

Auf der Suche nach einem Rettungsanker zog er Balthasars Ring aus der Hosentasche und wog ihn nachdenklich in der Hand. Ab sofort war Monsterjagd. Ja, Kroll war sich sicher, dass Donner in die Sache verwickelt war. Warum sonst war er am Vortag so schnell an Ambachs Haus aufgetaucht? Er hatte schon da gespürt, dass etwas mit dem Kerl nicht stimmte. Das hatte er all die Jahre! Und auf sein Bauchgefühl konnte er sich verlassen. Kroll verabscheute den Kriminalhauptkommissar.

»Was hältst du von der Theorie, dass Donner Balthasars Ring als Letzter besessen hat?«

»Du denkst ernsthaft, dass das Geschreibsel im Internet der Wahrheit entspricht?«, fragte Lichtenberg. »Donner soll Ambach umgebracht haben?«

Kroll verzog die Unterlippe, gab jedoch keinen Kommentar ab. Wortlos betrachtete er den Leichnam vor dem Sofa. Snuff hatte sich damals, trotz polizeilicher Sicherheitsmaßnahmen, in das Krankenhaus geschlichen, wo Donner im Koma gelegen hatte. Sogar ein Foto des schlafenden und an medizinische Geräte angeschlossenen *Monsters* hatte er heimlich geschossen und danach veröffentlicht. Der Reporter hatte die Geschichte um Balthasar mit geradezu fanatischem Interesse verfolgt. Zugegeben, das hatten alle Medienanstalten. Aber vielleicht hatte Donner in der vergangenen Nacht eine überfällige Rechnung beglichen.

Genau wie eine Nacht zuvor in Ambachs Haus …

Kroll wappnete sich gegen Starks Erscheinen, zugleich wollte er die Wartezeit nicht ungenutzt lassen. Neben dem Computermonitor entdeckte er einen Fotoapparat. Seinem Instinkt folgend schaltete er die Kamera ein. Mit harten Daumendrücken blätterte er durch die Fotoaufnahmen. Bald erschien Ambachs Haus und auf einem der Bilder erkannte er sich selbst. Es war eine Tatortaufnahme, wie man sie in jeder Zeitung fand.

Kurz darauf stieß er einen Pfiff aus, der Lichtenberg auf den Plan rief.

»Nein, Dino, sag es mir nicht! Ich kann es nicht gutheißen, dass du den Tatort vor den Kriminalisten untersuchst.«

Kroll formte ein selbstzufriedenes Lächeln. »Sei kein Weichei und sieh dir die Statur von dem Kerl an. Die Aufnahme zeigt die Straße und den Gehweg vor dem Hauseingang. Ich verwette meinen Arsch, dass das auf diesem Foto unser Kollege Donner ist.«

Kapitel 30

Nach einiger Zeit erschienen endlich die Kripobeamten vor Hauptstätters Wohnung. Das war der Moment, in dem Kroll voll und ganz in seiner Aufgabe als Außendienstleiter aufging. Die Verteilung der Arbeit stand an. Auch wenn das manchen Kollegen nicht passte, *er* durfte verteilen.

»Den Artikel im Internet kenne ich längst«, sagte Kroll und stach den Zeigefinger fest in das zerknitterte Hemd von Henry Stark. »Vielleicht erzählst du mir zur Abwechslung mal was Neues?«

Der Leiter der Ermittlungsgruppe sah aus, als hätte er in einer Mülltonne genächtigt. Die Haare standen widerspenstig und fettig in alle Richtungen ab. Zwar ergab ein länglicher Kaffeefleck über der Brusttasche einen hervorragenden Kontrast zum lilafarbenen Stoff, gleichwohl minderte er die Autorität des K-Beamten. Der Clip eines Kugelschreibers kaschierte die Braunfärbung nur unwesentlich.

Kroll versperrte den zwei Kollegen vom K11 den Durchgang zum Wohnzimmer. Er würde den Tatort erst übergeben, wenn er die Informationen hatte, die er für die weitere Analyse benötigte. Und weil Stark nicht daran dachte, diese freiwillig herauszurücken, ließ Kroll die Muskeln spielen.

»Wie stellst du dir das vor?«, maulte Stark und sein ohnehin schon dicker Hals schien sich noch ein Stück aufzublähen. »Sollen wir mit jedem unsere Ermittlungsergebnisse teilen?«

»Bin ich *jeder*?«

Zwei Beamte des Reviers betraten ohne Aufforderung die Wohnung. »Wir sollen uns hier melden«, gab eine Polizeihauptmeisterin gehorsam, aber mit einem arbeitsunwilligen Unterton von sich. Sie machte den Eindruck, als lägen die besten Jahre bereits weit hinter ihr.

»Großartig«, schimpfte Stark. »Lassen wir doch gleich eine Hundertschaft einmal quer durch die Wohnung trampeln.«

»Daran bist du selbst schuld«, erwiderte Kroll. »Weil ihr Kripoleute euch für die Krone der Beamtenschöpfung haltet. Am liebsten taucht ihr erst dann auf, wenn man euch den Täter frisch gebügelt vor die Nase setzt. Sonst seid ihr immer die Letzten am Tatort.«

»Ich bin schuld?« Stark lachte freudlos.

»Vielleicht sollten wir alle tief durchatmen«, versuchte es Lichtenberg mit Diplomatie.

Kroll dachte nicht daran, auch nur ein Stück vom Kriegsschauplatz herzugeben. Als eiserner Feldherr war er bekannt, als eiserner Feldherr sollten ihn die Kollegen stets im Gedächtnis behalten. »Seht ihr nicht, dass das hier ein *Tatort* ist? Ihr sollt dafür sorgen, dass wir hier ungestört arbeiten können. Also schiebt eure Hintern vor die Tür und befragt ein paar Mieter.«

Kroll hatte sich vorgenommen, netter zu den Kollegen zu sein. Doch das war in einem früheren Leben gewesen, wo Beruf und Familie im Einklang zueinander verlaufen waren.

Schnaufend und kopfschüttelnd brachte sich Stark zurück in Erinnerung. »Wie du willst, Martin. Aber gleich morgen wird unser Dezernatsleiter deinen Vorgesetzten kontaktieren. Verlass dich drauf.«

»Tu dir keinen Zwang an.« Kroll schaute kurz zu der blonden Kollegin, deren Name ihm nicht einfallen wollte und die nur redete, wenn Stark sie dazu aufforderte. »Bin gespannt, wie die Polizeipräsidentin darauf reagiert, wenn eine Büroklammer wie du Anweisungen des Außendienstleiters ignoriert.«

Die Röte stieg sichtbar an Starks Hals empor. Mit Mühe schluckte er die Verärgerung hinunter.

»Wir haben Fingerabdrücke an Donners Feuerzeug gefunden. Sie sind identisch mit denen an der Tatwaffe.«

Zum ersten Mal horchte Kroll auf. Das Bild von der Gartenschere in Ambachs Schädel hatte sich in sein Gedächtnis eingebrannt. Dabei vergegenwärtigte er sich die seltsam sauberen Griffstücke. Wieso klebte kaum Blut daran?

»Marie hat das Feuerzeug eindeutig wiedererkannt.« Stark zeigte mit dem Daumen auf seine Kollegin. »Es gehört Donner. Sein Vater hat es ihm geschenkt.«

»Ich wusste gar nicht, dass Erik raucht«, brachte Lichtenberg ein.

Als wäre er ein dummer Junge, belächelte Stark ihn für diese Bemerkung. Selbst Kroll tat sich schwer, in diesem Punkt nicht auf Starks Seite zu sein.

»Er raucht fast nie«, erklärte die Kollegin nach einem Handzeichen von Stark. »Üblicherweise nur, wenn er sich in einen Fall verbissen hat. Aber das mit den echten Fällen hat sich für ihn erledigt, seit er die Erstkontaktstelle hütet.«

»Angeblich kann er mit einer Zigarette besser denken«, ergänzte Kroll und dachte spontan daran, sich selbst eine Kippe anzuzünden. »Jedenfalls hat er das früher behauptet. Wenn ihr mich fragt, sind Raucher die besseren Denker.«

»Es handelt sich nicht um ein gewöhnliches Feuerzeug«, erklärte die Beamtin, ohne auf ihn einzugehen. »Aber wir wissen hundertprozentig, dass es Erik gehört. Gefunden haben wir es in Peters Wohnung, direkt neben der Eingangstür. Vermutlich ist es ihm aus der Tasche gefallen.«

»Das reicht für einen Verdacht?«, hinterfragte Lichtenberg die Ausführungen.

»Momentan ist Donner unser Tatverdächtiger. Wir warten noch auf die DNA-Auswertungen. Spätestens heute Abend erhalten wir Gewissheit.«

Kroll wusste nicht, was er glauben sollte. Obwohl er Monster verabscheute, schätzte er saubere Ermittlungen. Zudem hegte er für Stark auch wenig Sympathien.

»Sagt das die Beweislage, oder röhren das die hohen Tiere, die Donner von der Bildfläche fegen wollen?«, bohrte er nach. »Wittere ich da einen persönlichen Rachefeldzug?«

Wie erwartet, stieg der stets souveräne Stark nicht darauf ein. »Die Fakten sehen so aus, dass wir einen äußerst brisanten Presseartikel haben, der Details über den Mord an der Familie Ambach veröffentlicht. Im Artikel taucht der Name Erik Donner auf. Findest du es nicht seltsam, Martin, dass wir aktuell in der Wohnung des Verfassers stehen und uns mit einer übel zugerichteten Leiche beschäftigen müssen?«

»Ihr seid die Fachleute«, erwiderte Kroll provokant. »Wann gab es jemals einen normalen Mord?«

»Spät in der Nacht habe ich eine Anfrage beim LKA gestellt«, gab Stark weiter Auskunft. »Donner hatte von seinem Arbeitsplatz zuletzt PASS-Recherchen zu Richter Jaeschke und Lars Hauptstätter vorgenommen. Kollegin Kolka hat herausbekommen, dass Jaeschke vor seinem Tod erpresst wurde. Es gab eine SMS zu einer Geldübergabe. Hunderttausend Euro. Und rate, von welchem Handy die Nachricht versendet wurde?«

Kroll und Lichtenberg sahen sich an. Anscheinend saß Donner tatsächlich in der Klemme. Für so dumm hatte Kroll ihn gar nicht gehalten. Aber er hatte es aufgegeben, über den Irrsinn von Soziopathen nachzudenken. Die Zeitbombe Donner hatte klar vernehmbar für alle getickt. Nun war sie hochgegangen.

»Donner behauptet, er wird erpresst.«

Wie an der Schnur gezogen richteten sich sämtliche Augen auf die Beamtin, die zum Flur hereineilte. Mit wilder schwarzer Mähne und einem grellbunten T-Shirt mit der Aufschrift *KEEP CALM AND KILL ZOMBIES* komplettierte Kolka die Runde.

Krolls Drangsal nahm kein Ende. Dank des Auftauchens der *Beißzange* stand es im Kräfteverhältnis 3:2 für die K-Leute.

»Wer sagt das, Anne?«, wollte Stark wissen.

»Kollege Donner hat mich angerufen.«

Verwirrte Blicke in der Runde. Kroll schaute auf seine Armbanduhr.

»Von seinem Büro aus«, ergänzte Kolka.

In Krolls Kopf ratterten neue Räder. Was hatte Donner um diese Zeit schon in der Erstkontaktstelle zu suchen? Das machte ihn umso verdächtiger.

»Sie haben ihn gewarnt?«, fragte Kroll.

»Hey, wollen Sie mir was anhängen? Er hat bei mir angerufen und sich nach Hauptstätter erkundigt.«

Stark zischte. »Eine typische Reaktion. Er will von seinem Verbrechen ablenken, spielt den Unschuldigen.«

In diesem Punkt musste Kroll dem dicken Kommissar zustimmen und wandte sich nun ebenfalls an Kolka. »Wie lange sind Sie schon bei der Polizei?«, hakte er nach und schüttelte mitleidig den Kopf.

»Lange genug, um Angeber von anständigen Kollegen zu unterscheiden«, erwiderte sie. »Können wir jetzt unseren Job machen oder behindern Sie gern die Arbeit der Kriminalpolizei?«

Wie sie das Wort *Kriminalpolizei* betonte, schmeckte Kroll gar nicht. Doch Senkrechtstarter kannte er zur Genüge. Irgendwann ging der Treibstoff aus. Spätestens nach dem ersten

Disziplinarverfahren würde sich die Rakete als Blindgänger herausstellen.

»Du glaubst also, dass Donner unschuldig ist?«, fragte Kroll die Karrierekünstlerin. »Wir können uns doch duzen, oder? Wirf mal einen Blick auf die Speicherkarte der Kamera. Und dann schwör, dass das nicht Donner ist, der da vor dem Haus steht. Sogar die Uhrzeit ist auf dem Bild verzeichnet. 1.49 Uhr. Ich wette, der Rechtsmediziner wird Hauptstätters Tod auf diese Zeit schätzen.« Er gab den Weg zum Wohnzimmer frei. »Seht es euch genau an! In der Zwischenzeit gebe ich die Fahndung nach Donner raus.«

Kapitel 31

Aus einer spontanen Eingebung heraus parkte Donner den Wagen nicht direkt vor Hauptstätters Wohnblock. Diesmal wollte er ohne Krawall vorfahren. Es reichte schon, dass dieser Narr alle Glocken zog.

Snuff hatte seine Drohung wahr gemacht. Der perverse Artikel stand für die ganze Welt einsehbar im Internet. Egal, wie die Sache enden würde, diese Falschmeldung war in den Köpfen auf ewig unauslöschlich. Ein guter Grund, um den Journalisten eigenhändig umzubringen. Den Gedanken bereute er nicht einmal, obwohl er damit das beste Motiv für einen Mord lieferte.

Bedacht sondierte er die Lage. Das Polizeiaufgebot hielt sich in Grenzen. Donner sah nur einen Streifenwagen und das Fahrzeug mit der Aufschrift *Einsatzleitung*. Außerdem parkte schief in der Reihe ein ziviles Dienstfahrzeug. Er kontrollierte die Motorhaube. Warm! Die Kollegen von der Kripo mussten kurz vor ihm eingetroffen sein.

An einer Hausecke blieb er stehen und beobachtete das Umfeld. Die Szene machte einen friedlichen Eindruck. Die Ruhe störten nur die Berufstätigen, die ihren frühmorgendlichen Arbeitsweg antraten, und ein paar nimmermüde Schaulustige, die aus den Fenstern glotzten.

Er schnaufte tief durch. Wenn er sich kooperativ gäbe und alle vernünftig blieben, könnte er die Missverständnisse um seine Person zügig ausräumen. Die Schmutzkampagne von Hauptstätter würde er im Handumdrehen als Irreführung entlarven. Gemeinsam mit den Kollegen würden sie das Schwein, das für die Morde verantwortlich war, dingfest machen.

Donner musste lediglich zum Außendienstleiter marschieren und ihm mitteilen, was er wusste. Dazu das Handy und die Ringe übergeben.

Reflexartig griff er an seine Hosentaschen.

Verdammt! Ich habe die Ringe zu Hause liegen lassen!

Doch kein Grund zur Panik. Für Erklärungen blieb später Zeit.

Den Kopf gesenkt, huschte er über die Straße. Als er den Eingang fast erreicht hatte, trat ein Streifenbeamter vom Polizeirevier Süd-West ins Freie. Donner kannte diesen vom Sehen. Ein Mittvierziger, der wohl in seiner Freizeit ordentlich Hanteln stemmte. Der Kollege machte einen zerknirschten Eindruck. Überdeutlich schimpfte er mit einem imaginären Gesprächspartner.

Die Begegnung ließ sich nicht vermeiden, also nickte Donner zur Begrüßung.

»Was machst du hier?«

»Der Außendienstleiter erwartet mich«, log Donner.

Als er vorbeitreten wollte, hielt ihn der Revierkollege auf.

»Er erwartet dich?« Sein Stirnrunzeln ließ erkennen, dass der Beamte Zweifel der Alarmstufe Rot hegte. *Monster* passieren zu lassen, konnte die falsche Entscheidung sein. »Soweit mir bekannt ist, arbeitest du nicht mehr bei der richtigen Kripo.«

Donner fand das keineswegs erheiternd. Mit einem bösartigen Zungenschlag versuchte er den anderen einzuschüchtern. Dieser blinzelte nicht einmal.

»Na gut, ich frage mal nach«, lenkte der Kollege ein und karikierte sein Gesicht zu einer annähernd freundlichen Miene. »Aber sag später nicht, ich hätte dich nicht gewarnt. Da oben hat eine ziemliche Schweinerei stattgefunden und jetzt tragen die Gockel ihre Hahnenkämpfe aus. Kroll sagt, niemand soll den Tatort betreten. Du kennst ihn ja.«

Ausgerechnet Kroll! Auf einmal hielt Donner schonungslose Offenheit für die falsche Entscheidung. Ein Alphatier überzeugt unmöglich ein anderes. Andererseits war Kroll Polizist. Meist war er laut, aber selten blöd. Zumindest nicht dann, wenn er sich Mühe gab.

Der Kollege ging ein paar Schritte abseits und zog sein Funkgerät. Es knackte. Bevor er jedoch zum Sprechen kam, ertönte eine Durchsage. Donner vernahm Krolls durchdringende Stimme.

»An alle Einsatzkräfte! Im Zusammenhang mit einem Tötungsdelikt ist ab sofort Erik Donner unser Tatverdächtiger. Ich wiederhole …«

Da rannte Donner bereits. Die Aufforderung, stehen zu bleiben, ignorierte er. Auch sein Beinleiden meldete sich, aber er verdrängte den Schmerz. Der Fluchtinstinkt wirkte wie ein Aufputschmittel. Der Streifenpolizist würde nicht schießen, nicht in den Rücken eines Flüchtenden. Schon gar nicht bei einem Beamten.

Eine Zeit lang hörte er die Rufe des Kollegen mit unveränderter Lautstärke. Der andere rannte ihm nach.

Die Kaninchenmanier war nicht Donners bevorzugte Reaktion, doch für Erklärungen war der Zeitpunkt ungünstig. Man hatte ihn zur Zielscheibe auserwählt.

Er hetzte in alle möglichen Straßen. Sicherlich hatte man seinen Mitsubishi noch nicht entdeckt. Für den Anfang musste er nur eine falsche Richtung vorgeben.

Nach vier Minuten siegte Donners Zähigkeit über die Muskelmasse des Verfolgers. Der Beamte hatte die Spur verloren und Donner schlich zu seinem Wagen. Die Fahrzeugentriegelung klackte. Rasch zog er die Tür auf, sprang auf den Sitz und drehte den Zündschlüssel. Zwei Sekunden später trat er das Gaspedal durch.

Ab sofort stand nicht nur sein Name, sondern auch sein Kennzeichen auf der Fahndungsliste. Und mit einem Gesicht wie ein Trümmerfeld war es schwer, sich ungesehen unter Leute zu mischen.

Während er aus allen Winkeln der Stadt Sirenengeheul vernahm, überlegte er einen Zufluchtsort. Bald kannte er die Antwort. Er machte genau das, was sein Gegenspieler von ihm wollte.

Kapitel 32

Man konnte es nicht wirklich Glück nennen, dass Donner im Kofferraum noch eine alte Regenjacke fand. Der armeegrüne Stoff verlieh ihm das Aussehen eines Obdachlosen. Zudem ließ er ihn schwitzen wie ein Rhinozeros.

Um die Tarnung perfekt zu machen, fuhr er in den nächsten Textilmarkt und kaufte für 4,99 Euro ein Basecap.

Eine Bleibe zu finden, stellte sich als schwieriger heraus. Er hätte bei Luisa unterschlüpfen können, aber von der Prostituierten fehlte weiterhin jedes Lebenszeichen. Das bereitete ihm Sorge. Jeder Kontakt zu Freunden und Bekannten – die Donner an einer Hand abzählen konnte – barg eine Gefahr für Unschuldige. Zudem würden seine Kollegen bei denen zuerst nachfragen.

Um eine Unterkunft wollte er sich später kümmern. Vom Hotelcomputer hatte er eine Adresse im Gedächtnis, die es zu überprüfen galt. Es ärgerte ihn, dass er keine Einsicht in die Lichtbildmappe des toten Richters bekommen hatte. Er musste herausbekommen, in welchem Klub das Foto mit dem Mädchen aufgenommen worden war. Vor allem aber machte er sich Sorgen, was das Schwein mit Luisa gemacht hatte.

Und damit endeten seine Probleme noch lange nicht. Auf seinem Handydisplay leuchteten abwechselnd die Nummern von Kroll und Kolka. Er entschied, das Gerät auszuschalten und den Akku herauszunehmen, um eine Ortung zu verhindern. Gleichzeitig spielte er mit dem Gedanken, das Handy des Erpressers einzuschalten. Er unterließ es.

Für den Moment.

Eine Stunde später hallten die Rotorgeräusche eines Hubschraubers am Himmel. Die erwartete Luftverstärkung aus Dresden rückte an.

Höchste Zeit, die Karre loszuwerden.

Kurz nach acht entriegelte er den Leihwagen vom Autohaus seines Vertrauens. Ein schnittiges Sondermodell mit 200 PS und schwarzen 18-Zoll-Felgen. Den eigenen Mitsubishi hatte er unter dem Vorwand von garstigen Geräuschen im Getriebe in Reparatur gegeben. Es eilte nicht. Sollte die Werkstatt nichts finden, gab es ein paar Dellen, die besonderer Beachtung bedurften.

Da er sich darauf einstellte, wenigstens für einige Tage untertauchen zu müssen, hob er zweitausend Euro von einem Geldautomaten in der Innenstadt ab, direkt gegenüber dem Rathaus. Das Basecap zog er tief ins Gesicht und richtete den Blick auf die Schuhspitzen. Obwohl hier dichteres Fußgängergedränge herrschte als in den Randbezirken, spürte er einige irritierte Blicke auf seine Narben.

Vorerst wollte er sich aber auf die Fakten konzentrieren. Er steckte das Geld ein und lief zügig, jedoch nicht zu gehetzt zum Fahrzeug zurück. Im Hotel war unter dem Namen Jeff Balthasar eine Adresse hinterlegt gewesen. Tschaikowskistraße 45A. Donner musste erneut den Sonnenberg ansteuern.

Den Stadtteil erreichte er dreiunddreißig Minuten später. Anders als erwartet entpuppte sich das zur Anschrift gehörende Gebäude nicht als typischer Unterschlupf für Fixer und

Kleinkriminelle – zumindest nach der Fassade des Wohnhauses zu urteilen. Das Fehlen von Müllbergen und Hundekot auf dem Gehweg machte die Gegend beinahe attraktiv.

Und am Klingelbrett gab es nur eine Fehlstelle.

Donner steckte den Kopf in den offen stehenden Hausflur. Im Inneren roch es leicht muffig. Das führte er auf das Alter des Gebäudes zurück.

Ein Mann mit Krücke tauchte aus dem Dunkeln des Flurs auf. Dieser verharrte kurz auf dem Treppenabsatz. Dann humpelte er mutig auf den Ausgang zu.

Wie ein Déjà-vu traf es Donner.

Der Mann hatte ein Allerweltsgesicht, aber Donner erkannte ihn sofort. Es handelte sich um einen polizeibekannten Schläger, den er während seiner Zeit beim Kriminaldauerdienst wegen schwerer Körperverletzung eingebuchtet hatte. Er hatte einer Frau ein Auge und das halbe Gesicht verbrannt.

»Leif Könneck!«

»Donnerwetter, Donner! Die Welt ist in den letzten Jahren nicht hübscher geworden, wenn ich mir deine Visage so ansehe.«

Für eine kleine Ewigkeit stierten sie sich nur an. Könneck trug lediglich ein Unterhemd über der Hose. Das ließ ihn wie einen Hartz-IV-Empfänger aus einem schlechten Bilderbuch aussehen. In Anbetracht des Gewächshausklimas unter der Regenjacke beneidete ihn Donner dafür.

»Wohnt hier noch jemand, den ich kenne?«, fragte Donner.

Könneck musterte ihn und verzog die Mundwinkel zu einer schäbigen Fratze. »Früher hätte ich nicht mit euch Bullen geredet, aber mittlerweile habe ich den Unfug hinter mir gelassen. Hier wohnt ein Haufen beschissener Typen und ständig steckt man neue Knackis in die Wohnungen. Allesamt Ex-Häftlinge, die im Rahmen der Resozialisierung betreut werden. Ich lebe seit vier Monaten in der Bude. Ist hübsch zentrumsnah und die Tante vom Amt hat dicke Euter.«

Das war nicht gerade die Aussage, die Donner weiterhalf.

»Und hat in letzter Zeit jemand meinen Namen fallen lassen?«

Könneck leckte sich die oberen Schneidezähne und zuckte die Achseln. »Nein, wozu auch? Du hältst dich wohl immer noch für den Besten, was? Tut mir leid, wenn ich dich enttäuschen muss, doch hier interessiert sich niemand für eine monströse Kriminallegende.«

Donner betrachtete Könnecks Krücke. »Schlägst dich nicht mehr so wacker wie früher.«

»Tja, du weißt ja, wie das ist, irgendwann geht es für jeden abwärts.«

Darauf konnte Donner nur stumm nicken.

Weil er nicht weiterwusste, begann er, die Klingelschilder zu studieren. Aus dem Augenwinkel bemerkte er, wie Könneck einen abschätzenden Blick auf ihn warf, bevor er davontrottete.

Sieben Namen, vier davon klangen osteuropäisch. Bis auf den von Könneck sagte ihm keiner etwas.

Ob der ehemalige Brutalo was mit der Sache zu tun hat? Ich wette, er ist nicht halb so leutselig, wie er vorgibt. Aber was kann ich ihm schon nachweisen?

Es würde nichts bringen, die Hausbewohner zu befragen. In einem Sumpf voller Ex-Knackis rumzustochern, zog höchstens Ungeziefer an. Andererseits war ein bekannter Name auf den Klingelknöpfen besser als keiner.

Als er zurück in den Leihwagen stieg, sah er hinauf zum Himmel. Dunkle Wolken ballten sich zusammen, schoben sich mehr und mehr vor die Sonne. Immerhin hatte Donner den Hubschrauber eine Weile nicht mehr gehört. Die Höllenhitze räumte das Feld für ein Höllengewitter.

Als er den Motor startete, sprang das Radio an. Aus den Lautsprechern dröhnten die Lokalnachrichten:

... einen Verdächtigen hat die Polizei bereits im Visier. Die Fahndungen laufen. Nach bisherigen Meldungen soll ein Polizist für mindestens drei Morde verantwortlich sein. Die Polizeipräsidentin will sich in wenigen Minuten auf einer Pressekonferenz dazu äußern. Vorher schalten wir aber rüber zum Wetterbericht, wo uns Blitz und Donner bevorstehen ...

Mit der flachen Hand schlug Donner auf das Armaturenbrett. Ohne einen Rechner mit Verbindung zum Polizeinetz konnte er mit den restlichen sechs Namen dieses Hauses nichts anfangen. Früher oder später brauchte er die Hilfe eines Kollegen. Aber wer würde einem gesuchten Mörder helfen?

Schließlich entschloss er sich, für wenige Minuten das Handy des Erpressers anzuschalten. Was er kurz darauf las, ließ sein Herz jedoch rasen. Eine Nachricht von Luisas Handy war angekommen.

Die SMS sorgte dafür, dass er den nächsten Fehler beging.

Kapitel 33

Als die Beamten vor Donners Wohnung standen, wünschte sich Kroll, er könnte das Kommando an einen anderen übertragen. Gewöhnlich besaß er keine Hemmungen, die Räume Fremder zu betreten. Doch bei einem Kollegen kamen ihm Bedenken. Es fühlte sich an, als würde er eine brisante Grenze überschreiten.

Alle Umstehenden musterten ihn und warteten auf Befehle.

»Brecht sie auf!«, wies er sie entgegen seinen Skrupeln an.

»Bist du dir sicher?«, vergewisserte Lichtenberg sich.

»Wir sollten vorher eine richterliche Entscheidung einholen«, erklärte Stark zum wiederholten Mal.

Bedenkenträger wie der K-Mann mit dem Kaffeefleck auf der Brust konnte Kroll nicht ausstehen. Solchen Leuten gab er die Schuld, dass die Polizei von Jahr zu Jahr mehr zu einem Karnevalsverein verkam. Aber hier ging es darum, einen Mordverdächtigen zu ergreifen. Kroll dachte nicht daran, wertvolle Minuten zu verplempern, bis man einen Richter überzeugte, die Hausdurchsuchung anzuordnen.

»Darum hättest du dich vorher kümmern müssen, Henry. Ich für meinen Teil habe keine Lust, dass Donner weiter mordet. Das nennt man Gefahr im Verzug. Und kein irdischer Richter wird das jemals anders sehen. Also tritt beiseite!«

Stark verzog die Mundwinkel und machte sich so schmal, wie es sein Körperumfang zuließ.

Lichtenberg zupfte die Schussweste zurecht und trat direkt hinter die Beamten des Einsatzzugs. »Wenn man sich strikt an die Vorschriften hält, wäre das jetzt der Moment, wo das SEK stürmen müsste. Immerhin ist Erik kein Kleinkrimineller. Das wollte ich nur mal erwähnt haben.«

Kroll verengte die Nasenflügel, woraufhin Lichtenberg verstummte.

Das Haus war umstellt, den Türspion hatten sie zugeklebt und vier Beamte vom Einsatzzug standen mit gezogenen Pistolen bereit. Angesichts von deren Vollmontur kam sich Kroll regelrecht nackt vor. Selbst ein Monster mit Knarre konnte hier nicht ausbüxen.

Lichtenberg wartete mit zwei Kollegen unmittelbar neben der Tür. Er wollte am liebsten der Erste bei Donners Festnahme sein. Stark dagegen verschwand ein paar Treppenstufen tiefer.

»Mach schon, Rambo«, zischte Kroll.

Ausgerüstet mit Helm, schwerer Schutzweste, Protektoren und einem Metallrammbock, drängelte sich ein Beamter nach vorn. Eine Sekunde später erzitterte das Türblatt. Das Schloss brach auf. Wie eine Dampfwalze stürmten die Einsatzzugbeamten in die Wohnung. Lichtenberg folgte. Kommandos wurden gebrüllt.

Anhand der Rufe im Ohrhörer ergab sich für Kroll ein Bild der Lage. Kurz darauf trat er selbst über die Türschwelle.

Menschenleer.

Donner war nicht zu Hause.

Kroll blieb gelassen. Als Außendienstleiter würde er systematisch alle Möglichkeiten zur Ergreifung des Täters ausschöpfen. Den Kommissar nicht anzutreffen, bedeutete nicht das Scheitern des Einsatzes. Jetzt galt es, die Räume nach Beweismitteln zu durchsuchen.

Angewidert spähte er in die Küche. Es roch nach Fett und Bratkartoffeln. Selbst Hauptstätters Wohnung hatte mehr Charme ausgestrahlt.

»Mein Dezernatsleiter wird begeistert sein«, säuselte Stark, suchte aber seinerseits in jedem Winkel.

»Immerhin hast du jetzt einen Grund, den Bereitschaftsrichter anzurufen«, befand Kroll.

Stark ging nicht darauf ein. Stattdessen kommandierte er die unscheinbare Kollegin mit den blonden Haaren herum. Die beiden Beamten vom Kriminaldauerdienst, die ihr hinterherschlichen, schauten noch weniger begeistert als Stark. Persönliche Befindlichkeiten interessierten Kroll allerdings kein bisschen. Gedanklich ging er bereits die nächsten Schritte durch. Dazu zählte der Einsatz von Fachleuten, die mit Spezialgeräten, sogenannten IMSI-Catchern, den Standort eines Mobiltelefons orten konnten. Über die Positionsbestimmung des Handys wollte er Donner auf die Spur kommen.

»Verdammt, wie lange brauchen die von der Mobilen Funkaufklärung?«, fragte er die versammelte Mannschaft, ohne konkret jemanden anzusprechen.

»Die Kollegen vom LKA sind bei einem anderen Einsatz in Dresden gebunden«, vermeldete Lichtenberg.

»Egal! Ich will Donner am Ende des Tages auf dem Stuhl bei der Kripo sitzen sehen. Besorgt mir eine Aufstellung über sämtlichen Grundbesitz des Kerls. Stellt eine Sofortanfrage ans Liegenschaftsamt.«

Unmutslaute ertönten.

»Selbst wenn er nur ein Dixi-Klo angemietet hat, will ich das wissen. Überprüft seine Konten und vor allem bringt mir aus dem Melderegister eine lückenlose Liste der Verwandtschaft. Haben wir Kräfte, die Donners Büro observieren?«

»Die Fahndungsgruppe ist mit zwei Teams vor Ort«, gab Lichtenberg Auskunft. »Wobei ich nicht glaube, dass er dort aufkreuzt.«

»Die dümmsten Bauern ernten die größten Kartoffeln«, wütete Kroll und der Bratkartoffelduft bestärkte ihn in seiner These. Er öffnete den Kühlschrank, der nur eine Packung überlagerten Fisch und fünfzehn Mineralwasserflaschen offenbarte. »Und wie es scheint, ernährt sich Monster von nichts anderem.«

»Nicht anfassen!«, schrie Stark plötzlich.

Kroll und Lichtenberg stürzten ins Wohnzimmer und sahen, wie einer der Kripoleute den Platz vor einem Regal mit dem Chefermittler tauschte.

»Na, sieh mal einer an«, murmelte Stark und beleuchtete mittels einer Mikrotaschenlampe drei Ringe. »Marie, lass umgehend prüfen, ob an den Fingern von Peter Ambach irgendwo eine ringförmige Hautverfärbung sichtbar ist.«

»Gibt es einen Hinweis?«, fragte Kroll.

»Besser!« Stolz präsentierte Stark die Eheringe der Ambachs – und den von Donners vermisster Frau. »Schätze, Kollege Donner wird demnächst von der Erstkontaktstelle ins Gefängnis versetzt.«

»Der Kerl ist absolut geisteskrank«, resümierte Kroll und dachte im Stillen an den Ring mit Jeff Balthasars eingraviertem Namen. Anscheinend sammelte Donner diese Schmuckstücke wie Trophäen. »Diesmal kann sich die Polizeipräsidentin nicht mehr schützend vor ihren Liebling stellen.«

»Nehmt Vergleichsfingerabdrücke und DNA von Donners persönlichen Sachen«, entschied Stark. »Jede Wette, dass diese mit den Spuren an den Tatorten und im Fahrzeug von Peter Ambach übereinstimmen. Ich wusste immer, wozu der Kerl fähig ist.«

»Es kommt noch dicker!«, stieß Lichtenberg aus, der in einem Aktenschrank stöberte. Erklärungslos reichte er Kroll einen Hefter mit Zeitungsausschnitten und Notizen.

»Ein letzter Beweis für Donners Geistesstörung«, sagte Kroll. Er blätterte den Fund durch. Sämtliche Presseartikel über Verbrechen und erhebliche Straftaten im Direktionsbereich lagen nach Datum geordnet in Krolls Hand. Donner besaß ein regelrechtes Archiv des Schreckens.

»Und das sind nur die vom laufenden Jahr«, ergänzte Lichtenberg. »Ganz hinten ist ein Artikel über Richter Jaeschke. Am Rand stehen handschriftliche Vermerke. Wenn du mich fragst, kann man nicht behaupten, dass Donner sein Job egal wäre.«

»Diesmal frage ich dich aber nicht.« Kroll warf seinem Partner den Hefter zurück. »Exakt der Schwachsinn ist es, der mir Angst einjagt.«

»Wir nehmen das auf alle Fälle mit«, brachte Stark ein.

»Ja, und vergesst die Unterwäsche nicht. Wo ist eigentlich deine Hündin Kolka geblieben?«

Stark räusperte sich. Offensichtlich fand er die Bezeichnung abwertend. Dabei waren Hunde treue Tiere.

»Anne ist in einem Klub für die High Society.«

»Was macht sie da? Tanzt sie an Stangen oder arbeitet sie als Rausschmeißer?«

»Sie überprüft ein Foto, welches den Richter zeigt. In seiner Begleitung ist eine Frau zu sehen, wir schätzen sie auf Mitte zwanzig. Vermutlich eine Nutte.«

»Ich verstehe. Ihr habt den Jaeschke-Fall als Suizid abgelegt, und nun versucht ihr zu retten, was zu retten ist.«

»Peter und Anne, nicht ich.«

»Nein, selbstverständlich *nicht du.*«

In Krolls Hand begann das Diensthandy zu vibrieren. Weil er keine Lust hatte, Fragen zu beantworten, reichte er es an Lichtenberg weiter. Der ging pflichtbewusst ran.

Nach einiger Zeit sagte er: »Die von der Fahndungsgruppe wollen, dass du zu Eriks Büro kommst. Ein Zeuge ist aufgetaucht. Mit einem Video.«

Kapitel 34

Kroll wünschte sich an einen anderen Ort. Egal wohin, Hauptsache raus aus diesem Albtraum. Umringt von zwei Beamten der Fahndungsgruppe lauschte er der abstrusen Geschichte des Neunzehnjährigen, der äußerlich in Gestalt eines Spargeltarzans daherkam. Hinter der unschuldigen Fassade vermutete Kroll jedoch das Gemüt eines Alligators. Bei solchen undurchschaubaren Typen legte er nicht allzu viele Erwartungen in den Wahrheitsgehalt von Aussagen. Allein das Beweisvideo hinderte ihn daran, den Zeugen mit einem Tritt vor die Tür zu befördern.

»... und dann habe ich Herrn Donners Bild in den Nachrichten gesehen und dachte, ich komme her und frage ihn selber. Eigentlich hätte ich wissen müssen, dass er nicht hier ist. Er ist ja auf der Flucht.«

»Woher glaubst du das zu wissen?«

»Ich fange demnächst bei der Polizei an. Da weiß man solche Dinge. Herr Donner hat extra ein gutes Wort für mich eingelegt.«

Lichtenberg, der hinter dem Jungen stand, hob die Augenbrauen.

»Wie war noch mal dein Name?«, fragte Kroll.

»Levi Hentschel, Herr Hauptkommissar!«

Kroll sah auf seine Schulterstücke. Die Grundregeln des Polizeiberufs beherrschte Hentschel jedenfalls. Und der Junge wusste, wer das Sagen hatte. Das machte ihn sympathisch.

»Okay, Levi, damit ich das richtig verstehe: Du hast die Erstkontaktstelle aufgesucht und von der Straße aus gesehen, wie Hauptstätter um das Gebäude schlich und in der Tiefgarage verschwand?«

»Sie sagen es. Und ich dachte mir, dass mit dem Pressefuzzi etwas nicht stimmt. Der hat sich immer umgesehen, als wäre Freddy Krueger hinter ihm her.« Er hob den rechten Arm und verformte die Finger zu Krallen. »Sie wissen schon, wen ich meine. Diese Horrorfigur mit dem Klingenhandschuh und den grässlichen Narben.«

Kroll stutzte. Nicht der Schauspieler trat vor sein geistiges Auge, sondern Donner. Das Bild fand er irgendwie passender für den Schlamassel, der ihm eine schlaflose Nacht beschert hatte. In gewisser Weise versuchte sich auch Donner in die Köpfe anderer zu stehlen.

Dank genügend Erfahrung unterdrückte Kroll eine Bemerkung.

»Na, jedenfalls hatte ich am Vortag ein Gespräch zwischen Herrn Donner und ihm belauscht.«

»Wem? Freddy Krueger?«, warf ein Beamter der Fahndungsgruppe ein.

Seine Kollegen lachten. Kroll blieb ernst.

Hentschel schüttelte den Kopf. »Ich weiß, man spioniert niemandem nach, aber ich will ja zur Polizei. Da hält man Augen und Ohren besser offen, nicht wahr?«

»Okay, und dann bist du Hauptstätter hinterhergeschlichen und auf einmal tauchte Donner in der Tiefgarage auf«, trieb Kroll die Ausführungen voran.

»Na ja, eigentlich war Herr Donner zuerst da. Gerade als ich ihn ansprechen wollte, kam der Pressefuzzi. Also habe ich mich hinter das Heck eines Fahrzeugs geduckt und die Szene beobachtet. Notfalls hätte ich Herrn Donner beigestanden, doch ich glaube nicht, dass er meine Hilfe gebraucht hätte. Sie kennen ihn ja …«

»Bedauerlicherweise«, murrte Kroll und machte mit der Hand eine rollende Bewegung. »Also Donner und Hauptstätter fingen daraufhin an zu streiten, wobei der Kommissar den Journalisten gegen die Wand gedrückt hat, richtig?«

Hentschel nickte ergeben.

»Deine Videoaufnahme zeigt die beiden sehr deutlich, leider ist die Tonqualität miserabel. Was genau hast du gehört?«

»Sie müssen wissen, ich war ziemlich aufgeregt, den Kommissar live in Aktion zu sehen. Fast wäre mir das Handy runtergefallen. Deshalb kann ich mich nicht mehr an die exakten Worte erinnern. Aber auf jeden Fall wollte der Pressetyp ein Geständnis. Irgendwie hatte ich den Eindruck, der wollte Herrn Donner erpressen.«

Die Beamten im Raum tauschten fragende Blicke aus. Ein Erpressungsversuch wäre ein gutes Motiv für einen Mord. In Krolls Welt fanden die Puzzleteile meist nie so einfach zusammen, im Gegenteil. Weil er ein gläubiger Mensch war, glaubte er sogar, dass Gott ihm ein unlösbares Puzzlespiel in die Wiege gelegt hatte. Zumindest sah er darin eine plausible Erklärung, warum es sich anfühlte, als baute er sein Leben aus Glasscherben.

»Herr Donner bekommt doch keinen Ärger deswegen, oder? Ich meine, der andere Kerl, der jetzt tot ist, war nicht sehr nett zu dem Kriminalhauptkommissar.«

»Hauptstätter?«, mischte sich Lichtenberg ein.

Hentschel drehte sich zu ihm und nickte. »Den meine ich.«

»Woher weißt du, dass er tot ist? Die Pressestelle hat keine Namen rausgegeben.«

Hentschel zuckte mit den Schultern. »Logisches Denken ist eine meiner Stärken. Deshalb habe ich ja auch eine Bewerbung abgegeben. Für Ihren Beruf braucht man Köpfchen. Bei Facebook macht da ein Artikel die Runde. Einer, wo drinsteht, dass Herr Donner jemanden umgebracht haben soll. Deswegen haben Sie sein Büro observiert, oder? Na ja, und in den Nachrichten berichten sie von drei Morden. Ich glaube nicht, dass Herr Donner der Täter ist. In Krimis ist der Mörder immer der, dem man es am wenigsten zutraut. Jemand, der sich unbedarft gibt.«

In Krimis erledigt sich Schreibarbeit auch im Alleingang, und der Ermittler hat kurz vor Ende des Romans entweder eine himmlische Erleuchtung oder er schießt sich den Weg zum Verdächtigen frei, verbesserte Kroll in Gedanken. Doch er schwieg und drehte sich im Sessel hin und her. In Donners Bürostuhl saß man bequem. Obwohl er die harten Polster des Einsatzfahrzeugs bevorzugte, konnte er der Rückenlehne eine gewisse Gemütlichkeit nicht absprechen. Sein Blick fiel auf die Bewerbungsmappe. Sie zeigte ein unvorteilhaftes Lichtbild von Hentschel.

»Meinst du diese Bewerbung?«

»Aber das ist ja …« Die Lippen des Hobbydetektivs begannen zu beben. »Hat Herr Donner sie nicht …?«

Kroll schüttelte langsam und bedauernd den Kopf. Der Neunzehnjährige schluchzte heftig. Vielleicht hätte Kroll sie ihm nicht zeigen sollen. Nur weil er selbst keine Träume mehr besaß, musste er nicht die von anderen zerstören. Andererseits dachte er an die eigenen Kinder, die zu seiner Erleichterung dem Polizeidienst ferngeblieben waren.

Kroll tippte auf die Stelle der Bewerbung, wo Hentschel den aktuellen Beruf aufgeführt hatte. »Was stört dich an der Arbeit im Handyshop?«

»Alles!« Unter Tränen nahm die Stimme des Teenagers einen bedrohlichen Klang an. »Einfach alles! Wissen Sie, wie es ist, wenn der Chef von einem verlangt, gutgläubigen alten Menschen Handyverträge unterzujubeln, die niemand braucht und obendrein überteuert sind? Das ist alles andere als fair. Ich will nützlich sein, ich will das tun, was Sie dürfen! Ich will den Menschen meiner Stadt helfen, denn ich weiß, wie es ist, wenn man selbst nie Hilfe bekommt.«

Von hinten legte Lichtenberg behutsam eine Hand auf die Schulter des Jungen. Hentschel wehrte sie ab.

»Lassen Sie das!«, schimpfte er. »Mir hat nie jemand eine Chance gegeben. Selbst meine Geschwister haben in mir immer den kleinen Spinner gesehen.«

Kroll wollte diese Therapiesitzung keinesfalls fortsetzen. Ein labiler Mensch, der offenkundig Probleme aus der Vergangenheit mit sich herumschleppte, war das Letzte, was die Polizei brauchte. Doch er wollte nicht unfair sein. Spätestens beim Eignungstest würde man Levi Hentschel erklären, dass *Handyverkäufer* gar keine so schlechte Berufswahl war.

»Okay, dann werden wir sehen, wohin das führt.« Mit diesen Worten reichte Kroll die Bewerbungsmappe an Lichtenberg weiter.

Der nahm sie mit ungläubiger Miene entgegen.

Bisher deuteten alle Beweise darauf hin, dass Donner der Mörder war. Für die Mordkommission würde das Beweisvideo geradezu ein Heiliger Gral sein. Zusammen mit dem aufgefundenen Feuerzeug, den Fingerabdrücken und DNA-Spuren an der Tatwaffe und dem Mercedes in der Gartenanlage konnte sich Kroll nicht vorstellen, wie Donner da wieder rauskommen wollte.

Obwohl sich die Täterschaft zu verdichten schien, fühlte sich Kroll nicht gut bei der Sache. Der Gedanke an eine Festnahme eines Kollegen desillusionierte ihn geradezu. Es war ein Drecksspiel, was hier stattfand. Bei diesem verlieren alle.

Auch wenn er Donner dafür verabscheute, wollte er fair bleiben, was die Beweisführung anging.

Deshalb wusste Kroll bereits, was er als Nächstes tun würde. Er würde sich mit der JVA Zwickau in Verbindung setzen. Wer immer Balthasars Ring in die toten Finger von Peter Ambach gelegt hatte, musste zuletzt Kontakt zu dem Ex-Polizisten gehabt haben.

Kapitel 35

Der Schlüssel passte nicht. Vergeblich stocherte Donner im Schloss herum. Er stand vor seiner eigenen Gartenlaube und der Metallstift ließ sich nicht herumdrehen. Obwohl er den Gartenverein *Sommerlust* seit letztem Herbst nicht mehr betreten hatte, glaubte er nicht daran, dass der Winter den Schließmechanismus beschädigt hatte. Ein anderer Verdacht beunruhigte ihn.

Ein Fremder hat das Schloss gewechselt.

Prüfend ging er in die Hocke und betrachtete mit einem zugekniffenen Auge das Schließblech. Keine Frage. Das Ding war neu.

Hastig lief Donner um die Laube herum. Unzähliges Buschwerk zierte den Garten. Diesen hatte er von seinem Vater überschrieben bekommen. Donners Faulheit hatte dafür gesorgt, dass sich Äste und Zweige zu einem Wildwuchs ausbreiteten. Deswegen hatte ihn der Gartenverein bereits angemahnt.

Wenigstens stellte sich die Regenjacke als Glücksfall heraus. Wenn er schon unter dem Folienzelt schwitzte, konnte ihm das Gehölz nicht in die Haut schneiden.

Mühsam kämpfte er den Urwald nieder. Er spähte durch die Fenster. Vergilbte biedere Gardinen versperrten die Sicht.

Er lauschte, ob er aus dem Inneren ein Geräusch vernahm, aber das Rascheln der Blätter und das hektische Kreischen der Vögel vor dem Sturm übertönten alles.

Die Wolken verdunkelten die Umgebung. In weniger als einer Stunde würde der Himmel einen Sturzregen freigeben. Im Radio warnten sie schon vor Straßenüberflutungen.

Doch für solche Art von Problemen blieb Donner keine Zeit. Unschlüssig dachte er über die letzte Nachricht des Unbekannten nach. Er sollte hierherkommen. Man hatte ihn an diesen Ort gelockt.

Was willst du mir zeigen? Komm schon, gib mir einen Wink!

Die SMS war von Luisas Handy abgeschickt worden. An das, was er in der Gartenlaube finden würde, wagte er nicht zu denken. Vielmehr klammerte er sich an die Hoffnung, Luisa andernorts lebendig anzutreffen.

Nachdenklich stand er vor der verschlossenen Laubentür. Er beobachtete die Gegend, suchte den Erdboden und die Holzbretter der Hütte ab. Nirgendwo fand er Spuren. Das ergab keinen Sinn. Der Unbekannte machte nichts ohne Grund. Es musste einen Zugang zur Gartenlaube geben.

Schlagartig griff sich Donner an die Hüfte.

Er tastete in der Hosentasche herum. Etwas Metallisches lag dort. Kurz darauf zog er einen zweiten Schlüssel hervor. Es war der, den er zusammen mit dem Brief und dem Handy bekommen hatte.

Zornig hielt er ihn vors Gesicht.

Du verdammter Bastard! Wie lange hast du dieses Spiel geplant? Hattest du Hilfe oder kommt man von allein auf derartige Perversitäten?

Donner wusste nicht, mit wem er haderte. Vielleicht mit dem Geist von Balthasar.

Die Sekunden verstrichen. Er zögerte. Endlich senkte er den Arm und schob den Schlüssel ins Schloss. Er passte. Daraufhin blickte Donner über die Schulter und zog seine Pistole. Die Verriegelung klackte. Er riss die Tür auf, stierte in die Düsternis. Saunaheiß schoss ihm die angestaute Hitze aus dem Inneren entgegen. Aber bis auf ein paar Insekten, die ins Freie flüchteten, war der erste Raum menschenleer. Alles lag so da, wie er es vor Monaten verlassen hatte. Lediglich ein Karton stand mittig auf dem Tisch. An der Stelle, wo Donner sonst ein Glas Wasser abstellte oder nach der Gartenarbeit die Füße hochlegte.

Kein toter Körper.

Trotzdem setzte Herzrasen ein.

Obwohl eine Leiche fehlte, schwebte der Hauch von stickiger Süße in der Hütte. Der Duft stimulierte und erschreckte ihn zugleich.

Mit bemühter Ruhe kontrollierte er die Kochnische, die Abstellkammer und die Toilette im hinteren Bereich. Als er erneut den Wohnraum betrat, ließ er die Waffe sinken. Er befeuchtete die Lippen, biss mit den Zähnen leicht darauf. Vergeblich versuchte er das Gefühl von Anspannung abzuschütteln. Vielleicht sollte er das Paket einfach unberührt stehen lassen.

Nein. Bereits während des Überdenkens wusste er, dass er nachsehen musste.

Gebannt beobachtete er die Fliegen, die um die Schachtel kreisten. Mit ihren Füßen klammerten sie sich an den Pappwänden fest. Der, der das Päckchen hinterlassen hatte, hatte es mit Klebeband umwickelt. Trotzdem drang ein unverkennbarer Fäulnisgeruch durch die Ritzen. Ohne den Inhalt zu kennen, stellte sich für Donner eine Frage: Wem gehörte das, was er darin finden würde?

Er machte drei Schritte zur Kochnische. Von dort holte er ein Küchenmesser aus einer Schublade. In Erwartung der Geruchswolke zupfte er sich den Kragen seines T-Shirts über die Nase. Mit einem langen und zwei kurzen Schnitten löste er das Klebeband.

Tatsächlich trieb ihm der Fäulnisduft Tränen in die Augen. Dafür hielt sein Magen der Widerwärtigkeit stand.

Langsam legte er das Innere frei. Nur kurzzeitig verzog er das Gesicht. Der Anblick war ihm vertraut. Wenngleich es niemals ein schöner war.

Donner zählte.

Zehn Finger lagen in geronnenem Blut. Das Fleisch zeigte erste Verfärbungen. Die Temperaturen begünstigten den Fäulnisvorgang. Schon bald würde die Grünfäule einsetzen. Anhand der unlackierten Nägel schlussfolgerte er, dass sie nicht von Luisas Händen stammten. Das ließ ihn geringfügig aufatmen. Gleichzeitig erahnte er die Qualen, denen die Ambachs bei der Tat ausgesetzt gewesen sein mussten. Gewiss gehörten die Fingerglieder Peters Frau.

Er kniff die Augen zusammen und hoffte, dass *beide* einen schnellen Tod gefunden hatten. Auch wenn er wenig Hoffnungen hegte.

Aber das war noch nicht alles.

Mit der Messerspitze schob er die Plastikfolie unter den Fingergliedern ein Stück beiseite. Er brauchte weniger als eine Sekunde, um zu erfassen, dass sich darunter Geldscheine befanden. Jede Menge Geldscheine! Nie zuvor hatte er so viel Geld auf einem Haufen gesehen. Höchstens im Film. Es mussten mehrere Zehntausend Euro sein.

Im Augenblick wusste er nicht, was ihn mehr irritierte: die Finger oder die Scheine.

Das Abschneiden von Gliedmaßen gehörte zu den bekanntesten Folter- und Verstümmelungsmethoden. Dazu bedurfte es keiner *Fachkenntnis*. Entweder wollte der Unbekannte der Polizei einen Vorgeschmack auf kommende Taten geben oder er übte noch. So oder so fehlte Donner zum Täter jede Spur.

Auf einmal vernahm er Stimmen. Das Gartentor quietschte. Die Stimmen kamen näher.

»Sonderbar«, hörte er einen Mann reden. »Siehst du die Tür?«

»Okay, dann lass uns Meldung machen«, erklang eine zweite Männerstimme. »Wir sollen bloß nachsehen, hat das Lagezentrum gesagt. Weil die den Mercedes in der Nähe gefunden haben.«

Ambachs Mercedes? Langsam ergab sich für Donner ein Bild. Mit dem geparkten Fahrzeug vor dem Schrebergarten hatte der Unbekannte die Polizei hierherlocken wollen, und das war ihm gelungen.

Donner fixierte die angelehnte Tür zur Gartenlaube. Er konnte nicht hinaustreten. Zweifelsfrei handelte es sich um Kollegen. Eifrige Beamte, die man zu seinem Gartengrundstück geschickt hatte.

Vorsichtig entfernte er sich von der Tür. Unter dem Druck der Schuhsohlen knarrten die Dielenbretter. Je mehr er sich bemühte, die Muskeln zu lockern, umso mehr verspannten sie. Vergeblich suchte er nach einer Fluchtmöglichkeit. Einen Hinterausgang gab es nicht. In weniger als zwanzig Sekunden würden die Kollegen eintreten und ihn festnehmen.

»Hey, bleib mal stehen«, sagte der zweite Sprecher. »Irgendwas ist hier faul.«

Kapitel 36

Draußen verstummte das Gespräch und Donner zwängte sich in den hintersten Winkel der Hütte. Er wischte sich die Hände an der Hose ab, als hätte er etwas Unreines angefasst. Einen Moment dachte er daran, das Paket mitzunehmen, doch abgeschnittene Finger taugten nicht als Wünschelruten, die zum Mörder führten.

Die Hitze wirkte erdrückend. Der Holzboden und die Balken ächzten bei jedem Schritt. Selbst das Atmen kam ihm verräterisch vor.

Gegen zwei Beamte konnte er nur unter hohem Risiko antreten. Je nachdem, wer vor der Tür wartete, hatte er eine kleine Chance oder keine Chance. In beiden Fällen würde Widerstand gegen Vollstreckungsbeamte den Mordverdacht erhärten. Egal, wie unschuldig er war, die Gesamtumstände sprachen eine eindeutige Sprache. Die Polizei hielt Donner für einen Mörder. Dafür hatte der Unbekannte gesorgt. Prächtig gesorgt!

Allein für den Schlüssel zur Gartenlaube und die abgeschnittenen Finger samt dem Geld brauchte man ein überragendes Erzähltalent, um die eigene Unschuld zu beweisen.

Ein Erzähltalent, welches Donner nicht besaß. Die imaginäre Schlinge zog sich fester um seinen Hals. Er saß in der Falle.

Er fühlte sich nackt und wehrlos. Von den Kollegen gejagt zu werden, wünschte er nicht einmal seinen ärgsten Feinden.

Oder halt! Einem Feind wünsche ich es sogar ganz besonders!

Ein Funkgerät knackte. Die beiden Beamten begannen zu flüstern. Plötzlich wurde es laut. Einer von ihnen rief vehement um Verstärkung. Seine Stimme überschlug sich geradezu.

Donner sog die Luft ein. Die angelehnte Tür fiel auf. Beim Eintritt wären die Polizisten vorgewarnt, sodass die Flucht nach vorn aussichtslos schien.

Notgedrungen maß er mit den Augen das Fenster neben der Spüle aus. Ein stämmiger Kerl wie er kam höchstens mit Mühe durch die Öffnung. Er zog die Schultern zusammen.

Größe war eben nicht alles.

Umsichtig schob er die Gardine zur Seite. Als er niemanden auf der Rückseite des Hauses sah, löste er behutsam die Verriegelung. Vergeblich. Der Fensterriegel quietschte mit dem Geräuschpegel einer zwanzigjährigen ungeölten Mechanik. Donner fluchte durch geschlossene Lippen.

Einer der Kollegen schrie umso heftiger.

»Geh um die Hütte«, kommandierte er. »Na, los! Pass auf, dass er nicht abhaut.«

Ohne zu zögern, sprengte Donner den Fensterflügel auf.

»Donner! Wenn du da drin bist, komm langsam raus!«, rief der Beamte vor der Tür. »Und wir wollen deine Hände sehen.«

Aber da quetschte sich Donner bereits durch die Fensteröffnung ins Freie. Schulter und Kopf streiften das Holz des Rahmens, und seine linke Rippe meldete sich, als er mit dem Oberkörper voran auf dem Boden aufschlug. Er sprang auf die Beine. Das Blut rauschte durch die Arterien. Gleichzeitig betäubte das Adrenalin die Schmerzen.

»Stehen bleiben!«, erschallte es hinter ihm.

Donner schwang herum und blickte in einen Pistolenlauf.

Höchstens fünf Schritte von ihm entfernt stand ein Kollege in Uniform. Graues Haar und eine gebeugte Haltung enttarnten den Gesetzeshüter als Fünfzigjährigen. Die Waffe zitterte in seinen Händen.

Der Polizist rückte sich die Brille zurecht. Obwohl er die Waffe auf Donner gerichtet hielt, konnte er seine Nervosität nicht verbergen. Sie raubte ihm sogar die Worte. Stumm wie ein Fisch machte er unkontrollierte Lippenbewegungen.

Donner beobachtete den Zeigefinger des Beamten. Vom Zucken dieses Fingers hing sein Leben ab.

Er bangte, allerdings löste sich kein Schuss. Zur Sicherheit hob er trotzdem leicht die Hände.

Verzweifelt überlegte Donner, was er tun sollte. Für eine Zehntelsekunde dachte er daran, auf den Kollegen zuzugehen.

Ein Scheppern im Inneren der Laube unterbrach den Gedankengang.

Er drehte sich um. Durch die Fensteröffnung erkannte er den heranstürmenden zweiten Beamten. Dieser wirkte entschlossener. Mit überschlagender Stimme schrie er Donners Namen in das Funkgerät.

Verdammt! Wenn er nicht wollte, dass alles aus war, musste er eine Entscheidung treffen.

Donner löste sich aus der Erstarrung und rannte davon. In der Hoffnung, dass der Kollege mit der Waffe die Nerven behielt und ihn nicht hinterrücks erschoss, stürmte er durch den Garten. Hinter ihm ertönten Befehle.

Die Pistole blieb stumm.

Im Takt der Schritte wummerte sein Herzschlag.

Er darf nicht schießen, wenn er nicht sein eigenes Leben zerstören will!

Während sein Körper wie fremdgesteuert das Grundstück durchquerte, redete er sich ein, dass alles gut enden würde.

Mit ungewohnter Leichtigkeit bezwang er den Zaun zum Nachbarn. Er trampelte Rosen, Stiefmütterchen und Kohlrabi nieder, durchlief den fremden Garten, um kurz darauf eine weitere Grundstücksgrenze zu übertreten.

Die Ausweglosigkeit der Lage setzte ungeahnte Energien in ihm frei. Er rannte so geschwind wie nie zuvor in seinem Leben. Die Lungenflügel arbeiteten kraftvoll, die Schmerzen halfen. Sie verdeutlichten ihm, wie schwach er war. Umso mehr musste er sich anstrengen.

Schneller laufen, nicht zurückblicken.

Der Tunnelblick verengte sich auf den Punkt, an dem er die Schnellstraße erahnte.

Dreihundert Meter, dann kamen die Rohre der Fernwärme, der Hang, der Gehweg, die Straße, die Schienen. Bis dorthin wollte er es schaffen. Der Leihwagen war nicht mehr wichtig. Dieser Weg war versperrt.

»Bleib stehen!«, ertönte es in seinem Rücken.

Der Ruf machte Donner unaufmerksam. Er stolperte über einen Strick, der zusammen mit drei anderen ein Beet einrahmte. Im letzten Moment fing er sich. Er schaute nicht zurück. Ein Musterathlet von einem Uniformierten sprintete hinter ihm her. Warum musste Donner ausgerechnet an einen der Klonkrieger aus *Star Wars* geraten?

»Bleib verdammt noch mal stehen!«

Eines war sicher: Der Verfolger besaß Biss. Und möglicherweise auch mehr Ausdauer.

Zweifel drängten in Donners Verstand, schwächten den Fluchtinstinkt. Der Schmerz in der linken Fußsohle kehrte zurück und die Wirkung des Adrenalins ließ nach. Seine Muskeln erschlafften.

»Ich schieß dich nieder, Monster!«

Leere Drohungen.

Oder auch nicht.

Die Stimme des Verfolgers verlor an Stärke. Vielleicht bestand doch die Chance zu entkommen. Vorausgesetzt, der Klonkrieger ließ die Dienstwaffe stecken.

Kein Knall.

Kein Projektil verließ den Lauf.

Donner sprang über einen weiteren Zaun, landete in geduckter Haltung. Die Reißzähne eines Rottweilers blitzten auf. Das Maul war höchstens zwanzig Zentimeter vor seinem Gesicht und das Untier bellte ihn an. Im letzten Moment warf er sich zur Seite.

Er wollte sterben, trotzdem stellte er sich dem Köter. Zwei Muskelberge standen sich gegenüber. Der Hund tobte und Donner fletschte seinerseits die Zähne. Dann schlich er rückwärts davon. Als er sicher war, dass der Hund ihn nicht anfallen würde, nahm er abermals Tempo auf.

Die Gartenbesitzerin reagierte mit einem Schreckensschrei und schaute Donner nach, wie er im nächsten Garten verschwand.

Stürmisches Hundegebell folgte.

Donner hörte, wie der Verfolger aufschrie. Dieser hatte soeben Begegnung mit dem vierbeinigen Fleischberg gemacht, und nach den Rufen zu urteilen, war er gebissen worden.

Für Schadenfreude blieb keine Zeit.

Donner rannte aus der Kleingartenanlage. So schnell hetzt man nur, wenn man nicht in der Hölle landen will. Doch da ertönte das Signal der abfahrbereiten Straßenbahn. Er kam zu spät.

Kapitel 37

Schwer schnaufend ließ sich Donner auf den Sitz fallen. Die Straßenbahntüren hatten sich erst hinter ihm geschlossen. Durch die Scheibe sah er noch, wie der Streifenbeamte den kleinen Graswall, der als Lärmschutzgrenze diente, herabhechtete. Der zweite Kollege folgte mit beträchtlichem Abstand. Sie kamen näher, aber die Bahn rauschte bereits davon. Freilich hatte Donner wenig Grund zur Erleichterung. Die gelungene Flucht fühlte sich alles andere als ein Sieg an. Im gleichen Maße, wie seine Verfolger zurückblieben, glaubte er sich von der Spur zu dem Drahtzieher zu entfernen.

Doch was nützte ihm eine Schachtel abgetrennter Menschenfinger? Heutzutage fand man sie höchstens in Schundromanen.

Und in seiner Hütte.

Für wenige Sekunden fielen ihm die Augenlider zu. Der Ruhemoment kam ihm wie eine Ewigkeit vor. Plötzlich schien alles wie früher. Während die Welt an ihm vorbeirauschte, träumte er sich in die Zeit zurück, wo er mit seiner Familie Straßenbahn gefahren war. Seine Tochter war knapp zwei Jahre alt gewesen. Sie hatte auf seinem Schoß gehockt und das Treiben der Stadt bestaunt. Ein Zauberbild, das nie stillstand.

Im Bahnabteil befanden sich fünf weitere Fahrgäste und der Fahrer. Drei von ihnen musterten ihn mit offenen Mündern. Die zwei restlichen taten so, als wäre er unsichtbar. Dagegen schaute der Fahrer mehr als einmal mithilfe des tellergroßen gewölbten Spiegels in den hinteren Bereich.

Egal, wohin Donner kam, er fiel auf.

Einer der Fahrgäste, ein Teenager mit rosafarbenem New-York-Basecap und *Pulp-Fiction*-T-Shirt, weckte seine Aufmerksamkeit. Immer wieder sah der Junge unter seiner Kappe auf, direkt in Donners Gesicht, nur um sofort darauf die Stirn zu senken. Die Hände hielt er in den Hosentaschen vergraben. Donner entging das Zittern der Knie nicht.

Langsam erhob er sich und trat auf den Beobachter zu. Dieser zuckte zusammen und brachte ein Smartphone zum Vorschein. Der Halbwüchsige begann das Gerät zu kneten.

Aufmerksam, ob sich von irgendwoher ein Streifenwagen näherte, spähte Donner nach allen Fensterseiten. Regentropfen trafen die Scheibe. Sie bildeten silberne Fadenmuster. Wolken und Wind schickten ihre Vorboten.

Inzwischen hatte die Polizeidirektion sicherlich eine Öffentlichkeitsfahndung eingeleitet. Demnach hatte man Donners Bild und Personenbeschreibung an Funk und Presse verteilt.

»Willst du den Helden spielen?«, fragte er den Jungen. Dabei behielt er die anderen Fahrgäste im Blickfeld.

Der Angesprochene schluckte und schob sich tiefer in den Sitz hinein. Von dort kam ein schwaches Kopfschütteln als Antwort.

»Helden sind Erfindungen von Film und Fernsehen. In der Realität schauen Zeugen einfach weg, damit ihr Leben so stinknormal weitergeht wie bisher. Du hast doch hoffentlich Zukunftspläne, oder?«

Der Junge nickte bloß.

Plötzlich sah Donner, wie der Fahrer ein Handy an sein Ohr hielt.

»Halt einfach die Füße still«, mahnte Donner den Jungen. Bevor er sich wegdrehte, betrachtete er erneut das T-Shirt und fügte an: »Eure Generation kennt wohl keinen *Tatort* mehr, was?«

Damit wandte er sich dem Fahrer zu. »Mit dem Funkgerät dürfte es schneller gehen. Zudem ist Telefonieren am Steuer verboten.«

Der Fahrer ließ das Handy am Hals entlangrutschen und tat unbedarft.

»Gratuliere!«, fuhr Donner ihn an. »Sie haben den Gesuchten erkannt. Jetzt, wo ich so darüber nachdenke, finden Sie nicht auch, dass Straßenbahnfahren sterbenslangweilig ist? Am besten halten Sie an, ehe jemand tot umkippt.«

Zwar rang der Fahrer um ein gefasstes Gesicht, doch als er reden wollte, drang nur ein Blubbern hervor. Das Tempo der Straßenbahn verringerte er trotzdem nicht.

Donner hasste es, wenn sich Leute dumm, taub oder beides auf einmal stellten. Für ihn gab es keine Frage, dass sein Gegenüber ihn soeben an die Zentrale verpfiffen hatte. Dafür war der Blick nach hinten zu eindeutig gewesen. Überdies standen die Verkehrsbetriebe im Fahndungsverteiler, und bei Donners Aussehen brauchte der Dispatcher den Fahrern nur durchzugeben, dass die Polizei Frankenstein sucht.

»Halten …«

Weiter kam Donner nicht. Sirenengeheul hallte aus sämtlichen Ecken. Er fluchte und sah durch die Scheiben.

Aber es spielte keine Rolle, ob es am Anruf des Fahrers gelegen hatte oder weil sich einer der Streifenbeamten die Liniennummer gemerkt hatte. Die Kollegen wussten Bescheid. Sie kannten die Bahn und sie kannten die Strecke.

Und sie waren verdammt schnell gewesen!

Von hinten brauste ein Streifenwagen heran, ein weiterer bog von einer Seitenstraße ein. Jetzt oder nie! Donner drückte dem Fahrer eine Hand gegen die Brust.

»Entweder treten Sie die Bremse und bedienen den Türöffner oder das hier endet in einer Katastrophe.«

Der Fahrer hockte schwitzend und bibbernd am Steuerpult, doch er verlangsamte die Bahn nicht. Die Fahrgäste drängten nach hinten. Eine ältere Dame schrie um Hilfe. Donner musste handeln.

Unwillkürlich glitt seine Hand an die Seite. Die Pistole zu ziehen, klang erfolgversprechend. Er brauchte sie nur vorzuzeigen und der Kerl würde vom Helden zum Hasenfuß schrumpfen. Allerdings machte sich Donner dann zu dem Kriminellen, den der Unbekannte aller Welt zeigen wollte.

Letztlich fasste er mit der Rechten das Kinn des Gesprächspartners und riss dessen Kopf herum. »In meinem Leben gibt es nur noch eine Sache, die ich verlieren kann: meine gute Laune.«

Angewidert versuchte der Fahrer, sich wegzudrehen. Donner hielt ihn fest und quetschte dessen Unterkiefer.

»Vor wenigen Minuten habe ich in einem Päckchen mit lauter abgeschnittenen Fingern herumgerührt. Das war nicht sehr appetitlich, wenngleich notwendig. Ich schwöre, wenn Sie nicht augenblicklich anhalten, schmücke ich das so weit aus, dass Sie sich in den Schoß kotzen wie niemals zuvor in ihrem Leben.«

Die Gesichtsfarbe des Fahrers wechselte ins Weiße. Blaulicht flackerte neben der Straßenbahn. Ein dritter Streifenwagen tauchte auf. Die neonweißen Buchstaben über dem Kühlergrill ergaben das Wort *Einsatzleitung*.

Donner erkannte das Fahrzeug sofort.

Kroll! Hat dir schon jemand gesagt, dass du lästiger bist als Fußpilz?

»Stopp!«, brüllte er aus voller Kehle.

Der Fahrer rutschte vom Sitz. Die Bremsen der Bahn kreischten auf. Die Fahrgäste fielen übereinander. Donner verlor den Halt.

Kapitel 38

Selbst nach sieben Jahren als Außendienstleiter wollte sich Kroll bei Verfolgungsfahrten am liebsten übergeben. Lichtenberg raste, als verfolgte man keine Straßenbahn, sondern eine Rakete.

»Ben, das Teil fährt auf Schienen. Es kann uns nicht entkommen.«

»Ich will Donner schleunigst fassen.«

»Deinen Eifer in Ehren. Doch wenn du die Karre zu Schrott fahren willst, tu das bitte während meiner Urlaubszeit.«

»Das sagst du immer, Dino.«

»Weil mir der Arsch bei deiner Fahrweise jedes Mal unter das Bodenblech rutscht.«

»Wie viele Unfälle haben wir bisher gebaut?«

»Ich erinnere mich da an ein Parkverbotsschild … Aufpassen!«

Lichtenberg riss das Lenkrad herum. Ein Fahrzeugführer hatte Blaulicht und Martinshorn überhört und war dabei abzubiegen. In letzter Sekunde umkurvte Lichtenberg mit dem Streifenwagen das Hindernis.

Wie bei unzähligen Einsatzfahrten zuvor hatte Kroll dem Tod ins Auge gesehen. Das Beängstigende daran war, dass der Tod die Gestalt von Monster angenommen hatte. Um die

Vision nicht bis zu seinem tatsächlichen Ableben mit sich herumzuschleppen, musste er Donner sprichwörtlich aus dem Verkehr ziehen.

»Da, sie hält!«, schrie er. »Fahr direkt vor die Tür.«

»Ich bleib dahinter, sonst wären wir ein ideales Ziel«, wandte Lichtenberg ein. »Denk daran, Donners Dienstwaffe lag nicht im Waffenschrank.«

Kroll löste den Gurt, prüfte seine Pistole, hielt sich aber weiter am Haltegriff über der Tür fest. »Spielverderber! Dass du mich immer korrigieren musst.«

»Dafür bin ich schließlich da.«

»Einkesseln!«, schmetterte Kroll in das Funkgerät. »Und bleibt ja weg von den Türen, wenn ihr nicht als Zielscheibe enden wollt.«

»Verdammt!«, schrie Lichtenberg. »Donner flüchtet.«

Noch im Fahren hatten sich die Bahntüren geöffnet und der Gesuchte stolperte heraus. Mit den Knien schlug er auf den Asphalt auf. Doch er blieb nicht liegen. Monster ergab sich nicht.

Donner rannte einfach los.

»Du und deine Vorschläge«, zürnte Kroll und gestikulierte mit der Pistole in der Hand. »Mach schon! Fahr ihn über den Haufen.«

»Mit dem Wagen?«

»Nein, mit Rollschuhen.«

Lichtenberg trat die Bremse. Das Fahrzeug rutschte auf dem leicht schmierigen Untergrund und Kroll krachte mit den Oberschenkeln gegen das Cockpit. Er fluchte, aber sein Fahrer ignorierte ihn.

Lichtenberg riss die Tür auf und setzte Donners Verfolgung zu Fuß fort. Bald verschwand der Partner hinter einer Hausecke. Weitere Beamte rannten über die Bahngleise und die Straße, dem Flüchtigen hinterher. Ein Streifenwagen bretterte davon.

Kroll schnaufte durch, stieg auch aus und blickte rasch nach oben. Über ihm braute sich ein Unwetter zusammen. Mehr und mehr Regentropfen fielen und verdüsterten den Asphalt.

Doch von dem üblichen Stadtlärm abgesehen, blieb es still. Keine Ballerei bisher. Das erleichterte ihn. Nicht auszudenken, was passieren würde, wenn einer der Beamten die Nerven verlöre. Und in diesem Fall machte er sich ausnahmsweise weniger Sorgen um die Psyche von Donner. Dessen Seele entsprach einer eiskalten Maschine. Gefühllos, mit eiserner Beharrlichkeit.

»Niemand schießt!«, schrie er das Kommando in sein Mikrofon. »Alle beteiligten Einsatzkräfte quittieren!« Er lauschte den Bestätigungen, anschließend schaute er sich suchend um. Er musterte die befahrene Straße, beobachtete die Fußgänger, die Kleinkinder, die Häuserschluchten, die unzähligen Schaulustigen. »Wo befindet er sich jetzt?«, grollte er und schnaubte ins Funkgerät. »Ben, dein Standort!«

Keine Reaktion.

Andere Kollegen fragten ebenfalls nach Donners Fluchtrichtung, doch niemand wusste Antwort.

Nein, das durfte nicht wahr sein! Der Mistkerl war keine zwanzig Meter entfernt gewesen und humpelte wie Dr. House. Es war unmöglich, wie eine Fliege zu entwischen.

»Ich will Posten im Bereich der Rößlerstraße«, gab Kroll Anweisung. »Und in der Heinrich-Lorenz-Straße sollen sich auch welche aufstellen.«

Wiederum verpflichtete er die Besatzung des nächsten Streifenwagens, sich um die Fahrgäste in der Straßenbahn zu kümmern. Vorsorglich sollten sie einen Rettungswagen anfordern.

»Ben! Ben, hörst du mich?« Kroll spähte nach draußen, ehe er wieder ins Gerät brüllte. »Verflucht, melde dich! Hat irgendjemand Sichtkontakt zum Kollegen Lichtenberg?«

Die Erwiderungen machten ihm wenig Mut.

Seine Finger verkrampften sich. In der Vergangenheit hatte er mehr als einmal Sorge um seinen Partner gehabt. Er gab es niemals öffentlich zu, aber die Gesundheit seines Führungsgehilfen war ihm alles andere als egal. Immer wenn es so weit war, dass sich Lichtenberg Hals über Kopf ins Getümmel warf, wünschte sich Kroll, man hätte ihm nicht so einen Hansdampf an die Seite gegeben.

Inzwischen bildete sich rund um den Schauplatz ein Verkehrschaos. Allerorts erklangen Fahrzeughupen. Selbst ein Busfahrer hatte kein Verständnis für seinen Kollegen, der sich weigerte, die Straßenbahn wegzurollen. Von überall her strömten die Menschen herbei. Alle wollten live dabei sein, wenn ein Dutzend Einsatzkräfte einen Straßenzug lahmlegte. Von denen, die die Nachrichten gehört oder gesehen hatten, wusste vermutlich jeder Bescheid, wen die Polizei jagte.

»Donner ist in einem Gebäude«, dröhnte plötzlich Lichtenbergs Stimme aus dem Gerät. »Es steht an der Ecke Helbersdor…«

»Was?« Kroll starrte ungläubig auf sein Funkgerät.

»Scheiße!«, krächzte es und der Apparat verstummte.

»Was hat er gesagt?« Der Außendienstleiter stierte den ersten Streifenbeamten an, der ihm über den Weg lief.

Der Angesprochene hob die Schultern. Kroll ließ ihn stehen, stapfte um den Wagen herum und öffnete die Fahrertür. Endlich bekam er Gelegenheit, sich selbst hinter das Steuer zu setzen. Ein schwacher Trost angesichts der Tatsache, dass sich sein Partner möglicherweise in bedrohlicher Lage befand. Zweifellos erinnerte Lichtenbergs Gestalt an einen Kleiderschrank, doch mit dem Überraschungsmoment auf seiner Seite könnte Donner ihn überwältigen. Bis zu seinem Unfall war Monster Boxer gewesen. Und nach allem, was Kroll gehört hatte, kein schlechter.

Ohne sich weiter um das Geschehen am Ereignisort der Straßenbahn zu kümmern, brauste Kroll davon. Sie waren Donner zu dicht auf den Fersen, um sich mit einem Verkehrschaos herumzuschlagen. Diesmal musste er ihn fassen!

Vor allem aber musste er seinen Partner finden.

Fünfzehn Minuten später hatte er sich durch den Verkehr gekämpft. In einer Seitengasse fand er Lichtenberg, sitzend auf dem Gehsteig. Er hielt sich die Rippe und keuchte schwer.

»Du blöder Hund!«, schimpfte Kroll. »Sitzt hier gemütlich rum, während ich mir den Arsch aufreiße. Schon mal was von Standortdurchsage gehört?«

»Die Sprechtaste vom Funkgerät ist rausgefallen«, murmelte Lichtenberg, sah ihn jedoch nicht an. Er blutete aus dem Mundwinkel. Regen traf ihn im Gesicht.

»Und wo ist Monster?«

»Weg.«

»Was heißt *weg*?«

»Ich glaube, er hat es nicht getan.«

Für einen Moment fehlte Kroll die passende Erwiderung. Er überlegte, was Lichtenberg mit dem Satz meinte. Dann traf ihn die Erkenntnis wie ein Schlag und er holte Luft für ein verbales Gewitter.

»Ach, das habt ihr mal eben im Vieraugengespräch geklärt? Kommt da noch mehr von dir oder machst du jetzt auch einen auf geheim wie die von der Kripo?«

»Donner hat mich überrascht«, entschuldigte Lichtenberg sich. »Er hätte mich erledigen können, hat es aber nicht getan.«

»Vielleicht erinnert ihn dein Gesicht an seine Schwester. Ehrlich, ich trau dem Typen nur so weit, wie ich pinkeln kann. Und im Alter ist der Strahl alles andere als frisch.«

»Er sagte, jemand will ihm das anhängen. Die Sache hätte mit Jeff Balthasar zu tun.«

»Oh, natürlich hat es das. Jeder weiß es. Seit dem Vorfall mit Balthasar ist Donner am Ende. Kapier es endlich, der Typ ist vollkommen fertig.«

»Er nannte mir eine Adresse, die wir überprüfen sollen«, fuhr Lichtenberg sachlich fort. »Ein Haus voller Ex-Häftlinge. Außerdem sollen wir nach einer Lena Völker suchen. Donner meinte, dass jener, der für die Morde verantwortlich ist, sie entführt hat. Angeblich besitzt der Kidnapper auch ihr Handy.«

Kroll fuhr sich mit der Zunge über die Zähne. Auf die Worte eines Gesuchten gab er nicht viel. Entsprechend ließ er das Gesagte unkommentiert. »Das besprechen wir später, sobald dein Kopf wieder klar ist. Machen wir, dass wir hier wegkommen. Die Leute mustern uns schon wie zwei Clowns auf einer Beerdigung. Kannst du aufstehen?«

»Geht schon, Dino. Danke, dass du dich um mich sorgst.«

»Mach dir keine falschen Hoffnungen. Dabei denke ich nur an mich. Wer weiß, wen man mir als Assistenten gibt, wenn du ausfällst.«

Lichtenberg schenkte ihm ein eigenartiges Grinsen.

Plötzlich rief jemand per Funk den Außendienstleiter. Kroll meldete sich. Eine überdrehte, elektronisch verzerrte Stimme erklang.

»Wir haben hier etwas gefunden«, knisterte es aus dem Gerät. »Kommen Sie in Donners Gartenlaube, das sollten Sie sich ansehen.«

Kroll knurrte. Er mochte derartige Geheimniskrämerei nicht. Das klang wie ein abgedroschener *Tatort*-Spruch.

»Und hat das, was Sie gefunden haben, auch einen Namen?«

Für ein paar Sekunden herrschte Stille in Krolls Ohrknopf. Dann hörte es die ganze Polizeidirektion.

»Ich glaube, die Dinger heißen Euroscheine.«

Kapitel 39

»Na, sieh mal an!«, rief Kroll. »Willst du in Sachen Schneckentempo den Ruf deiner Abteilung versauen?«

Kolka stolzierte den Gartenweg heran, der zu Donners Laube führte. Trotz der fünf männlichen Kollegen, die sich hinter Kroll aufreihten, wirkte sie kein bisschen eingeschüchtert.

»Ich habe zufällig den Funk mitgehört und bin sofort hergerast.«

»Immerhin gibt es noch K-Leute, die wissen, wie man ein Funkgerät bedient.«

Gedämpfte Lacher erschallten. Es war Ausdruck des ewigen Konkurrenzdenkens zwischen Schutzpolizei und Kripo.

»Sehr geistreich!«, erwiderte sie und reckte das Kinn. »Denkst du dir all die Machosprüche allein aus oder brauchst du dazu deinen Führungsgehilfen?«

Kroll warf Lichtenberg einen erbosten Blick zu, der sich amüsiert wegdrehte. Auf keinen Fall würde er der Kriminalistin so schnell Zutritt zur Laube gewähren. Sollte sie ruhig ein Weilchen im Regen stehen. Ihm machten Wind und Wetter nichts aus. Er hatte die meisten Dienstjahre auf der Straße verbracht und mehr als einmal waren ihm beinahe Finger und Zehen abgefroren.

Außerdem genoss er es, wie die Nässe Kolkas T-Shirt durchtränkte.

»Wo ist das Geld?«

Mit dem Daumen deutete Kroll hinter sich. »Wir haben es noch nicht vollständig gezählt, aber wir wissen schon jetzt, dass wir es nicht mit dir teilen werden.«

Kolkas Mundwinkel zeigten deutlich, was sie von der Szene hielt.

»Jedenfalls nicht, bevor du uns ein paar Informationen zukommen lässt«, präzisierte Kroll. »Was wird hier gespielt? Warum hebt Donner zweitausend Euro von seinem Konto ab, wenn er bereits mehrere Zehntausend in der eigenen Hütte bunkert? Gibt es dafür eine Erklärung von euch Schlaumeiern?«

»Hey, jetzt reicht's, du Uniformproll!« Kolka trat ganz dicht an ihn heran. So dicht, dass er ihren Schweiß unter dem Parfüm riechen konnte. Offensichtlich hatte sie diesen Tag nicht nur Däumchen im Büro gedreht. »Glaubst du ernsthaft, wir wollen den falschen Täter einbuchten? Doch warum sollten wir dir mehr erzählen? Bisher hast du meinen Leuten nur Abneigung entgegengebracht. Vielleicht hast du ein Problem, weil du selbst mal Zivil tragen wolltest, sie dich bei der K aber nicht genommen haben. Oder du warst schon als Kind ein verbitterter Diktator, der im Sandkasten nie das Spielzeug mit anderen teilen wollte.«

Niemand lachte oder redete mehr. Allein der Regen regierte mit seinem tristen Trommelkonzert. Bei der zynischen Bemerkung zog Kroll scharf die Luft ein.

»Beantworte einfach meine Frage, oder ist das so schwer?«, forderte er nach der entstandenen Pause.

Kolka schnaufte tief durch. »Na schön, aber unter vier Augen.«

Gentlemanlike streckte Kroll den Arm aus. Er machte eine einladende Geste und ließ ihr den Vortritt. Zusammen gingen sie ein Stück abseits.

»Und was ist mit ihm?«, fragte sie und deutete mit dem Kinn auf Lichtenberg, der folgte.

»Oh, er zählt auch zu *vier Augen*. Aber wenn es dir lieber ist, kann er seine gern schließen.«

Dem Gesicht nach zu urteilen schmeckte das Kolka nicht, dennoch begann sie zu reden. »Alle Beweismittel und Indizien führen zu Hauptkommissar Donner. Es ist unfassbar, er hinterlässt eine ganze Autobahn an Spuren. Selten zuvor wurde ein Tatverdacht von so vielen Beweisen gestützt. Donners Feuerzeug, die Fingerabdrücke an Peters Mercedes, der Justitia-Ring, auf den er mich sogar selbst angesprochen hat und den wir ausgerechnet in der Mittelkonsole des Fahrzeugs gefunden haben, dann die Ringe in seiner Wohnung, das Zeugenvideo, in dem eindeutig er und der Journalist im Streit zu sehen sind. Das allein reicht für eine Verhaftung. Jetzt auch noch der Geldfund, von dem wir vermuten, dass es die erpresste Kohle von Richter Jaeschke ist. Um noch ein Stück konkreter zu werden: Donners Fingerabdrücke befinden sich auf Jaeschkes Abschiedsbrief. Wir haben das Papier gestern ins Labor gebracht und die Daktyspuren mit den Abdrücken aus Donners Wohnung verglichen. Einmal darfst du raten, wie das Ergebnis ausfiel.« Sie wartete keine Antwort ab, sondern schüttelte gleich den Kopf. »Für den Staatsanwalt ist die Sache eindeutig. Er will Donners Hintern auf dem Vernehmungsstuhl. Und er will ein Geständnis. Selbst unsere Polizeipräsidentin hat grünes Licht für eine Verhaftung gegeben. Donners Schonzeit ist vorbei.«

Diese Offenheit erstaunte Kroll. Von Stark hätte er solche Informationen nie erhalten. Ob es klug von der Beamtin war, so ehrlich zu sprechen, mochte er nicht beurteilen, jedenfalls verdiente sie seinen Respekt dafür.

»Und doch zweifelst du«, erwiderte er kühl.

Kolka hielt seinem fordernden Blick stand. »Es ist zu einfach für uns. Der ehemals beste Ermittler des K11 hinterlässt so viele Spuren? Absurd!«

»Du kennst Monster nicht. Und du solltest dich vor ihm in Acht nehmen. Keiner überlebt es, wenn er zusehen muss, wie das eigene Kind in den Tod stürzt. Nicht seelisch. Der Typ ist komplett verrückt.«

»Möglich. Aber es gibt Unstimmigkeiten. Bei den Obduktionen von Peter Ambach und seiner Frau wurden an den Schädelknochen metallische Mikropartikel entdeckt, die nicht mit denen der vorgefundenen Gartenschere übereinstimmen. Es sieht aus, als wäre die sichergestellte Gartenschere nicht die Mordwaffe. Die Wundmerkmale lassen den Schluss zu, dass ein zweites Tatinstrument zum Einsatz kam. Doch warum sollte Donner zwei Werkzeuge benutzen und eines davon am Tatort zurücklassen?«

»Vielleicht brauchte er das andere, um schnell noch ein paar Rosenstöcke zu schneiden.«

Alle drei ließen ihre Blicke über den Garten schweifen. Es sah nicht so aus, als hätte Donner in den letzten Jahrzehnten auch nur einen einzigen Ast gekürzt.

Kolka boxte ihm gegen die Schulter. »Kannst du einmal ernst bleiben?«

»Tut mir leid, Anne. Sobald ich einem Kripobeamten gegenüberstehe, überkommt es mich einfach. Das ist wie Schluckauf.«

»Der wahre Täter könnte die Tatwaffe mit Donners DNA aus diesem Garten gestohlen haben«, schlussfolgerte Lichtenberg. »Zumindest erklärt es, warum die Griffe so sauber waren. Aber das allein reicht nicht, um Donner zu entlasten.«

»Richtig«, bestätigte Kolka. Sie begann in ihrer Umhängetasche zu kramen. Bald hielt sie ein Lichtbild hoch. »Donner hat mich nach diesem Foto gefragt.«

»Das ist Richter Jaeschke«, entfuhr es Kroll.

Kolka nickte. »Es wurde im Klub *Edelstern* aufgenommen. Wie der Name bereits vermuten lässt, verkehren dort nur einflussreiche Männer.«

»Ein Bordell?«, fragte Kroll.

»Weniger. Es ist ein Klub, wo sich die High Society trifft, um Kontakte zu knüpfen und Geschäfte zu beschließen.«

»Wer ist die Frau an seiner Seite?«, wollte Lichtenberg wissen.

»Lena Völker. Sie arbeitet als Prostituierte.«

»Lena Völker«, stieß Lichtenberg aus. »Donner kennt sie.«

Kroll wusste sofort, was er meinte. Sein Partner hatte den Namen ihm gegenüber erwähnt. Und dass er sie entführt glaubte.

»Wenn ihr an der Aufklärung der Fälle interessiert seid, dann findet die Dame«, sagte Kolka. »Es kann kein Zufall sein, dass von ihr ein Bild zusammen mit dem Richter kurz vor dessen Tod geschossen wurde. Wenn wir den Fotografen kennen, führt uns das vermutlich ein Stück näher an die Wahrheit.«

Diese Informationen ließen Kroll unbeeindruckt. Möglicherweise verfolgte die Karrierefrau die richtige Spur, doch ebenso konnte das alles Kaffeesatzleserei sein.

»Da gibt es noch etwas«, begann sie erneut. »Sowohl in Peters Haus als auch in Hauptstätters Wohnung wurden Spuren von Halophosphat gefunden.«

»Halo… *was*?«, fragte Kroll.

»Halophosphat«, half Lichtenberg aus. »Ein Leuchtmittel.«

Ein Leuchtmittel also!

Kroll kam sich erbärmlich unwissend vor. Zugleich fühlte er sich von seinem Partner hintergangen. Er hatte es nicht gern, wenn sein Gehilfe ihm im Allgemeinwissen voraus war.

»Exakt«, bestätigte Kolka. »Es wurde früher bei der Herstellung von Leuchtstoffröhren verwendet. Vielleicht ist es nur ein Zufall, doch vielleicht führt uns genau das zum Täter.«

Sie kamen nicht dazu, den Gedankengang zu vertiefen. Am Hauptweg zu Donners Garten tauchte Stark mit einem ganzen Tross an Zivilbeamten auf. Es sah aus, als wollte der Leiter der Ermittlungsgruppe ein Heer in die letzte Schlacht führen.

»Ich hoffe, du hast Kollege Kroll erklärt, dass das unser Fall und damit auch unser Tatort ist«, eröffnete Stark die Gesprächsrunde. Dabei verfehlten seine Augen das Ziel um einige Dezimeter. Es schien, als würde er mit Kolkas Brüsten reden, deren Rundungen das nasse T-Shirt zur Geltung brachte.

Falls Kolka es bemerkt hatte, ließ sie es unkommentiert. Sie rieb sich die Arme, um das einsetzende Frösteln zu vertreiben. Gegenüber Stark nahm sie eine leicht ablehnende Haltung ein.

»Wo ist das Geld?«, fragte er.

Keiner gab ihm Auskunft.

»Na schön.« Stark rückte sich die Regenkapuze zurecht und setzte erneut an. »Ich möchte, dass ihr euch endlich aus meinem Sichtfeld verzieht, denn ab sofort bin ich derjenige, der das Sagen hat. Du bist raus, Martin. Anweisung der Präsidentin. Das Lagezentrum hat dich bestimmt längst in Kenntnis gesetzt.« Er schob den Ärmel zurück und sah auf sein Handgelenk. »Nach meiner Uhr hast du bereits Feierabend. Also geh nach Hause und kümmere dich um deine Frau. Da wirst du dringender gebraucht.«

»Von einem Kartoffelgesicht wie dir lass ich mich nicht herumkommandieren!«, tobte Kroll los und machte einen Schritt vorwärts.

Lichtenberg verhinderte das Schlimmste, trotzdem gellten Anfeindungen über die Gartenkolonie. Alle gaben ihre Meinung lautstark kund. Jeder schrie jeden an. Selbst Wind- und Regengeräusche übertönten den Wortkrieg nicht. Erst langsam glätteten sich die Wogen.

Kroll bereute seine Entgleisung. Andererseits hatten die Abgründe der Verbrechen, Donners Entkommen und sein verpfuschtes Privatleben sein Nervenkostüm aufs Äußerste strapaziert.

Hinzu kam die Erschöpfung.

Er löste sich aus Lichtenbergs Griff und rückte die durchnässte Uniform zurecht. »Was habt ihr Ermittler eigentlich die ganze Zeit getan? Nach meinen Informationen läuft der Mörder noch frei herum.«

»Du meinst, Donner läuft frei herum.«

»Ihr seid die Fachabteilung, ihr müsst es ja wissen.«

Stark verengte die Augen zu Schlitzen. »Mal eine Frage am Rande: Nach meinen Informationen hattet ihr bereits Sichtkontakt zu Donner. Sogar mehrfach. Kannst du mir erklären, wie ein Krüppel wie Monster sämtlichen Streifenbesatzungen entkommen konnte?«

Unter Krolls Hemd schlug das Herz wild gegen den Brustkorb. Vielleicht ging er zu weit, doch er konnte Leute nicht ausstehen, die meinten, sie wären etwas Besseres. Stark gehörte zu dieser Sorte. Zwar übernahm in solchen Fällen früher oder später die Kripo das Zepter, dennoch passte es Kroll nicht, dass er den Staffelstab ausgerechnet an diesen Gockel weiterreichen musste.

»Komm, Dino, gehen wir.«

Genau das wollte Kroll tun. Er wollte den Aasgeier-Platz verlassen. Nur aufgeben würde er noch lange nicht.

Selbst viele Kriminelle im Knast gaben niemals auf. Es gab immer Wege, hinein wie hinaus. Obwohl ihm die Anfragen bei der JVA Zwickau keine neuen Erkenntnisse gebracht hatten, war er sich sicher, dass alles mit Balthasar zusammenhing. Der Ring in seiner Hosentasche war der Schlüssel zur Wahrheit.

Es war Zeit, ein wenig in der Vergangenheit zu graben.

Kapitel 40

Damals (sieben Jahre zuvor)

Der Zeuge Donner bitte in den Sitzungssaal, tönte die blecherne Frauenstimme aus den Deckenlautsprechern.

Sämtliche Wartenden auf dem Flur des Justizgebäudes wandten die Hälse, als sich Donner erhob. Die Tür zum großen Saal ging auf. Peter Ambach trat heraus, den Kopf gesenkt. In seiner Gestik war keinerlei Erleichterung zu erkennen. Als leitender Ermittler hatte er soeben im Fall Jeff Balthasar ausgesagt. Nun warteten Richter, Schöffen, Protokollantin, Staatsanwalt, Verteidiger, Angeklagter und die Zuschauer auf Donner. Vor allem die versammelte Presse lauerte wie ein alles verschlingendes Reptil. Obwohl man die Besucher beim Einlass auf Videokameras und Tonbandgeräte kontrolliert hatte, fand die Verhandlung unter den Augen der Öffentlichkeit statt. Selten zuvor hatte man vor dem Gebäude eine solche Karawane an Übertragungswagen gesehen.

Vergeblich versuchte Donner im Gesicht von Ambach einen Hinweis zu erhaschen, was ihn im Saal erwartete. Das Gesicht seines Kollegen glich einer Kalkwand. Ambach nickte ihm nur kurz zu, dann schlurfte er an ihm vorbei. Als Zeuge vor Gericht konnte Donner auf einige Erfahrung zurückgreifen. Bei einem solchen Interesse der Öffentlichkeit bekam er dennoch weiche Knie.

Mit seiner Aussage stand und fiel das Urteil.

Als er den Saal betrat, reckten die Anwesenden neugierig die Hälse. Augenblicklich schlich sich die Hitze unter sein Jackett. Er zupfte sich am Hemdkragen, um Luft zu bekommen. Gemurmel kam auf. Jemand gab eine abfällige Bemerkung über ihn ab. Kurz blickte er sich um. Sie waren alle gekommen: Balthasars Verwandtschaft, Kollegen, Vorgesetzte, zwei Opfer des Vergewaltigers und die Eltern der dreizehnjährigen Manuela Gruenberg, die den entscheidenden Tipp zu ihrem Peiniger gegeben hatte. Dazu kamen die Presseleute. Selbst ein paar Freaks, die Balthasar für seine Tat verehrten, saßen im Saal. Sie hockten geballt in den Bankreihen und Donner begriff, dass er der einsamste Mensch auf Erden war.

Als er zum Stuhl in der Mitte des Raumes schritt, konnte er es nicht verhindern. Wie von einer Kobra paralysiert, fixierte er die leeren dunklen Augen des einstigen Partners. Er konnte sich der finsteren Macht dieser Perlen nicht entziehen. Sie mahnten und verfluchten ihn. Aus ihnen sprachen Flammen und Kugelhagel. Sie wollten Donners Leib zerfetzen.

Der Rest von Balthasar saß wie versteinert. Die Ellenbogen hielt er auf die Anklagebank gestützt. Neben ihm setzte der Verteidiger ein Pokerface auf. Eine Sache, die Donner von früheren Verhandlungen allzu gut kannte.

Trotzdem war an diesem Tag alles anders. Obwohl er sich ausreichend vorbereitet hatte, wusste er, dass man ihn als Zeuge kräftig durch den Fleischwolf drehen würde.

»Nehmen Sie Platz, Herr Donner!«

Die Zuschauer atmeten hörbar ein und aus. Ein letzter Huster. Im Saal kehrte Ruhe ein. Jaeschkes Aufforderung klang weder charmant noch einladend. Ebenso gut hätte er Donner in den Vorhof der Hölle beordern können. Und die Temperaturen konnten im Fegefeuer nicht heißer sein.

Der Richter forderte Donner auf, seine Personalien zu nennen. Danach folgte die Belehrung. Donner antwortete artig. Das war Routine. Auch die Ausführungen des Richters zum Sachverhalt erinnerten ihn an frühere Sitzungen.

Erst als Jaeschke die Sprecherrolle abgab, schluckte Donner heftig. Für einen Moment drohte die Anspannung seinen Brustkorb zu sprengen. Jeder Satz, jedes Wort wollte von nun an gut überlegt sein. Er hatte seine Rede vorbereitet, doch jetzt wirbelte der Text in seinem Kopf durcheinander.

So unauffällig wie möglich holte er tief Luft. Die Beklommenheit legte sich ein Stück. Endlich löste sich die Schwere von seiner Zunge.

Er berichtete von dem Tag, als sie Benny Malow anhand des Ringes mit dem Erdensymbol auf die Schliche gekommen waren und ihn zwei Stunden danach verfolgt hatten. Er berichtete, wie der Neunzehnjährige ihm das Bein mit einer Eisenstange durchbohrt hatte. Dann führte er aus, wie Balthasar die Waffe an den Schädel des Jugendlichen gehalten und sie später weggesteckt hatte. Und er schilderte, wie er den Schuss gehört hatte, der noch bis zum heutigen Tag in seinen Ohren nachhallte. Kein Detail ließ er aus. Er erzählte alles genau so, wie es sich zugetragen hatte. Die Gräueltaten des neunzehnjährigen Vergewaltigers spielten während der Ausführungen keine Rolle. Sie würden bei dem gesamten Prozess keine Rolle spielen. Es ging nur um den Schuss, der sich aus Balthasars Pistole gelöst hatte. Oder mit anderen Worten: um den kaltblütigen Mord an einem Festgenommenen.

Das, was er sagte, fühlte sich wie Verrat an. Und während Donner Balthasar verriet, kam in den Reihen der Zuhörer Getuschel auf. Es waren ein Füßescharren und ein

Zähnemahlen, ein Husten und ein Schnauben. Donner blendete es aus und erzählte weiter. Bis zu dem Punkt, wo es nichts mehr zu erzählen gab.

Die ganze Wahrheit war ausgesprochen.

Aber das reichte nicht. In einem solchen Fall reichte das nie.

Richter Jaeschke hakte nach. Es kam der Moment, wo niemand mehr wusste, ob der Mann auf dem Stuhl in der Mitte Zeuge oder Angeklagter war.

»Ist Ihnen im Vorfeld aufgefallen, dass der Angeklagte Schwierigkeiten hatte, seine Empfindungen unter Kontrolle zu halten?«, begann Jaeschke griesgrämig. »Irgendwelche Aggressionen? Wutausbrüche? Übertretungen im Dienst? Feindseligkeiten gegenüber Zeugen und Kollegen?«

Donner versteifte die Schultern. Vor dieser Frage hatte er sich gefürchtet. Am liebsten wollte er schweigen, doch das würde ihm niemand gestatten.

Er stierte auf den Ring an Jaeschkes Finger. Das Schmuckstück wurde zum Fixpunkt. Die darauf abgebildete Frau mit der Augenbinde hörte ihm als stilles Symbol zu.

»Jeff Balthasar hat bis zuletzt hervorragende Arbeit geleistet«, sagte er mit heiserer Stimme. »Wenn es nicht so gewesen wäre, hätte man ihn aus dem Team genommen.«

Mit einem argwöhnischen Augenaufschlag ließ der Richter die Antwort gelten.

»Hat Herr Balthasar in irgendeiner Weise angedeutet, was er mit Herrn Malow machen wolle, wenn Sie beide ihn ergreifen würden?«

Herrn Malow! Das klang so gezwungen. So falsch.

Die Frage war kritisch. Nach einiger Bedenkzeit schüttelte Donner den Kopf. »Darüber gab es keine Gespräche. Der Verfahrensweg für Verbrecher ist stets der gleiche. Über das Strafmaß entscheiden Staatsanwaltschaft und Gericht. Das wusste auch Herr Balthasar.«

Die förmliche Anrede erschien ihm befremdlich. Aber in der Justiz herrschten amtliche Umgangsformen.

»Haben Sie jemals daran gedacht, Herrn Malow zu erschießen?«

Unruhe kam auf. Donners Herz schlug schneller.

»Nein.«

Scharfe Falten zeichneten sich auf Jaeschkes Stirn ab. Er kaute auf seiner Zunge, ehe er nachsetzte: »Tatsächlich? Immerhin war Herr Malow erst neunzehn. Unter Umständen hätte er den Schutz des Jugendgesetzes genossen. Kam Ihnen niemals der Gedanke, dass unser Strafsystem mangelhaft sein könnte? Aus früheren Verhandlungen wissen wir ja alle, dass Sie beruflich gern mal über die Stränge schlagen.«

Den Seitenhieb ignorierend, schüttelte Donner wieder den Kopf. Die Gesetze sind, wie sie sind. Er hatte nie daran gedacht, sich dagegen aufzulehnen. Er musste das Strafsystem nicht mögen, aber er verdammte es auch nicht. Er nahm es an und handelte danach.

»Nein. Mir kam nie der Gedanke, ihn umzubringen. Deshalb distanziere ich mich entschieden von der Tat meines Ex-Partners.«

Rechts von sich hörte er Balthasar schnaufen. Donner vermied es, ihn anzusehen, und fixierte weiter Jaeschkes Ring.

Der Richter stellte noch viele Fragen. Danach übergab er an den Staatsanwalt, einen erfahrenen Juristen, mit dem Donner mehr als einen Fall gelöst hatte. Wenigstens stand dieser Mann auf Donners Seite, selbst wenn Loyalität im Prozessrecht offiziell nicht existierte.

Über die Position des Verteidigers gab es dagegen keine Zweifel. Ihm ging es nicht um die Wahrheit, ihm ging es um seinen Mandanten.

»Herr Donner«, begann er und ließ eine bedeutungsschwere Pause entstehen. »Kurz bevor Sie die Werkhalle verließen … Weshalb eigentlich noch mal?«

Dieses Spiel kannte Donner nur zu gut. Nach zahlreichen Tötungsdelikten wunderte er sich über die Arroganz solcher Schlipsträger nicht mehr. Man konnte nie wissen, was die Zukunft bereithielt. Vielleicht brauchte auch er irgendwann einen jener Angeber, die meinten, die Welt im Griff zu haben.

»Ich musste telefonieren. In dem Gebäude gab es keinen Netzempfang.«

»Ah ja.« Der Anwalt tat, als würde er sich wieder erinnern. »Und haben Sie gesehen, wie Herr Balthasar die Dienstwaffe weggesteckt hat?«

»Ich habe gesehen, wie er sie Benny Malow zuerst an die Stirn gehalten und nach meiner Aufforderung ins Holster geschoben hat. Andernfalls wäre ich an Ort und Stelle geblieben.«

»Verstehe«, murmelte der Anwalt. »Sie sind rausgegangen, obwohl Herr Balthasar Herrn Malow eine Pistole an den Kopf gehalten hat?«

»Nein, ich bin rausgegangen, nachdem er sie weggesteckt hatte.«

»Sind Sie sich sicher? Ich meine, sind Sie sich wirklich sicher, dass er die Waffe weggesteckt hat? Vielleicht glauben Sie nur, es gesehen zu haben?«

Hilfe suchend sah Donner zum Richter, doch er fand nur Jaeschkes versteinertes Gesicht.

»Ich gebe die Dinge so wieder, wie sie sich zugetragen haben«, sagte er schließlich.

Der Verteidiger nickte, als glaubte er ihm kein Wort. »Also haben Sie nicht gesehen, dass mein Mandant Herrn Malow erschossen hat?«

»Nein. Aber außer Ihrem Mandanten und Benny Malow war niemand in der Halle.«

»Woher wissen Sie das?«

Donner setzte zu einer Erwiderung an, hielt jedoch inne und blickte erneut zu Jaeschke. »Muss ich so einen Schwachsinn beantworten, Herr Richter?«

»Antworten Sie auf die Frage! Wenn es der Wahrheitsfindung dient, höre ich mir das an. Und Sie, Herr Verteidiger, kommen zum Punkt.«

»Wir befanden uns auf einem stillgelegten Betriebsgelände«, erzählte Donner. »Weit und breit habe ich keine Menschenseele gesehen und der Todesschuss wurde aus nächster Nähe abgegeben. An einen großen Unbekannten, der aus dem Nirvana erschienen ist, Benny Malow erschossen und sich wieder in Luft aufgelöst hat, glaube ich nicht. Herr Balthasar ist für den Tod des Jungen verantwortlich. Die Beweismittelaufnahme hat das bestätigt.«

»Aber Sie haben nicht gesehen, wie der Schuss abgefeuert wurde?«

»Nein.«

»Warum sind *Sie* eigentlich zum Telefonieren rausgegangen? Warum sind Sie nicht bei dem Festgenommenen geblieben und haben Ihren Partner an die Luft zum Abkühlen geschickt? War er zu dämlich, um die Kollegen zu verständigen?«

»Ich hatte das Diensthandy.«

»Aber Sie wussten, dass Ihr Partner seine Waffe jederzeit wieder ziehen könnte, zum Beispiel, während Sie nach draußen gingen?«

»Soll das ein Witz sein?«

»Herr Donner!«, schmetterte Jaeschke von seinem Thron.

»Aber Herr Richter, muss ich solche sinnlosen Fragen beantworten?«

»Halten Sie sich bloß zurück«, giftete Jaeschke. »Ob und welche Fragen sinnlos sind, überlassen Sie gefälligst mir. Ihre kleinen Rambo-Spielchen können Sie auf der Straße machen. Im Gerichtssaal bestimme ich die Regeln. Also fahren Sie fort.«

Donner blähte leicht die Wangen und setzte zum Reden an. »Niemals im Leben hätte ich gedacht, dass Herr Balthasar den Jungen erschießt. Er war Polizist! Ich dachte, er wollte ihm nur Angst einjagen.«

Bittere Lacher drangen aus dem Zuschauerpulk.

»Soso. Angst einjagen also …« Während der Verteidiger es sagte, blätterte er gelangweilt in irgendwelchen Unterlagen. »Kann es sein, dass Sie insgeheim gehofft haben, dass Ihr Partner den Jungen erschießt?«

Donner traute seinen Ohren kaum. Was er da hörte, konnte er nicht glauben. Und der Anwalt war noch nicht fertig.

»Kann es sein, dass Sie es sich sogar gewünscht haben? Kann es sein, dass Sie den Tod billigend in Kauf genommen haben? Um ehrlich zu sein, halte ich Sie nicht für so blöd, dass Sie Ihren sichtlich labilen Partner mit einer geladenen Waffe und dem Vergewaltiger von fünf Frauen allein zurücklassen.«

»Ich …«

»Sie kennen das Strafrecht. Sie wissen, wann ein Täter unter den Jugendschutz fällt. Sie wussten, dass ein Gericht unter Umständen zu milde urteilt. Fünf Vergewaltigungen, dazu eine versuchte, außerdem eine tote Rentnerin. Und dann steht vor Ihnen so ein Milchbubi. Das muss Ihr Rechtsempfinden doch ziemlich hart getroffen haben. Oder besitzen Sie kein Mitgefühl für die Opfer? Sind Ihnen deren Qualen egal?«

»Scheiße, nein! Das Leid der Opfer geht mir nahe, Sie Anwaltsclown.«

Empörtes Gestöhne. Rufe! Pfiffe!

Richter Jaeschkes Worte donnerten im Saal. Unter Wutschnauben forderte er sämtliche Anwesenden zur Ruhe auf und am Ende entlud sich sein Zorn über Donner.

Es geschah schon wieder. Man konnte Donner zu schnell aus der Reserve locken. Es zu steuern, lag nicht in seinem Naturell.

»Blödsinn!«, entfuhr es ihm erneut. Dabei ignorierte er den Richter und sprach den Verteidiger an. »Herr Balthasar hat den Jungen erschossen. Egal welche Psychotricks Sie hier versuchen, daran gibt es keine Zweifel. Er hat ihn eiskalt hingerichtet. Er hat die Waffe gezogen und ihm das Hirn weggepustet. Und da wiederhole ich mich gern: Er sitzt zu Recht auf dem Anklagestuhl.«

Während der letzte Satz den Saal wie ein Richtspruch erfüllte, kreuzten sich die Blicke von Donner und Balthasar. Dabei erkannte er den Dämon, der ihn von Stund an verfolgen würde.

Die Unruhe im Raum legte sich. Die Protokollantin tippte jeden Buchstaben. Doch der Verteidiger hatte von seiner Smartheit nichts eingebüßt, im Gegenteil.

In völliger Überlegenheit lächelnd fragte er: »Herr Donner … was empfinden Sie, wenn Sie an den toten Herrn Malow denken?«

Kapitel 41

Heute

Wir sind Polizisten. Wir halten täglich unseren Arsch hin. Wir bilden uns unsere Meinung von Gerechtigkeit und empfinden die Justiz manchmal als zu lasch. Die Bestrafung für einen Mörder oder Vergewaltiger scheint selten angemessen. Dennoch machen wir unseren Job. Den machen wir gut. Wir liefern der Justiz die Verbrecher, damit über sie ein Urteil gefällt werden kann. Das machen wir nicht immer gern. Manchmal hassen wir es, weil wir lieber selbst Richter spielen würden. Aber wir tun es nicht. Denn wir glauben an eine höhere Macht. Keiner von uns, der einen Dienstausweis hat, steht über dem Gesetz. Verstehen Sie das? Wir stehen nicht über dem Gesetz! Wenn wir die Vorschriften nicht respektieren, tut es niemand. Es spielt keine Rolle, wie sehr ich Benny Malow gehasst habe, denn Jeff Balthasar hätte niemals den Schuss auf ihn abgeben dürfen.

Exakt das waren die Worte gewesen, die Donner dem Verteidiger an den Kopf geschmettert hatte. Das hatte freilich nicht zur Beruhigung der Atmosphäre im Gerichtssaal beigetragen.

Dennoch hatte Donner den Tag überlebt.

Erst an allen folgenden Tagen war jeden Morgen ein winziges Stück von ihm gestorben. Wenn er im Bett lag und die Decke anstierte, fragte er sich oftmals, ob er schon tot war. Dann erinnerten ihn die Schmerzen daran, dass ein Teil von ihm noch auf der Erde weilte. Der Rest befand sich auf dem Weg zur Hölle. Selbst sieben Jahre später trieb ihn Balthasars Dämon dorthin. Der Teufel, dem er im Gerichtssaal in die verkohlten Augen geblickt hatte.

Donners irdische Hölle wurde gerade geflutet. Sogar unter dem Blätterdach der uralten Kastanie fand er keinen Schutz vor dem Regen. Nie gekannte Wasserbäche zogen sich entlang des Rinnsteins und tauchten ab in die Schwärze der Kanalisation. Bald würden die unterirdischen Rohre überfüllt sein.

Dann würde die Panik beginnen.

Die Nässe war längst durch Donners Kleidung gekrochen. Doch so unangenehm das Unwetter war, es half ihm in dieser Stunde. Fast vierzig Minuten hatte er die Gegend beobachtet, hatte auf Fahrzeug- und Personenbewegungen geachtet und sie ausgespäht. Bei diesem Wetter beschlugen die Autoscheiben von innen, wenn Personen darin saßen. Gleichzeitig behinderte der Starkregen die Sicht nach draußen.

Falls Zivilbeamte in einer Karre warteten und die Wohnung seiner Eltern observierten, waren sie so gut wie blind. Und vom gegenüberliegenden Block konnte man den Eingang nicht einsehen. Lediglich das Hauslicht an der Außenwand, das auf Bewegung reagierte, würde den Beamten auffallen. Kam ein Passant vorbei, entflammte die Birne. Allerdings konnte der aufleuchtende Schein ebenso gut von einem Marder oder einem anderen Tier ausgelöst worden sein.

Als Donner sicher war, dass ihn niemand bemerkte, verließ er die Kastanie und lief los. Der Baum samt seinem üppigen Buschwerk befand sich nur dreißig Schritte von dem Hauseingang entfernt.

Es dauerte lange, bis sein Vater an die Wechselsprechanlage ging. Und kaum hatte Donner sich gemeldet, brandeten ihm wüste Beschimpfungen entgegen. Dazwischen drängte sich das Geräusch des Türsummers.

Er trat ein, lief die Treppen empor. Wenige Sekunden später standen sich die Rivalen im tiefgelben Dämmerlicht der Hausflurbeleuchtung gegenüber.

»Erwarte bloß keine Hilfe von mir«, begann Franz Donner eisern.

»Hältst du mich etwa für einen Mörder?«, flüsterte Donner mit zusammengebissenen Zähnen.

»Natürlich nicht. Du bist noch immer mein Sohn, auch wenn ich es gern ungeschehen machen würde.«

»Kannst du einmal dein Ego in die Ecke stellen und mir zuhören?«

»Wozu?«

»Wozu?« Donner bemühte sich um Besonnenheit, doch alles, was in ihm aufstieg, war Magensäure. Unter größter Anstrengung rang er den Schmerz, die Wut und die beißende Flüssigkeit nieder. Die Verzweiflung drängte ihn dazu. »Lass mich rein!«

»Wozu?«

»Weil ich sonst niemanden habe, ich bitte dich! Hast du eine Ahnung, wie viel Überwindung es mich kostet, zu dir zu kommen?«

»Wie bescheuert muss man sein, um hier aufzutauchen? Denkst du nicht, dass man die Gegend observiert?«

»Glaubst du, ich hätte nicht aufgepasst? Die Umgebung ist sicher. Außerdem brauche ich nur dein Auto. Dann bin ich weg.«

»An dem Tag, an dem ich einem Gesuchten helfe, kann ich mir selbst nicht mehr in die Augen sehen. In den Medien nennen sie ständig deinen Namen. Wenn sie dich erwischen – und das werden sie –, bin ich mit dran. Nein, mein Lieber, die Sache wirst du allein ausbaden müssen.«

»Ist es dir egal, dass ich unschuldig bin?«

»Unschuldig, sagst du?« In den Gesichtszügen seines Vaters zeichnete sich Düsternis ab. »Ich kenne dich überhaupt nicht. Und verschon mich mit Appellen an Vatergefühle und dergleichen. Im Prinzip sind wir zwei Fremde.«

»Da will mir jemand was anhängen. Die stecken mich ins Gefängnis.«

Franz Donner zog die Wohnungstür ein Stück zu, als wollte er den Zugang für immer versperren. »Stark hat bei mir angerufen. Er hat mich gewarnt.«

Für einen Moment wusste Donner nicht, wie er darauf reagieren sollte. Er hatte Hilfe erwartet, und nun erfuhr er, dass sein eigener Vater sich gegen ihn stellte. »Und? Lässt du dich von ihm einschüchtern?«

»Ich habe Stark zum K11 geholt. Ich weiß, was er kann und was nicht. Schon damals hielt ich ihn für einen fleißigen Arbeiter. Leider fehlt ihm das Herz, um ein richtig guter Ermittler zu sein. Nein, um Stark mache ich mir keine Sorgen. Allerdings erwähnte er den Namen Kroll. Martin und ich sind früher auf Streife gegangen. Vor ihm solltest du dich in Acht nehmen.«

»Also gibst du mir jetzt den Wagenschlüssel?«

»Nein.«

Donners Hoffnungen verflogen. Verunsichert schüttelte er die Tropfen von seiner Jacke. »Demnach lässt du mich hängen …«

»Gib mir nicht die Schuld für deine Misere. Du hast dich weder ernsthaft um Mutter noch um mich gesorgt. Wir waren dir die letzten Jahre egal.«

In Donners Brust löste sich etwas, das jahrelang wie ein Balken in seinem Herzen gehalten hatte. Dann sprach er es aus: »Ich konnte euch nicht helfen, weil ich selber schwach bin. Verstehst du? Ich bin ein Ertrinkender, ständig auf der Suche nach jemand, der mich an Land zieht. Aber am Ufer steht niemand.«

Franz Donner wich dem flehenden Blick seines Sohnes aus.

Mitten hinein in sein Zögern schrillte das Läuten der Klingel. Ein schlechtes Omen. Donner glaubte, das Blut in seinen Beinen sackte ab.

Die nasse Kleidung und die entstandene Pfütze beschauend, hechtete sein Vater zurück in die Wohnung zur Wechselsprechanlage.

»Zieh die Jacke aus«, forderte er. »Mach schon, du Idiot! Und gib mir deine Schuhe.«

Kapitel 42

»Willst du nicht endlich nach Hause? Zu deiner Frau?«, fragte Lichtenberg, während sie bei Franz Donners Wohnung klingelten.

Darüber musste Kroll eine Weile nachdenken. Als guter Ehemann hätte er daheim längst mit einem Strauß Rosen und ein paar Entschuldigungen aufkreuzen sollen. Spätestens der Putsch von Stark und der damit einhergehende Wolkenbruch hätten für ihn Zeichen sein müssen, den Knochenjob anderen zu überlassen. Weil jedoch ein Mörder in seinem Schutzbereich frei herumlief, machte Kroll weiter. Die Risiken für seine Beziehung nahm er dabei in Kauf. Er vertraute darauf, dass alles ein gutes Ende finden würde.

»Und du? Möchtest du Feierabend machen?«

Lichtenberg schüttelte den Kopf. »Auf mich warten weder Frau noch Hund. Nicht mal ein Tamagotchi.«

»Ein *was*?«

»Mann, Dino, hast du die Neunzigerjahre verschlafen?«

»Klingt tuntig. Du solltest deine Schüchternheit endlich ablegen und dich mit netten Damen treffen. Ihr jungen Leute arrangiert doch heute per Internet eure Dates.«

»Mit zweiundvierzig gilt man bei Facebook schon als Altlast«, murmelte Lichtenberg. »Außerdem würde es mir gefallen, wenn wir das Thema wechseln.«

Der ewige Junggeselle! Kroll schüttelte den Kopf. Gegenüber Frauen nützten Fachwissen und Fleiß wenig. Allein Charme und ein gewisses Maß an Ruchlosigkeit waren die Mittel der Wahl. Beides Dinge, die Krolls Partner fehlten. Wenigstens sah er gut aus und brachte ein paar Muckis mit. Allerdings wollte Kroll die Gedanken über Lichtenbergs Körperbau nicht vertiefen.

Ungeduldig betätigte er den Klingelknopf. Die Tür blieb zu. Dafür machte sie der Regen immer nässer.

»Warum dauert das so lange?«, fluchte er. »Ich wette, der Kerl macht das mit Absicht. Er will, dass wir wie zwei begossene Pudel vor ihm stehen.«

Endlich brummte das Türschloss. Kroll drückte die Tür auf. Indessen sah ihn sein Kollege fragend an.

»Was erwartest du dir von dem Besuch?«

»Vielleicht, dass wir seinen Sohn stellen?«, entgegnete Kroll mit rollenden Augen und betrat den Hausflur.

Das Wiedersehen versetzte den Außendienstleiter zurück an den Tag, als Franz Donner seinen Schreibtisch geräumt und man ihn im kleinen Kreis verabschiedet hatte. Die Polizeipräsidentin hatte lange versucht, Donner senior zu halten, doch am Ende war der einstige Dezernatsleiter gegangen und wenige Wochen später hatte niemand mehr nach ihm gefragt. Das war der Lauf der Dinge. Nichts hatte Bestand. Weder Partnerschaften noch Freundschaften. Weder Liebe noch Romantik. Weder Glaube noch Hoffnung. Allenfalls Hass, Verbitterung und Gier fristeten ein ewiges Dasein in den Köpfen der Menschen.

»Martin.«

Die Begrüßung klang freudlos. Franz Donner war alt geworden. Dabei trennten gerade einmal vier Jahre Kroll von seinem Gegenüber.

Der Anblick machte ihm Angst. Mit sechzig wollte er nicht so aussehen. Obwohl ihn die Gelenke und gelegentliche Beschwerden beim Stuhlgang plagten, stand Kroll noch immer gut im Saft. Zumindest hatte er die letzten sechsunddreißig Monate keinen Arzt aufsuchen müssen.

»Es tut gut, dich wiederzusehen, alter Freund«, schlug Kroll einen gewinnenden Ton an.

Lichtenberg grüßte ebenfalls, hielt sich jedoch im Hintergrund.

»Was willst du?«, fragte Franz Donner barsch.

Anscheinend waren sie nicht willkommen.

Kroll schaute zu Boden. Eine Wasserlache, die weder von ihm noch von Lichtenberg stammte, bedeckte die Fliesen. Die feuchte Spur führte schnurstracks in die Wohnung.

»Du weißt, warum wir hier sind«, gab er zurück und stützte die rechte Hand an die Hüfte. Direkt in Reichweite des Pistolengriffs.

»Ich habe wenig Zeit, also lassen wir die Ratespiele. Mein Sohn ist nicht bei mir, und selbst wenn ich wüsste, wo er steckt, würde ich es dir niemals verraten.«

»Lässt du uns kurz in deiner Wohnung nachsehen?«

Franz Donners Lippen blieben verschlossen. Das Gesicht des ehemaligen Kripobeamten sah wächsern und starr aus. Die leeren Augen stierten geradeaus.

Kroll hielt dem Blick stand.

»Bitte schön«, sprach Franz Donner schließlich. »Nach Starks Anruf habe ich damit gerechnet, dass ihr die Gegend überwacht. Zweifellos weiß mein Sohn das ebenfalls. Er wäre niemals so dumm, hier aufzukreuzen.«

Das stimmte nicht ganz. Kein Zivilbeamter befand sich in der Nähe. Kroll selbst hatte die Kräfte der Fahndungsgruppe auf andere Punkte verteilt.

»Wo ist deine Frau?«, fragte Kroll beiläufig, als er sich an seinem alten Kollegen vorbeischob und langsam über die Türschwelle trat.

»Sie ist …« Franz Donner stockte. »Sie ist zur Kur.«

»Oh, ich hoffe, es geht ihr gut.« Vorsichtig schaute Kroll in jeden Raum. Die Erbärmlichkeit der Wohnung blendete er aus. Er befand sich auf der Jagd und war sich sicher, dass der Wohnungseigentümer wusste, wo sich sein Sohn versteckte. »Ich hoffe, euch *beiden* geht es gut.«

»Danke! Ich gehe viel spazieren.«

»Daher der nasse Boden«, ergänzte Kroll und deutete den Flur entlang. »Kein gutes Wetter für draußen.«

Franz Donner wedelte mit den Armen. »Der Regen macht mir nichts aus. Leider hält das Leder das Wasser nicht mehr so zuverlässig ab wie früher. Habe es noch nicht einmal geschafft, meine Schuhe auszuziehen.« Er deutete auf seine Füße, wo Wassertropfen an abgetragenen Herrenschuhen hafteten.

»Wenigstens sind die Haare trocken geblieben.«

»Wie bitte?«

Symbolisch zupfte Kroll an den eigenen grauen Haarspitzen.

»Oh ja, die Haare! Die Regenbekleidung hält zumindest, was sie verspricht.«

Franz Donner setzte ein sonderbares Lächeln auf. Auf Kroll wirkte es, als wollte er ihn auf die falsche Spur führen. Täuschte er sich oder verlor die Stimme des Alten an Härte?

Er betrachtete die Wasserspritzer, die sich durch die halbe Wohnung zogen, und beschloss, mit seiner Nachschau fortzufahren.

Unvermittelt riss er die Pistole aus dem Holster.

Franz Donner schreckte zusammen. »Was soll das?«

»Nur für den Fall böser Überraschungen.«

Ohne die Einwände des Wohnungseigentümers abzuwarten, schlich Kroll ins Schlafzimmer. Mit dem Ehebett und zwei Nachttischchen war der Raum fast zur Gänze gefüllt. Die Lampenschirme wirkten altbacken, ebenso die Bettentruhe. Wie bei langjährigen Sozialhilfeempfängern waren die Tapeten vergilbt und die Vorhänge schon lange nicht gewaschen worden. Es roch nach Schweiß und alten Leuten. Offensichtlich hatte Franz Donner nicht nur an Statur eingebüßt, sondern auch an Selbstachtung.

Ein Jammer!

»Das ist lächerlich«, schimpfte der Haudegen. »Na los! Sieh ruhig in alle Schränke. Vielleicht springt dir mein Sohn entgegen und dreht dir den Hals um. Oder er lässt dir gar nicht die Zeit dazu, sondern schießt durch die geschlossene Schranktür. Immerhin erwähnte Stark, dass er bewaffnet sei.«

Kroll blieb stehen und legte den Kopf schräg. Sollte ihn das Geschwätz abhalten nachzusehen? Nein, solange er sich im Dienst befand, war das *seine* Stadt.

»Falls du das hier überlebst, Martin, werde ich gleich morgen mit der Polizeipräsidentin telefonieren. Noch vor der großen Lagebesprechung. Mal sehen, wie sie über diesen *Hausbesuch* denkt.«

Derartige Drohungen hörte Kroll ständig. Sie machten den jeweiligen Sprecher in seinen Augen umso kleiner. Allesamt waren sie ertrinkende Kröten, die sich an einen Strohhalm klammerten. Dennoch verband den alten Dezernatsleiter und die Präsidentin eine eigenartige Freundschaft. Eine Freundschaft, die für allerlei Gerüchte gesorgt hatte, und zugleich einer der Gründe, warum Monster sich unter den Schwingen der Polizeichefin lange Zeit sicher gefühlt hatte.

Aber die Dinge nahmen inzwischen einen anderen Lauf.

»Was ist mit der Durchsuchung, Martin? Willst du endlich die Möbel auseinandernehmen?«

Kapitel 43

Diazepam.

Der Arzneistoff kam oftmals als Schlafmittel zum Einsatz. Geläufiger war der Handelsname *Valium.*

Früher, lange bevor er zum Mörder und Entführer geworden war, hatte er sich selbst die Tabletten verabreicht. In den ganz schweren Zeiten. Genau, wie seine Frau es zuvor gemacht hatte.

Leider waren die Angstzustände und die Ruhelosigkeit bei ihr trotz aller Medizin geblieben.

Zur Einleitung der Narkose griffen Ärzte oft auf Diazepam zurück. Ähnlich, wie er es jetzt anwendete – allein der medizinische Anlass fehlte derzeit.

Solange die Betäubung anhielt, war es ein Segen für den Jungen, der im Kofferraum lag. In seinem momentanen Zustand spürte er weder die Fesseln noch die Unebenheiten des Straßenbelags, die das Auto durchschüttelten. Doch sobald die Wirkung nachließ, würden ihn Angst und Schmerzen übermannen.

Dem arglosen Kind hatte er die Spritze mit dem Narkosemittel hinterrücks in den Nacken gestochen. Man sagte, dass Menschen während der Narkose in einem traumlosen

Schlaf verweilten. Erst später würden sie die Albträume erreichen. Dann, wenn die Todesangst kam.

Den Gedanken an das unschuldige Opfer fand er atemberaubend und abstoßend zugleich. Der Bengel hatte ihm nichts getan. Vielleicht war er seiner Mutter ein gutes Kind, so wie er seiner Mutter ein guter Sohn gewesen war. Früher hatten ihn persönliche Hintergründe interessiert. Allein schon aus beruflicher Sicht. Mittlerweile wollte er gar nicht wissen, ob der Junge ein glückliches Leben führte. Von derartigen Gefühlen durfte er sich nicht beeinflussen lassen. Es ging ausschließlich darum, einen Plan zur Vollendung zu bringen. Für den eigenen Seelenfrieden mussten auch Unschuldige sterben.

Das erhöhte den Reiz.

Immer und immer wieder lief das Vorhaben vor seinem geistigen Auge ab. Solange er sich an den Plan hielt, konnte nichts schiefgehen. Fehler waren ausgeschlossen. Niemand würde ihn je verdächtigen. Er hatte falsche Spuren gelegt, und er schaffte es, Menschen zu manipulieren. Er konnte in fremde Köpfe eintauchen. Er verstand die Klaviatur der Gedanken. Darin lag seine Begabung.

Jeden einzelnen Schritt hatte er im Voraus geplant. Vor Jahren hatte er damit begonnen. Jedes Detail musste so durchgeführt werden, wie er es vorgesehen hatte. Nichts überließ er dem Zufall.

Während er darüber nachdachte, kratzte er sich den Hals und warf einen flüchtigen Blick auf die leere Rückbank. In seiner Vorstellung konnte er durch die Polster in den Kofferraum sehen. Nein, er belog sich gerade selbst! Der Junge war nie Teil des Konzepts gewesen.

Die Idee hatte sich spontan entwickelt.

Er lächelte zufrieden. Es war so einfach gewesen, das Kind aus der Wohnung zu locken. Eine einzelne SMS, angeblich von seiner Mutter, hatte gereicht.

Innerhalb der nächsten Stunde würde er seinen Widersacher anrufen und den Einsatz erhöhen. Bei derlei Vorfreude verspürte er ein leichtes Ziehen in den Eingeweiden. Er hielt sich nicht für einen Sadisten. Dennoch erregte ihn das Wissen um den Ausgang des Spiels. Doch vielleicht irrte er sich und sein Gehirn hatte längst Gefallen am Morden gefunden. Wenn es stimmte, konnte er den Trieb zumindest noch steuern. Man musste nur damit aufhören. Sobald er seinen Plan beendet hatte, würde er nie wieder jemanden töten. Dann würde für ihn endlich ein neues Leben beginnen.

Gegenwärtig erforderte die Fahrbahn höchste Konzentration. Er kniff die Augen zusammen, um besser sehen zu können. Der Regen machte alles gleich: Asphalt, Begrenzungspfeiler, Laternen, Häuser, Brücken, Fahrzeugscheinwerfer. Die Welt leuchtete düster. Die Umgebung verschwamm zu einem bizarren Wasserbild und die Stadt spiegelte sich tausendfach in den Regentropfen an der Frontscheibe. Die Mechanik der Scheibenwischer quietschte.

Zugleich wunderte er sich, dass er so ruhig blieb. Das, was er dem Jungen antun würde, hätte ihm früher Angst gemacht. Das Quälen und der abschließende Tod. Aber er war in die Haut eines anderen geschlüpft. In dieser kannte er keine Skrupel.

Und darin wollte er so lange verweilen, bis er sein Versprechen eingelöst hatte.

Das Stadtzentrum ließ er hinter sich. Er lenkte sein Fahrzeug Richtung Norden. Bis zur verlassenen Industrieanlage am Stadtrand waren es weniger als acht Kilometer. Dort störte ihn niemand. Im Norden endeten alle Dinge.

Die Maschine wartete auf den Jungen.

Kapitel 44

Pass auf ihn auf!

Fast hatte sich die Aufforderung angehört wie: »Pass auf *dich* auf!« Aber Donners Vater hatte nicht ihn, seinen Sohn, sondern seinen dreizehn Jahre alten Polo gemeint.

Er warf ihm den Fahrzeugschlüssel zu und schloss sich dann wortlos in die Wohnung ein. Zuvor hatte er Donner die Schuhe und die Jacke zurückgegeben.

Nein, Kroll hatte keinen Schrank kontrolliert, auch nicht den, in dem Donner sich versteckt und die Luft angehalten hatte. Weder der Außendienstleiter noch Lichtenberg hatten die Regenjacke erkannt, auf die sein Vater gezeigt hatte und in der Donner vor gut zwei Stunden aus der Bahn entkommen war. Was für ein Roulette! Vielleicht hatte er doch so etwas wie eine Glückssträhne.

Es ist wohl eher das Lächeln des Unglücks, bevor es meine Spielchips einkassiert.

Ein übellauniges Brummen drang aus seinem Magen. Erneut bei seinem Vater anzuklopfen, um nach einer Scheibe Brot und Wurst zu betteln, kam nicht infrage. Das Bild des frustrierten graugesichtigen Mannes, der sich in seine

Kummerhöhle zurückgezogen hatte, schmerzte ihn. Überall, wo Donner hinkam, rissen alte Wunden auf, und es machte die Sache schlimmer, wenn er diese vertiefte. Lieber wollte er die nächste Tankstelle anfahren und eines dieser eingeschweißten Sandwiches kaufen. Bei der Gelegenheit würde er nach einer Apotheke Ausschau halten. In seinem Schädel hämmerte es. Er hatte zu wenig geschlafen und war schon seit Jahren ein Wrack. Der Treibstoff seines Lebens bestand aus Schmerzmitteln.

Das Trommeln des Regens auf das Autodach verstärkte die Kopfschmerzen. Die Nässe durchtränkte das Sitzpolster und tropfte von der Kleidung in den Fußraum. Zügig, aber nicht zu hastig fuhr er in die Nacht hinein.

Bald umgaben ihn verschwommene Lichter und meterhohe Wasserfontänen. Der Asphalt wurde zu einer glänzenden schwarzen Haut. Gefühlsmäßig wogen die Augenlider Tonnen und der Dämmerzustand bemächtigte sich seiner. Das Unwetter spülte den Lärm um ihn herum davon. Die ganze Stadt schien fortzuschwimmen.

Er fuhr nach Norden. Bis zum Waldstück, durch welches der Sechsruthenbach floss, wollte er es schaffen. In dieser Gegend konnte er sich mitsamt Fahrzeug verstecken. Dort kannte er sich aus. Vor drei Jahren hatten Elli und er in der Nähe ein Grundstück kaufen wollen. Sosehr es schmerzte, es zog ihn dorthin. Vielleicht halfen ihm die gleichmäßigen Geräusche der angrenzenden Autobahn, Ruhe zu finden. Wenigstens zwei Stunden wollte er schlafen. Das Lenkrad zu halten kostete fast all seine verbliebenen Kräfte.

Kurz bevor er am Steuer einnickte, meldete sich das Handy. Eine Melodie ähnlich einem Lachen erklang, die jeden Traum zerstörte. Doch er würde den Klingelton nicht wechseln. Ihn begleiteten größere Sorgen.

Donner schaute auf den Beifahrersitz, wo das Gerät lag. Die unterdrückte Nummer ließ ihn erahnen, wer ihn zu erreichen versuchte.

Irgendwann nahm er das Handy auf und drückte die grüne Taste. Er sagte nichts. Sein Gesprächspartner blieb ebenfalls stumm, aber Donner gewann das Duell des gegenseitigen Schweigens. Wenigstens ein Sieg an diesem beschissenen Tag.

»Hallo, Erik!«

Mit voller Wucht trat Donner das Bremspedal. Der Wagen schlitterte. Keinen Meter vor dem Straßengraben, schräg zur Fahrbahn, kam er zum Stehen. Der Folgeverkehr brauste mit einem Hupkonzert vorbei. Jegliche Müdigkeit war schlagartig verflogen.

Die Stimme, die er hörte, durfte es nicht geben. Es war keine Bandansage, sondern der sonore Klang aus Jeff Balthasars Kehle. Er erkannte sein Luftholen, seine markante Sprache, seine konstante Aggression, die in jeder Silbe mitschwang.

Balthasar redete und Donner hörte zu.

»Ich dachte, wir sollten uns endlich persönlich unterhalten«, hauchte die verhasst-vertraute Stimme. »Nach einer gefühlten Ewigkeit …«

Donner schluckte zähe Flüssigkeit hinunter. Scharf und heiß glitt der Geifer seine Speiseröhre hinab. Alles brannte. Die Panik zerdrückte die Organe vom Herzen an abwärts. Zitternd und schnaubend hielt er sich am Lenkrad fest, um nicht den Halt zu verlieren. Obwohl er saß, drohte eine schaurige Macht ihm die Beine wegzuziehen.

»Erstaunt?«, fragte Balthasar. »Zumindest deute ich dein Schweigen als Ja. Dachtest du ernsthaft, die Sache war damals beendet?«

Allmählich fand Donner seine Stimme wieder. Wenngleich er seinen Ex-Kollegen deutlich sprechen hörte, fragte er: »Wer spricht da?«

»Ich habe nicht viel Zeit, mein alter Partner. Deshalb beschränken wir uns auf die wichtigen Informationen.«

Donner bemühte sich, irgendwas im Hintergrund des Gesprächs zu hören. Wenn überhaupt, war da eine erdrückende Stille. Als säße der Sprecher in einem abgeschotteten Raum.

»Was …?«

»Stell keine Fragen«, unterbrach ihn Balthasar. »Hör mir einfach zu.«

Eine Pause entstand. Jetzt glaubte Donner doch, einen gleichbleibenden Ton im Hintergrund zu vernehmen. Wie das sanfte Rauschen eines Lautsprechers, wenn man sich darauf konzentrierte.

»Weil du dich weigerst, dich der Polizei zu stellen, habe ich mich für ein neues Druckmittel entschieden.« Balthasar sprach langsam und klar. Jedes Wort bohrte sich in Donners Gehör. »Drei Tote konnten dich nicht dazu bewegen aufzugeben. Nicht einmal dein alter Freund Ambach. Am Ende war er so geschwätzig wie damals im Gerichtssaal. Sogar verflucht hat er dich mit seinen letzten Atemzügen.«

»Was hast du mit Luisa gemacht?«

»Du sollst zuhören!«, zürnte die Stimme. »Bei mir befindet sich ein Junge …«

Wieder beförderte Donners Speiseröhre beißende Flüssigkeit in die entgegengesetzte Richtung. Sie stieg ihm bis in den Rachen. Obwohl es ihn anwiderte, zwang er sich zuzuhören.

»Leider hast du kein eigenes Kind mehr. Deshalb musste ich improvisieren. Eigentlich wollte ich seine Mutter entführen, nachdem ich sie bei dir gesehen hatte. Aber dann dachte ich mir, dass ein Kind die bessere Wahl ist. Selbst bei einem Egomanen wie dir sollte das den Beschützerinstinkt wecken.

Er ist erst fünfzehn und hat den Großteil des Lebens noch vor sich.«

Fünfzehn! Donner durchforstete seine Erinnerungen und fand etwas …

»Trotz der Todesangst in seinen Augen ist er sehr tapfer«, redete der andere weiter. »Ich versuche ihn zu beruhigen, indem ich seine Wangen streichle. Wie damals deiner Tochter auf dem Dach.«

Donners Atmung beschleunigte sich ins Unermessliche.

»Doch ich denke, mit jeder Minute wird die Panik in seinem kleinen Herzen steigen. In wenigen Stunden wird es ihn sprichwörtlich zerfetzen.«

Donner presste eine Hand auf den Mund und verdrängte die grausamen Fantasien in seinem Kopf. Im Film hätte der Kommissar an dieser Stelle irgendetwas von Bluffen gefaselt, aber Donners Stegreifdarbietungen beschränkten sich auf das Talent eines Bauern. Also schrie er bloß: »Du Ratte!«

Der Angesprochene lachte, spottete jedoch nicht. Er gab überhaupt keine Bemerkung darüber ab.

»Bis Mitternacht gebe ich dir Zeit, Erik, dann stirbt er. Fahr zur nächsten Polizeidienststelle und leg ein Mordgeständnis ab. Oder setz deinem erbärmlichen Leben ein Ende. Die Entscheidung überlasse ich dir. Schau auf deine Uhr! Punkt Mitternacht ist es vorbei. Alle Spuren führen zu dir, der Staatsanwalt wird keine Zweifel an deiner Täterschaft hegen. Mehr kann ich nicht für dich tun. Die Todesmaschine läuft.«

Stille breitete sich aus.

Die Todesmaschine läuft …

Donner ließ den Arm mit dem Handy sinken. Eine Zeit lang stierte er nur in den Regen.

Jeff Balthasar war zurück. Wie einst Donner, war auch sein Widersacher von den Toten auferstanden.

In Gedanken ging er das Telefonat mit seinem Ex-Partner noch einmal durch. An einem Satz verhedderte er sich besonders lange.

Eigentlich wollte ich seine Mutter entführen, nachdem ich sie bei dir gesehen hatte.

Seine Fingerknöchel auf dem Lenkrad wurden weiß und ein saurer Kloß durchfuhr stoßartig seinen Hals.

Kolka!

Kapitel 45

Unter Außerachtlassung sämtlicher Verkehrsregeln durchquerte Donner die Stadt. Der Motor des Polo lärmte, als stampfe eine Herde Stiere über die Haube. Das Fahrwerk gab sein Bestes. Es war nur eine Frage der Zeit, bis ein Bürger den Verkehrschaoten an den Notruf verpfiff. Donner hoffte, dass die Kollegen im Lagezentrum einem solchen Anruf nur ungenügend Beachtung schenkten und der chronisch überlastete Streifendienst es ebenfalls tat. Immerhin galt es, einen unter Mordverdacht stehenden Polizeibeamten zu finden.

Auch das Risiko, ein leichtes Ziel für die mobile Funkaufklärung vom LKA zu werden, ging Donner ein. Hektisch wählte er Kolkas Nummer mit dem Handy des Psychopathen. Ihr Sohn steckte in Lebensgefahr. Donner musste mit ihr reden.

Fünfzehn. Verdammt, er ist fünfzehn.

Sie hatte ihm das Alter des Jungen verraten, als sie ihn zu Hause besucht hatte. Balthasar hatte sie beobachtet. Damit hatte sie ihren Sohn unbewusst zur Zielscheibe gemacht.

Das Rufzeichen ertönte. Kolka ging wiederholt nicht ran.

Donner schnalzte frustriert.

Heutzutage ist das Smartphone der neue Handspiegel und du benutzt ihn nicht? Was ist bei dir noch alles verdreht?

Entweder hatte sie ihr Handy irgendwo vergessen oder ihr war etwas zugestoßen. Donner wollte nicht daran denken. Sein Widersacher konnte keinesfalls alles so perfekt geplant haben. Das war unmöglich! Das perfekte Verbrechen gab es nicht. Nicht in Donners Welt. Es gab clevere Psychopathen und gedungene Killer, aber keinen Täter, der sich wie der Wind bewegte. Und selbst der Wind hinterließ Spuren.

Von der Leipziger Straße steuerte Donner zur Salzstraße. Er kannte Kolkas Adresse aus dem Polizeisystem. Wie immer hatte er sich erkundigt, mit wem er es in seinem Umfeld zu tun hatte. Und bereits das kurze Kennenlernen hatte ihm gereicht, um zu wissen, dass er dieser Frau demnächst öfter begegnen würde. In gewisser Weise ähnelte Kolka einer Fliege: Auf eine abschreckende Art fand er sie faszinierend.

Weil er keinen Parkplatz entdeckte, parkte er mit den Vorderrädern auf dem Bordstein, unmittelbar vor einer Garagenzufahrt. Er stürzte aus dem Wagen und warf sich die Kapuze über den Kopf. Trotz der Straßenlaternen wirkte die Gegend finster. Der Regen spülte jegliche Schönheit davon. Die Dunkelheit, die in Donners Herzen regierte, zeigte sich in jedem Winkel seiner Welt. Bei diesem Wetter verschwammen selbst die bunten Häuserfronten der Wohngegend zu langweiligen grauen Bauten. Niemand setzte mehr einen Fuß vor die Tür.

Der Sommer war vorbei.

Schützend hielt Donner die Hand über die Augen und musterte die Ziffern an der neumodischen Klinkerwand des Gebäudes. Die Hausnummer stimmte. Dennoch konnte er nicht glauben, dass Kolka mit ihrem Sohn in einem derart noblen Stadtteil wohnte. Die Grundstückspreise lagen jenseits von Gut und Böse. Erst das Klingelschild belehrte ihn eines Besseren.

Die verarscht mich doch. Komm schon, Annegret, in dieser Gegend kannst du dir keine Doppelhaushälfte leisten. Ausgeschlossen! Es sei denn …

Ihm fiel ein, in welcher Abteilung die Streberin vor ihrem Wechsel zum K11 gearbeitet hatte. Anscheinend hatte sich der Job bei der Korruption ausgezahlt. Demnächst sollte Donner ein paar Telefonate mit den Kollegen in Leipzig führen. Aber erst, wenn er heil aus *dieser* Sache herauskam …

Mit vier Schritten durchmaß er den Vorgarten, der aussah, als hätte die Besitzerin den Kampf gegen Disteln und Löwenzahn vorerst eingestellt. Im Dachgeschoss brannte Licht. Ein trügerisches Zeichen für Anwesenheit. Beherzt drückte Donner den Klingelknopf. Niemand öffnete.

Ungeduldig rüttelte er am Türgriff. Als sich nichts tat, spähte er die Straße entlang. Ein Auto fuhr vorbei und teilte den Wasserfilm auf der Fahrbahn. Weit und breit keine Fußgänger. Als er sich unbeobachtet fühlte, stemmte er die Schulter gegen die Tür. Leider machte diese einen soliden Eindruck und hielt seinem Gewicht stand.

Donner fluchte und versuchte es ein zweites Mal erfolglos. Verdrossen sog er die schwere, feuchte Luft ein. Der Wind heulte auf, peitschte den Regen gegen die Jacke. Schuhleder und Hosenstoff boten längst keinen Schutz mehr vor der Nässe. Aber es war die Angst um Kolka und ihren Sohn, die ihn frieren ließ. Er würde sich ewig hassen, wenn im Spiel des Psychopathen weitere Unschuldige starben.

Verzweifelt hämmerte er mit den Fäusten gegen Tür und Fenster. Für eine Sekunde dachte er daran, bei den Nachbarn zu klingeln. In seinem Aufzug und mit dem Aussehen einer verkrusteten Bratpfanne konnte das allerdings nur im Chaos enden. Und für Erklärungen blieb keine Zeit.

Da eine angebaute Garage den direkten Weg hinter die Doppelhaushälfte versperrte, überstieg er einen Zaun und durchschritt ein Nachbargrundstück, wo die Fenster des Hauses dunkel wirkten. Er hoffte, die Eigentümer waren nicht anwesend, denn er unterließ es zu schleichen und trampelte über matschige Gartenerde. Schließlich erreichte er die Rückseite der Grundstücksreihe. Von hier aus hatte man einen fulminanten Blick auf die Bäume zum Schlossteich. An hellen Tagen …

Er überwand eine Hecke und stand mitten in Kolkas kleinem Reich, bestehend aus einer üppigen Wiese und im Sturm taumelndem Schilf. Noch immer konnte Donner nicht glauben, dass die Kollegin in so einem Anwesen lebte, während er mit dem Gehalt eines Hauptkommissars eine Altbauwohnung unterhielt. Kein Wunder, dass sie bei der Inspektion seiner Auslegware die Nase gerümpft hatte.

Okay, in meiner Bude komme ich mir an manchen Tagen selbst wie in einer zweitklassigen Absteige vor. Aber das hier zu sehen, zieht mich gleich noch ein komplettes Level runter.

Donner wagte sich weiter vor. Lediglich die Terrasse trennte ihn vom Haus, das man durch zwei Glastüren betreten konnte. Er probierte sein Glück. Beide Flügel waren verschlossen. Die Gardinen gestatteten jedoch eine milchige Sicht ins Innere. Donner drückte die Stirn gegen die Scheiben. Beim Ausatmen bildete sich sofort ein Kondensatfilm. Er wischte ihn weg und erkannte die Möbel. Eine Couch, eine Schrankwand, ein Fitnessgerät in der Mitte des Zimmers. Überall auf dem Boden verteilt lagen Taschen, Schuhe und Heftchen. Er betrachtete ein chaotisches Stillleben. Immerhin brachte die Stand-by-Leuchte der Musikanlage so etwas wie Leben ins Haus. Kolkas Wohnzimmer war fast doppelt so groß wie sein eigenes.

»Zurücktreten!«, erschallte es hinter ihm.

Donner fuhr herum.

Die Mündung einer Pistole zielte auf ihn.

Kapitel 46

»Die Handfesseln, leg sie dir selbst an. Wird's bald?«

Etwas Glänzendes wurde Donner zugeworfen. Mit einer Hand fing er die Stahlfesseln auf, betrachtete sie und schüttelte den Kopf. Er weigerte sich, der Aufforderung nachzukommen.

»Leg beide Arme auf den Rücken, aber so, dass ich deine Hände sehe«, sprach Kolka weiter, ohne die Waffe von dem Ziel zu nehmen.

Aufgrund der Düsterkeit hätte Donner die Beamtin fast nicht erkannt. Vergangen waren Adrettheit und Weiblichkeit. Im Sturmgeheul wirkte sie wie eine finstere Vogelscheuche. Der Regen klatschte ihr ins Haar und der Wind zerrte an ihrem Mantelkragen. Dennoch blieb sie unverrückbar stehen wie ein wuchtiger Pfahl.

»Willst du ernsthaft einen Kollegen erschießen?«, fragte Donner.

»Nein, aber bei einem Mörder habe ich weniger Skrupel. Sicher denkst du jetzt: Weiber und Waffen! Doch ich warne dich, ich war im letzten Jahr die einzige Frau beim Schießcup.«

Daran hegte Donner keine Zweifel.

Ich wette, du kannst einem Kerl die Eier wegschießen, selbst wenn sich derjenige hinter einer Ecke versteckt.

Eine Pause wie die Ruhe vor einem Westernduell entstand. Stur zielte die Knarre auf Donners Brust. Da tobte er los.

»Schalt mal den Lara-Croft-Modus ab. Ich habe mir Sorgen um deinen Sohn gemacht.« Donner plärrte es heraus, um mit der Lautstärke des Windes mitzuhalten.

»Deine Ausreden sind noch jämmerlicher als dein Charakter!«, schrie Kolka zurück. »Na los, die Handfesseln!« Sie fuchtelte mit der Pistole in Richtung des Stahls. Die Dunkelheit ließ die Konturen ihres Gesichtes hart wie in einem Schwarz-Weiß-Manga erscheinen.

»Ich werde erpresst«, versuchte Donner es erneut.

»Das erwähntest du bereits im Telefonat.«

»Der Typ hat gedroht, deinen Sohn umzubringen.«

»Ach ja? Wie heißt er?«

»Wenn ich seinen Namen wüsste, hätte ich den Scheißkerl längst eigenhändig erledigt.«

Sie machte einen Schritt nach vorn. Höchstens sieben Meter trennten Donner von ihr.

»Ich meinte nicht den Namen des Täters, sondern den meines Sohnes«, sagte sie. »Wie heißt er?«

Darauf war Donner nicht vorbereitet. Was spielte das auch für eine Rolle?

»Er ist fünfzehn! Dein Sohn ist fünfzehn«, gab Donner alles preis, was er wusste. »Der Erpresser sagte, er habe deinen Sohn entführt.«

Aber das überzeugte Kolka nicht. Das Schussrohr starrte eisern auf ihn.

Donner griff sich an die Stirn. Er ging das Telefonat mit dem Irren nochmals durch. Vielleicht war da ein Informationsfetzen, der ihn retten konnte. Ein Wort, das den Zorn aus dem Waffenarm der Beamtin weichen lassen würde.

Kolka ließ die Waffe noch ein Stück nach vorn schnellen. »Wenn du nicht willst, dass ich dich hier und jetzt niederschieße, legst du die Fesseln an und unterlässt jede hektische Bewegung. Und spar dir deine Lügen.«

Sie hatte recht. Balthasar hatte keinen Namen genannt. Weder den des Jungen noch den der Mutter.

»Verdammt!« Beinahe vergaß er die Pistole, die auf seine Brust zielte. Er tanzte auf der Terrasse herum, weil er verzweifelt nachdachte.

»Bleib stehen, du Idiot! Oder sollte ich dich *Monster* nennen?«

Donner gehorchte augenblicklich.

»Mein Sohn ist bei seinen Großeltern, Erik. Ich habe eben nach ihm gesehen. Das Versteckspiel ist vorbei.« Ihre Stimme wurde schwächer. Fast hörte es sich wie Bedauern an.

Sicher spielten die Wettergeräusche Donner einen Streich. Kolka würde kein Erbarmen zeigen. Sie tat das, was die Vorschriften von ihr verlangten.

»Ich muss dringend telefonieren«, erklärte Donner und seine linke Hand ging zur Jackentasche.

»Wenn du das tust, werte ich es als Angriff.«

»Wenn du abdrückst, wirst du dich dein Leben lang hassen«, konterte er und senkte die Hand noch ein Stück weiter in Richtung Hüfte.

Die Pistole in Kolkas Griff wackelte keinen Millimeter. Sie war entschlossen, den tödlichen Schuss abzugeben.

»Ich muss es tun, Annegret. Und ich werde nicht um Erlaubnis betteln.« Donner konnte nicht anders, er musste es wagen. Mit den Fingerspitzen zupfte er am Reißverschluss und öffnete die Jackentasche.

»Hör damit auf, Erik! Als ich dich um das Haus schleichen sah, habe ich sofort Verstärkung angefordert. Es ist sinnlos, du kannst nicht entkommen. Willst du, dass ich dich erschieße?« Ihre Stimme fing an zu flattern. Ihr Nervenkostüm schrumpfte wie ihre durchtränkte Kleidung am Körper.

Sie hielt die Luft an.

Mit zwei Fingern, die restlichen drei abgespreizt, zog Donner sein Handy heraus. Er tat es ganz langsam, sodass Kolka der Bewegung folgen konnte. Mit Daumen und Zeigefinger fasste er das Gerät und brachte es in ihr Blickfeld. Ein verblüffter Laut entfuhr ihr.

»Verdammt, Erik! Ich dachte ernsthaft, du ziehst deine Kanone.«

»Wie gesagt, ich muss telefonieren.« Er schaltete das Handy an. Es dauerte unendlich, bis die PIN-Eingabe aufleuchtete.

Kolka verblieb an Ort und Stelle. Die Pistole streckte sie auf Kinnhöhe nach vorn. »Wer hat dich eigentlich zum Kripobeamten gemacht? Ich meine, kein Kollege, den ich kenne, ist so wie du.«

»Ich schätze, dem Verantwortlichen war keine Wahl geblieben. Meine Punkte in den Fächern Verkehrsrecht und Einsatzlehre waren noch lausiger als in Kriminalistik und Strafrecht.« Er versuchte es mit einem gewissen Witz zu sagen, aber das scheiterte. Selbst für ihn klang es zittrig. Zu sehr fürchtete er sich vor der Wahrheit, die er in wenigen Augenblicken erfahren sollte.

Kaum war der Netzempfang freigeschaltet, klingelte das Handy. Verunsichert nahm er das Gespräch an.

»Luisa?«, fragte er stockend.

»Erik?« Luisa schluchzte bitterlich. »Du hinterhältiger Mistkerl! Wo ist mein Sohn?«

Kapitel 47

Die Frage traf ihn wie ein Vorschlaghammer. Donner taumelte, fiel mit dem Rücken gegen die Hauswand. Der Himmel entlud ein langes Dröhnen.

Irgendwo in der Stadt hatte ein Fremder einen fünfzehnjährigen Jungen in seiner Gewalt. Donner hatte mit der Mutter manche Nacht das Bett geteilt, und jetzt schrie sie in sein Ohr, bis es schmerzte.

»Luisa, beruhige dich.«

»Mich beruhigen? Was redest du für einen Bullshit?«

Abermals musste Donner mit anhören, wie Luisa aufheulte. Die Schreie drohten seine Gehörzellen zu zerstören.

»Wo ist Julian?«, klagte sie mit der ganzen Inbrunst einer Mutter. »Ich habe deine verlogene Visitenkarte im Flur neben der Telefonstation gefunden. Du hast meine Wohnung betreten.«

Donner dachte nach. Er hatte vor Luisas Wohnung gestanden und seine Visitenkarte unter dem Türspalt durchgeschoben. Alles war ganz anders gelaufen …

»Ich habe versucht, dich anzurufen, so wie du es gefordert hast«, flennte es erneut aus dem Handy. »Immer und immer wieder habe ich diese blöde Nummer gewählt, aber dein

Handy blieb mausetot. Dafür nennen sie in den verdammten Nachrichten ständig deinen Namen. Sag mir, was du mit meinem Sohn gemacht hast!«

Während Donner grübelte und in der Nässe kauerte, kam Kolka auf ihn zu und bedrohte ihn noch energischer mit der Waffe. In Gedanken schlug er die Stirn gegen eine imaginäre Wand. Von zwei Weibern gleichzeitig angeschissen zu werden, konnte kein Mann ertragen.

»Ich habe deinen Sohn nicht entführt!«, schrie er Luisa an.

»Entführt?«, kam es weinerlich zurück.

»Mit wem redest du?«, schaltete sich Kolka ein.

»Lena Völker.«

»Du kennst meinen Namen?«, drang es empört aus dem Handy. »Was bist du bloß für ein Scheißpsycho!«

Diesmal verfluchte Donner sich selbst. Er hatte Luisas richtigen Namen direkt ins Mikrofon gesprochen.

»Lena Völker?«, hakte Kolka nach. »Die Prostituierte?«

Donner nickte zaghaft. Zwischen zwei Frauen zu stehen, empfand er als äußerst unangenehm. Er fühlte sich wie der Prügelknabe an der Grenzlinie zweier Kriegsfronten.

»Bis eben habe ich nicht geglaubt, dass meine Meinung über dich noch tiefer sinken könnte«, redete Kolka weiter. »Anscheinend bist du nicht nur ein Verbrecher, sondern auch ein Zuhälter.«

»Es ist nicht, wie du denkst«, bemühte er sich, sich zu verteidigen. Doch selbst in seinen Ohren klang er wie ein Ehemann, der eine abgedroschene Ausrede benutzte.

Kolka verzog skeptisch die Augenbrauen.

»Mit wem unterhältst du dich?«, fragte Luisa.

»Halt einfach den Mund und hör zu«, erwiderte er. Die Situation entglitt seiner Kontrolle. Der Gedanke, dass er Balthasar auf den Jungen gebracht hatte, ließ ihn schwarze Punkte im Regen sehen. Während er mit Luisa sprach, fixierte er Kolka und versuchte möglichst unberechenbar zu schauen. »Mir fehlt momentan die Zeit, dir alles zu erklären, Luisa, aber ich verspreche, dass ich denjenigen finden werde, der deinen Sohn hat. Okay?«

»Du mieses Schwein!« Luisa wurde noch hysterischer. »Du bist in meine Wohnung eingebrochen und hast ihn dir geholt. Er ist bei dir, gib es wenigstens zu! Warum tust du mir das an?« Sie war kaum noch zu verstehen, die Worte kamen stockend und schmerzlich.

»Benutz endlich dein Hirn«, ermahnte er sie und sprang auf. Kolka wich einen Schritt zurück. »Warum denkt die gesamte beschissene Welt, dass ich ein Verbrecher bin?«

Luisas Jammerlaut drang ihm bis tief ins Knochenmark. Er zwang sich, die nächsten Worte leiser zu sprechen. »Ich verspreche es. Ich finde deinen Sohn.«

Dann trennte er die Verbindung. Unter diesen Umständen besaß Luisa keine Kapazität für ein vernünftiges Gespräch. Die Angst um ihr Kind machte sie blind für die Wahrheit. Es war die Urangst jeder Mutter. Viel fehlte nicht und sie würde einen Nervenzusammenbruch erleiden.

Donner dachte daran, einen Notarzt zu ihr zu schicken, der ihr ein Beruhigungsmittel gab. Aber das konnten seine Kollegen erledigen.

Er steckte das Handy zurück in die Jacke. »Kümmere dich um sie«, wies er die übereifrige Schützin an.

»Um deine Nutte?«, schnaufte Kolka.

»Es ist ein Missverständnis. Der Täter hat nicht deinen Sohn entführt, sondern ihren. Deshalb bin ich an deiner Wohnung aufgetaucht. Der, der mir die Sache anhängt, droht, ihn umzubringen.«

Für einen Moment glaubte Donner, dass Kolka die Pistole runternehmen würde, aber er täuschte sich.

»Bestimmt ist alles ein Trick und ich stehe auch auf deiner Todesliste. Im Prinzip kenne ich dich nicht. Und eine Frau bräuchte ein sehr großes Herz, um dich ihren Eltern vorzustellen.«

»Vielleicht brauchen die Eltern ja einen Wachhund. Doch seit wann beurteilt eine Polizistin einen Menschen nach dem Äußeren?«

»Vielleicht ist etwas davon auf dein Innerstes abgefärbt. Vielleicht wohnt in deiner Seele das wahre Monster.«

Donner hielt die Luft an und bekämpfte den Drang, den Vorwurf in die Tat umzusetzen.

Möglicherweise drehe ich dir irgendwann tatsächlich den Hals um. Ja, ich wette, ich schaffe es mit einer Hand. Und ich würde es ganz langsam tun.

Ob es Mut war, vermochte Donner nicht abzuschätzen, allerdings machte Kolka zwei Schritte auf ihn zu. »Tut mir leid, doch du wirst jetzt die Handschellen anlegen.«

»Nein.«

»Umdreh…«

Sie stolperte. Der Eisenfuß eines Sonnenschirms war ihr zum Verhängnis geworden. Donner packte blitzschnell zu.

Ein Schuss löste sich. Dann hörte er nichts mehr. Für Sekunden sah er Balthasars Gesicht vor sich. Aus dessen Stirn tropfte Blut.

Platsch! Platsch!

Das Tropfen wurde immer lauter.

Schließlich kehrte das Geräusch des Regens zurück.

Kolkas Handgelenke befanden sich in seinem Griff. Sie trat nach ihm, aber er hatte den Angriff vorhergesehen und wehrte den Versuch ab. Gleichzeitig zog er die Widersacherin dicht an sich. Seine Kraft reichte aus, um sie wehrlos zu machen.

»Mist!«, schimpfte sie. »Warum muss so etwas immer mir passieren?«

»Die einzige Beamtin beim Schießcup also …«

Kolka wich seinem Blick aus. Bei diesem Wetter musste Donners Gesicht noch fürchterlicher aussehen.

»Was wirst du jetzt tun?«, fragte sie. Nun schaute sie tapfer auf.

Ihr Atem fühlte sich warm an. Die Berührung ihrer Haut hatte etwas Magisches. Dazu funkelte in Kolkas Augen die Kraft einer Wildkatze. Es gefiel ihm, dass er sie für den Moment gebändigt hatte. Die verbliebene Gegenwehr machte die Frau fast unwiderstehlich.

Ohne eine Antwort zu geben, ließ er sie los. Sofort drückte sie ihm den Pistolenlauf gegen die Brust. Obwohl Donner anhand des Kontrollstifts den geladenen Zustand der Waffe erkannte, zeigte er keine Regung. Kolka hatte an Entschlossenheit eingebüßt. Ihre Haltung verriet es ihm. Mit einer scharfen Pistole auf jemanden zu zielen, ließ niemanden kalt.

»Ich kann dich nicht schützen, Erik.« Es klang beinahe wie ein Flehen.

Er zwinkerte ihr zu. »Aber du kannst das Richtige tun.«

Eine Weile lauschten sie nur dem Regen. Dann fragte sie: »War der Zettel in deinem Bad von *ihm*?«

»Du hast ihn also gelesen?«

Sie verzog die Lippen zu einer Unschuldsmiene. »Ermittlermanie.«

»Das kann fatal enden.« Er zeigte auf sein Gesicht.

»Vielleicht stehe ich auf Narben.«

Darauf erwiderte Donner nichts.

»Du solltest dich stellen.«

»Das kann ich nicht. Genau das will er.«

»Neben vielen Beweisen, die dich als Täter darstellen, gibt es ein paar Ungereimtheiten: Kannst du mir erklären, warum man sowohl bei Peter als auch bei Hauptstätter Spuren von

Halophosphat gefunden hat, in deiner Wohnung jedoch nichts dergleichen?«

»Halophosphat?«

»Ich muss verrückt sein, mit dir darüber zu reden.« Sie schüttelte den Kopf. »Es ist ein Leuchtmittel, das man vor ein paar Jahren für Leuchtstoffröhren benutzt hat. Heutzutage verwendet man Triphosphor. Aber du stehst anscheinend nicht auf Energiesparen. In keinem deiner Zimmer fanden wir Energiesparlampen oder Röhren. Stattdessen überall die gute alte Glühbirne. Die mit hundert Watt … Kannst du mir das erklären?«

Mit dieser Information konnte Donner nichts anfangen. Sie klang interessant, gleichwohl musste er zu sehr an Luisas Sohn denken.

Kolka schien seine Gedanken zu erraten.

»Die Nutte …«

»Sie heißt Lena«, unterbrach er sie.

Die Beamtin sah ihn auf eine seltsam kluge Weise an, wie es nur Frauen können. »Schön, also Lena.« Endlich senkte sie die Pistole. »Du hast mich damals nach einem bestimmten Foto gefragt.«

Donner horchte auf.

»Das Foto zeigt Lena Völker. Ein Angestellter des Klubs *Edelstern* hat mir den Namen verraten. Er hat sie eindeutig erkannt: Lena Völker im Arm von Richter Jaeschke.«

Donner ballte die Faust. Er wollte nicht glauben, dass Luisa in die Sache verwickelt war. Hätte er das Bild gleich nach dem Tod des Richters gesehen, hätte er die letzten Morde vermutlich verhindern können.

»Wer hat das Foto geschossen?«, fragte er.

»Die Antwort auf diese Frage kennt wohl nur Lena Völker.«

Kaum hatte Donner sein Handy wieder hervorgezogen, entriss Kolka es ihm mit der Geschwindigkeit einer Giftschlange.

»Gib es her!«, forderte er.

Sie verneinte und trat zurück. Donner ging einen Schritt auf sie zu. Möglicherweise war Luisa der Schlüssel zu dem unbekannten Fotografen und damit zum Aufenthaltsort des Entführers.

Er brauchte das Handy, um sie nach dessen Namen zu fragen.

»Darum kümmere ich mich«, entschied Kolka und versteckte das Gerät hinter ihrem Rücken.

Dienstbeflissene Emanze!

Donner ignorierte die Pistole in ihrer Hand vollständig und trieb sie mit breiter Brust zurück.

Plötzlich erfüllte Sirenengeheul die Gegend. Reifen quietschten auf der Straße. Donner machte auf dem Absatz kehrt. Die Chance, ihr das Handy abzunehmen, war vertan.

Kapitel 48

Kroll betrachtete das Foto, das im Klub *Edelstern* aufgenommen worden war. Richter Jaeschke saß dort auf einer imposanten weißen Couch, zusammen mit Lena Völker. Die Szene zeigte beide in eng umschlungener Pose. Ihr Bein lag über seinem Knie. Sie lachten und hielten jeweils ein Glas mit Champagner hoch.

Kroll fand, dass der Richter nie zuvor derart sympathisch ausgesehen hatte wie auf diesem Foto. Aber Bilder waren gute Lügner. Zu Lebzeiten war Jaeschke ein machthungriger Widerling gewesen.

Kroll sah es ihm nach. Jetzt, wo er tot war.

Er wandte den Blick ab und richtete ihn auf Lena Völker, die wie ein Trauergast auf dem Stuhl im Vernehmungsraum saß. Für seinen Geschmack besaß die Dame zu wenig Fleisch auf den Rippen. Nicht einmal Donner traute er zu, mit einem solchen Gestell ins Bett zu steigen. Kroll fand die Vorstellung abstoßend, sich von ihr verwöhnen zu lassen, weil er dann das Gefühl gehabt hätte, es mit einem Skelett zu treiben.

Dennoch tat ihm die Frau leid. Er hatte selbst drei Söhne. Der Gedanke an eine Kindesentführung machte ihn wütend.

Unter den wachsamen Augen von Stark protokollierte Kolka die Aussagen der Zeugin im Computer.

Donner war ihnen um Minuten entkommen. Warum seine Kollegin nur einen Warnschuss abgegeben hatte, würde Teil späterer Ermittlungen werden. Bei dem Gedanken empfand Kroll ein wenig Genugtuung. Vielleicht war das hier Kolkas letzte Vernehmung als Beamtin im K11. Andererseits hatte sie ihn und nicht Stark angerufen, nachdem sie Donner vor ihrem Haus entdeckt hatte. Dafür hatte sie sich einen Pluspunkt verdient. Obendrein hatte sie Donner das Handy abgenommen und die Kripo auf die Spur der Prostituierten gebracht.

Und Lena Völker redete. Sie erzählte alles. Angefangen von ihrer Beziehung zu Donner über den Abend im Klub *Edelstern*, für den eines der Klubmitglieder sie engagiert hatte, bis hin zu ihrem vermissten Sohn. Sie erinnerte sich an ziemlich viele Details. Selbst die Marke des Champagners, der ihr und dem Richter serviert worden war, hatte sie sich gemerkt.

Kroll hörte still in der Ecke zu und zog eigene Schlüsse. Für eine Prostituierte erschien sie reichlich gescheit. Wobei er natürlich wusste, dass die Meinung der strohdummen, sexgeilen Schlampe ein Klischee war.

»… jedenfalls betrat ich die Lobby des Hotels, doch mein Freier war nicht da«, sagte Völker.

»Das *Corona* meinen Sie?«, hakte Kolka nach und tippte gleichzeitig die Aussage ins Protokoll.

Völker bestätigte das. Sie weinte nur noch spärlich. Offenbar war der größte Teil des Tränenflusses verronnen.

»Zumindest sprach mich niemand wie verabredet an«, schluchzte die Dame. »Am Telefon nannte er den Namen Jeff. Ich habe mir nichts dabei gedacht …«

Kroll wurde hellhörig. Jeff Balthasar! Stark und Kolka reagierten ebenfalls auf den Vornamen, blieben allerdings ruhig und ließen Völker weitererzählen.

»Weil niemand kam, bestellte ich mir an der Bar einen Drink. Nach einiger Zeit setzte sich ein anderer Mann zu mir. Er fragte mich, ob ich auch auf jemanden warte.«

»Hat er sich vorgestellt?«, unterbrach Stark den Redefluss.

Völker schüttelte den Kopf. »Ich habe nicht gefragt. In meinem Job spielen Namen eine untergeordnete Rolle.«

»Wie sah er aus?«

»Groß und kräftig, eins fünfundachtzig. Sein beigefarbener Anzug spannte über den Schultern. Zuerst kam mir das Gesicht bekannt vor, aber ich hatte mich geirrt. Das passiert in meinem Gewerbe öfter. Der war Akademiker oder so. Selbst sein Dreitagebart sah gepflegt aus. Ich würde ihn auf Anfang fünfzig schätzen.«

»Hat er Sie angebaggert?«, fragte Stark.

»Nicht der. Der trug noch seinen Ehering und wollte bloß reden. Trotzdem war er sehr charmant.« Sie lächelte leicht.

»Und um was ging es in dem Gespräch?«, fuhr Kolka mit der Vernehmung fort.

»Das Übliche. Brütende Hitze, hohe Benzinpreise, teure Schuhe ... Small Talk eben. Ich fragte ihn ebenfalls, ob er auf jemanden warte. Da sagte er, dass im Prinzip jeder Mensch auf etwas wartet, die wenigsten aber bereit sind, den Schritt in ein neues Leben zu wagen. Na ja, Geschwafel über Zukunftsperspektiven und den Sinn unserer Existenz. So was ist mir zu hoch. Das hat er wohl gemerkt und deshalb ständig gelächelt. Recht schnell wechselte er das Thema und fing an, über Bücher zu reden. Wie gesagt, der war ein Intellektueller.«

»Und weiter?«, wollte Kolka wissen.

»Nach circa einer halben Stunde klingelte mein Handy und unterbrach uns. Weil meine Verabredung mich versetzt hatte, habe ich einen kurzfristigen Termin mit einem Stammfreier ausgemacht. Der erste Job klang auch zu gut, um wahr zu sein. Mir fehlt einfach das Glück.« Sie sackte noch ein Stück mehr auf dem Stuhl zusammen. Das Haar fiel ihr ins Gesicht. Kurz darauf kramte sie aus ihrer Tasche eine Schachtel Zigaretten. »Darf ich?«

»Das ist hier verboten«, zitierte Stark die Hausordnung.

Bevor er weitere Einwände anbringen konnte, hatte Kroll sein Feuerzeug gezückt und brannte sich gleich eine mit an.

»Willst du nicht endlich nach Hause gehen?«, murrte Stark. Die Müdigkeit hatte ihm längst eine mehlgraue Hautfarbe verpasst.

»Gerade jetzt wird es interessant«, erwiderte Kroll und blies genüsslich den Zigarettenqualm aus.

Kolka gab Völker das Kommando weiterzuerzählen. Nachdem die Frau Trost im Ziehen an ihrer Kippe gefunden hatte, folgte sie der Aufforderung.

»Ich verließ das Hotel. Später stellte ich fest, dass mein Handy fehlte. Das ist mir noch nie passiert. Möglicherweise habe ich es auf der Hoteltoilette vergessen. Jedenfalls konnte ich meinen Sohn nicht anrufen. Für gewöhnlich ist das aber kein Problem, da er sehr selbstständig ist.«

»Bei Ihrem Job kann ich mir das vorstellen«, ergänzte Stark. »Könnte der Mann im Hotel das Handy gefunden oder es Ihnen gestohlen haben?«

»Ausgeschlossen! Der sah nicht aus wie jemand, der das nötig hätte. Dafür trug er eine viel zu teure Uhr. Im Gehäuse waren kleine Edelsteinchen drin und das Ziffernblatt funkelte auffallend türkis. So ein Teil bekommt man nicht am Automaten.«

»Fliegen Sie mal in die Türkei«, merkte Kroll an.

Stark brummte und winkte ab.

»Das machen Sie sehr gut, Frau Völker«, ergriff Kolka die Initiative. »Was taten Sie danach?«

»Dann war ich bei meinem Stammkunden. Gemeinsam gingen wir ins Restaurant, und später folgte das, was Erwachsene eben so tun.«

»Ach, sind Sie jetzt ein Escortgirl?«, wollte Stark wissen.

»Hey, jedenfalls bin ich keine von diesen Bordsteinschwalben.«

»Und weiter?«, schnitt Kolka dazwischen.

»Irgendwann bin ich nach Hause gekommen, doch von meinem Sohn fehlte jede Spur. Die Wohnung war nicht abgeschlossen und sein Handy lag da. Als Nächstes habe ich die Visitenkarte von Erik gefunden.«

Stark nahm die Karte vom Tisch und zeigte auf einige krakelige Buchstaben. »*Ruf mich an!* Ist das seine Handschrift?«

»Woher soll ich das wissen?«

»Also hat Donner den Satz geschrieben? Ja oder nein?«

»Ja, ich denke schon.«

»Hatten Sie zuletzt Streit mit ihm?«

»Streit? Nein … oder ja, vermutlich war er sauer, weil ich mich nicht mit ihm treffen konnte.«

Stark schien mit der Antwort zufrieden.

In diesem Moment klopfte es. Weil Kroll direkt neben der Bürotür stand, spielte er den Diener und öffnete. Lichtenberg trat ein. Freudig wedelte er mit einer Lichtbildmappe.

»Es stimmt!«, rief er. »Einer der Gäste des *Corona* hat sich unter dem Namen Jeff Balthasar angemeldet. Und es gibt eine Adresse.« Leiser, sodass nur Kroll es hören konnte, fügte er an: »Genau die, die ich für Donner überprüfen sollte.«

Kroll entriss ihm die Mappe. Sie war bestückt mit Lichtbildern von diversen Straftätern. Ohne Starks Einspruch zu beachten, hielt er sie der Zeugin hin. Und nach einer kurzen Belehrung fragte er: »Erkennen Sie irgendjemand auf diesen Bildern wieder?«

Mit dem Ärmel wischte sich Völker die Nase, dann fing sie an zu blättern. Keine fünf Sekunden später tippte sie auf das Profilbild eines Mannes. »Der hier! Das ist der, der das Foto im *Edelstern* geschossen hat.«

Kapitel 49

Donner hatte keine Ahnung, ob sein Plan aufging. Er wusste nicht, ob man Snuffs Wohnung observierte und ob er es schaffte, in diese einzubrechen. Das erste Problem beunruhigte ihn weniger. Auch wenn es hin und wieder vorkam, dass Verbrecher an den Tatort zurückkehrten, bezweifelte er, dass Stark ihn für so leichtsinnig hielt.

Abgesehen davon blieb Donner ohnehin keine Wahl.

Er sah auf seine Armbanduhr. Der Sekundenzeiger tickte wie zum Countdown. Es war die Lebenszeit des Jungen, die ablief. Den ganzen Weg bis zu Hauptstätters Wohnung hatte er darüber nachgedacht, sich zu stellen. Allerdings konnte niemand eine Garantie geben, dass sein Gegenspieler Luisas Sohn danach freilassen würde. Nein, Donner zweifelte sogar erheblich daran. Er hatte es mit einem Mörder zu tun, der ein fatales Spiel auf ganzer Linie gewinnen wollte.

In Snuffs Wohnung aber bestand die Möglichkeit, dass Donner eine Verbindung zu Balthasar entdeckte. Einen Beweis, den die Kriminaltechniker übersehen hatten.

Der Kuhfuß in seiner Hand fühlte sich mächtig an. Gepaart mit der angestauten Wut, glaubte er daran, das Türschloss überwinden zu können. Was ihm mehr Sorge bereitete, war der Lärm, den das Aufbrechen der Tür verursachen würde.

Deshalb hatte er kurz vor Ladenschluss in einer An- und Verkaufsbude ein Kofferradio erworben. Die Typbezeichnung stand in kyrillischen Buchstaben drauf. Der Ladenbetreiber hatte jahrelang geglaubt, mit dem Kasten ein Minusgeschäft gemacht zu haben. Begleitet von einem glückseligen Handschlag, hatte er es Donner angedreht. Auf den Preis war es Donner nicht angekommen. Ihn hatte nur die Lautstärke der Boxen interessiert. Er wollte Musik als Ablenkungsmanöver benutzen.

Bewaffnet mit Kuhfuß und Radio betrachtete er den Wohnblock. In fast allen Etagen brannte Licht.

»Das ist die blödeste Idee in deiner langen Liste an blöden Ideen, Erik. Die Bewohner werden das Brechen des Türblatts hören und den Notruf wählen. Dann bist du geliefert.«

Und dass du mit dir selber redest, trägt nicht zur Besserung der Lage bei.

Nein, im Gegenteil! Die Gesamtsituation war ganz und gar beunruhigend.

Von seinem Versteck aus beobachtete er, wie eine Frau auf den Eingang zusteuerte, in dem Hauptstätters Wohnung lag. Schutz suchend vor dem gnadenlosen Wetter, rannte sie dabei. Die Situation war günstig.

Donner trat hinter dem Gebüsch hervor und eilte ihr nach. In weniger als drei Sekunden konnte er die zuschwingende Haustür erreichen. Danach würde er sich so lange im Keller aufhalten, bis Ruhe im Treppenhaus einkehrte.

Die Frau betätigte den Lichtschalter und sauste die Treppen hinauf. Sie merkte nicht einmal, wie Donner sich als dunkler Schatten näherte. Kurz bevor die Tür zuknallte, bekam er die Schuhspitze in den Spalt.

Im selben Moment berührte ihn jemand an der Schulter.

Blitzschnell schwang Donner herum und hob den Kuhfuß, um den Angreifer niederzustrecken. Doch mitten in der Bewegung hielt er inne. Hinter Brillengläsern, die vom Regendunst beschlagen waren, erkannte er das Gesicht von Levi Hentschel.

»Du?«

Der Neunzehnjährige war nicht weniger erschrocken. Abwartend hielt er die Hände vor sich, während Donner die Eisenstange demonstrativ ein Stück höher hob.

»Schlagen Sie mich nicht«, bettelte der Leichtfuß.

Donner blickte sich um, ob jemand sie beobachtete. Anschließend senkte er den Arm. »Was zum Teufel machst du hier?«

In klitschnasser schwarzer Lederkluft stand Hentschel da. Seine Schultern hingen herab. Jeder begossene Pudel machte bei diesem Wetter einen besseren Eindruck.

»Sie haben mich hintergangen!«

»Was?«

»Sie haben meine Bewerbung überhaupt nicht weitergeleitet. Dank des anderen netten Hauptkommissars weiß ich Bescheid.«

»Von wem redest du?«

»Na, der mit den grauen Haaren und dem Gesicht eines Helden.«

Donner verstand nur Bahnhof.

»Ich dachte, Sie meinen es ernst«, fuhr der Teenager enttäuscht fort. »Ich dachte, wir wären Freunde.«

Donners Augen vergrößerten sich, genau wie sein Brustkorb.

»Sie wollten meine Bewerbung weiterleiten, Herr Donner, aber Sie haben sie unter einem Berg Akten verschwinden lassen.«

»Jetzt übertreib mal nicht. Wenn ich einen Berg Akten zu bearbeiten hätte, bräuchte ich mich nicht mit Leuten auseinanderzusetzen, die meinen, die Polizei wäre die Mutter-Teresa-Stiftung.«

»Warum haben Sie mich belogen?«

Belogen war so ein derbes Wort. Donner zuckte unmerklich zusammen. Der Junge hatte recht. Er hätte ihm nichts vormachen dürfen. Doch das erklärte nicht, was Hentschel um diese Uhrzeit an diesem Ort zu suchen hatte.

»Erst sagst du mir, was du hier machst.« Donner wollte mit dem Kuhfuß drohen. Im Reflex hob er jedoch den falschen Arm und fuchtelte mit dem Radio herum.

Wie ein bockiges Kind verschränkte Hentschel die Arme und zog eine Schnute. Erst als Donner knurrte, tippte der Möchtegern-Beamte sich an die Stirn und begann zu reden: »Ich habe Ihnen ja gesagt, dass ich der richtige Mann für die Polizei bin. Ich bin clever, ich wusste, dass Sie hier auftauchen würden. Deshalb habe ich mich auf die Lauer gelegt.«

Donner verengte die Augenlider und schätzte ab, ob der Kerl ihn verarschte.

»Na gut, eigentlich hat Herr Kroll mich auf Sie angesetzt. Er meinte, ich soll die Augen offen halten.«

»Kroll? Ist das deiner Meinung nach der mit dem Heldengesicht?«

Hentschel nickte überschwänglich. »Weil ich nur fünf Straßen weiter wohne, hat er mir seine Karte gegeben und gemeint, ich sollte ihn anrufen, wenn ich was entdecke. Und das habe ich.«

»Und willst du mich jetzt verhaften?«

»Nein, ich bin ja nicht verrückt. Ich bin nur hergekommen, weil ich eine ehrliche Antwort von Ihnen wollte.« Er schluckte sichtbar und senkte demütig den Kopf. »Tauge ich als Polizist?«

Darüber brauchte Donner nicht lange nachzudenken. Trotzdem kam ihm die Wahrheit schwer über die Lippen.

»Weißt du, Levi, ich denke, Mobiltelefonverkäufer ist für den Anfang kein so unehrenhafter Job.«

Als hätte er mit dieser Antwort gerechnet, nickte der Junge. Dann schluchzte er, bekam den Gefühlsausbruch allerdings rasch unter Kontrolle. Nach einiger Zeit sagte er: »Okay, ich denke, damit sind wir quitt.«

»Was soll das heißen?«

»Ach, es könnte sein, dass ich Herrn Kroll etwas gegeben habe, das Sie in ein schlechtes Licht rückt. Trotzdem glaube ich nicht, dass Sie jemanden umbringen würden. Zumindest keinen von den Guten.«

Der Teenager gab Donner Rätsel auf. Andererseits wollte er die Sache nicht vertiefen, denn Luisas Sohn befand sich weiterhin in der Hand des Mörders.

»Na, wenn das so ist, will ich dir glauben«, sagte er und hoffte, das Gespräch damit zu einem musterhaften Ende gebracht zu haben.

Doch Hentschel betrachtete bereits neugierig den Kuhfuß und das Radio. »Was haben Sie mit den Sachen vor?«

»Das willst du lieber nicht wissen.«

Daraufhin blitzte Pokerlust in den Augen des Jungen auf. Verhandlungsfreudig zog er ein kleines Stoffpäckchen hervor. »Und ob ich das will!«

Kapitel 50

Donner konnte nicht glauben, was er hier tat. Gemeinsam mit dem Neunzehnjährigen schlich er in die oberste Etage zur Wohnung von Hauptstätter. Wobei man es nicht wirklich als Schleichen bezeichnen konnte, denn Hentschel plapperte ununterbrochen.

»Sie hätten meine Bewerbung lesen sollen«, klagte er. »Dann hätten Sie meine Kompetenz viel früher geschätzt.«

Die Anschuldigung trug nicht dazu bei, dass Donner sich besser fühlte. Wie es aussah, hatte er in Hentschel das Genie verkannt. Nachdem der Junge ihm das Türöffnungsset mit den Dietrichen gezeigt hatte, war sich Donner mit dem Kuhfuß und dem Radio ziemlich einfältig vorgekommen.

»Direkt nach der Schule bin ich an eine Schlüsseldiensttruppe geraten«, fuhr der Junge fort. »Das schnelle Geld hat gelockt. Sieben Tage, vierundzwanzig Stunden, so lauteten die Arbeitszeiten. Und wir haben fast den gesamten Markt der Region kontrolliert. Achtzig Prozent aller Türöffnungen wurden durch unser Unternehmen erledigt. Natürlich haben wir mehrere Firmennamen benutzt. Ich war nur ein winziges Rad in der großen Maschinerie. Aber die, die ganz oben auf der Pyramide stehen, besitzen die Lizenz zum Gelddrucken.«

»Das reicht«, flüsterte Donner. »Ich weiß, wie diese Betrügermasche funktioniert. Ihr vergreift euch an den Ersparnissen älterer Menschen. Einschüchterung, überteuerte Leistungen und Inkasso sind nur ein paar Stichworte, die mir dazu einfallen.«

»Sie haben ja so recht. Deshalb habe ich mich bei der Sache auch nie wohlgefühlt. Weniger als ein Jahr habe ich durchgehalten. Das Know-how besitze ich aber immer noch.«

»Dann lass sehen, bevor du mit deinem Gequatsche sämtliche Mieter auf den Plan rufst.«

Während Hentschel einen passenden Dietrich aus dem Set nahm, fühlte sich Donner erstmals in seinem Leben wie ein Einbrecher. Fremde Wohnungen hatte er im Laufe der Dienstjahre mehr als genug betreten. Allerdings hatte er damals das Gesetz auf seiner Seite gewusst. Allein für das Brechen des Polizeisiegels, das auf Hauptstätters Wohnungstür als rotes Etikett klebte, konnte man ihm ein Strafverfahren anhängen.

»Mann, ist das aufregend! Ich meine, Sie und ich … Stoppen Sie die Zeit?«

»Mach hin, sonst stoppe ich *dich*!«, blaffte Donner Hentschel an.

Er kannte die Vorgehensweise, um ein handelsübliches Sicherheitsschloss zu öffnen. Dafür hatte er mit genügend Schlüsseldiensten zusammengearbeitet.

Mit Spanner und Abtastwerkzeug stocherte Hentschel im Schloss herum. Er suchte die richtige Position der Zylinderstifte, um sie auf gleiche Höhe zu bringen.

Der Vorgang kam Donner unendlich lang vor. In Wahrheit dauerte es weniger als eine halbe Minute, dann klickte es. Mit einem Siegergrinsen schwang Hentschel die Tür nach innen.

Donner schämte sich, dass er den Jungen für seine Tat benutzte. Für Diskussionen fehlte allerdings die Zeit. Hentschel würde sich nicht erneut von Donner abwimmeln lassen. Sogar an Handschuhe hatte der Neunzehnjährige gedacht.

Donner wollte gar nicht wissen, was Hentschel in der Freizeit noch alles anstellte.

Beide betraten die Finsternis der Wohnung und schlossen hinter sich die Tür. Donner schaltete eine mitgebrachte Taschenlampe ein und wies Hentschel an, die Jalousien runterzufahren. Im fensterlosen Bad probierte er den Lichtschalter. Fehlanzeige. Wahrscheinlich hatten seine Kollegen die Sicherungen entnommen.

Die Wohnung zeigte sich karg eingerichtet. Als wäre Hauptstätter ständig auf der Flucht gewesen. In Schränken und Fächern zu stöbern, war eine Sache; den Inhalt von unzähligen Umzugskartons zu durchwühlen, eine andere. Um das Chaos zu ordnen, brauchte man gefühlt eine Woche. Und eine weitere, um einen Hinweis zu entdecken. Andererseits steigerte das die Chancen, dass die Kripoleute tatsächlich etwas übersehen hatten.

Als Donner mit dem Taschenlampenstrahl ins Wohnzimmer leuchtete, genügte ein Blick, um die wichtigsten Fakten der hier geschehenen Tat zu erfassen. Die dunklen Flecken von getrocknetem Blut auf Laminat, Möbeln und Wänden gaben ihm eine Ahnung, mit welcher Brutalität der Mörder gearbeitet haben musste.

Auch wenn Donner Hauptstätter nie leiden konnte, fühlte er sich verantwortlich für den Tod des Journalisten.

»Wow, eine *Harman Kardon*! Der Typ stand anscheinend auf hochwertige Technik«, resümierte Hentschel, während er eine Heimkinoanlage betrachtete.

Donner fand es seltsam, dass den Jungen der Anblick des Blutmusters nicht störte. Hinzu kamen die Dunkelheit und das Wissen, dass innerhalb dieser Wände ein Mensch bestialisch hingerichtet worden war. Er hatte schon Kollegen an Tatorten kotzen gesehen, wo sich die Szene weitaus blutärmer präsentiert hatte.

»Schade, dass Ihre Leute den Computer verschleppt haben.« Hentschel deutete auf die Kabel, die lose herumlagen. »Wer den Wohnungsinhaber kaltgemacht hat, hat zuvor bestimmt die Passwörter erpresst, um den falschen Presseartikel dann online zu stellen.«

»Wie kommst du darauf, dass Snuff seinen Computer mit Passwörtern geschützt hat?«

»Nur so eine Vermutung«, sagte Hentschel mit einem Schulterzucken. »Jede Wette, dass der Journalist unter Verfolgungswahn litt. Ist aber auch kein Wunder bei dessen Vorgeschichte. Außerdem ist da oben eine Halterung für eine Kamera.« Mit gestrecktem Arm zeigte er auf eine Stelle über der Gardinenleiste. »Und da in der Schrankwand ist ein Loch, aus dem ein paar Kabel gucken. Wenn Ihre Kollegen Glück haben, gibt es reichlich Bildmaterial zum Auswerten.«

Unwillkürlich fragte sich Donner, wer von beiden die Kripomarke besaß. Der Neunzehnjährige wurde ihm von Minute zu Minute unheimlicher. Das Bild des schüchternen Freaks mit Hang zum Realitätsverlust bröckelte. Menschen nicht richtig einschätzen zu können, beunruhigte Donner. Womöglich hätte er sich die Bewerbung genauer durchlesen sollen.

»Okay, mach dich nützlich und sieh nach, ob du was Auffälliges findest. Irgendeine Verbindung zwischen Hauptstätter und dem Täter muss es geben.«

Voller Tatendrang knackte Hentschel mit den Fingerknöcheln und Donner suchte seinerseits nach brauchbaren Hinweisen. Er nahm einige Kisten in Augenschein. Sämtliche DVDs, Videokassetten und sonstige Datenträger fehlten. Falls Hauptstätter je eine Sammlung an Snuff-Filmen besessen hatte, lagerten sie in diesem Augenblick in irgendeinem Büro der KPI. Seine Kollegen waren sehr gründlich gewesen, was die Beweissicherung anging. Donner entdeckte weder ein Handy noch ein Festnetztelefon. Selbst in Sachen Telefonrechnung herrschte Fehlanzeige. Sämtliche Urkunden und Schriftdokumente fehlten. Nicht einmal ein Tankbeleg oder eine Quittung vom Supermarkt lag in der Wohnung herum.

Nach dreißig Minuten vergeblicher Suche verlor Donner langsam die Geduld und die Hoffnung, den entscheidenden Hinweis zu finden. Inzwischen war er dazu übergegangen, die Kartons mit Hauptstätters Sachen einfach umzukippen. Sie suchten die Nadel im Heuhaufen.

Die Uhr tickte.

Prüfend sah er auf das fremde Handy, ob ihn unbemerkt eine Nachricht erreicht hatte.

Keine neue SMS, kein verpasster Anruf.

»Sieh an«, drang es aus der Küche.

»Hast du etwas?«, fragte Donner mürrisch, nachdem er versehentlich einen gelartigen Vibrator unter Hauptstätters Gerümpel ergriffen hatte.

Igitt! Wer weiß, wo und bei wem das Gerät bereits benutzt worden ist.

»Anscheinend war Ihr spezieller Freund in psychologischer Behandlung«, berichtete Hentschel. »Hier am Kalender stehen ein paar Termine.«

»Aha«, meinte Donner gelangweilt. Zuerst wollte er die Information ignorieren, dann entschied er sich, der Sache nachzugehen.

Er trottete zu seinem Assistenten. Es stimmte. Fast wöchentlich hatte Hauptstätter Sitzungstermine im Wandkalender vermerkt.

Sieht ganz so aus, als wollte Snuff etwas gegen seine inneren Geister tun. Am Ende war er doch kein so schlechter Kerl. Aber ein Arsch bleibt immer ein Arsch, egal wie sehr man ihn pflegt.

»Schätze, die letzte Therapiestunde hat er nicht mehr wahrgenommen«, sagte Hentschel.

Der Schlauberger hatte recht. Der letzte eingetragene Termin war auf den heutigen Tag datiert.

Donner schabte sich die Wange. Ihm kam ein Einfall. Es bestand die Möglichkeit, dass Hauptstätter sich vor seinem Tod dem Seelenklempner anvertraut hatte. Was, wenn er diesen befragte?

Hastig durchwühlte er ein Wandregal, auf dem jede Menge Medikamentenpackungen lagen. Er schwang zu Hentschel herum. Der zuckte zusammen.

»Los, steh nicht rum! Such nach dem Namen oder einer Telefonnummer von Snuffs Psychologen.«

»Dort! Hilft uns *das* weiter?«

Donners Taschenlampenstrahl folgte Hentschels Armbewegung Richtung Boden. Der Lichtkegel erhellte eine Ecke des Kühlschranks. Darunter lugte ein Stück Papier hervor.

Donner bückte sich. Prompt entdeckte er eine Visitenkarte. Er griff nach ihr und hielt das Licht darauf. Beim Anblick des Kärtchens traute er seinen Augen nicht. Ihn traf ein Geistesblitz, der ihn irritierte. Eine Erkenntnis, die die Vergangenheit einmal mehr in die Gegenwart rückte.

Donner kannte den Mann, dessen Name auf der Visitenkarte stand. Und er kannte dessen Privatanschrift.

Kapitel 51

»Und?« Kroll sah Stark scharf an. »Glaubst du immer noch, dass meine Maßnahmen lächerlich sind?«

Gemeinsam mit Lichtenberg, vier Kripobeamten und ein paar Leuten der Beweissicherungs- und Festnahmeeinheit standen beide auf der Tschaikowskistraße in sicherer Distanz zu dem Block, in dem man Ex-Häftlinge zwecks Resozialisierung untergebracht hatte.

Laut eines Informanten befand sich der vorbestrafte Leif Könneck in seiner Wohnung. Auf ihn konzentrierten sich Krolls Bemühungen.

Den Hinweis der Zeugin Völker nahm er ernst. Gemäß ihrer Aussage war Könneck der Urheber des berüchtigten Fotos im Klub *Edelstern*. Für Kroll stand fest, dass der Ex-Knacki in die Sache verwickelt war. Könneck war als brutaler Schläger bekannt. Ihm traute Kroll auch einen Mord zu. Oder mehrere …

Ein Punkt rückte ihn jedoch besonders in den Fokus: Könneck war der Zellennachbar von Balthasar gewesen.

Für Stark ergab dieses Manöver keinen Sinn. Er maß der Ergreifung Donners oberste Priorität zu. Auf dem Papier, wo Richter Jaeschke seine Abschiedsworte vor dem Suizid geschrieben hatte, hatte man Donners Fingerabdrücke gefunden. An einen Zufall glaubte der Chefermittler nicht. Donner hatte ein Motiv, den Richter umzubringen. Nicht erst seit Balthasars Gerichtsverhandlung hatten sich beide gehasst und unzählige Beweise untermauerten Starks Einschätzung.

Allein die Aussage einer Hausbewohnerin, die gerade neben Lichtenberg stand, brachte sein Kartenhaus zum Wanken. Zivilbeamte der Operativen Fahndungsgruppe hatten die Ehefrau eines im Haus lebenden Ex-Häftlings abgefangen. Gemeinsam mit ihrem Mann wohnte sie auf gleicher Etage wie Könneck und sie hatten mitbekommen, dass sich ein Junge bei diesem in der Wohnung befand. Laut ihren Angaben hatte der Junge einmal kurz gekreischt, woraufhin ihr Nachbar losgetobt und herumgeschrien hatte. Diese Schilderung konnte Stark nicht einfach ignorieren.

Um niemanden warnen zu können, musste die Hausbewohnerin wie die Polizisten im Regen verbleiben. Dabei wünschten sich alle nichts sehnlicher, als nach Hause zu gehen.

»Na schön«, lenkte Stark nach reichlicher Bedenkzeit ein, wobei er nervös an seinen Jackenknöpfen spielte. »Aber wir warten, bis das Sondereinsatzkommando und die Verhandlungsgruppe eintreffen.«

»Du hast das SEK angefordert?« Kroll blickte verärgert.

»Und die Verhandlungsgruppe«, bekräftigte Stark.

»Hast du nicht gehört, was die Frau eben gesagt hat?« Kroll deutete mit dem Daumen hinter sich. Er und Stark standen abseits der anderen Beamten, aber ihr Streitgespräch bekam jeder mit. »Der Kerl hat einen Jungen bei sich. Wenn es sich um Lena Völkers Sohn Julian handelt, müssen wir stürmen.«

»Wie gesagt, das erledigt das SEK.«

»Ehe die eintreffen, ist hier Schicht im Schacht. Sieh in die Wolken! Wegen des Unwetters herrscht auf der Autobahn derzeit höchste Unfallgefahr. Das SEK wird niemals rechtzeitig erscheinen.«

»Wir ziehen die Aktion auf meine Weise durch«, beharrte Stark. »Ich habe mich bereits überreden lassen hierherzukommen, und du vergisst, dass ich der Leiter des Einsatzes bin. Wenn was schiefgeht, wird man mir den Schlips enger binden.«

Kroll biss sich auf die Zunge. Er hatte mit dem SEK auch schon einige brenzlige Situationen bereinigt und wusste, was die Truppe leisten konnte. Ebenso gut wusste er, was es bedeutete, als Einsatzleiter die falsche Entscheidung zu treffen. Gewissermaßen brachte er Verständnis für Starks Zögern auf. Aber all die Abwägungen, das erbitterte Ringen, das Richtige zu tun, änderten nichts daran, dass Stark ein Duckmäuser war. Sein ängstliches Wesen trat in dieser Situation allzu deutlich hervor.

Daher fasste Kroll einen Entschluss.

Er nahm einen letzten Zug von seiner Zigarette und warf den Stummel direkt auf Starks Schuhe. Anschließend packte er den K-Beamten am Mantelkragen und stieß ihn gegen einen Streifenwagen.

Der andere sog bestürzt die Luft ein.

»Pass auf«, knurrte Kroll. »Du kannst bei diesem Sauwetter gern weiter Pappkameraden rumkommandieren. Wenn Könneck unser Mann ist, werde ich nicht tatenlos zusehen, wie er ein Kind abschlachtet.«

»Nimm deine Hände von mir.«

»Hast du das Ultimatum vergessen? Um Mitternacht soll der Junge sterben. Was zeigt dir deine Uhr? Vertrau mir, Henry. Entweder schaffen wir das mit unseren vorhandenen Kräften oder du wirst einer Mutter noch heute Nacht die Todesnachricht überbringen müssen. Überleg es dir also gut. Überlass die Sache mir und wir haben in weniger als einer halben Stunde Gewissheit.«

In Starks Augen konnte Kroll ablesen, wie der Kripobeamte mit einer Entscheidung rang. Schließlich nickte er. Zaghaft, aber fügsam.

Augenblicklich löste Kroll den Griff und drehte sich um. Er gab Lichtenberg und dem Zugführer der BFE das Zeichen, ihm zu folgen.

»Na endlich«, murmelte ein Beamter im Vollschutzanzug.

Die Jungs der aufgerüsteten Einheit sahen entschlossen aus. Starks Gebete verhallten mit einem Donnerknall über der Stadt.

»Mein Gefühl sagt mir, dass du Ärger bekommen wirst«, merkte Lichtenberg an, während er brav folgte.

»Und mir sagt mein Gefühl, dass es regnet und ich in meinen Schuhen schwimme.«

Keiner hielt den Trupp auf. Kroll übernahm den Funk. Es erfolgte eine kurze Absprache. Als der Beobachtungsposten im gegenüberliegenden Haus grünes Licht gab, stürmten Krolls Leute das Treppenhaus. Laut Observation befand sich Könneck allein in der Küche. Die Situation war günstig.

Minuten später zerbarst die Verriegelung der Eingangstür. Rufe und Gepolter echoten im Hausflur. Sekunden darauf vernahm Kroll die erlösende Nachricht im Ohr: *»Zielperson gesichert!«*

Er atmete auf. Für einen kurzen Moment schloss er die Augen und blendete den Lärm aus. Er wünschte sich nach Hause, wo seine Frau auf ihn wartete. Sogar das elektronische Massagekissen, welches sie über einen Fernsehshop für ihn bestellt und das er bis heute abgelehnt hatte, schien auf einmal verlockend.

Aber die Realität schlug unerbittlich zu. Er konnte nicht einfach heimgehen. Noch hatte er gar nichts erreicht.

Er ging ins Treppenhaus und stieg die Treppe hoch. Als er die Wohnung des Gesuchten betrat, empfing ihn Lichtenberg als Erster. Sein Partner schüttelte wortlos den Kopf. Was immer die Geste bedeutete, sie verhieß nichts Gutes.

Könneck lag gefesselt am Boden und schimpfte über Gott und die Welt. Das Wort *Scheißbullen* verließ mehrfach seinen Mund.

»Wir haben einen Jungen«, berichtete ein Kollege der BFE. »Er sitzt im Wohnzimmer und schaut fern. Er gibt an, dreizehn zu sein.«

»Nehmt eure Pfoten von meinem Neffen, ihr Kotztüten!«, lärmte Könneck. »Er darf bei mir übernachten, da meine Schwester für den Abend ein Date hat, das unter Garantie die ganze Nacht dauert. Aber von so was habt ihr Schwuchteln keine Ahnung.«

Kroll erwiderte nichts, sondern verschaffte sich einen Überblick. Der Brutalo krümmte sich auf dem Boden. Neben ihm lag eine Krücke. Könneck trug ein aufgeknöpftes Hemd, ein Feinrippunterhemd und Boxershorts. Um sein Knie war ein dicker Verband gewickelt.

»Wenn du mich fragst, ist der da nicht unser Täter«, flüsterte Lichtenberg in Krolls Ohr. »Und der Junge ist nicht Lena Völkers Sohn.«

Kroll nahm es zur Kenntnis und überzeugte sich selbst davon. Der Junge saß eingeschüchtert auf der Couch. Vor ihm auf dem Tisch stand ein halbvolles Glas Cola. Im Fernseher lief irgendein Piratenfilm.

»Alles okay bei dir?«

Der Junge nickte stumm.

»Ist der da drüben dein Onkel?«

Wieder nickte der Dreizehnjährige.

Aus der Küche brüllte Könneck abermals, man solle seinen Neffen in Ruhe lassen. Dazu kam die Aufforderung: »Fickt euch, ihr Bullen!«, gefolgt von ein paar Kommentaren, welche die Willkür der Staatsgewalt betrafen.

Über Funk hörte Kroll, wie Stark vehement eine Lagemeldung forderte. Einsatzmaßnahmen und Kräfteaufwand waren völlig übertrieben gewesen. Aber so was stellte sich meist erst später heraus. Kroll konnte damit leben. Und die kaputte

Eingangstür sowie die paar Blessuren geschahen Könneck ganz recht.

Entscheidend blieb jedoch, was Kroll aus dieser Situation machte. Er brauchte Antworten. Jemand wie Könneck konnte nicht einfach mit einer Kamera um den Hals in den Klub *Edelstern* spazieren.

»Helft ihm auf!«, wies Kroll zwei Kollegen an.

Die Angesprochenen reagierten und zerrten Könneck zum Heizkörper, wo er in sitzender Position verblieb.

»Alle raus hier!«, befahl Kroll in seiner Autorität als Außendienstleiter.

Ungläubige Mienen waren das Resultat.

»Soll ich nicht lieber hierbleiben?«, fragte Lichtenberg.

»Das schaffe ich allein. Halt mir Stark wenigstens fünf Minuten vom Hals.«

Daraufhin trat sein Partner über die Schwelle, und nachdem die Tür geschlossen war, hielt Kroll Könneck das Foto des Richters und der Prostituierten vor die Nase. »Was kannst du mir dazu sagen?«

»Fick dich!«

»Eher mache ich das mit dir und lasse dich wieder in den Bau wandern. Der Richter auf dem Bild ist tot und es war kein Selbstmord.«

»Ja, und?«

»Hör zu, genau dieser Rechtsprecher hat dich für acht Jahre eingebuchtet. Entdecke ich da etwa ein Motiv für einen Mord? Also von vorn: Was hat es mit dem Foto auf sich?«

Unwillen sprühte aus Könnecks Augen, seine Lippen bebten. Dennoch unterließ er weitere unflätige Äußerungen. Nach einigen Sekunden kam sogar ein halbwegs vernünftiges Gespräch zustande.

»Scheiße, ich weiß nichts.«

»Entweder redest du jetzt oder ich mache dich für die Entführung eines fünfzehnjährigen Jungen verantwortlich. Wer hat dir den Auftrag für das Foto gegeben?«, drängte Kroll.

»Ich weiß es nicht. Der Kerl hat mich angerufen und mir fünfhundert Euro geboten. Die Summe konnte ich nicht ausschlagen.«

»Die Aufgabe stank doch zum Himmel! Willst du wieder in den Bau?«

»Natürlich habe ich das Risiko abgewogen, aber hey, fünfhundert Mäuse? Immerhin brauchte ich dafür niemandem die Nase zu brechen. Es ging nur um ein Foto, daran ist nichts Kriminelles. Mensch, Fotografie ist mein Hobby! Am Eingang zum Klub sagte ich die vereinbarte Parole und der Türsteher ließ mich eintreten. Für diese Gesellschaft hatte ich mich extra in Schale geworfen.«

Kroll nickte gnädig. Im Wohnzimmer hatte er diverses Kamerazubehör gesehen. Und dass Könneck im *Edelstern* Einlass bekommen hatte, stimmte ebenfalls. Bisher klang die Aussage einigermaßen logisch. Bestimmt hatte der Brutalo unter all den Neureichen ziemlich bescheuert ausgesehen.

»Ach, und da kann so jemand wie du einfach reinspazieren?«

»Sie nannten es Quartalsparty. Die Klubmitglieder feierten sich und ihre Geschäfte. Es gab reichlich Alkohol und die aufreizenden Damen machten die alten Böcke scharf. Wer achtet da schon auf den Mann mit der Kamera? Außerdem dauerte mein Auftritt nur kurz. Ich habe den Auslöser gedrückt und dafür einen Briefumschlag mit dem Geld erhalten. Meinen Auftraggeber habe ich nie gesehen.«

»Aber er war doch bestimmt anwesend?«

»Das war er unter Garantie – zusammen mit sechzig oder siebzig anderen Leuten. Schätze, für alle war das ein gemütlicher Abend.« Er grinste ungehemmt.

Kroll drückte die Lippen nachdenklich aufeinander. Entweder wusste Könneck wirklich nicht mehr oder er log. Aber die Angst in seinen Augen, wieder ins Gefängnis einzuziehen, war nicht gespielt. Also zückte Kroll seinen letzten Trumpf.

Er holte Balthasars Ring hervor.

»Wo hast du den her?«, kam es sofort aus Könnecks Mund.

»Von einem Toten.«

»Das ist Balthasars Ring!«

»Das weißt du, weil du ihn aus dem Knast geschmuggelt hast. Gib es zu!«

»Nein, Scheiße! Aber im Knast lernt man, auf alle möglichen Dinge zu achten. Es ist Zeitvertreib und überlebenswichtig. Wer nicht aufpasst, geht vor die Hunde. Ich habe Jeff danach gefragt, weil er ihn nach einiger Zeit nicht mehr getragen hatte.«

»Interessant, und was hat er geantwortet?«

»Er redete wirres Zeug. Ich glaube, das hat er dem Knastpsychologen zu verdanken. Ehrlich, diese Typen machen einem die Birne weich. Bei mir haben die das auch probiert. Keine Ahnung, was Jeff damit gemeint hat, jedenfalls sagte er zu mir, dass er den Ring in ein bankrottes Unternehmen investiert hat. Es wäre angeblich sein Startkapital für den Tag seiner Freiheit …«

Kapitel 52

Noch wusste er nicht, ob es richtig oder falsch war, den Jungen zu entführen und dafür seine Mutter leben zu lassen. Ursprünglich hatte er geplant, die Nutte zu töten und die Tat Donner anzuhängen. Er hatte sie dafür extra in das Hotel *Corona* bestellt. Er wollte sich mit ihr vergnügen, indem er sie eine Zeit lang quälte. Aber dann war eine andere Vorstellung in ihm gereift. Ein Kind als Opfer auszuwählen, galt als Königsdisziplin eines Psychopathen. Den Mord an einem Kind würde die Öffentlichkeit als besonders grausam empfinden. Und man würde es Donner anlasten. Dem Polizisten, der über den Tod seiner eigenen Tochter nie hinweggekommen war.

Die Entführung des Jungen war lächerlich einfach gewesen, so als hätte er an irgendeiner Ecke ein ungesichertes Fahrrad mitgenommen. Während die Nutte mit ihm gequatscht hatte, hatte sie ihr Handy einen Moment unbeaufsichtigt herumliegen lassen. Auf dem Bartresen in der Hotellobby. Er hatte es eingesteckt und ihren Sohn später mit einer SMS aus der Wohnung gelockt. Eine simple SMS!

Abends war er mit dem Entführungsopfer direkt zur alten Fabrik gefahren. Aufgrund des Unwetters hatte er leider die Scheinwerfer am Fahrzeug einschalten müssen. All die Wochen zuvor, als er seinen Plan vorbereitet hatte, hatte er penibel darauf geachtet, nicht aufzufallen. Zum Glück lag die Fabrik am Stadtrand. Selbst Streuner mieden diese Gegend wegen der Entfernung. In Sichtweite befand sich lediglich ein Kleingartenverein mit vierzig Parzellen. Die Hobbygärtner lebten in ihrer eigenen Oase aus Rosenstöcken und Buchsbäumen. Bei diesem Regen interessierte sich niemand für ein Auto, das die löchrige Betonplattenstraße entlangfuhr.

Vom Aufsperren des Fabriktors bis zum Erreichen der Halle hatte er weniger als fünf Minuten gebraucht. In Anbetracht der Tatsache, dass er den bewusstlosen Jungen vom Fahrzeug bis hierher getragen hatte, war das eine beachtliche Leistung. Das wöchentliche Jogging und die Mitgliedschaft im Fitnesscenter hatten sich ausgezahlt. Innerhalb von vier Jahren hatte er sich den Bauchspeck ab- und ein gehöriges Sixpack antrainiert. Auch an Schultermuskeln und Brustumfang hatte er zugelegt.

Im Halbdunkel betrachtet glich seine Statur der von Donner.

Er legte den Jungen auf den Betonboden. Als er den Leuchtstab schwang und den Fünfzehnjährigen so daliegen sah, hätte er auch zwölf oder dreizehn sein können. Fast empfand er Mitleid.

Er schaltete die Notbeleuchtung ein. Die Fensterscheiben hatte er mit lichtundurchlässiger schwarzer Farbe bestrichen. In den letzten Jahren war er fleißig gewesen. Für die große Abschiedsbühne von Donner hatte er weder Kosten noch Mühen gescheut. Begünstigt wurde die ganze Show dadurch, dass ihm das Grundstück gehörte. Bevor die stillgelegte Fabrik zur Ruine verkam, hatte er das Nötigste getan, um sie in Schuss zu halten. Regelmäßig hatte er sämtliche Glasscheiben, Türen und den Zaun kontrolliert. Sogar die Elektrik funktionierte in den wichtigsten Bereichen.

Und Strom würde er brauchen.

Er betrachtete die leere Halle. An den Stützpfeilern blätterte grüne Farbe ab. Rost eroberte das Eisen. Es war Metall, das man in den Siebzigerjahren zu einer der bedeutendsten Produktionsstätten der Region aufgerichtet hatte. Selbst nach der Wende hatte sich das Unternehmen unter neuer Geschäftsleitung noch einige Jahre prächtig entwickelt. In einem Büro hing sogar noch eine vergilbte Auszeichnung mit dem Emblem des Freistaats an der Wand.

Mit Wehmut dachte er an die Vergangenheit. Eine Ahnung von seiner Frau spukte in den Winkeln der Fabrik umher. Allerdings mahnte er sich, dass sie nur ein Schatten war. Von Gefühlsduseleien durfte er sich keineswegs ablenken lassen.

Es hatte wochenlang geregnet. Jetzt zeigte das Dach erste Schwachstellen. Eine Pfütze hatte sich in der Mitte des Raumes gebildet und ein kleines Rinnsal fiel von einem Loch herab. Stetig verursachte es ein plätscherndes Geräusch.

Das machte ihn nervös. Dies und der Gewitterlärm erinnerten ihn daran, dass der Regen sein Feind war. Bei Nässe hinterließ man Spuren. Lehmerde klebte ihm verräterisch im Sohlenprofil. Das zähe rotbraune Untergrundmaterial fand man überall in der Gegend. Es war unmöglich, dem Zeug zu entkommen.

Doch für diesen Fall hatte er vorgesorgt. Den Weg zur Maschine hatte er mit Folie ausgelegt. Er würde seine Spuren beseitigen und die von Donner hinterlassen. Und sobald es für die Rettung des Jungen zu spät war, würde er den Kommissar anrufen und hierherlocken. Zuvor musste er lediglich einen Notruf absetzen, denn er glaubte nicht, dass sich Donner stellen und ein falsches Geständnis ablegen würde.

Während er seinen Widersacher gedanklich in den Knast sperrte, griff er in seine Jackentasche. Er hatte Kleidung angezogen, die kaum Fasern hinterließ, sodass man am Tatort keine Spuren von ihm finden dürfte.

Seelenruhig zog er ein Springmesser hervor und beugte sich über den Jungen. In Kürze würde er die Fesseln an Hand- und Fußgelenken durchtrennen. Die orangefarbenen Seile erinnerten ihn ebenfalls an die Vergangenheit. Jedes Mal, wenn er sie sah, wusste er, warum er das alles tat.

Er legte das Messer neben sich und holte eine Spritze hervor. Mit geübtem Griff injizierte er dem Jungen Flumazenil. Ein Benzodiazepin-Antagonist, der die Narkose aufhob. Der Knabe war schmächtig, er würde keinen Widerstand leisten – nicht mit einer Klinge an der Kehle.

Das Serum wirkte binnen Minuten. Langsam regte sich ein Bein.

Als der Fünfzehnjährige blinzelte, versetzte er ihm ein paar Ohrfeigen, damit er zur Besinnung kam. Der Junge wollte schreien, aber der Mundknebel hinderte ihn daran.

»Es ist sinnlos«, fuhr er das Kind an. »Hier drin hört dich niemand. Es tut dir allenfalls weh.«

Mit angstgeweiteten Augen verstummte der Junge. Lediglich unruhige Atemgeräusche entwichen ihm. Die Nasenflügel bewegten sich heftig.

»Ich werde dir die Fesseln durchschneiden und du wirst langsam aufstehen. Ist das klar?«

Zögerlich nickte der Junge.

»Fein.« Er strich ihm über die Haare. »Deine Mutter wird sehr stolz auf dich sein. Denn wenn du es nicht machst, schlitze ich sie von der Möse bis zum Kinn auf. Dabei lasse ich dich zusehen. Also sei ein braver Sohn und tu das, was ich von dir verlange. Du wirst aufstehen und dich da hinten an die Maschine stellen. So weit klar?«

Diesmal nickte der Junge eifriger.

Das gefiel ihm. Der Kleine war ahnungslos. Er hatte keinen blassen Schimmer, um was für eine Maschine es sich handelte.

Und dass sie für ihn vorgesehen war.

Die meisten Geräte, Förderbänder und Apparaturen waren vor Jahren abmontiert und verkauft worden. Gleich nach dem Konkurs der Firma. Der Rest war defekt. Nur eine Vorrichtung hatte überdauert. Sie funktionierte tadellos. Er nannte sie die *Zwillingstrommel.*

Sie bildete das Prunkstück für den letzten Akt des Vergeltungsplans.

Er kam nicht dazu, das Bild farbenfroher auszumalen. Überdeutlich hörte er den Bruch einer Scheibe. Jemand drang in sein Reich ein.

Mist, er hatte vergessen, das Fabriktor abzusperren!

Aufmerksam sah er sich um, versuchte die Geräusche zu lokalisieren. Noch einmal prüfte er die Fesseln des Jungen, dann umfasste er das Messer. Er musste sich um den Eindringling kümmern.

Kapitel 53

Erwin Leinau warf den Stein beiseite, mit dem er die kleine Viereckscheibe eingeschlagen hatte. Vorsichtig spähte er durch das Loch. Pure Dunkelheit herrschte im Inneren des Gebäudes. Aber als ordentlicher Hobbyist hatte er stets die richtigen Hilfsmittel dabei. In diesem Fall eine 400-Lumen-Taschenlampe.

Heute wollte er dem Spuk ein Ende setzen. Den Vorgängen, die seit Wochen in seinem Gartenverein für Gerüchte sorgten. Da die Polizei nichts unternahm, musste er selbst aktiv werden. Als Vorsitzender der Grünanlage erwarteten die Mitglieder, dass er mutig voranging.

Darauf bedacht, keine Scherben der Scheibe zu berühren, griff er ins Innere und löste den Riegel. Das Fenster schwang auf. Zuvor hatte er an sämtlichen Türen gerüttelt. Alle waren abgeschlossen gewesen. Auch kein Fenster hatte offen gestanden oder Beschädigungen aufgewiesen. Es war, als hätte die Belegschaft die Firma erst gestern verlassen. Einzig das Unkraut, welches überall aus den Betonritzen kroch, bezeugte, dass seit Ewigkeiten keine Laster und Gabelstapler mehr über das Gelände gerollt waren.

Obwohl er bereits siebenundsechzig Jahre auf dem Buckel hatte, überwand Leinau das kleine Hindernis mühelos und kletterte durch die Fensteröffnung. Dabei dachte er an seine Ehefrau, die solche Turnübungen als lebensgefährlich einstufte.

Zum Glück wusste sie nichts von seinem Treiben.

Eigentlich hatte er nur kontrollieren wollen, ob die neu angelegte Drainage um den Gartenbungalow dem Unwetter standhielt. Deswegen hatte er sich nach dem Abendessen von zu Hause aufgemacht. Doch als er zum Vereinsrevier gekommen war, hatte er die Lichter eines Fahrzeugs bemerkt, welche sich in Richtung der Fabrik bewegt hatten. Das hatte Leinau stutzig gemacht.

Die Unruhestifter waren zurückgekehrt.

Seine Frau hatte kürzlich eine Beschwerde bei der Polizei eingereicht. Gebetsmühlenartig hatte sie vor ihm bekundet, dass sich ein Herr Döner oder Donald um diese Jugendbande kümmern würde. Doch Leinau wollte nicht bis zum Tag des Jüngsten Gerichts warten. Jeder wusste, wie das bei der Polizei lief. Die unmotivierten Beamten quälten sich für die kleinen Leute erst unter Fußtritten aus ihren Sesseln. Deshalb war er mit Gummistiefeln mehrere Hundert Meter über den schlammigen Feldweg gestapft, um die Sache selbst in die Hand zu nehmen. Bereits das offen stehende Tor des Werksgeländes hatte ihn neugierig gemacht.

Inzwischen glaubte er immer weniger an Heranwachsende, die in der Ruine ihr Unwesen trieben. Gleichzeitig konnte er sich nicht vorstellen, wer um diese Uhrzeit in der alten Fabrik hantierte. Er hatte gelauscht, aufgrund von Regen und Donner jedoch nichts vernommen.

In der Manier eines Wachmanns erkundete er den ersten Raum des Gebäudes. Er war nicht sehr breit und von Dunkelheit erfüllt, aber dank der Taschenlampe fand er sich einigermaßen zurecht.

Den alten Blechschränken nach zu urteilen, hatte die Baracke früher als Umkleidezimmer gedient. Die Türen hingen halb herausgerissen da. Kleiderbügel, Zeitungsreste, Zigarettenstummel und sogar eine vergilbte Warnweste lagen über den Boden verteilt. Duschräume gab es hier ebenfalls. Aus den Fugen roch es schimmelig. Vor zehn Jahren waren solche reliefartigen Fliesen groß in Mode gewesen.

Leinau marschierte durch den Flur Richtung Produktionshalle. Vor der Pleite hatten auf dem Gelände knapp achtzig Leute Arbeit gefunden. Das Unternehmen hatte sich deutschlandweit einen Namen gemacht. Sogar für Exporte nach Osteuropa war es gelobt worden.

Aber von dem einstigen Glanz war nichts mehr übrig. Die damalige Geschäftsführerin hatte die Firma in den Bankrott geführt und innerhalb dieser Mauern hatte sie sich nach Entlassung aller Mitarbeiter aufgehängt.

Das Wissen darum und die Totenstille kamen Leinau unheimlich vor. Ohne die Regengeräusche hätte er sich vielleicht richtig gefürchtet, dabei hatte er bis zur Wende bei der Volksarmee gedient. Bunkertunnel waren ihm keineswegs fremd.

Für ein paar Minuten verschafften ihm die Enge und der Betongeruch einen Glücksmoment. Er schwelgte in Erinnerungen. In Zeiten, wo alles besser gewesen war. Ruhestörer wie die, die er gerade aufstöberte, hätte es damals nicht gegeben.

Schließlich verblasste das Bild der guten alten Zeit. Langsam durchquerte er den Bürotrakt. Allerdings verlor er bald die Orientierung und irrte durch Gänge. So viel Systemlosigkeit hatte der penible Gärtner in dem einst erfolgreichen Betrieb nicht erwartet.

Irgendwann meinte er, ein Winseln zu hören, und als er sich darauf konzentrierte, glaubte er tatsächlich, dass da jemand jammerte. Die Laute kamen ganz aus der Nähe.

Er leuchtete die Umgebung ab und stellte fest, dass er auf Folie lief. Als Handwerker erkannte er sofort, dass es sich um äußerst strapazierfähigen Kunststoff handelte.

Plötzlich durchdrang ein Geräusch die Flure, er schreckte auf. Mit rasendem Puls schwang er herum und hielt den Taschenlampenstrahl in Blickrichtung. Niemand bewegte sich.

Sein Herz beruhigte sich wieder. Bestimmt gab es im Gebäude allerlei Ungeziefer, das um die grusligste Nebenrolle in einer Horrorbude konkurrierte.

Nach einigem Abwarten ging er weiter. Zielstrebig folgte er dem Winseln. Er dachte an Ratten und lief schneller. Im Takt seiner Beine beschleunigte sich seine Atmung.

Die Folie zeigte ihm den Weg. Wenige Sekunden später entdeckte er ein sich windendes Bündel auf dem Boden.

Leinau schlug sich die Hand vor den Mund. Der Fund übertraf seine Vorstellung. Ein Kind! Ein gefesselter Junge! Angestrahlt vom Licht, funkelten die Augen zurück.

»Keine Angst, ich helfe dir«, versuchte Leinau ihn zu beruhigen.

Er trat auf den Jungen zu, doch bei jedem Schritt wurde das Kind panischer. Auf einmal hatte Leinau das Gefühl, dass ihn jemand verfolgte.

Er drehte sich um die eigene Achse. Ein Schatten tauchte hinter ihm auf und wenige Sekunden später wurde er der kalten Klinge gewahr. Ab da röchelte er bloß noch. Seine Hände schnellten zum Hals. Aus der Kehle sickerte heißes Blut. Ein Stich traf ihn in die Brust.

Leinau sackte zu Boden. Vergeblich versuchte er, sich an der Wand hochzuziehen. Seine Hände umkrallten die Folie. Im Todeskampf zog er sie wie eine Decke über den Körper.

Der Hobbygärtner starb grausam.

Mit galligem Hals betrachtete er den alten Mann, der in sein Reich eingedrungen war. Neugier brachte Menschen um. Leider warf sie auch ihn aus der Bahn.

Für einen Moment überlegte er, dem Jungen ebenfalls die Kehle aufzuschlitzen. Aber das würde seinen Plan gänzlich zerstören.

Also musste er gut nachdenken. Wenn er sich beeilte und besonnen blieb, hatte er nichts zu befürchten. Er würde den Jungen zur Maschine bringen und den Zeitmechanismus in Gang setzen. Danach konnte er den Alten entsorgen.

Ihn auf dem Gelände zu verscharren, wäre zu riskant. Ein frischer Aushub fiel auf, außerdem dauerte eine solche Arbeit mehrere Stunden. Das hatte er auf dem Grundstück schon einmal gemacht. Vor drei Jahren. Nicht nur das Auffüllen des Betons war mühsam gewesen.

Den Toten musste er vorübergehend an einem anderen Ort unterbringen. Zuletzt würde er alle Spuren verwischen und falsche Fährten auslegen. Donners letztes Stündlein hatte geschlagen.

Er las die Zeit von seiner Armbanduhr ab, dem Schmuckstück, das seine Frau ihm zum fünfzehnten Hochzeitstag geschenkt hatte. Anschließend trat er auf den Jungen zu und vergnügte sich in Gedanken an der Show, wo der Bengel eine Heldenrolle der tragischen Art spielen würde.

Kapitel 54

Kroll lauschte Starks Telefonat mit der Polizeipräsidentin. Es klang, als würde sein Kollege mit Schweinshaxe befeuert. Als der Leiter der Ermittlungsgruppe den Hörer zurück auf den Apparat knallte, zuckten die versammelten Mitglieder zusammen. Eine unangenehme Wortlosigkeit hielt Einzug.

Für einige Sekunden war Stark der Fixpunkt eines obskuren Sehtests, dann richteten sich alle Augen auf Kroll. Er war der wahre Störfaktor!

Auf einmal fühlte er sich überflüssig. Nie zuvor hatte er sich Lichtenberg sehnlicher an seiner Seite gewünscht. Er war umringt von Kripobeamten. In ihren Gesichtern las er Ablehnung und die Frage, was er hier überhaupt noch suchte. Der Sturm von Könnecks Bude war ein peinlicher GAU gewesen. Doch er verdrängte das flaue Gefühl und nutzte die Pause, um Stark von seiner Strategie zu überzeugen.

»Wir müssen den Gefängnispsychologen befragen, der mit Jeff Balthasar gesprochen hat. Könneck hat da eine Sache erwähnt. Wir müssen …«

»Schluss mit dem Unsinn«, wetterte Stark. »Weil ich diesen verrückten Auftritt bei Könneck genehmigt habe, werde ich eine seitenlange Stellungnahme schreiben müssen. Und

Könnecks kaputte Tür ist noch mein kleinstes Problem. Die Polizeipräsidentin war äußerst ungehalten. Wir haben weder Donner noch Julian Völker. Oder um es in deine Sprache zu übersetzen: Wir treten in einem Haufen Scheiße herum.«

Nun sah der Einsatzleiter auch die anderen Kollegen aufgebracht an. Reihum senkten alle die Köpfe.

»Wir müssen am Ball bleiben«, lehnte sich Kroll abermals verbal auf. »Ich habe extra mit der JVA Zwickau telefoniert. Angesichts der Uhrzeit gleicht es einem Wunder, dass jemand Balthasars Akte in die Hand genommen und mir den Namen des Psychologen gegeben hat. Der Sache müssen wir unverzüglich nachgehen.«

»Du kapierst es nicht, oder? Selbst wenn du den Kaiser von Singapur dazu bewegst, zu Fuß in mein Büro zu pilgern, stehst du mir bis hier.« Stark fuhr sich mit der Handkante quer über den Hals.

Kroll stutzte. Der Wutausbruch seines Kollegen kam überraschend. Für gewöhnlich glich Starks Gemüt dem einer Schnecke.

»Ich sage dir, was *wir* jetzt machen.« Vor seiner Brust beschrieb Stark einen symbolischen Kreis, der nur die Kripoleute einschloss. »Wir machen dort weiter, wo wir aufgehört haben: nämlich bei Donner.«

Kroll öffnete die Lippen, um etwas zu entgegnen, schwieg dann aber eisern. Jeder Einwand war Verschwendung. Er brauchte seine Energiereserven für den Jungen, der sich irgendwo mutterseelenallein in der Gewalt eines Perversen befand. Zwar sprach er Stark die gleiche Sorge nicht ab, allerdings schien dieser stur auf Irrwegen zu wandeln.

Obendrein fing Starks Predigt gerade erst an.

»Wenn du mir noch einmal in die Quere kommst, hänge ich dir ein Strafverfahren an den Hals, welches sich gewaschen hat!«, rief Stark. »Und *das da* ist ein Problem, das auch ein

Nachspiel haben wird.« Mit bebendem Finger deutete er auf Balthasars Ring, der in einem Tütchen verpackt neben anderen Beweismitteln lag. Kroll hatte ihn nur widerwillig herausgerückt. »Dafür wirst du dich verantworten. Ich werde dafür sorgen, dass du demnächst Dienst bei der Objektwache schiebst.«

Ein Anklopfen unterbrach die Tirade. Kroll machte sich bereit zum Gehen, als Kolka die Tür öffnete und ihm entgegenstürmte. Mit drei großen Schritten trat sie auf Stark zu und knallte ihm einen Stoß Papiere auf den Tisch.

»Gibt es Neuigkeiten?«, fragte der Prinzipienreiter und blätterte oberflächlich durch den Stapel.

Kroll reckte den Hals und erkannte die Computerausdrucke einer Videokamera. Die ersten Bilder zeigten einen maskierten Mann. Und bei einem flüchtigen Blick erinnerte ihn die Statur an die von Donner.

Die Aufnahmen stammten von Hauptstätter. Der Journalist hatte seine eigene Wohnung überwacht, wie man bei der Tatortarbeit festgestellt hatte. Ein Glücksumstand für jeden Ermittler.

»Sieht fraglos nach Donner aus«, bekundete Stark. »Doch wie soll uns das weiterhelfen?«

»Ich habe die Videoaufzeichnungen des Opfers mehrfach angesehen«, erklärte Kolka. »Das Gesicht des Täters ist zu keiner Zeit zu erkennen, aber dank der hohen Pixelauflösung ist mir eine andere Sache aufgefallen.« Sie griff nach den Blättern und zog eines heraus. Vorerst hielt sie es verdeckt vor der Brust. »Ein Detail hat gereicht, um zu wissen, dass Frau Völker dem Mörder von Angesicht zu Angesicht gegenübergesessen hat. Erik Donner hat Lars Hauptstätter nicht umgebracht.«

»Das will ich nicht glauben«, sagte Stark unbeirrt.

Sie drehte das Blatt um und zeigte ihm das Bild.

»Mist!«, fluchte er, nachdem er es etwa drei Sekunden betrachtet hatte. »Holt mir auf der Stelle einen Phantombildzeichner!«

»Schon geschehen«, gab Kolka zurück.

»Und Lena Völker?«

»Habe ich ebenfalls angerufen. Trotz ihres Zustandes will sie alles tun, um uns zu helfen. Sie hält sich bereit.«

Stark ließ den Blick von einem Stuhl zum anderen gleiten. »Zwei Leute von uns fahren zum *Corona,* um die Hotelangestellten erneut zu befragen. Und danach ...«

»Wir bekommen ein Bild unseres Mannes?«, mischte sich Kroll ein.

»Falsch! *Wir* bekommen ein Bild«, korrigierte Stark. »Du gehst nach Hause.« Er schob den Ausdruck in die Tischmitte, sodass alle ihn sehen konnten.

Kroll erkannte Handschuhe und dunkle Ärmel. Aber das war nicht das Entscheidende. Es war die Uhr am Handgelenk des Täters. Eine Uhr mit auffälligem türkisfarbenem Ziffernblatt und im Gehäuserand eingelassenen Edelsteinen. Frau Völker hatte die Armbanduhr bei der Vernehmung exakt so beschrieben. Die Uhr am Arm des Mannes an der Hotelbar.

»Ich mache mich sofort auf den Weg zu ihr«, sagte Kolka im Gehen.

»Nicht so eilig!«, rief Stark ihr hinterher. »Das war gute Arbeit, jedoch brauche ich dich hier auf der Dienststelle. Lena Völker übernehmen andere.«

Kolka runzelte betroffen die Stirn, während Kroll unbeteiligt zuhörte. Der Leithammel ließ die Muskeln spielen und zeigte der Neuen ihren Platz in der Herde.

»Du hältst die Stellung und wartest auf die Spezialkräfte vom LKA, Anne. Aufgrund des Unwetters stecken die Kollegen aus Dresden fest.«

»Aber ich habe uns auf die richtige Spur gebracht.«

Mit einem vieldeutigen Mienenspiel wandte sich Stark von ihr ab und beauftragte zwei der anwesenden Beamten mit der Phantombildsache.

»Ist es, weil ich Donner entkommen lassen habe?«, hakte sie nach. »Sprich es ruhig aus, Henry!«

Stark sog geräuschvoll die Luft durch die Nase. »Hör zu, Anne, ich werde nicht mit dir diskutieren. Wenn dir meine Anweisungen nicht passen, darfst du gern wieder die Direktion wechseln. Wildwest ist in Leipzig, nicht bei uns. Was mit Einzelgängern passiert, sieht man an Donner. Oder bei …« Sein Blick fand Kroll. Der hob die Augenbrauen. »Ach, was«, unterbrach sich Stark und schüttelte den Kopf. Dann wurde er bitterernst und sprach zur Mitte des Raumes: »Ich will ein Bild von dem Mann, der mit Donners Flittchen im Hotel geplaudert hat, und ich will seinen Namen. Seht zu, dass wir jemand vom Klub *Edelstern* heranbekommen. Jemand, der die Mitglieder lückenlos kennt. Und vor allem will ich endlich wissen, wo Erik steckt.«

Jedem Team teilte Stark eine Aufgabe zu. Auch für die vergeblich protestierende Kolka hatte er eine. Sie durfte einen Bericht für den Staatsanwalt tippen.

Kroll lauschte noch ein paar Sekunden, dann entschloss er sich zu gehen. Nur an Feierabend dachte er nicht. Er würde Balthasars damaligen Psychotherapeuten auf eigene Faust aufsuchen.

Kapitel 55

»Eins verspreche ich dir«, sagte Lichtenberg, als er die Zentralverriegelung über den Fahrzeugschlüssel auslöste. »Wenn ich in einer Beziehung bin, hören meine Überstunden auf. Ich will nicht so enden wie du.«

Die Blinklichter des Funkstreifenwagens tauchten die Gegend kurz in einen Orangeton, dann kehrte der langweilige Ausgangszustand in die Einfamilienhaussiedlung zurück. Eine verlassene Straße, überdeckt vom grau verwässerten Laternenlichtschleier.

»Ach, komm schon, du und eine Beziehung«, entgegnete Kroll. »Wenn du dir nicht mehr Mühe gibst, wird einmal auf deinem Grabstein stehen: Hier ruht die älteste Jungfrau der Welt.«

»Sehr witzig.« In Lichtenbergs Gesicht spiegelte sich das genaue Gegenteil wider. »Das meine ich ernst, Martin.«

Kroll winkte ab. »Das kannst du deinem Friseur erzählen. Gib es zu, du bist vernarrt in die Vorstellung, gemeinsam mit mir diesen Job durchzuziehen.«

Lichtenbergs Züge um die Mundwinkel wirkten beunruhigend. Das konnte aber auch eine optische Täuschung durch den Regen sein.

»Eins zu null für dich, Dino. Doch du solltest das nicht auf die leichte Schulter nehmen. Ewig kann ich nicht so weitermachen. Das permanente Anecken bei Kollegen, deine unkonventionellen Arbeitsweisen, das ständig wiederkehrende schlechte Gewissen – ich ertrage das nicht länger.«

Kroll blieb stehen. Diese Aussage traf ihn wie ein Messer zwischen die Rippen. Der Riese wurde plötzlich zur Mimose. Er hoffte, dass es bloß ein Schwächeanfall seines Partners war. Es war mit Abstand der längste Tag für sie beide. Doch er fühlte, dass mehr hinter den Silben steckte.

»Und das sagst du mir ausgerechnet jetzt, wo das Leben eines Jungen auf dem Spiel steht?«, empörte Kroll sich. »Du bist mir ein feiner Assistent.«

»Es gibt keinen Zeitpunkt, wo man mit dir darüber reden kann.«

»Schwachsinn! Wir sind vierzig Stunden die Woche zusammen. Zählt man die Überstunden dazu, sehe ich dich öfter als meine Frau. Also scheiß auf dieses Du-hörst-mir-ja-nie-zu-Geschwafel.«

Lichtenberg ließ den Kopf hängen und stapfte zum Haus des Psychologen, dessen Adresse Kroll über das Melderegister recherchiert hatte. »Du verstehst das nicht«, sagte er im beleidigten Unterton.

Kroll knurrte in sich hinein.

Derweil drückte Lichtenberg die Klingel. Das Domizil von Dr. Wenkmann lag in einer ruhigen Gegend. Ein Haus, das weder protzig noch extravagant wirkte. Es handelte sich um ein Standardobjekt aus dem Katalog – quadratisch, praktisch, gut.

Nach dem zweiten Schellen ging die Tür des Einfamilienhauses auf. Ein Mann mit ordentlich gekämmtem und pomadigem Haar trat heraus, kaum älter als fünfundvierzig. »Ja, bitte?«

»Entschuldigen Sie die späte Störung«, begann Kroll und zeigte seine Dienstmarke. »Ich bin Außendienstleiter der

Polizeidirektion und das hier ist mein Assistent Lichtenberg. Sind Sie Dr. Wenkmann?«

Der Mann musterte flüchtig die Uniformen. »Ja, der bin ich«, sagte er zögernd. »Ist etwas vorgefallen?«

»Dürfen wir eintreten?«

Dr. Wenkmann schaute zu den Wolken, dann auf die triefenden Schuhe der Beamten und schließlich hinab zur sauberen Auslegware des Flurs. »Das ist jetzt eigentlich ungünstig. Wissen Sie, wir wollten gerade zu Bett gehen.«

Kroll nickte verständnisvoll und betrachtete die Freizeitkleidung des Psychologen. »Keine Sorge, in fünf Minuten sind wir wieder verschwunden. Wir haben ein paar Fragen, von denen das Leben eines Jungen abhängt.«

Die Schluckbewegung an Dr. Wenkmanns Hals entging Kroll nicht.

»Das meinen Sie nicht ernst, oder?«

Keiner der Beamten zeigte eine Regung.

»Na schön, kommen Sie rein«, lenkte der Psychologe ein.

Kroll und Lichtenberg begrüßten Frau Wenkmann per Handschlag. Die Dame war sichtlich überrascht und räumte eilig Zeitschriften, benutzte Gläser und geöffnete Briefpost vom Esstisch.

Ihr Mann beruhigte sie und bedeutete den Beamten, Platz zu nehmen.

Kroll wählte einen Polsterstuhl und blickte sich aufmerksam um. Das Wohnzimmer war recht bodenständig eingerichtet. Die warmbraunen Fliesen und die urige Eichenschrankwand gefielen ihm. Auch der kleine Flachbildfernseher war Ausdruck, dass die Hausbewohner Wert auf Sparsamkeit legten. Unter anderen Umständen hätte er sich hier wohlgefühlt.

»Sie arbeiten als Gefängnispsychologe in mehreren sächsischen Justizvollzugsanstalten?«, eröffnete Kroll die Befragung.

»Das ist korrekt.«

»Erinnern Sie sich an einen Jeff Balthasar aus der JVA Zwickau?«

Dr. Wenkmann beugte sich im Stuhl nach hinten. Als erfahrener Therapeut analysierte er seine Gesprächspartner mit den Augen. Die Fingerkuppen beider Hände legte er gegeneinander und hielt die Arme zu einem Dreieck vor der Brust. Eine typische Psychologengeste. »Jeff Balthasar war ein Sonderfall. Ich erinnere mich allzu gut an ihn. Ein bedauernswerter Patient.«

»Inwieweit bedauernswert?«

»Ich wünschte, ich hätte etwas für ihn tun können.«

»Erläutern Sie das genauer.«

»Sie wissen, dass ich an meine Schweigepflicht gebunden bin.«

Kroll stemmte die Ellenbogen auf die Tischplatte und knetete seine Hände. Er warf Dr. Wenkmann einen strengen Blick zu.

Es wirkte.

»Liebes, würdest du uns bitte allein lassen?« Der Hausherr verpackte die Aufforderung mit der Schleife eines Lächelns.

Widerwillig kam die bis dahin still lauschende Ehefrau der Bitte nach und schloss die Zimmertür hinter sich.

»Nun, Herr Kroll, vom wissenschaftlichen Standpunkt aus betrachtet faszinierte mich Jeff Balthasar. Die Frage, was einen Polizisten dazu bringt, einen wehrlosen Menschen einfach so zu erschießen, hat mich bei meinen Sitzungen angespornt. Wenn ich frei heraus sprechen darf: Aus strafrechtlicher Perspektive hat Balthasar einen Mord begangen, doch bei der Gretchenfrage zur Gerechtigkeit bin ich zwiegespalten. Ja, ich kann allzu gut verstehen, warum er den Vergewaltiger getötet hat. Und wie wir aus der damaligen Berichterstattung wissen, sieht das ein Großteil der Bevölkerung ähnlich. Nicht umsonst wird Balthasar im Internet als Märtyrer dargestellt. Des Weiteren ist er zum Lehrbeispiel der Kriminologie und Psychologie geworden.«

Dr. Wenkmann seufzte. »Bei den Therapiegesprächen zeigte er weder Reue noch Einsicht.«

»Ach, und dass der Kerl Donners Frau entführt und sein Kind vom Dach gestoßen hat, können Sie auch nachvollziehen?«

Dr. Wenkmann blieb gefasst. »Dieser Vorfall ist selbstverständlich äußerst tragisch.«

Kroll bemerkte, wie Lichtenberg ihn ungehalten von der Seite ansah. Eifrig übernahm sein Partner das Wort.

»Und?«, fragte der Obermeister. »Haben Sie ihm damals ein Geschäft angeboten?«

»Was meinen Sie damit?«

Kroll sah keine Notwendigkeit, Lichtenberg zu bremsen.

»Auch wenn die Beweise fehlen, wird angenommen, dass Balthasar bei seiner Flucht aus der Haft Hilfe hatte«, erläuterte sein Assistent.

Der Doktor blickte bestürzt. »Sind Sie deshalb gekommen? Weil Sie glauben, ich wäre dazu fähig? Halten Sie mich für den Komplizen eines verurteilten Straftäters?«

Die Beamten schwiegen.

»Das ist absurd!«, fuhr Dr. Wenkmann auf, gleichwohl blieb sein Ton akademisch moderat. »Ich bin Psychologe. Ich behandle Menschen, und das schließt ein, dass ich mich in sie hineinversetze. Ich versuche ihr Vertrauen zu gewinnen, aber nicht, mit ihnen zu paktieren.«

»Dann erzählen Sie uns, was Sie wissen«, übernahm Kroll wieder die Gesprächsführung. »Über irgendwas müssen Sie beide sich bei Ihren Sitzungen im Gefängnis unterhalten haben.«

»Oh, gewiss. Über seine Kindheit, seinen Beruf, was ihm seine Familie bedeutet … Er hat viel gesprochen, ohne konkret zu werden. Wie bereits angedeutet, blieb Jeff Balthasar für mich ein Buch mit sieben Siegeln. Er lehnte mich gewissermaßen ab.«

»Können Sie mir etwas zu dem Ehering sagen, den er am Finger trug?«

»Was wollen Sie von mir hören?«

»Zum Beispiel, wie und warum er aus dem Gefängnis verschwunden ist und in der Hand eines Toten gefunden wurde.«

Dr. Wenkmann zuckte mit den Schultern. »Während unserer Sitzungsstunden hat er den Ring permanent am Finger gedreht. Ja, wir kamen darauf zu sprechen. Leider verlief das Gespräch ernüchternd – wie meistens. Vielleicht kann Ihnen mein Kollege weiterhelfen.«

»Wer?«

»Ich war nicht der einzige Psychologe von Jeff Balthasar. Auch wenn ein Wechsel aus therapeutischer Sicht ungünstig ist, so war ich eine Weile gesundheitlich verhindert. Ein Kollege ist während dieser Zeit für mich eingesprungen …«

Als Dr. Wenkmann die Haustür schloss und Kroll mit Lichtenberg zurück zum Fahrzeug ging, schnippte sein Partner hörbar mit den Fingern. »Erinnerst du dich an die orangefarbenen Seile, mit denen Peter Ambach an den Stuhl gefesselt war?«

Kroll gab keine Antwort. Er wollte so schnell wie möglich aus dem Regen.

Da hielt sein Kollege ihn am Arm fest und stellte sich frontal zu ihm. »Ich weiß jetzt, wo ich ein solches Seil schon mal gesehen habe.«

Kapitel 56

Damals (dreieinhalb Jahre zuvor)

»Sie?« Balthasar sprang vom Sessel auf und schaute ungläubig zu dem Mann, der den Sitzungsraum betrat. »Wie kommen Sie hier rein?«

Mit schnellen Schritten und einem seltsam zufriedenen Lippenspiel trat der Besucher näher. Zur Begrüßung streckte er die Hand aus. Balthasar erwiderte die Geste nicht. Er hatte den Gefängnispsychologen Dr. Wenkmann erwartet, stattdessen sah er sich mit einer Person aus seiner Vergangenheit konfrontiert. Diese sah noch genauso aus, wie er sie damals kennengelernt hatte. Zwar war vom Wohlstandsbauch ein Teil des Umfangs verschwunden, doch an das Doppelkinn und das schwiegermutterfreundliche Auftreten erinnerte er sich.

Balthasar verstand nicht, was die Person hier im Gefängnis wollte. Zudem fragte er sich, wie sie in den Sperrbereich spazieren konnte. Deshalb forderte er mit einem strengen Blick eine Antwort.

»Ihre Entscheidung«, säuselte der Mann und zog die Hand zurück. Dann ging er zu einem Stuhl, legte eine Mappe und ein

Diktiergerät auf einen Beistelltisch und schlug die Beine übereinander. »Zu Ihrer Frage: Ich arbeite hier.«

»Blödsinn«, zischte Balthasar. »Das hier ist ein Knast. Wenn Sie hier arbeiten würden, wüsste ich das. Ich habe meinen wöchentlichen Termin bei Dr. Wenkmann. Wenn Sie also …«

»Dr. Wenkmann leidet an … nennen wir es … einer *Magenverstimmung*. Deshalb bin ich für meinen Kollegen eingesprungen.«

»Als Ersatzreifen?«

»Erinnern Sie sich nicht?«

Augenblicklich fiel es Balthasar wieder ein: Der Mann war selbst Psychologe. Deshalb trug er ein weißes Hemd, wie es Dr. Wenkmann ebenfalls bevorzugte.

»Was wollen Sie von mir?«

»Sie haben mir damals etwas versprochen und Ihr Versprechen gehalten. Jetzt bin ich gekommen, um mich zu revanchieren. Vorausgesetzt, Sie hören sich an, was ich Ihnen anbiete.«

Balthasar betrachtete den Mann eine Weile. Dann ließ er sich zurück in den Sessel fallen, von dem aus er sonst Dr. Wenkmann ein paar nette Geschichten erzählte. Er beschloss, sich anzuhören, was sein Gegenüber zu sagen hatte. Vertrauen musste er ihm deswegen noch lange nicht.

»Danke.« Der Mann legte die Fingerkuppen gegeneinander und bildete mit den Armen vor der Brust ein Dreieck. »Doch bevor wir anfangen, muss ich wissen, was Ihnen zum Namen Erik Donner einfällt.«

Balthasar krallte die Finger in das Polster. Das schien dem Psychologen Antwort genug zu sein.

»Gut, wie ich mir gedacht habe. Ich sehe, wir sind uns einig.« Er rieb die Handflächen gegeneinander, presste sie zusammen und legte beide Zeigefinger auf die Lippen. Nach fünf Sekunden des Beobachtens fuhr er fort. »Ab sofort bin ich Ihr Therapeut …«

»Das ist ein Witz, oder? Ich dachte, Dr. Wenkmann leidet bloß unter einer Magenverstimmung.«

»… und ich werde Sie hier rausholen.«

Balthasar schaute sich im Raum um, ob irgendwo Kameras hingen. Dem war nicht so. Der Kerl versuchte, ihn trotzdem hereinzulegen. Weil er den Versuch durchschaute, hob er den rechten Arm und streckte den Mittelfinger. »Sie können mich mal!«

»Ich liefere Ihnen eine Chance, um es Donner zu vergelten. Das wollten Sie doch immer, nicht wahr? Sie wollen ihm zeigen, wie es um Recht und Gesetz in dieser Welt bestellt ist. Sie wollen ihn leiden sehen, so wie Sie gelitten haben. Habe ich recht? Wenn ich falschliege, brechen wir die Sitzung ab. Ich verschwinde und Sie hören nie wieder etwas von mir. Wie vorhin den Handschlag, können Sie auch jetzt ablehnen. Die Entscheidung liegt ganz bei Ihnen.« Er sah auf seine Armbanduhr. Ein Schmuckstück mit einem auffälligen türkisen Ziffernblatt und glitzernden Edelsteinchen. »Uns bleiben noch exakt vierunddreißig Minuten für eine Einigung. Ich bin Ihr Psychotherapeut, der Sachverhalt unterliegt der Schweigepflicht.« Dabei sah er eiskalt herüber zum Sessel.

Bald zeigte Balthasar ein Grinsen. »Wie geht es eigentlich Ihrer Tochter und Ihrer Frau?«

»Nicht ich bin der Patient.«

Als das geklärt war, lehnte sich Balthasar zurück und lauschte.

»Erzählen Sie mir alles, was Sie über Donner wissen. Geben Sie jeden Satz, den Sie damals mit ihm gesprochen haben, so exakt wie möglich wieder. Berichten Sie mir von seiner Frau und seiner Tochter. Wie lebt seine Familie, wo sind seine Schwächen, was für ein Mensch ist er, wie ist das Verhältnis zu

Arbeitskollegen? Gibt es Leute, denen er auf den Schlips getreten ist? Vielleicht einem Richter oder einem Reporter?«

»Sie meinen es ernst.«

»Todernst, könnte man sagen.«

»Sie sind total verrückt.« Balthasar schüttelte den Kopf. »Das imponiert mir.«

»Bevor wir weitermachen, benötigte ich von Ihnen einen persönlichen Gegenstand. Er soll gewissermaßen als Zeichen des Vertrauens dienen.« Sein Blick senkte sich und erfasste das Schmuckstück an Balthasars Ringfinger.

Balthasar betrachtete ebenfalls den Ehering und sah dann auf. »Sie stellen jede Menge Bedingungen. Vielleicht sagen Sie mir endlich, wie die Sache laufen soll.«

»Gewiss, das werde ich. Vor uns liegt eine Reihe an Sitzungen. Ausreichend Zeit, um Ihre Flucht und Ihre Revanche gegenüber Donner zu besprechen.« Er beugte sich über den Beistelltisch. »Damit der Plan gelingt, müssen Sie mir außerdem Ihre Stimme leihen.«

Darauf schaltete er das Diktiergerät ein.

Kapitel 57

Heute

Umgeben von Dunkelheit und Donnergrollen wirkte die einstige Märchenvilla gespenstisch. Selbst die strahlend gelbe Klinkermauer von einst erinnerte ihn dieser Tage an einen reizlosen grauen Wall. Die Gegend hatte ihre Fröhlichkeit verloren. Das Fauchen des Windes und das Trommeln des Regens erzeugten eine Kulisse des Dramas. Dabei hatte die eigentliche Tragödie hier vor Jahren stattgefunden.

Ungeschickt hielt Donner die Kapuze fest. Der Sturm versuchte sie ihm vom Haupt zu reißen. Unrat schwamm den Rinnstein entlang. Bis zu den Knöcheln watete er durch Sturzbäche und braune Fluten drohten die Stadt wegzuspülen. Er hatte eine Ewigkeit gebraucht, das Anwesen zu erreichen.

Überall hörte man die Sirenen von Feuerwehren, Rettungswagen und Polizei. In den Stadtteilen, die tiefer lagen, liefen die Keller voll. Der Himmel hatte seine Pforten geöffnet. Teilweise standen Autos bis zu den Türkanten im Wasser.

Als wäre das nicht genug, hatten sie im Radio noch von einem Unfall auf der A4 mit acht beteiligten Fahrzeugen gesprochen und auf den Hauptzufahrtsstrecken bildete sich Stau. In manchen Straßen kam der Verkehr vollends zum Erliegen, selbst Telefonverbindungen fielen aus. In Siegmar mussten die Einwohner sogar komplett ohne Strom klarkommen.

Donner kannte das Grundstück, das er durchquerte. Zuletzt hatte er es vor mehr als sieben Jahren betreten. Der weiße Kies zierte noch genauso die Einfahrt wie damals, auch wenn sich mittlerweile ein dunkler Schleier darüber gebildet hatte. Er war Sinnbild für Donners Vergangenheit.

In der linken Jackentasche zerknitterte seine Faust die Visitenkarte, die er aus Hauptstätters Wohnung mitgenommen hatte. Der Name darauf hatte ihn an den Ort zurückgeführt, wo alles Leid begonnen hatte. Donner sah es klar vor Augen. Nicht der Tag, wo Balthasar Benny Malow mit einem Kopfschuss getötet hatte, war es, wo das Unglück seinen Lauf genommen hatte, sondern der Tag, an dem Balthasar einem Familienvater ein Versprechen gegeben hatte.

Er klingelte und klopfte. Niemand machte auf. Die Jalousien waren heruntergelassen. Wenn er durch die Ritzen spähte, sah er nicht den kleinsten Lichtschein. Von außen hatte er das ganze Haus kontrolliert. Es schien keiner da zu sein.

Ein Bellen durchbrach den Unwetterlärm. Donner fuhr herum und erblickte im Schatten der Garage eine dunkle Gestalt, die ein Untier von einem Hund an der Leine führte. Trotz der Finsternis und des Starkregens leuchteten die Zähne und die Pupillen des Tieres bedrohlich. Ein Schäferhund und sein Herrchen standen ihm gegenüber.

Donner überwand den Drang davonzulaufen. Schon einmal hatte ihn der Köter eines Kriminellen ins Bein gebissen. Einst hatte er dem Hund die volle Ladung Pfefferspray in die Augen gesprüht. Er wusste nicht mehr, was mehr wehgetan hatte: Der Biss oder die Wirkung des Pfeffersprays, dessen Anwendung ihm aufgrund der kurzen Distanz die Sicht geraubt hatte.

»Suchen Sie was Bestimmtes?«, fragte die Person mit Unwillen in der Stimme.

Jetzt erkannte Donner den Baseballschläger in der Hand des Mannes.

»Hey, machen Sie bloß keinen Fehler«, mahnte er und nestelte nach der Kriminalmarke. »Ich bin von der Kripo.«

Der Hund knurrte und der Mann trat ein paar Schritte nach vorn, bis er im Schein der Haustürbeleuchtung stand. Er trug nur ein T-Shirt, eine Jogginghose und Gartenlatschen. Donner nahm an, dass der Kerl aus der Nachbarschaft stammte. Von der Statur war er eher schmächtig. Er hatte Schwierigkeiten, den wütend an der Leine zerrenden Hund zu halten.

»Aus!«, rief das Herrchen mit schneidendem Ton. Das Tier reagierte und der Besitzer wandte sich Donner zu. »Ich fragte, was Sie hier wollen!«

»Ich möchte zu Dr. Gruenberg, aber es scheint niemand da zu sein.«

»Scharf beobachtet. Wahrscheinlich ist deshalb alles finster.«

Donner bemerkte den Zynismus, ging jedoch nicht darauf ein. »Wissen Sie, wie ich ihn erreiche?«

Der Mann legte den Schläger über die Schulter und betrachtete Donner eine Weile. »Sie sehen nicht wie ein Bulle aus. Eher wie jemand, dessen Visage auf ein Fahndungsfoto passt.«

In Donner begann es zu brodeln. »Spielen Sie hier den wachsamen Spießer oder sind Sie der Gärtner? Wissen Sie, ich hatte einen extrem beschissenen Tag und da brauche ich keinen Hilfssheriff, der mir bei diesem Sauwetter im Weg steht. Entweder reden wir vernünftig oder ich rufe eine Streife, die Sie wegen Behinderung einer polizeilichen Maßnahme in Gewahrsam nimmt. Sie und Ihren Hund.«

Wie auf Kommando bellte der Köter los. Der Mann verkürzte die Leine. »Schon gut. Von welcher Abteilung kommen Sie gleich?«

Na also, geht doch! Dass man den Leuten immer erst drohen muss …

»Kriminalpolizeiliche Erstkontaktstelle. Und ja, das ist eine ziemlich bescheuerte Bezeichnung und obendrein macht einen die Arbeit jede Woche um einen Monat älter. Die Eheleute Gruenberg kennen mich von früher. Die Tochter war Zeugin in einem Ermittlungsverfahren – also bevor sie sich das Leben genommen hat.«

Die Sache mit Manuela Gruenberg kam ihm stockend über die Lippen. Sie gehörte zu den Dingen, die er verdrängt hatte. Die Dreizehnjährige hatte das schreckliche Ereignis nie verarbeitet. Trotz unzähliger Therapien hatte sie sich zwei Jahre danach umgebracht.

»Das ist aber schon ein paar Jährchen her.«

»Ja, das stimmt.«

»Ich meinte, dass Sie die Eheleute gesehen haben. Dr. Gruenberg ist schon lange Witwer. Die Geschichte ging sehr tragisch aus.« Er schüttelte den Kopf und forderte den Hund auf, das Knurren einzustellen. »Erst die Tochter, dann die Frau. Die ganze Nachbarschaft hat versucht, Matthias Halt zu geben, aber er hat jede Hilfe abgelehnt und sich in die Arbeit gestürzt. Sogar sein Äußeres hat sich im Laufe der Zeit verdüstert. Die meisten Kontakte hat er abgebrochen. Klar, wir grüßen uns, das macht man so in der Gegend, doch Plaudereien am Gartenzaun, gemeinsames Grillen, all die Gemütlichkeiten sind Vergangenheit.«

»Moment mal! Wollen Sie damit sagen, seine Ehefrau ist verstorben?«

»Verstorben? Mann, Sie wissen wirklich nicht viel. Das stärkt mein Vertrauen in die Polizei ungemein.«

»Wir geben uns Mühe, auch Sie nicht zu enttäuschen.«

»Jedenfalls hat seine Frau sich erhängt. Ging damals groß durch die Presse. Wegen der Firma und so …«

Donner rang um Erkenntnis. Gedanklich blätterte er durch sämtliche Hefter mit den Zeitungsartikeln in seinem häuslichen Archiv. Von dieser Sache hatte er nichts gewusst. Wenn es Suizid war, hatte er dem Fall vermutlich kaum Beachtung geschenkt. Und in den Zeitungen verwendete niemand Klarnamen.

»Wissen Sie, wo ich Dr. Gruenberg finde?«

Der Angesprochene zuckte mit den Achseln. »Keine Ahnung, hab ihn seit ein paar Tagen nicht mehr gesehen. Vielleicht ist er verreist.«

Nein, verreist war er bestimmt nicht, denn der Briefkasten war frisch geleert.

Kapitel 58

In Gedanken weilte Donner bei Julian Völker. Dem Jungen blieb keine halbe Stunde. Dr. Gruenberg war Donners letzte Chance gewesen. Sie verging mit dem Tag. Mitternacht rückte näher. Der Regen spülte alles davon. Nur die Schuldgefühle blieben. Luisa würde ihm ewig Vorwürfe machen. In ihren Augen würde er als der Mörder ihres Kindes gelten.

Vielleicht wäre es besser gewesen, sich zu stellen. Doch dafür war es zu spät.

»Ist alles in Ordnung?«, fragte der Hundebesitzer. »Sie sehen ziemlich fertig aus, wenn ich das anmerken darf.«

Donner schüttelte die Bedenken weg. »Alles okay. Ich versuche nur herauszubekommen, wo ich Dr. Gruenberg finde. Sie sagten, er hätte sein Äußeres verändert?«

Der Mann nickte. »Das stimmt, er joggt dauernd am Feld entlang. Manchmal jeden Morgen, gleich vor dem Frühstück. Und ins Fitnessstudio geht er auch. Er besucht das, was vierundzwanzig Stunden am Tag geöffnet hat. Da kann er zu unregelmäßigen Zeiten trainieren. Seine Schwarte hat er wegbekommen, falls Sie verstehen, was ich meine.« Der Mann klopfte sich mit dem Schläger auf den Bauch. »Irgendwann musste er sich komplett neu einkleiden, weil die Hemden die Muskeln nicht mehr gehalten haben. Mein Nachbar ist zum regelrechten Herkules geworden. Ja, ein bisschen erinnert er mich an Sie. Mal vom Gesicht abgesehen.«

Donner verzog den Mund. »Danke, ich weiß das zu schätzen.«

»Oh, ich wollte Sie keineswegs beleidigen. Aber jemand wie Sie sieht man nicht alle Tage. Und Sie arbeiten wirklich bei der Polizei?«

»Hat Herr Dr. Gruenberg mal irgendwas wegen seiner Tochter erwähnt?«

»Neugierig wie ein Polizist sind Sie jedenfalls.« Der Nachbar sah hinauf in den Nachthimmel, der nicht aufhören wollte, Regen zu schicken. »Matthias hat ununterbrochen von ihr geredet. Das heißt, bis das mit seiner Frau passiert ist. Er macht die Bullen dafür verantwortlich. Entschuldigen Sie den Ausdruck.«

Donner nickte wohlwollend.

»Genau das Schimpfwort benutzte er immer. Er verfluchte euch. Und er sagte, dass der Tod von dem, der seiner Tochter das angetan hat – na, Sie wissen schon –, das Beste sei, was passieren konnte. Nach ein paar Bier war er für einen Psychologen ziemlich uncool. Also wenig diplomatisch, meine ich. Er mochte den Polizisten nicht, der den Typen erschossen hat, aber er zollt ihm Respekt und dankt ihm irgendwie dafür. Schon damals wusste ich, dass Matthias' Psyche einen Knacks hat. Ehrlich, niemand überlebt den Tod der eigenen Tochter.«

Donner fiel. Sein Geist stürzte mit dem Regen in die Abflussrinne vor der Garage. Die Puzzleteile in seinem Kopf waren in Wirklichkeit Scherben, die ihm den Verstand zerschnitten. Er versuchte zu ergründen, was ihn tatsächlich mit Dr. Gruenberg verband, denn allmählich kam ihm ein schlimmer Verdacht.

»Und dann war da noch dieser andere Bulle«, redete der Nachbar weiter. »Der, den Matthias abgrundtief hasste. Kann mich nicht mehr an den Namen erinnern. War vermutlich ein Allerweltsname. Matthias hat ständig von diesem Versager gesprochen. Bis zu dem Tag, wo er nie wieder über die Sache geredet hat. Er hat kein einziges Wort mehr über den Missbrauchsfall, seine Tochter, seine Frau oder das damalige Geschehen verloren. Nie wieder. Es war, als hätte er sich leergesprochen.«

Während ein Wasserbach um Donners Schuhsohlen spülte, sah er sich vom Schicksal verhöhnt. Der Lärm der Welt raubte ihm den Verstand und schmetterte seine Hülle in eine Todesgrube. Seine Seele zerfiel wie ein Stück uraltes Pergament. Er erstickte an der Wahrheit.

Dr. Gruenberg war der Täter.

In diesem Augenblick wusste Donner alles.

Eine verhängnisvolle Verwandlung hatte in dem Haus hinter ihm stattgefunden: vom angesehenen Psychologen zum kaltblütigen Verbrecher!

Es gab keinen wiederauferstandenen Jeff Balthasar. Gruenberg war mit perversen Absichten in die Rolle des Ex-Polizisten – *eines Mörders* – geschlüpft.

»Ist das Ihr Handy?«

»Was?«, fragte Donner benommen.

Der Mann zeigte auf seine Jacke. »Da lacht was in Ihrer Tasche.«

Erst jetzt vernahm Donner das schäbige Geräusch, welches das Mobiltelefon seines Widersachers von sich gab. Ein Wunder, dass der Hundebesitzer es bei all den Umgebungsgeräuschen vernommen hatte.

Donner hob ab und lauschte. Das Wasser lief an seinen Händen herunter, doch das Wetter störte ihn kaum noch. Es war wie immer. In den Situationen der Entscheidung, wo alles auf dem Spiel stand, konnte er ganz ruhig atmen und klar denken.

»Erik?«

»Annegret?«

»Das Ultimatum läuft ab. Du musst dich stellen.« Die Verbindung war gestört. Sie redete schnell, aber nicht zu schnell. »Wir werden eine Presseerklärung rausgeben, die Radiosender wissen Bescheid. Wenn der Täter hört, dass wir dich gefasst haben, wird er den Jungen freilassen.«

Donner beobachtete die Regentropfen, die vor seinem Gesicht vorbeiflogen. Sie vereinten sich zu einer Sintflut, die wie ein Vorbote der Apokalypse vom Himmel fiel. Und während alles ertrank, hatte er beschlossen zu schwimmen.

»Das wird er nicht tun«, sprach Donner ins Handy. »Der Junge ist in weniger als dreißig Minuten tot. Gib die Pressemeldung ohne mich raus.«

»Du weißt, dass weder der Pressesprecher noch die Präsidentin dafür die Freigabe erteilen. Sie wollen, dass du dich stellst, so lautet der Deal.«

»Mir bleibt keine Wahl, ich muss ihn finden.«

»Hörst du …?«

»Ich kenne seinen Namen.«

»Was? Du kommst unterbrochen an.«

»Dr. Matthias Gruenberg. Sein Name ist Gruenberg!«

»Was?« Es raschelte im Hörer. Kolka klang abgehackt. »Ich verstehe dich nicht. Wie …?«

»Ich bringe ihn zur Strecke.« Er zog am Reißverschluss und griff in die Jacke. Mit einer Faust voller Wut nahm er die Dienstwaffe aus dem Holster und versicherte sich, dass sie durchgeladen war. Am Ende dieses Tages würde nur einer tot sein …

… und das ist dieser abgefuckte Psychopath!

Der Mann mit dem Hund fluchte etwas Undeutliches und setzte zum Rückzug an.

»Das ist Wahnsinn!«, rief Kolka. »Stark … Ortung …«

Bald verstand er von Kolkas Sätzen nur noch einzelne Silben.

»Erik?« Ihre Stimme schwankte in der Höhe. Die Souveränität war gewichen und machte einem Rauschen Platz. Das Letzte, was er schwach vernahm, waren die Worte *Leinau* und *Garten*.

Doch nun, wo es keine Geheimnisse mehr zu ergründen gab, konnte Donner ganz ruhig denken. Ein Fachbegriff, den Kolka einmal erwähnt hatte, kroch wie eine höhnische Viper durch seinen Kopf.

Halophosphat.

Er steckte die Pistole weg und ging dem Nachbarn nach. Bei einer Sache musste ihm der Mann noch helfen.

Kapitel 59

Drei Jahre hatte sich Dr. Matthias Gruenberg auf diesen Tag vorbereitet und nun lief ihm die Zeit davon. Der Alte aus der nahen Gartenanlage war wie Sand im Getriebe seines Plans. Doch es störte Gruenberg nur geringfügig, dass er ihn hatte umbringen müssen. Ein wenig beklagte er den sinnlosen Tod. Gleichzeitig beruhigte er sich, dass der Kerl selbst schuld war. Man mischte sich nicht in fremde Angelegenheiten ein. Das hatte bereits Gruenbergs Großmutter ständig gepredigt.

Mehr ärgerte ihn der Umstand, dass er sich um die Entsorgung der Leiche kümmern musste. Den toten Leib des Rentners aus dem Gebäude zu bringen, hatte wertvolle Minuten gekostet. Gruenberg hatte ihn in Folie eingewickelt und zum Fahrzeug geschleppt. Der Tote musste vom Fabrikgrundstück verschwinden.

Anhand der Zeigerstellung seiner Uhr zählte der Arzt die Minuten bis Mitternacht. Eigentlich sollte er den Ort längst verlassen haben. Er hatte vorgehabt, alle Spuren, die ihn als Täter entlarvten, zu beseitigen.

Ohne Eile wäre er nach Hause gefahren, hätte die Kleidung entsorgt, sich gewaschen, etwas gegessen und zuletzt vor seinem PC gesessen. Er hätte das Sprachverfremdungsprogramm gestartet, die Lautsprecher ausgerichtet und ein paar Sprechproben durchgeführt. Wenn die Technik funktionierte – und das tat sie bisher hervorragend –, hätte er das Handy angewählt, welches er Donner in den Briefkasten gesteckt hatte. Dann hätte er in eine trichterförmige Mikrofonanlage gesprochen – eine Spezialanfertigung aus China. Das Programm auf dem PC hätte seine Klangfarbe verfremdet, bis man Balthasar sprechen hörte. Schon Jahre zuvor hatte Gruenberg dessen Stimme mit einem Diktiergerät verewigt. Der Ex-Polizist hatte sie ihm geliehen, als sie in der Strafanstalt aufeinandergetroffen waren. Mit den Sätzen vom Chip hatte er das Programm gefüttert. Zuerst hatte er nicht glauben wollen, dass man ihm diese Lüge abkaufte, doch die Technik hatte ihn eines Besseren belehrt.

Balthasars Stimme klang täuschend echt.

Zum letzten Mal würde Donner die Worte seines einstigen Partners vernehmen. Danach würde der Tote für immer verstummen.

Wenn dieser Zeitpunkt kam, würde auch Gruenberg seinen Frieden finden. Sobald Donner hinter Gittern saß, war er bereit für einen neuen Lebensabschnitt.

Aus der Ferne betrachtete er den Jungen, der über der Zwillingstrommel in der Luft baumelte. Er wehrte sich kaum noch. Durch den Knebel schmerzte gewiss der Unterkieferknochen. Besser, er leistete so wenig Widerstand wie möglich. Das Klebeband an Hand- und Fußgelenken konnte er niemals sprengen. Bald würde er fürchterliche Qualen leiden, aber nach Gruenbergs Planung sollte der Todeskampf nicht länger als eine Minute dauern. Zumindest das Versuchsobjekt – ein streunender Hund – hatte siebenundvierzig Sekunden, nachdem die Trommeln die Tatzen ergriffen hatten, keinen Laut mehr gegeben. Die Maschine hatte ihm erst die Pfoten, dann die Unterschenkel, anschließend den Schwanz und zuletzt die restlichen Körperteile bis zur Schnauze zerquetscht. Die Trommeln drehten sich wie zwei Räder in entgegengesetzte Richtungen. Vor Jahren hatten sie Leuchtstoffröhren wie zwei überdimensionale Patronengürtel transportiert. Ein Förderband hatte die Leuchtmittel zur Maschine gebracht und die mechanischen Greifer der ersten Trommel hatten sie nacheinander aufgenommen. In der Mitte der Walzen hatte man zu beiden Seiten der Röhren die Elektroden eingesetzt.

Die Leuchtstoffproduktion war eingestellt worden. Lediglich unzählige Scherbenhaufen kündeten von früher. Hier gab es nur noch totes Glas und den übermächtigen Schatten von Gruenbergs Frau. Diesen würde er heute für immer vertreiben.

Keineswegs war er stolz auf das, was er getan hatte. Einzig auf die Planung blickte er erhaben zurück. Von Balthasar hatte er alles über Donner erfahren, danach hatte er ein Konzept entwickelt. Stück für Stück hatte er es verfeinert, und am Ende war ein Rachefeldzug herausgekommen, der seinesgleichen suchte. Mehrere Morde zu begehen und sie einem anderen in die Schuhe zu schieben, kam einer Meisterleistung gleich. Er hatte den Ermittlern glaubhafte Motive und Beweismittel für Donners Täterschaft geliefert. Kein Richter der Welt würde das Monster jemals laufen lassen, und niemand konnte eine Verbindung zu ihm, Dr. Gruenberg, herstellen. Für die Justiz und die Öffentlichkeit würde es keinen anderen Mörder geben als Donner.

Schuldig im Sinne der Anklage.

Nein, es war kein Stolz, der ihn antrieb, sondern Genugtuung.

Sorgfältig machte er damit weiter, die Folie einzurollen. Der Alte aus dem Gartenverein – laut Ausweis hieß er Erwin Leinau – hatte viel Blut verloren. Blut und vermutlich auch Hautschuppen und Haare. Spuren, die mit dem Betonboden und der Wand in Berührung gekommen waren. Gruenberg hatte alle penibel beseitigt. Sogar einen Handstaubsauger aus dem Kofferraum hatte er benutzt. Danach hatte er drei Handvoll Schutt auf die Stelle geworfen.

Trotz des Zeitdrucks durfte er nicht in Hektik verfallen. Er musste sich weiter an den Plan halten. Er musste die Folie fortbringen, in Plastiksäcke stopfen, in den Kofferraum laden und davonfahren.

Alsbald musste er Donner und die Polizei anrufen. Der Kommissar würde zwar erst nach dem Tod des Jungen eintreffen, aber dieser Umstand war verschmerzbar. Hauptsache, man nahm ihn auf frischer Tat fest.

Jetzt konnte er sich ein Schmunzeln nicht mehr verkneifen – bis ihn die Vibration des Handys in seiner Jacke irritierte. Es war sein persönliches Gerät, auf dem jemand anrief.

Kapitel 60

Die Regenjacke hatte ihren Dienst getan. Donner streifte sie ab und warf sie achtlos auf das Wellblechdach. Beim Besteigen des Fabrikgebäudes hatte er sie an einem Nagel aufgerissen. Binnen kurzer Zeit hatte der Regen das T-Shirt durchtränkt.

Wie ein grimmiger Herkules schaute er nach oben. Hier auf dem Dach fühlte er sich dem Himmel ganz nah. Die Wolken schickten Blitze und Geschrei. Jedes Mal, wenn das Donnerdröhnen einsetzte, war er für Sekunden taub. Er hatte das Gefühl, dass das Blechdach den Unwetterlärm verstärkte. Dabei waren es nicht die Donnersalven, sondern die Regentropfen, die die Welt in einen Konzertsaal des Terrors verwandelten.

Und es war rutschig.

Manchmal bewegte er sich auf allen vieren vorwärts. Dagegen war das Erklettern des Daches das reinste Kinderspiel gewesen.

Weil er keinen unkomplizierten Zugang in die Fabrik gefunden hatte, hatte er ein Abdeckgitter wie eine Leiter an die Gebäudewand gelehnt, um ein gusseisernes Fallrohr auf gut drei Meter Höhe zu erreichen. Zum Glück hatten die Handwerker damals solide gebaut. Das Rohr hatte Donners Gewicht ausgehalten.

Der Reihe nach prüfte er die Dachlukenfenster, bis er eines fand, das wackelte. Weil es sich nur einen Spalt weit öffnen ließ, riss er die verrostete Schließvorrichtung der Luke komplett heraus. Dann kletterte er hinunter in den Dachboden.

Mit der Taschenlampe, die bereits in Hauptstätters Wohnung gute Dienste geleistet hatte, brachte er Licht ins Dunkel. Zugleich hielt er das Handy, das er in seinem Briefkasten gefunden hatte.

So, du Halbaffe! Jetzt drehen wir den Spieß um. Diesmal jage ich dich.

Er tippte Gruenbergs private Handynummer ein, die er von dem Nachbarn erfahren hatte.

Kapitel 61

Das Handyvibrieren dauerte an. Gruenberg ließ den Finger über der grünen Taste schweben. Zuerst hatte er sich gewundert. Jetzt erkannte er die Nummer, die da auf dem Display leuchtete.

Sollte er annehmen? Wozu? Er musste einfach den Plan zu Ende führen. Andererseits mochte es klug sein, den Plan zu ändern …

Er führte das Handy zum Ohr und lauschte. Im Lautsprecher vernahm er ein schnelles Atmen. Der Anrufer klang gehetzt.

Keiner sprach. Beide Seiten bespitzelten sich eine Weile.

Dann ging es los.

»Ich kriege dich.«

Es war eindeutig Donners Stimme. Gruenberg würde sie unter Tausenden erkennen. Nachts, wenn er schlief, hörte er sie häufig. Ein ständig wiederkehrendes Trauma: Donner vor Gericht, wie er seinen Partner an eine heuchlerische Justiz verriet und damit Manuela Gruenberg, das Vergewaltigungsopfer, verhöhnte.

»Ich weiß, dass du hier bist«, redete Donner weiter. »Ich kriege dich! Wenn du dem Jungen auch nur ein Haar krümmst, werde ich dir die Zähne ausschlagen, du wirst dein eigenes Blut schmecken. Ich werde dir so viele Knochen wie möglich brechen. Du wirst dich einnässen und mich anflehen, ich solle aufhören, aber als Gnade bekommst du nur meine Faust in den Magen.«

»Entnehme ich der Drohung etwa das Verlangen nach Selbstjustiz?«, fragte Gruenberg mit einem gekünstelten Hüsteln. Er betonte jede einzelne Silbe, ganz so, wie man als Seelenklempner mit Geistesgestörten sprechen sollte. »Möchtest du mir einen Pistolenlauf an die Schläfe pressen? Das darf man nicht. Nicht in deiner Welt.«

»Du hältst dich für allmächtig, du kranker Bettnässer. Aber ich habe dich gefunden und ich werde dich in den Staub prügeln. Denn Blitz und Donner folgen mir. Hörst du es? Das Wetter ist mein Sprachrohr. Hörst du, was es sagt? Ich komme über dich!«

»Vergeude die Zeit nicht mit alttestamentarischen Versprechungen. Die Zeiger schreiten unaufhörlich voran. Die Zeit nimmt sich, wen sie möchte. Sie schert sich nicht um das Leben. Sie hat weder Respekt vor alt noch vor jung. Die Zeiger schreiten voran. Ticktack, ticktack! Du müsstest die Zeit anhalten, um mich zu stoppen.«

»Wenn du wüsstest, wie nah ich dir bin.«

Gruenberg sah sich um, als könnte er mit einem Röntgenblick durch Wände und Decken sehen. Finsternis umgab ihn, sobald er den Bereich der Leuchtstäbe verließ. »Nein, bist du nicht. Du redest mit einem Geist.«

»Seit wann telefonieren Geister? Und ich dachte, dieser Geist hätte einmal ein Kind und eine Frau gehabt.«

Gruenberg biss die Zähne aufeinander. Anstatt zu sprechen, stieß er einen gedämpften Lacher in das Handy. Dann beendete er das Gespräch.

Er überlegte, die Zeitschaltuhr zum Start der Maschine vorzustellen, doch der Weg zur Steuerzentrale würde wertvolle

Minuten kosten. Und wegzulaufen war keine Alternative. Donner befand sich im Gebäude und wusste alles. Zumindest, was die offensichtlichen Fakten anging.

Gruenberg musste improvisieren.

Also huschte er den Gang entlang.

Mehrere Leuchtstäbe lagen auf dem Boden. Den letzten Stab hob er auf und lief zum Treppenhaus. Hier verlangsamte er den Schritt. Überall lag Glas. Jedes Geräusch wirkte verräterisch.

In einer Hand hielt er das Messer. Es war so scharf, dass er darauf achtete, es stets nach vorn zu halten. In der Düsternis und den verwinkelten Räumen war die Klinge die ideale Waffe. Binnen eines Wimpernschlags könnte er den Kommissar tödlich verletzen.

Vorsichtig spähte er um die Ecke und die Treppenstufen hinauf. Er lauschte. Auf einmal vernahm er Lärm. Eindeutig aus dem Untergeschoss. Das Aufbrechen einer Tür. Ganz in der Nähe.

Gruenberg konnte sich ein Schmunzeln nicht verkneifen. Donner war dumm. Die Wut raubte ihm den Verstand. Es würde ein Kinderspiel werden, ihn zu finden und aus dem Hinterhalt niederzustechen.

Es dauerte kaum vier Minuten, da entdeckte er einen Lichtschein. Jemand schlich mit einer Taschenlampe durch den Tunnel zur ehemaligen Glasschmelze.

Gruenberg schob den Leuchtstab unter die Kleidung und folgte der Lichtquelle wie ein Insekt. Bald stand die Person mit dem Rücken vor ihm.

Kapitel 62

Donner drückte den Rücken gegen die Wand. Auf jedes verdächtige Geräusch lauschend, hastete er an den Umkleideräumen vorbei. Zusammen mit dem Lärm des Unwetters ergab die Fabrik eine schaurige Kulisse. Obwohl er schier endlos durch die Gänge streifte, wirkte der Gebäudekomplex winzig und eng.

Er verstand, warum Gruenberg ausgerechnet diesen Ort gewählt hatte. Abgesehen von den Eigentümern der Gartensparte beachtete kaum jemand die Fabrikruine. Die Zeit hatte sie vergessen. Sie war aus dem Bewusstsein der Menschen verschwunden. Selbst Donner betrat das Grundstück heute zum ersten Mal in seinem Leben. Und er hoffte, das erste Mal würde das letzte Mal sein.

Der Strahl der Taschenlampe offenbarte ein Treppenhaus. Seinem Eindruck nach bestand die Fabrik aus vier Bereichen: den separaten Lagerhallen, dem Verwaltungskomplex, den Aufenthaltsräumen und der Produktionshalle. Wenn er die Orientierung behalten hatte, führte der Durchgang zum ehemaligen Fertigungstrakt. Dort hoffte er die Bestie zur Strecke zu bringen.

Ruhelos bewegte sich Donner durch die Dunkelheit. Er fühlte sich weniger wie ein Jäger denn wie ein Dieb. Er war gekommen, um sich sein Leben zurückzuholen. Zumindest den Rest, den er nach dem Tod seiner Tochter und dem Verschwinden seiner Frau noch zu finden glaubte. Vermutlich hatte Gruenberg den Verlust seiner Familie ebenfalls nie überwunden, aber es gab einen Unterschied zwischen dem Psychologen und ihm.

Donner hatte – wenngleich mit Widerwillen – das Schicksal angenommen.

Dafür hasste er diesen Ort umso mehr. Überall stank es nach Salpeter. Die traurige Vergangenheit roch man in jedem Winkel. Zu viel Geschichte, zu wenig Hoffnung auf Zukunft.

Er behielt recht. Hinter dem Treppenhaus lag die Produktionsstätte. Gitter, Stahlbalken, Rollen, Winden und Zahnräder verrieten es ihm. Noch nach Jahren des Stillstands lag der Duft von Eisen und altem Schmierfett in der Luft. Wo er mit der Taschenlampe hinleuchtete, zeigte sich Trostlosigkeit. Die Dunkelheit wich zurück und hinterließ Gerätschaften, an denen die Farbe abblätterte.

Er wanderte an dunkelgrauem Beton vorbei. Der größte Teil der Anlagen war vor langer Zeit demontiert worden, und was hier noch stand, war dem Verfall preisgegeben. Donner wunderte sich, dass darüber noch keine Buntmetalldiebe hergefallen waren, die Aasgeier jeder Fabrik. Andererseits war das Gelände gut gesichert. Nirgendwo hatte er ein Schlupfloch gefunden. Manch anderer Unternehmer wünschte sich eine solch tadellose Umzäunung.

Hinter einem Stahlpfeiler suchte Donner Deckung. Er kniff die Augen zusammen und versuchte mehr zu erkennen. Er stand allein hier. Von Dr. Gruenberg und Julian Völker war nichts zu sehen.

Auf einmal knallte es fürchterlich.

Ein Blitz musste irgendwo in der Nähe niedergefahren sein. Selbst Donners Taschenlampe flackerte für eine Sekunde, was ihm wie ein filmischer Zufall erschien. Er spürte einen Windzug.

Vielleicht stand eine Tür nach draußen offen. Womöglich hatte Gruenberg das Gebäude verlassen.

Aber für den Fall hatte Donner vorgesorgt. Wenn der Psychologe zu seinem Wagen kam, würde er die Karre schieben müssen. Mit der Spitze einer Eisenstange hatte Donner alle Reifen durchstochen.

Er lief weiter. Auf dem Boden lag ein niedergetretener Pappkarton. Darauf verblasste allmählich der einstige Firmenname. Wiederum führten auf Schulterhöhe zwei Röhren durch einen Wandtunnel in die nächste Halle. Das Loch war groß genug, dass auch ein Mann wie er hindurchpasste.

Donner duckte sich und kroch unter den Röhren entlang in den angrenzenden Raum. Diese Halle war kleiner. Hier gab es nur ein paar Stahltreppen und Gerüste, dazu Fässer, Unrat und eine Unmenge an Glasscherben. An den Fenstern lief die Nässe die Wände hinab. Er leuchtete jeden Winkel aus, zielte dabei mit der Pistole in die entsprechende Richtung.

Plötzlich ging das Licht an.

Donner sah nach oben zur Quelle. An der Decke flackerten die Leuchtstoffröhren. Es waren die letzten Zeugen der Fabrik.

»Hallo, Erik, du siehst hässlich aus«, echote es aus der diagonal gegenüberliegenden Ecke und zwei Personen traten aus dem Durchgang.

Für eine Millisekunde überlegte Donner loszufeuern, doch er blieb besonnen. Er musterte Gruenberg – oder den Menschen, den er als diesen ausmachte. Zuerst hatte er die zweite Gestalt für Luisas Sohn gehalten, allerdings drückte Gruenberg die Pistole jemand anderem gegen die Wange.

»Tut mir leid, Erik«, sagte Kolka. »Mir ist die Taschenlampe runtergefallen.«

Was für ein dämlicher Spruch. Erst stolperst du bei unserem kleinen Rendezvous und jetzt das. Die müssen bei der Einstellung deine Ergebnisse mit einem anderen verwechselt haben. Vermutlich steht gerade irgendwo am Bedientresen eines Fast-Food-Restaurants ein ehemaliger Bewerber, aus dem ein guter Polizist hätte werden können.

Offenbar hatte Gruenberg die Kollegin in einem unachtsamen Moment als Geisel genommen. Wie eine Strohpuppe hielt er sie vor sich. Donner erkannte ein orangefarbenes Seil um ihren Hals. Es schnitt förmlich in die Haut. Direkt über dem Kehlkopf.

»Wie gut, dass ihr euch kennt«, fing Gruenberg an. »Somit ersparen wir uns die Vorstellungsrunde.«

»Lass sie gehen!«, forderte Donner und nahm die Pistole in Anschlag. Er wusste, dass er den Psychologen aus dieser Distanz niemals treffen würde. Nicht einmal, wenn er bessere Schießergebnisse vorzuweisen hätte. Näher zu treten hielt er für unklug. Ihm war bewusst, dass der Psycho vor einem weiteren Mord nicht zurückschreckte.

Ein schäbiger Lacher drang herüber. Fast hätte Donner den Vater von Manuela Gruenberg nicht wiedererkannt. An Haaren hatte er eingebüßt, aber dies war nicht das Entscheidende. Er hatte an Statur zugelegt. Aus dem Familienvater war ein Türsteher geworden. Und Donner wusste, warum! Jeder Kollege, der die Silhouette des Psychologen sah, würde denken, es wäre Donner.

»Leg die Waffe nieder und schieb sie zu mir rüber«, befahl Gruenberg.

»Damit du uns beide erschießen kannst?«

»Oh, eigentlich hatte ich geplant, dass du leben sollst. In einer hübschen Zelle sollst du bis an dein Lebensende über Recht und Gerechtigkeit nachsinnen. So sah der Plan aus.«

»Deshalb hast du mir die Morde an Peter, seiner Frau, Richter Jaeschke und Snuff in die Schuhe geschoben.«

»Genial, nicht wahr?« Durchtriebene Glückseligkeit schwang bei der Frage mit. »Jede Spur führt zu dir. Ich habe alles arrangiert und deinen Kollegen genügend Beweise für deine Schuld geliefert. Ich konnte sogar in dein Büro marschieren, während du auf der Toilette saßest. Du schließt das Zimmer nie ab, weißt du das? Ich konnte mir unbemerkt das oberste Blatt aus dem Drucker nehmen. Erinnerst du dich an die SMS?«

Der kluge Mann schließt Haus und Hof stets ab.

Mit einem Mal ergab der SMS-Inhalt für Donner einen Sinn. So also war dieser virtuelle Fetzen gemeint. Das war ein Hinweis auf seine Idiotie!

»Schätze, deine Kollegen werden Erik Donners Fingerabdrücke längst gefunden haben«, sagte Gruenberg.

Er sprach es direkt in Kolkas Ohr. Die Beamtin zuckte zusammen. Ein Stöhnen entfuhr ihren Lippen.

»Genau auf dem Papier hat später Richter Jaeschke seine Abschiedsworte verfasst«, erklärte der Psychologe. »Aber zuvor hat Donner von ihm noch einhunderttausend Euro erpresst, zumindest werden die Ermittler das glauben. Exakt die Summe, die man in seiner Gartenlaube gefunden hat.« Jetzt sah Gruenberg wieder zu Donner. »Danke übrigens für das Feuerzeug in deinem Büro. So ein Stück ist in der Tat auffällig einmalig. Ups, das liegt ja mittlerweile bei den Beweismitteln … Doch so ist das Leben. Für jeden Mord hattest du ein Motiv.«

Donner mahlte mit den Zähnen und umkrallte seine Waffe fester. Er stellte sich vor, der Griff wäre Gruenbergs Hals, den er schleunigst zerquetschen wollte.

»Gib es zu«, verhöhnte der Geistesgestörte ihn weiter. »Du hattest Angst, Balthasar könnte zurückgekehrt sein. So eine Sprachverfremdung erzeugt eine vorzügliche Illusion, meinst du nicht?«

Donner schwieg.

»Du möchtest sprechen wie Dirty Harry? Oder wie der Pate? Die Möglichkeiten sind heutzutage unbegrenzt. Selbst deinen toten Partner ließ ich dadurch auferstehen. Ich gestehe, ich fühlte mich göttlich dabei. Zuerst habe ich es mit einer Sprachverzerrungs-App versucht, doch das ging mir nicht weit genug. Deshalb recherchierte ich nach leistungsfähigerer Technik. Das Internet ist eine Grotte des Teufels, wusstest du das? Auch ein Handy auf deinen Namen zu kaufen, war überaus leicht. Zu schade, dass du nicht bei Facebook und Co. angemeldet bist. In meinem Kopf stecken noch weitaus brillantere Ideen.«

»Du meinst, in deinem kranken Hirn.«

»Ich weiß alles über dich. Angefangen bei deinem Gartengrundstück, dessen Gras längst gemäht werden müsste. Von dort holte ich auch die Gartenschere, mit der ich Ambachs Schädel verziert habe. Ich kenne deine Beziehung zu der billigen Nutte, ich weiß von deinen Streitigkeiten mit Kollegen, und von deinen Beschimpfungen des Richters konnte jeder in der Zeitung lesen. Ich brauchte dein Leben nur zu zerpflücken und es neu zusammenzusetzen. Balthasar hätte einen Orden erhalten müssen. Dich aber hätte man bis über den Tod hinaus einsperren sollen, denn du hast gegen das Wohl der Gesellschaft gehandelt.«

»Wenigstens habe ich keinen Mord begangen.«

»Wir werden sehen.«

»Bring dein Gehirn endlich aus der kranken Brühe raus. Häng es zum Trocknen an die frische Luft.«

»Im Übrigen tut mir kein einziger Mord leid. Hauptstätter war ein Schwein, der im Dreck der Menschheit gewühlt hat, und Richter Jaeschke hat im Fall Balthasar kein Urteil im Namen des Volkes gesprochen. Und zuletzt war da noch Peter Ambach, der wie du vor Gericht gelogen hat. Ihr beide habt Malow gedeckt. Damit habt ihr euch mitschuldig gemacht an der Vergewaltigung meiner Tochter.«

»Du verdrehst die Tatsachen. Wir haben die Wahrheit gesagt. Ob du es glaubst oder nicht, deine Taten bringen dir

Tochter und Frau niemals zurück. Hätte nie geglaubt, das einmal zu jemandem zu sagen, aber du bist noch mieser als Snuff! Du bist weniger wert als der Müll, der hier überall vergammelt. Und wenn du so mutig bist, wie du tust, dann heb die Fäuste und tritt mir entgegen. So kann ich dir zu deinem neuen, muskulösen Körper gleich ein neues Gesicht verpassen.«

Gruenberg blieb hinter Kolka. Er bot kaum Trefferfläche, grinste dafür umso hässlicher. »Ihr Bullen denkt, ihr handelt nach dem Gesetz, doch ich habe euch durchschaut. Oh ja, ich weiß, dass es den ehrbaren Gesetzeshüter nicht gibt. Im Kern seid ihr genauso kriminell wie die, die ihr jagt. Oder hast du eine granitfeste Ausrede für deinen Freund Peter Ambach parat?«

Donner verstand nicht, worauf er hinauswollte.

Gruenberg zischelte und redete dann weiter. »Meine Frau ist über den Tod unserer Tochter nie hinweggekommen. Sämtliche Medizin versagte bei ihr. Auch den Halt, den ich ihr angeboten habe, nahm sie zu keiner Stunde an. Im Laufe der Zeit verkam sie zu einem menschlichen Wrack. Krank und leer. Weil sie sich selbst nicht mehr helfen konnte und ein Ende herbeisehnte, habe ich ihr geholfen. Im Prinzip hatte ihre Seele längst aufgehört zu existieren. Ich heilte ihre Schmerzen und Beschwerden, indem ich ihr erbärmliches Leben mit einem Seil beendete. Jawohl, nach dem Gesetz habe ich sie umgebracht. Welch ein Glück, dass der Kripobeamte die Sache nicht energisch genug verfolgt hat. Meine Frau hatte ihr Kind verloren, die Firma war pleitegegangen und sie musste täglich Tabletten gegen die Depressionen schlucken. Für deinen Kollegen war der Fall damit klar: Suizid. Der Totenschein durch den Arzt ließ ebenfalls keine Zweifel offen. Ich selbst konnte es nicht glauben, aber nachdem mir Peter Ambach sein aufrichtiges Beileid ausgesprochen hatte, wusste ich, dass er soeben einen Mörder in die Freiheit verabschiedet hatte. Und wie gefällt dir das? Mit welcherlei Maß misst unsere Rechtsprechung?«

Eine kurze Weile dachte Donner über diese Enthüllung nach. Auf einen Schlag fiel ihm ein, dass Ambach im Laufe der Dienstjahre eine hohe Anzahl von Suizidfällen bearbeitet hatte. Richter Jaeschke war der letzte gewesen.

»Aber das rechtfertigt nicht den Mord an ihm.«

Wie zum Bedauern schüttelte Gruenberg den Kopf. »Hast du den Ehering von deiner Frau bekommen?«

Die Emotionen peitschten durch Donners Körper. Er kämpfte dagegen an, um die Kontrolle über sich zu behalten. Draußen tobte das Wetter. Das Licht setzte für einen Moment aus, tauchte die Szene in Finsternis. Trotz aller Umstände verblieb er bewegungslos an seinem Fleck.

»Natürlich hast du ihn erhalten«, antwortete Gruenberg an seiner Stelle. »Möchtest du wissen, was mit deiner Frau passiert ist?«

Kapitel 63

»Hör ihm nicht zu!«, presste Kolka hervor.

Sofort straffte Gruenberg das Seil und nahm ihr die Luft zum Sprechen.

Donner beobachtete es ohne Kommentar. Er hatte längst entschieden, den Psychologen anzuhören. Er brauchte Gewissheit. Einen giftigen Cocktail, den nur Gruenberg ihm reichen konnte. Sobald er die Wahrheit kannte, wollte er sterben. Danach würde es keinen Grund mehr geben weiterzuleben.

»Ich war es, der Balthasar zur Flucht verholfen hat«, offenbarte Gruenberg. »Durch meine Brillanz kam er aus dem Gefängnis frei.«

Der Gedanke war Donner bereits auf dem Weg zur Fabrik gekommen. Gemessen an seiner Lage, spürte er plötzlich ein verrücktes Gefühl: Die Enthüllungen langweilten ihn.

»Erzähl mir was Neues«, forderte er. Dabei zielte er mit der Waffe noch unruhiger auf seinen Gegner.

»Balthasar meldete sich freiwillig für eine Reihe psychologischer Tests. Irgendwann stand ein Untersuchungstermin in der Klinik bei einem Facharzt für Psychotherapie an, den mein Kollege ausgemacht hatte. Zuvor hatte ich Balthasar instruiert und war mit ihm den Gebäudeplan des Krankenhauses durchgegangen. Elektroarbeiten an einem Kabelschacht hatten ihm den Weg in die Freiheit geebnet. Der Termin fiel exakt in die Frühstückspause der Handwerker. Am Tag der Flucht war ich im Klinikum anwesend, doch ich trat bei der Ausführung nie in Erscheinung. Später wurden mir als Therapieassistent von Balthasar ein paar Fragen durch die Polizei bezüglich des Untersuchungszwecks gestellt. Routinefragen. Alles hat wie geplant funktioniert. Die beiden Justizbeamten, die ihn zur Klinik bringen sollten, waren ausgesprochene Deppen gewesen.«

Gruenberg und Donner stierten einander an. Die Funken der Feindschaft zwischen ihnen konnten beinahe die Luft entzünden. Trotz des Lichts schien es in der Halle eine Nuance dunkler zu werden. Ein Windstoß fuhr durch das Gebäude. Die Betonhülle jaulte.

»Balthasar und ich hatten geplant, dein Kind und deine Frau zu entführen, um dir zu zeigen, was es bedeutet, wenn jemand deine Familie bedroht. Kommt dir das bekannt vor? Etwas in der Art hat Balthasar damals zu dir gesagt. Ja, ganz recht! Ich habe ihm geholfen. Während er dein Kind entführt hat, verschleppte ich deine Frau.«

Wie einer der Blitze, die draußen tobten, drang diese Beichte in Donner ein. Er biss die Zähne auf die Lippen. Blut und Speichel liefen die Mundwinkel hinab. Gleich einem tollwütigen Wolf wollte er sich auf seine Beute stürzen und sie zerfleischen. Allein Kolkas Lage hinderte ihn daran.

»Direkt vor eurer Wohnung habe ich Elli abgepasst«, enthüllte der Psychologe. »Ich sprach sie einfach an. Sie war so unbedarft, ahnte nicht, was folgen sollte. Mitten am Tag zerrte ich sie in einen Miettransporter. Ihren Widerstand brach ich ganz leicht, indem ich ihr ein Filetiermesser an die Brust hielt. Anschließend fuhr ich mit ihr genau an diesen Ort.« Mit dem Kinn deutete er zu Boden. »Während sie vor Sorge um ihr Kind halb wahnsinnig wurde, wartete ich auf meinen

Verbündeten, der mit ihr machen sollte, was ihm beliebte. Aber Balthasar kam niemals hier an. Später erfuhr ich alles aus den Nachrichten. Durch einen dummen Zufall hatte man ihn unterwegs erkannt. Eine Polizeistreife war aufgetaucht und er versuchte zu entkommen. Mit deiner Tochter als Geisel rannte er in den Sechsgeschosser, der dein Leben verändert hat. Was dort geschah, ist dir allzu bekannt. Balthasar fiel und war tot. Unterdessen hielt ich deine Liebste in dieser Fabrik gefangen. Panik ergriff mich, denn der Verlauf war nicht vorgesehen gewesen. In meiner Ratlosigkeit knebelte ich deine Frau. Ich zog ihr einen Stoffbeutel über den Kopf, fesselte sie an einen Stahlträger und ließ sie einfach zurück.«

»Hör dir das nicht länger an«, versuchte es Kolka erneut. »Er will dich zu einem Verbrechen treiben. Tu nichts Dummes.«

»Halt dein Maul, Schlampe!«, schrie Gruenberg und schlenkerte sie wie eine Puppe herum, was ihr sichtlich Schmerzen bereitete. »Er muss und will das hören.«

Donner hasste es, diesem Kerl recht zu geben. Aber er wollte es tatsächlich.

»Ich fuhr davon und wollte es vergessen«, sagte Gruenberg. »Doch das ging nicht und als ich nach Tagen zurückkehrte, war deine Frau längst tot. Deshalb tat ich, was ich tun musste, und verscharrte sie auf dem Hof. Niemand fand sie. Täglich verschwinden Menschen. Sie war einer davon. Jawohl, ich habe sie getötet! Im Nachhinein betrachtet ergibt alles einen Sinn. Das Schicksal hat sie mir in die Hand gegeben. Leben gegen Leben.«

Donner machte drei schnelle Schritte nach vorn. »Du Schwein! Dafür bringe ich dich qualvoll um.« Die Pistole zitterte in seinen Händen. Der Zeigefinger zuckte nervös. Der Abzugshahn krümmte sich einen Millimeter.

»Tu es!«, fauchte Gruenberg. Der Wahnsinn glomm in seinen Pupillen. »Jetzt erkennst du endlich, warum Balthasar getan hat, was er tat.«

»Nein!«, schrie Kolka. Der Ruf ging in ein Röcheln über.

Gruenberg zog den Strick immer enger. Kolkas Augenlider flatterten. Sie wand sich im Todeskampf. Ihr Rücken formte sich zum Hohlkreuz und ihre Brust trat deutlich hervor.

Donner kämpfte mit dem inneren Schweinehund. Zu viele unterschiedliche Gefühle stürmten auf ihn ein. War er im Recht zu schießen? Er wünschte sich den Mut herbei. Er wollte die Kontrolle über seine Hände verlieren. Er wollte abdrücken und für Gerechtigkeit sorgen, doch irgendeine Instanz hinderte ihn daran, das Magazin leer zu ballern.

»Ja, ihre Gebeine liegen auf diesem Grundstück begraben. Komm schon! Knall mich ab, du kannst es. Mör-der!«

Für eine kleine Ewigkeit schloss Donner die Augen. Er versuchte sich an Elli zu erinnern, aber da war nichts. Nur Kolkas Gesicht erschien in seinem Sichtfeld.

Er konnte nicht schießen. Ein wirklich guter Grund fehlte ihm. Wenn er aus Rache tötete und gegen geltendes Recht verstieß, wäre er nicht besser als Balthasar und Gruenberg. Mit dem verbliebenen Rest seiner Würde zwang er sich, die Waffe runterzunehmen.

Ungläubig lugte Gruenberg hinter Kolkas Kopf hervor. »Das enttäuscht mich jetzt ein wenig …«

Da unterbrach ihn das Starten eines Aggregats. Ein Pfeifton erscholl, gefolgt von einem maschinenartigen Geräusch, ähnlich dem Einsetzen einer Kreissäge.

Kapitel 64

Gruenberg starrte auf die Uhr an seinem Handgelenk, ohne das Messer von Kolkas Kopf zu nehmen. »Oh, schon so spät?« Er sagte es spöttisch wie der Narr einer schlechten Komödie.

Derweil versuchte Donner die Quelle des Geräusches zu lokalisieren. Egal was es bedeutete, es war Gruenbergs Werk und verhieß eine weitere Abartigkeit.

»Wie entscheidest du dich?«, fragte sein Gegenüber. Er stellte die Frage wie ein sadistischer Quizmaster. »Versuchst du *sie* zu retten?« Er gab dem Messer einen Ruck und Kolkas Kopf nickte zur Seite. »Oder probierst du es bei dem Jungen?«

Donner überdachte die Auswahl. Das Geräusch hatte etwas mit Julian Völker zu tun. Es hatte Mitternacht geschlagen. Wie angekündigt, stand der Tod des Kindes bevor. Gruenberg hatte einen teuflischen Apparat in Gang gesetzt. Vermutlich mittels einer Zeitschaltuhr. *Ticktack!* Nur so konnte es sein.

Die Dienstwaffe in Donners Hand nahm mit jeder Sekunde an Gewicht zu. Er durfte Kolka nicht im Stich lassen, andererseits gab es da den Jungen …

Wenn eine Hölle existiert, wirst du darin schmoren! Das verspreche ich dir!

In Gedanken drehte er den Psychologen durch sämtliche Fleischwölfe auf Erden. Doch er zwang seine Wut von der Herzmitte in die Vorkammer zurück und heftete den Blick wieder auf den Irren. »Was hast du dem Jungen angetan?«

»Sie oder der Junge?«, beharrte Gruenberg. »Schnell! Ticktack, ticktack.«

»Lass sie gehen! Das ist deine letzte Chance«, entgegnete Donner. Er blinzelte. Schweiß lief ihm über die Augenbrauen und klebte an seinen Händen. Der Griff der Pistole wurde rutschig. Als Schütze war er eine Null.

»Ticktack«, flüsterte der Psychopath.

»Rette …!«, quetschte Kolka heraus, doch Gruenberg reagierte mit einem Knietritt, der sie fast zusammensacken ließ. Einzig das Seil verhinderte den Fall.

Donner setzte einen Fuß nach vorn.

»Ticktack.«

Noch zwei Schritte wagte er, allerdings blieben Gruenberg und Kolka unerreichbar. Die Kollegin schüttelte den Kopf.

Was zum Teufel soll das heißen? Dass ich nicht schießen soll? Dass ich nicht auf ihn hören soll? Mann, ich bin kein Scheißhellseher. Ich werde euch Frauen nie verstehen.

Die Sekunden zerrannen. Hastig wischte er sich übers Gesicht und schüttelte das bleischwere Gefühl in den Beinen ab. In diesem Moment dachte er ernsthaft an Vergeltung. Acht Patronen, eine davon würde sein Ziel treffen.

Aber dann konzentrierte er sich auf Kolkas Lippen und sie gaben ihm die Antwort. Er sollte den Jungen retten.

Widerwillig zog Donner sich zurück.

Gruenberg zeigte ein Siegerlächeln und formte einen Abschiedsgruß. Kolka war so gut wie tot. Und wenn Donner sich nicht beeilte, würde Julian Völker ebenfalls tot sein.

Mit großen Schritten huschte er hinter die Gitter in den Schatten und verließ die Halle. Während er davonrannte, hasste er sich für diese Tat. Er rannte in die Richtung, aus der das Maschinengeräusch kam. Er hoffte, dass Gruenberg bluffte und Kolka als Geisel behalten würde. Vielleicht hatte Donner später die Chance, sie zu retten.

Das redete er sich ein.

Es half geringfügig! Vorerst schaffte er es, das schlechte Gewissen zu dämpfen.

Wie ein angeschossener Ochse hinkte er durch das Gebäude. Bei seinem kaputten Knie wurde jedes Rennen zur Tortur.

Dennoch wurde das Maschinengeräusch lauter, bald verdrängte es den Unwetterlärm. Er gelangte in die größte Halle von allen – und was er hier sah, erinnerte an ein Horrorszenario.

Für einen Wimpernschlag konnte er nur hilflos zusehen, wie Julian Völker von der Decke schaukelte. Die Eisenkette an einer Winde senkte sich. Daran hing der Junge. Die Füße schwebten ein paar Meter über zwei riesigen Walzen und die Motoren arbeiteten unermüdlich. Die Kette wurde länger.

Donner erkannte das Verhängnis: Die entgegenlaufenden Rollen würden jeden Knochen des Jungen zermalmen. Ähnlich wie in einem Häcksler.

»Halt aus!«, schrie er. Es war das Einzige, was ihm einfiel. Er rief es noch mehrere Male und eilte zu der Todesmaschinerie. Zentimeter für Zentimeter ließ die elektrische Winde die Kette herab.

Als Donner vor dem Stahlkoloss stand, wusste er nicht, was er tun sollte. Die Rollen überragten ihn. Vergeblich hielt er Ausschau nach einer Möglichkeit, die Maschine zu stoppen. Als er nach oben blickte, sah der Junge ihn mit weit aufgerissenen Augen an. Pures Entsetzen loderte darin.

Graues Klebeband hielt die Arme an der Kette. Kraftlos strampelte er mit zusammengebundenen Beinen.

Donner umrundete die Apparatur. Schließlich entdeckte er einen Schaltkasten. Er riss ihn auf und drückte wild an den Knöpfen, doch nichts passierte. Sie waren funktionslos. Anscheinend hatte Gruenberg an alles gedacht.

Durch den Lärm der Motoren meinte Donner, das panische Winseln des Jungen zu vernehmen. Er verspürte Kälte und Hitze gleichermaßen. Während er schwitzte, saß ihm die Kälte im Nacken. Und die Einbildung, dass dort oben seine Tochter hing, sprengte beinahe seine Schädeldecke.

Voll hilfloser Wut zerrte er an den Kabeln, die in einer Blechrinne zur Decke stiegen. Die Plastikhalterungen zerplatzten. Der Durchmesser der Kabel war jedoch zu groß, um Schaden an den Strängen zu verursachen. Auf die Art konnte er die Maschine nicht anhalten.

In seiner Not richtete er die Waffe auf die Elektroleitungen und feuerte das Magazin leer. Es zischte, knallte und funkte, doch in der Maschine drehten sich die beiden Walzen ohne Unterlass. Julian Völkers Turnschuhe kamen in Reichweite des eisernen Mauls.

Plötzlich ertönte ein Schuss im Gebäude. Und in derselben Sekunde noch einer. Dann ein dritter. Das Echo der Explosionen dröhnte durch die Hallen. Benommen blickte Donner auf seine leer geschossene Dienstwaffe.

Gruenberg hatte ein weiteres Verbrechen begangen.

Unnütz, das Gehörte zu verdrängen. Kolkas letzter Gesichtsausdruck ging Donner nicht mehr aus dem Sinn. Am liebsten wollte er alles von sich schieben, aber das würde er niemals schaffen. Er versuchte es, indem er die Augen schloss. Seine Machtlosigkeit entlud sich in einem urgewaltigen Schrei. Sämtliche Sehnen seines Körpers spannten sich und das Blut schoss ihm bis unter die Schädeldecke. Seine Kiefermuskeln drohten zu zerreißen.

Die Winde und die Maschine drehten sich unaufhörlich fort.

Als Donners Zornessturm vorbei war, wechselte er das Magazin.

Kapitel 65

An Seil und Haaren zerrte Gruenberg Kolka in eine Ecke. Nachdem Donner verschwunden war, hatte er die Pistole hinten in den Hosenbund gesteckt. Dank des Muskeltrainings war die Kriposchlampe kein Problem für ihn. Selbst wenn sie irgendwelche Karatekunststückchen bei der Polizei gelernt hatte, war sie kein würdiger Gegner. Ein wenig bedauerte er das. Er war ja kein Unmensch. Gewöhnlich verabscheute er Gewalt gegen Frauen.

Doch jede Situation erforderte andere Maßnahmen.

Achtlos wie ein Stück Abfall warf er sie neben ein altes Regal. Sie krachte hart dagegen und landete auf einem verdreckten leeren Sack. Staub wirbelte auf. Sie begann zu husten. Zwischen all dem Schmutz sah sie fast wie eine Raubkatze aus. In ihren Augen brannte ein Feuer, welches sie als Kämpferin auszeichnete. Wäre Gruenberg ein Sadist, hätte er sich eine Zeit lang mit ihr vergnügt. So aber richtete er einfach die Waffe auf sie.

Es half. Augenblicklich zuckte sie zurück.

»Es ist vorbei, Dr. Gruenberg! Die Polizei kennt Ihren Namen.« Mit ihrem Blick deutete sie auf seinen Arm. »Frau Völker konnte sich an Ihre Uhr und Ihr Gesicht erinnern, und im Klub *Edelstern,* wo Sie und Richter Jaeschke Mitglied waren, wusste man, wie Sie heißen. Letztlich war es das Halophosphat, das uns auf Ihre Spur gebracht hat.«

Seine Fäuste ballten sich. Er hätte ihr den Mund knebeln sollen.

»Was haben Sie mit Herrn Leinau gemacht?«, redete sie weiter. »Wo ist der Vorsitzende des Gartenvereins?«

Er entschied, ihr eine Minute zuzuhören.

»Ist er Ihnen zu nahe gekommen? Ich wette, Sie haben ihn ebenfalls umgebracht. Seine Frau hat angerufen und wollte ihn als vermisst melden. Dabei erwähnte sie den Namen Donner, weshalb die Notrufzentrale die Anruferin zu mir durchgestellt hat. Frau Leinau und die Spuren des Leuchtmittels haben mich zu dieser Fabrik geführt. Verstehen Sie endlich, dass es vorbei ist?«

»Wann alles endet, bestimmt immer der Mann mit der Waffe.« Er trat auf sie zu, scheuchte sie weiter in die Ecke. »Zugegeben, ein reichlich billiger Spruch, dennoch mit einem gewissen Wahrheitsgehalt.« Er beugte sich über sie. Mit einer Hand packte er sie am Schopf und legte ihre Kehle frei. Dann fuhr er sich mit der Zunge über die Lippen. Auf keinen Fall würde er aufgeben.

Ticktack …

Die Zeit reichte nicht aus, es wie ein Tötungsverbrechen durch Donners Hand darzustellen. An einem Selbstmord wiederum würden die Drosselmale und die Einschnitte der Kabelbinder bei jedem Rechtsmediziner Zweifel aufkommen lassen. Also sagte er lediglich: »Ich habe beschlossen, dir einfach das Gehirn wegzupusten.«

Er öffnete den Mund und zeigte seine Zähne. Doch während er grinste, vernahm er hinter sich ein Geräusch. Er wirbelte herum und feuerte sofort.

Kapitel 66

Begleitet von einem gewaltigen Donnerschlag, hatte Lichtenberg die Tür mit einer Axt aufgebrochen. Nach dieser Tat war Kroll ziemlich stolz auf seinen Partner gewesen. Für Lobhudeleien blieb allerdings keine Zeit. Ohnehin hatte Kroll niemals vor, seinen Führungsgehilfen mit mehr als einem Schulterklopfer zu belohnen. Keinerlei Kritik musste Anerkennung genug sein.

Abgesehen davon, dass Kroll allzeit äußerst sparsam mit Lob umging, hatte Lichtenberg nur Augen für die Schneide der Axt. Sein Gesicht strahlte förmlich im Regenschauer.

»Nach sieben Jahren weiß ich endlich, wozu du das Teil im Kofferraum mitführst«, merkte Kroll an.

Danach stürmten sie in das Gebäude. Zuerst war alles finster und wirkte verlassen. Das änderte sich jedoch schlagartig, als beide ihre Nachtsichtgeräte aufsetzten. Derartige Ausrüstung gehörte nicht zur Ausstattung der Schutzpolizei, aber der Posten des Außendienstleiters beinhaltete gewisse Privilegien.

Es dauerte nicht lange und sie vernahmen Stimmen. Kroll hob die Hand. Daraufhin blieb Lichtenberg stehen und presste den Stiel der Axt gegen die Brust. Im grünen Licht der Nachtsichtgeräte sah der Hüne wie der Killer in einem Horrorfilm aus.

»Pack das Ding weg und zieh deine Pistole«, flüsterte Kroll.

Lichtenberg verneinte stumm.

Kroll verengte die Augen, beließ es aber bei einem lautlosen Gewitter. Seine Nerven sparte er sich für das, was bevorstand.

Offensichtlich funktionierte sein Bauchgefühl noch, denn nachdem Dr. Wenkmann den Namen Matthias Gruenberg erwähnt hatte, war seinem Helfer ein früherer Suizidfall eingefallen. Sein Kollege hatte sich daran erinnert, wie sich Gruenbergs Ehefrau, die einstige Geschäftsführerin der Leuchtmittelfabrik, mithilfe eines orangefarbenen Seils erhängt hatte.

Genau hier, in dieser Fabrik!

Daraufhin hatte Kroll Lichtenberg deftig ermahnt: »Du schleppst zu viel Vergangenheit mit dir herum. Das solltest du schleunigst loswerden.« Und sofort darauf hatte er ihn angeschrien, er solle das Gaspedal durchtreten und es erst wieder loslassen, wenn sie die Fabrik erreicht hatten.

Im Verlauf der Fahrt war Kroll schlecht geworden.

Mittlerweile hatte sich die Übelkeit gelegt. Sein Jagdinstinkt ließ ihn besser denken, besser atmen, besser riechen. Einst hatte die Presse ihn als Bluthund betitelt. Vielleicht traf das auf ihn zu. Selbst auf seine alten Tage liebte er es, durch die Dunkelheit zu schleichen. Die Brise von Gefahr, das Unbestimmte, der Nervenkitzel machten ihn lebendig. Deshalb gefiel ihm dieser Job. Auch wenn er die meiste Zeit darüber fluchte.

Mit einem erneuten Handzeichen bedeutete er Lichtenberg, einen anderen Weg einzuschlagen. Der nickte und sie teilten sich auf. Jeder lief einen Gang entlang.

Trotz getrennter Fährten gingen beide den Stimmen nach. Es war Kolka, die da redete. Noch vor drei Minuten hatte sich Kroll eingebildet, Donners Fluchen gehört zu haben. Es musste ein Irrtum gewesen sein. Ein fremder Mann brüllte die Beamtin an. Er forderte sie auf, endlich den Mund zu halten.

Kroll stellte keine Vermutung auf, wie die Neue es geschafft hatte, *vor* ihnen an diesem Ort zu sein. Er schüttelte den Kopf.

»Mumm hat die Frau ja, aber sie ist einfach unfähig«, flüsterte er und schlich weiter. Hinter einer Wand blieb er stehen und wartete. Eine Armlänge von ihm entfernt befand sich der Eingang zu dem Raum, wo sich Kolka und Gruenberg aufhielten. Zumindest glaubte er, dass es sich um den Psychologen handelte.

Kroll lauschte. Was er hörte, gefiel ihm nicht.

Und wo steckte Lichtenberg?

Er nahm das Nachtsichtgerät vom Gesicht und stellte es geräuschlos auf dem Betonboden ab. Ein schwacher Lichtschein drang aus dem Raum. Die Helligkeit musste ausreichen.

»Ich habe beschlossen, dir einfach das Gehirn wegzupusten«, tönten die Worte deutlich hörbar zu Kroll heraus.

Verdammt, nie war sein Kollege da, wenn er ihn brauchte!

Ohne die Situation ein zweites Mal zu bewerten, stürmte er los. Es schien ihm, als wiche der Türrahmen wie ein Vorhang zu beiden Seiten zurück. Binnen einer Sekunde war er hindurch und erfasste die Szene.

Er kam nicht einmal dazu, einen Warnruf auszustoßen.

Der Mann, der über Kolka hockte, schwang blitzschnell herum.

Es donnerte.

Kroll glaubte, einen Feuerstoß wahrzunehmen. Daraufhin betätigte er den Abzugshahn, doch an den Knall würde er sich niemals erinnern.

Insgesamt drei Projektile durchquerten den Raum. Eines fraß sich durch Haut, Muskeln und Organe.

Kapitel 67

Donner schaute nach oben und verfolgte mit dem Blick eine Kabelrinne, die von der Winde über einen Stahlträger in die Wand führte. Er legte die Pistole an und zielte. Bis zu den Leitungen waren es gut zehn Meter, und um die Kabel zu beschädigen, musste die Patrone das Blech durchschlagen. Dennoch gab er einen Schuss ab.

Das Projektil traf weit daneben.

Er feuerte ein zweites Mal. Wieder kein Treffer.

Unterdessen wand sich Julian Völker an der Kette. Er winkelte die Beine an, schaute hinunter, wo die Rollen arbeiteten. Der Motor trommelte im gleichmäßigen Takt.

Donner unterließ es, weitere Patronen zu vergeuden. Alle Elektrokabel führten zur Wand und hindurch. Sekunden verblieben. Etwas mehr als ein Meter fehlte, bis die Walzen die Unterschenkel des Jungen zerfetzten.

»Ich lasse dich nicht im Stich«, versprach Donner.

Der Junge reagierte mit einem grauenvollen Heulen. Mitsamt der Kette drehte er sich umso heftiger. Vergeblich zerrte er am Klebeband.

Donner eilte zum nächsten Raum.

Fehlanzeige! Hier gab ebenfalls keine Möglichkeit, die Maschine auszuschalten.

Aber dann entdeckte er etwas. Von einem robusten Blechgerüst gehalten, führte ein meterlanger fauststarker Kabelstrang quer durch die Halle. Konnte es sein, dass dort …?

Donners Beine gaben ihr Bestes. Beim Rennen hinkte er kaum noch.

Kurz bevor er den Raum verließ, schoss er probehalber auf die dicke Zuleitung. Drei Patronen zerfetzten die Isolierschicht, nur das Maschinengeräusch verstummte nicht. Es war sinnlos, es erneut zu versuchen.

Entsprechend rannte er weiter, denn irgendwo mussten die Sicherungen sein. Vielleicht konnte er dort einen Kurzschluss erzeugen.

Tatsächlich fand er bald eine Art Zentrale, von wo aus früher vermutlich sämtliche Maschinen bedient worden waren. An einem Sicherungskasten hing ein gelber Notizzettel. Dieser wirkte völlig deplatziert. Er gehörte nicht in diese Umgebung.

Mit einem unguten Gefühl trat Donner näher.

Ticktack.

Das stand auf dem Zettel. Er erkannte ihn als ein Blatt aus seinem Büro. Der Aufdruck der Polizeidirektion befand sich in schwarzen Buchstaben am oberen Rand.

Ungestüm versuchte er, die Tür zum Kasten aufzuziehen.

Sie klemmte.

Er hielt die Pistolenmündung dorthin, wo sich das Schloss befand, und stellte sich in einen schrägen Winkel hin. Zweimal drückte er ab. Es knallte ohrenbetäubend. Danach klafften zwei Löcher im Stahlblech.

Die Tür blieb unbeweglich.

Fluchend trat er gegen die Box. Als sich auch beim fünften Mal nichts tat, sah er sich um. Die Staubschicht auf dem

Bedienpult sagte ihm, dass hier seit Jahren niemand mehr einen Schalter bewegt oder einen Knopf gedrückt hatte.

Ticktack.

Er musste den Schrank aufbekommen oder Julian Völker starb.

Donner rechnete.

Drei Patronen verblieben. Mittlerweile war alles egal. Abermals richtete er die Pistole auf den Kasten.

Gerade als er abdrücken wollte, tauchte ein Schatten im Türrahmen auf.

Lichtenberg!

In der Hand hielt er eine Axt.

»Zur Seite!«

Donner reagierte und die Axt sauste an ihm vorbei. Stahl traf auf Stahlblech. Der Beamte hatte das Axtblatt direkt zwischen Schranktür und Rahmen gehämmert. Er wuchtete sein gesamtes Körpergewicht gegen das Werkzeug. Für einen Moment glaubte Donner, der Holzstiel würde brechen, doch unter Scheppern brach die Tür schließlich aus den Angeln.

Die Blockierung war gelöst.

Das Innere des Kastens sah nicht aus wie erwartet. Zwar war Donner in Sachen Elektrizität ein Laie, aber hier fehlten eindeutig die Sicherungen. Nur eine Zeitschaltuhr befand sich in der Mitte.

»Gruenberg hat die Kontakte überbrückt«, bestätigte Lichtenberg. Er schaute ebenso hilflos auf die schweren Metallschienen wie Donner.

Die angebrachte Uhr stand auf null.

Donner gab Lichtenberg einen festen Stoß und platzierte die letzten Kugeln direkt in der Uhr. Nichts passierte. Krolls Partner holte erneut mit der Axt aus und hieb in den Schrank hinein. Mehrmals ließ er das Riesenbeil sprechen. Es schepperte und sprühte Funken, aber die Maschinenmotoren liefen ohne Unterlass.

Als Lichtenberg zu einem weiteren Schlag ausholte, packte Donner zu.

»Her damit!«

Mit fragendem Gesicht löste Lichtenberg seine Hände vom Axtgriff.

Donner nahm das Werkzeug und eilte damit aus dem Raum, zurück in die Halle, in der das dicke Kabel war. Breitbeinig stellte er sich hin und hob die Schneide über den Kopf. Dabei stieß er eine Mischung aus Gebet und Fluch aus. Zuletzt ließ er die Axt niederkrachen.

Ein Blitz verwandelte sein Blickfeld in einen gleißenden Kosmos. Eine Welle unbeschreiblicher Energie fegte ihn von den Beinen.

Dann starb er erneut.

Kapitel 68

»Kann mir einer diesen Schlamassel erklären?«, rief Stark durch die Halle.

Kroll und Lichtenberg saßen an eine rostige Tonne gelehnt und beobachteten, wie der Kripomann versuchte, Ordnung in das Chaos zu bringen. Kroll sah alles durch den Dunstschleier seiner Kippe. Zwischen Blut, reichlich verschossener Munition und einer Leiche gab es für die Mordkommission jede Menge zu tun.

Lichtenberg tippte ihn an. »Bekomme ich auch eine?«

Fragend drehte Kroll den Kopf. »Ich dachte, du rauchst nicht mehr.« Zur Prüfung hielt er ihm die Packung Zigaretten hin.

»Oh, heute habe ich mir eine verdient.«

Kroll nickte und stieß Qualm durch die Nasenlöcher. Der Smog roch nach Tod.

Ja, verdient hatte sich Lichtenberg das tatsächlich!

Da trat der Notarzt an Kroll und seinen Kollegen heran. Er erkundigte sich nach ihrem Gesundheitszustand. Kroll schaute an ihm vorbei, hinüber zu den Sanitätern, die Donner auf eine Trage hievten.

»Kümmern Sie sich lieber um die anderen«, raunte er dem Arzt zu.

Dieser schien nicht beleidigt. Kroll und er hatten schon bei mehreren Einsätzen zusammengearbeitet. Der Doktor kannte ihn – und seine schlechte Laune. Diskret trabte der Notarzt davon.

Kroll ließ den Kopf auf die Knie fallen.

»Du machst dir Sorgen, weil deine Frau ständig zurückstecken muss«, ergriff Lichtenberg das Wort. »Ruf sie endlich an.«

»Sie wird mir nicht zuhören.«

»Versuch es.«

»Keine Chance.«

»Dann bist du ein Feigling.«

Unwillig nickte Kroll, rührte sich jedoch nicht. Erst als Lichtenberg ihm das Handy ans Ohr drückte, wählte er die Nummer von zu Hause.

Es dauerte. Endlich ging seine Frau ran. Die Verbindung war schlecht. Sie klang verschlafen.

»Ich habe einen Mann erschossen.«

Am anderen Ende herrschte eine Wahnsinnsstille. Einzig das Rauschen und Knacken im Hörer sorgte für etwas Leben.

Sie stellte eine Frage, aber Kroll redete weiter.

»Er wollte eine Kollegin und einen Jungen umbringen.« Die Worte kamen ihm schwer über die Lippen. Außerdem war es ihm peinlich, so vor Lichtenberg zu sprechen. Deshalb stotterte er.

Seine Frau versuchte etwas zu erwidern, schließlich sagte sie bloß: »Komm nach Hause. Bitte, komm nach Hause.«

Das Gespräch war beendet. Erschöpft ließ Kroll das Handy sinken.

Für Fröhlichkeit gab es keinen Grund. Am liebsten wollte er sich übergeben. Nachdem Gruenberg das Feuer eröffnet hatte, hatte Kroll ihn mit dem zweiten Schuss getötet. Das steckte niemand so einfach weg. Die Kugel war direkt in die Brust auf Höhe des Herzens eingedrungen. Gruenberg hatte sich zusammengekrümmt, die Waffe fallen lassen und war zu Boden gesackt. Eine Weile hatte er noch geröchelt.

Wenig später hatte das Gehirn aufgehört zu arbeiten.

Lichtenberg klopfte Kroll mit der Hand auf den Oberschenkel. »Du bist der härteste Hund, den ich kenne.«

Die Geste war Kroll unangenehm. Er wollte nicht, dass ihn jemand so einträchtig mit dem Führungsgehilfen sah. Andererseits war heute der beste Zeitpunkt dafür.

Er rauchte hastig. Die Finger zitterten bei jedem Zug. Um ihn herum schien nur Tod zu sein. Selbst der Zigarettenfilter schmeckte nach Knochen. Trotzdem wollte er nicht überhastet nach Hause fahren.

Wie ein düsteres Omen kam Stark herangestapft. Im trüben Licht erschienen seine Wangen dunkel, dafür sprachen seine Stirnfalten und Mundwinkel Bände.

»Kollege Lichtenberg, du wirst mir gleich haarklein schildern, was hier passiert ist.« Er gestikulierte belehrend mit dem Zeigefinger. »Ich will jedes noch so kleine Detail hören, selbst wenn wir bis Silvester in dieser Halle sitzen. Dieser Schlamassel ist exakt der Stoff, auf den sich die Presse wie eine ausgehungerte Schakalmeute stürzen wird.«

Sein nächster Blick fand Kroll. Stark blähte den Brustkorb auf, als wollte er dem Raum sämtliche Luft entziehen. »Und du wirst nach Hause gehen! Ist das in deinem Dickschädel angekommen, du Idiot? Du wirst das Bett hüten und dich ausruhen! Und am Nachmittag meldest du dich in meinem Büro, denn zu dem ganzen Mist brauche ich deine Aussage. Deinetwegen wird man mir viele unangenehme Fragen stellen.«

Damit drehte er sich um und ging davon. Nach ein paar Metern blieb er jedoch stehen, sah über die Schulter und sagte: »Übrigens … du hast absolut das Richtige getan, Martin.«

Kapitel 69

Von einem Gebüsch aus betrachtete Donner die Frau, die auf einer Bank am Teichufer saß. Der Schatten einer Linde fiel über sie. Das Bild wirkte so malerisch. Der Sonnenschein stand im völligen Kontrast zu den schrecklichen Ereignissen der vergangenen Tage. Obwohl er ihren Namen kannte, war die Frau für ihn wie eine Fremde. Donner hatte sie unter extremen Bedingungen kennengelernt. Wo er darüber nachdachte, wusste er nicht mehr, warum er überhaupt hierhergekommen war.

Kolka hatte ihn angerufen.

Sie hatte darauf gedrängt, dass er sich mit ihr traf. An einem neutralen Ort – auch wenn sich die Polizeidirektion keine fünfhundert Meter abseits des Treffpunkts befand. Außerdem, so hatte sie gemeint, konnte er sich nicht bis in alle Ewigkeit in seiner Wohnung einschließen. Sie hatte das Wort *verbarrikadieren* benutzt.

Er war da anderer Meinung.

Widerstrebend folgte er dem Weg über die Brücke.

»Du arbeitest wieder?«, begann er das Gespräch. Er blieb hinter ihr stehen, die Hände in den Taschen. Fast kam er sich wie ein kleiner Junge vor, der sich an ein Mädchen heranpirschte.

»Das hier nennt man Mittagspause«, entgegnete Kolka. Sie sah ihn nicht an, sondern blickte stur auf die Wasseroberfläche. »Ich liebe den Schlossteich. Selbst von meiner Wohnung aus kann ich zu Fuß gehen.«

Beide schwiegen. Man hätte meinen können, sie wären die einzigen Menschen auf der Welt. Es war ein Donnerstag im Sommer und den Leuten fehlte die Zeit für Spaziergänge. Im Wasser taumelten die Tretboote verlassen am Ufersteg.

»Warum …?«

»Das mit deiner Frau tut mir leid«, unterbrach sie ihn, bevor er die Frage vollenden konnte. Schließlich drehte sie sich zu ihm um, stellte ein Bein lässig auf die Bank. Ihr Kinn stützte sie auf das Knie. In ihrem Blick lag etwas Festes.

Donner hatte geahnt, dass sie darauf zu sprechen kommen würde. Jeder tat das. Deshalb schottete er sich ab. »Es geht schon«, knurrte er.

Beide wussten, dass das nicht stimmte.

Nach dem Einsatz eines Steinbohrers und eines Baggers auf dem Gelände der alten Leuchtmittelfabrik hatte man die Überreste eines weiblichen Skeletts ausgegraben. Gruenberg hatte nicht gelogen. Er hatte Donners Frau entführt, verdursten lassen, in eine ausgehobene Grube geworfen und einbetoniert. Donner war zuletzt nur die Gewissheit über ihren Tod geblieben.

»Danke«, flüsterte sie.

»Wofür? Weil ich dich im Stich gelassen habe? Dafür schäme ich mich. Und deshalb habe ich mich verspätet. Ursprünglich wollte ich nicht herkommen.«

»Aber jetzt stehst du hier. Und du hast den Jungen gerettet.«

Hatte er das? Das Letzte, woran er sich erinnerte, war der Moment, wo er Krolls Partner die Axt entrissen hatte.

»Möglicherweise habe ich ihn gerettet … Das Zertrennen der Hauptleitung hat wohl ein ziemliches Feuerwerk gegeben. Zumindest hat Lichtenberg es mir als solches beschrieben.«

Er rief sich das Geschehene in Erinnerung und musste an Luisa denken. Nach Donners Entlassung aus dem Krankenhaus hatte sie den Kontakt abgebrochen. Wegen der Entführung ihres Sohnes hatte sie ihm schwere Vorwürfe gemacht. Das Telefonat war das letzte zwischen ihnen gewesen.

Sosehr er es bedauert hatte, die Beziehung zu beenden, es war eine vernünftige Entscheidung gewesen. Emotionale Bindungen mit Menschen einzugehen, barg ein unkalkulierbares Risiko. Er würde immer verwundbar bleiben, solange andere ihm etwas bedeuteten. Deshalb wehrte sich sein Verstand, die seelische Distanz zu Kolka zu überbrücken.

Aber da war auch eine Schwingung in seinem Herzen, die ihre Anwesenheit geradezu herbeisehnte.

»Wie viele Leben hast du eigentlich, *Monster*?« So wie sie es aussprach, klang es nicht wie ein Schimpfwort. Sie lächelte sogar.

Donner tastete an sein Kinn und bemerkte die Bartstoppeln. Seit Tagen hatte er keinen Rasierer mehr benutzt. Gewiss sah er fürchterlich aus. Doch es lenkte zumindest ein bisschen vom übrigen Gesicht ab. »In Wahrheit bin ich schon tot.«

»Also rede ich mit einem Geist?«

Darauf wusste Donner keinerlei Antwort. Etwas Ähnliches hatte er zu Gruenberg kurz vor dessen Tod gesagt. Am liebsten wollte er sich umdrehen und davonlaufen. Stattdessen blieb er. Kolkas Anwesenheit spendete ein Minimum an Trost.

»Hattest du Angst, als ich dich zurückgelassen habe?«

Sie presste die Lippen aufeinander und nickte zaghaft. »Ich hatte fürchterliche Angst. Aber jetzt ist es vorbei. Vergessen kann ich es nicht, doch ich schaue nach vorn. Du solltest das Gleiche tun. Du hast den Jungen gerettet, nur das zählt.«

So einfach war das nicht. Selbst wenn Donner versuchte, an etwas Schönes zu denken, sah er nur ein schäbiges Büro und einen Dienstposten, der ihn nicht ausfüllte. Sein Leben glich einem endlosen finsteren Tunnel.

»Willst du dich nicht endlich hinsetzen?« Sie nahm das Bein runter und tippte neben sich auf die Sitzfläche der Bank. »Es wird dir bestimmt guttun.«

Das Blätterrascheln im Wind ergab eine eigenartig melancholische Melodie. Er dachte über die Morde nach. Die Emotionen trafen ihn wie Peitschenhiebe. Er verdammte Gruenberg und Balthasar bis in alle Ewigkeiten. Doch in einem Punkt empfand er Erleichterung: Er hatte sich nicht auf eine Stufe mit ihnen gestellt. Niemals hätte er Gruenberg aus Rache erschossen. Höchstens, um Kolka oder einem anderen das Leben zu retten.

Er setzte sich und sie rückte ein Stück näher an ihn heran. Es tat wirklich gut, jemanden an seiner Seite zu haben.

Und dann beobachteten beide die Schwäne und niemand sagte mehr ein Wort für lange Zeit.

Nachwort und Danksagung

Diese Geschichte soll Leserinnen und Leser unterhalten. Auch wenn ich mich so nah wie möglich an der Realität orientiert habe, lassen sich im Buch beim Thema Polizeiarbeit Situationen und Abläufe aufzeigen, die in der Wirklichkeit so niemals stattfinden. Zum Glück!

Letztlich handelt es sich um einen fiktiven Roman.

Der Ort, an dem die Handlung spielt, ist in (großen) Teilen einer existierenden deutschen Großstadt entlehnt.

Eine *Kriminalpolizeiliche Erstkontaktstelle* gibt es in Deutschland nicht. Das Gebäude, in dem sich Donners Büro befindet, ist allerdings einem realen Vorbild entsprungen. Es wurde Ende der Sechzigerjahre erbaut.

Den Dienstposten des Außendienstleiters (ADL) findet man tatsächlich bei einigen Landespolizeien. Einen Außendienstleiter wie Martin Kroll dagegen nicht. Falls doch, sollten wir zusammen mal ein Bier trinken gehen.

Einen Kommissar, der ein solches Schicksal wie Erik Donner erleiden musste, gibt es hoffentlich nirgendwo.

Ohne die Unterstützung von wunderbaren Menschen würde es dieses Buch niemals in der vorliegenden Form geben. Ich bin mit dem Ergebnis außerordentlich zufrieden.

Mein herzlicher Dank geht an Annette Scholonek, Daniela Pusch, Ilona Schmidt, Jennifer Bruno, Ute Köhler, Alexandra Scherer, Knut Wagner, Thomas Hahn und Ulf Peterson-Thrö, Andrea Gunschera und an meine Arbeitskollegen (von denen garantiert niemand als Vorbild für eine der Romanfiguren herhalten musste).

Falls Sie als Leserin oder Leser noch nicht genug von Erik Donner haben, geben Sie das bitte mit einer positiven Rezension kund. Je mehr Menschen sich für den unkonventionellen Kommissar einsetzen, umso wahrscheinlicher ist es, dass er sich in weitere Schwierigkeiten stürzt.

Als Autor bin ich an Lob, Kritik oder einfach einem Gruß interessiert. Schreiben Sie mir gern unter autor@eliashaller.com. Vielleicht finden Sie auch ein paar nette Worte für Erik Donner.

www.eliashaller.com
www.facebook.de/HallerKrimis

Elias Haller, Februar 2018